文春文庫

昨日がなければ明日もない

宮部みゆき

文藝春秋

目次

昨日がなければ明日もない

絶対零度

1

ツイードのジャケットに細身のパンツ。外から入ってきたときには、紅葉のプリントが鮮やかな大判のストールを肩にかけていた。応接用のテーブルを挟んで向き合い、私が名刺を出すと、かっちりした黒革のバッグから眼鏡を取り出し、鼻先に載せて検分した。淡いワイン色のレンズが薄化粧した顔色によく映《は》える。どこから見ても品のいいご婦人だ。歳《とし》は五十代後半か。きちんと形を整えた爪に、サーモンピンクとベージュを組み合わせたネイルをほどこしてある。

このご婦人が、杉村《すぎむら》探偵事務所の記念すべき十人目の依頼人だった。電話をもらったのは昨日の午後のことで、できるだけ早く相談したいという。〈オフィス蛎殻《かきがら》〉からの下請《したう》け仕事を除けば、私のスケジュールはがら空きだったから、願ってもない話だった。

二〇一一年十一月三日、文化の日。午前十時を五分ほど過ぎたところだ。

「早々に時間をとってくださって、ありがとうございます」

眼鏡を外して、ご婦人は軽く頭を下げた。

「こちらの事務所のことは、知人に教えてもらいました。その知人も、何ヵ月か前に、友人がちょっとしたトラブルで杉村さんにお世話になったことがあると聞いたとかで——ですから又聞きの又聞きなのですが」

私の事務所にとっては、そういうささやかな口コミが命綱だ。その友人氏が過去九人の依頼人のうちの誰なのかはともかく、私の仕事ぶりを気に入ってくれたのならば嬉しい。

「どうぞお気になさらないでください。ご覧のとおりの零細なところです。紹介がないと依頼を受けないなんて申し上げません」

秘書も事務員もいないから、来客には私が自分でコーヒーを出す。事務所と言えば聞こえはいいが、オフィスビルでもなければ雑居ビルでさえもなく、大家さんの住まいの一角を間借りしているだけだ。ただ、その「住まい」が、増改築を繰り返して複雑怪奇な迷路のようになってしまった大きな屋敷だというところだけは、ちょっと珍しいだろうが。

「調査事務所とか探偵事務所とか、そういうところをお訪ねするのも初めてなんです」

「ここにおいでになる方は、ほとんど皆さんがそうですよ」

「最初は、知人が一緒について来てくれるはずだったんですが、体調を崩してしまったとかで……。もともと血圧の高い人なものですから」

緊張しているのか、しきりとまばたきをしながら間を置かずにしゃべる。

「それに、実を申しますと、これは何ですかその、ただの家庭内の揉《も》め事に過ぎないみたいな気もするのです。わたしが勝手に騒いでいるのかもしれません。ですからまず話を聞いていただいて、本当に調査というか……そういうことをした方がいいのかどうか、そこからご相談したいのですが」

私はゆっくりと深くうなずいた。

「承知しました。お話を伺いながらメモをとらせていただきますが、よろしいですか」

一瞬、ご婦人は身構えた。

「私の覚え書きです。記録に残すものではありません。ご依頼をお引き受けすることにならなければ、書いたものはこの場で破棄するか、お渡しいたします」

彼女の目元には、まだ躊躇《ちゅうちょ》があった。

「それでしたら、はい、どうぞ」

答えた声音《こわね》も堅苦しい。

「最初にお名前を確認させてください」

電話では「ハコザキ」と名乗っていた。

「筥崎静子《はこざきしずこ》と申します。漢字は、あまり一般的ではない方の〈ハコ〉です」

書いてもらって、納得した。

「主人の実家が特に旧家だというわけでもなし、普通に見なれた〈箱〉の方が便利なのですが」

住まいは埼玉県さいたま市浦和《うらわ》区。一戸建ての家で、家族構成は、

「今は主人とわたしの二人きりです。娘は結婚して相模原《さがみはら》市に、息子は転勤で四月から北九州市におりますので」

一息に言って、軽くくちびるを湿した。

「ご相談したいのは、娘のことなんです」

佐々《さ さ》優美《ゆうび》、二十七歳、専業主婦。夫は佐々知貴《ともき》、二十六歳、広告代理店勤務。挙式と入籍は一昨年の六月。

「娘も結婚前は勤めておりました。いわゆる寿退社したんです」

「お子さんは」

「まだおりません。早くほしがっていましたけれど、これぱかりは授《さず》かりものですから」

ほしがっていました。過去形だ。

「現状は、それどころではなくって」

宮崎夫人の眉間《み けん》にしわが寄った。

「娘は入院しているんです。もう一ヵ月以上になります」

「ご病状が重いのですか」

ぐっとくちびるを嚙みしめると、視線を手元に落として、宮崎夫人は言った。

「――自殺未遂をしてしまいまして」

十月二日の深夜、自宅の風呂場で手首を切ったのだという。

「幸い、命に別状はありませんでした。でも、精神状態が不安定だということで、救急病院からメンタルクリニックに移って、ずっと入院したままなんです」

心配して当然の事態である。

「ご心痛ですね」

笘崎夫人はうなだれたままだ。頭に重しを載せられているかのように、首筋が強《こわ》ばっている。

「僭越《せんえつ》ですが、私にも娘がおりますので、お気持ちはお察しいたします」

夫人の肩が落ち、口元が震えだした。

「わたしには何が何だかわかりません。どうして娘が自殺未遂なんかしたのか」

「本人はどうおっしゃっているのでしょう」

笘崎夫人は顔を上げ、私を見た。懊悩《おうのう》と不安が、薄化粧の下から生々しく浮かび上がってきた。

「ですから、わからないんです。入院以来、わたしは一度も娘に会っていません。会わせてもらえないんです。電話もメールも駄目で、優美が今どうしているのか、わたしには全くわからないんです」

〈医療法人清田会《きよた》　アワー・ハピネス・メンタルクリニック〉

清田会は、大田区内にある総合病院を中心に、リハビリテーション専門病院や老人介護施設、病後児託児所など幅広く医療サービスを展開している医療法人だ。総合病院の開業は一九六二年とあるから、歴史もそこそこ古い。

山手線恵比寿《えびす》駅近くにあるアワー・ハピネス・メンタルクリニックは、そのなかではもっとも新しい施設だった。開業は二〇〇八年。三階建てのこぢんまりしたビルだ。ホームページ上の映像で見る限り、クリニックというよりはエステサロンのような小洒落《こじゃれ》た印象を受ける。診療科目は「心療内科」と「精神科」。完全予約制だが、「緊急対応有り」、「入院施設有り」。

ノートパソコンを回して、筥崎夫人にモニターを見せた。

「このクリニックで間違いありませんか」

「はい」

老眼鏡の縁を指で押さえて、彼女はうなずいた。

「何度か足を運んでみたんですが、母親ですと言っても、知貴君の許可がない以上は面会できないと断られてしまって」

「夫の佐々さんが、妻の優美さんの親御さんの面会を断っている？」

「そうです。優美と面会できるのは僕だけですと言ってました」

「医師が、優美さんは面会謝絶だと言っているわけではないんですね」

「担当医の方には会ったことがありません。名前さえ存じません」

クリニックでは、いつも受付で門前払いされているという。娘の夫経由の情報しか入ってこない状態なわけだ。

「最初のうちは、どこに入院しているのかさえ教えてもらえなかったんです。いくら何でも母親のわたしにその仕打ちはないだろうと泣いて頼んだら、渋々教えてくれましたが」

――優美はお義母《かあ》さんに会いたくないと言ってます。

「それも医師ではなく、夫の佐々さんがそう言ってるんですね」

笘崎夫人はすぐには返事をせず、じっとモニターを見据《みす》えた。

「自殺未遂の原因はわたしにある、優美があんなことをしたのは、お義母さんとの関係性に問題があるからなので、こちらとしては絶縁も考えている。今は騒がずに優美をそっとしておいてくださいと言い渡されています」

夫人の目の縁が赤くなってきた。

「その発言に、医師の診断の裏付けはあるのでしょうか」

「わかりません。ただ、優美が泣いてそう訴えている、ママにはもう会いたくない、近寄らせないでほしいと」

声が詰まって、喉《のど》をごくりとさせた。

「何を尋ねても、知貴君はその一点張りです。話し合いになりません。優美に悪いからとか言って、わたしと会ってさえくれないんです。電話で言いたいことを言うばっかりで」

夫人はバッグからハンカチを取り出した。目に涙が浮かんできた。

「とにかく顔を合わせて話したいので、勤め先は知っておりますから行ってみたんですが、取り次いでもらえません。日曜日に家を訪ねても――居留守だったのかもしれませんが、出てきませんでした」

目に涙がにじみ、声が乱れ始めた。

「水をお持ちしましょう」

席を立ち、冷蔵庫からミネラルウォーターのボトルとグラスを出してきて、テーブルに並べた。笘崎夫人は目元を押さえ、洟《はな》をすすりながら頭を下げた。

私はパソコンをこちらに向けて、このクリニックの評判を検索してみた。

ざっと見る限り、好意的な評価が多い。対応が早い、カウンセラーが優秀、患者の家族のサポートもしてくれる、パニック障害、対人恐怖症、強迫神経症の治療に強い等々。またこのクリニックの入院施設は、主に摂食障害に苦しむ患者の食事療法のためにあるらしい。「緊急対応有り」というのも、自殺未遂や自傷を繰り返す患者を緊急に受け入れて保護する用意があるという意味らしい。

患者本人の書き込みもあれば、保護者や家族のものもある。コメントの言葉選びは、おしなべて常識的な感じがした。

「ごめんなさい、取り乱してしまって」

「お気になさらないでください。現状では、お母様が優美さんのために取り乱すのは当たり前です。ご気分は大丈夫ですか」

「はい」

私はまたパソコンを夫人の方に向けた。

「ウェブで見る限り、きちんとしたクリニックのようですね」

ハンカチを鼻にあてて、宮崎夫人はうなずく。「建物がきれいですし、掃除が行き届いていています。雰囲気も明るくて、受付の人も丁寧《ていねい》ですけれど」

「面会はさせてくれないと」

「はい」

「ご家族の他の方はいかがですか。優美さんのお父上と、息子さんは――」

「優美の三つ下の弟です。毅《たけし》と申します」

「毅さんから、優美さんに連絡はつくんでしょうか」

「駄目です。まるっきりわたしと同じ状態ですから」

夫人は娘のフェイスブックにフレンド登録し、日常的に見ていたそうだが、そちらも自殺未遂があってからは更新が止まった。

「まめに日記を書いてましたのに」

「その状態では、優美さんの他のフレンドさんたちも心配しているでしょうね」

「ですから知貴君に言ったんです。何かしら説明しないといけないのではないか、と」

佐々知貴は、フェイスブックのことは自分が対処する、お義母さんはもう見ないでくださいと応じた。

「それが先月の七日でしたか八日でしたか。気になるので、二、三日してから見たら、閲覧《えつらん》できないように閉じられていました」

「その件で、優美さんのご友人たちから、何かあったのかと筥崎さんの方に問い合わせはありませんでしたか」

「ありません。わたしは、娘の交友関係には疎《うと》くて」

「そうしますと、優美さんのお友達で、こんなときに筥崎さんが相談できそうなあてもありませんか」

ひどく申し訳なさそうに、夫人はうなずいた。「すみません」

「お気になさらないでください。成人して結婚している娘さんのことなんですから」

私は、夫人から見えないように気をつけてメモをとった。(要確認・佐々知貴は妻の友人たちにどう説明しているか)

「毅さんには、筥崎さんから事態をお知らせになったんですね?」

「はい。息子も驚きまして、すぐ知貴君に連絡したそうですが、わたしが聞いた以上の詳しいことは教えてもらえなくて、挙げ句に」

——君には関係ないことだから、口出ししないでくれ。

ずいぶんな言われようである。

「息子は遠方にいますし、転勤先でやっと落ち着いたところですから、そう気軽にこちらに来るわけにもいきません。もちろん、心配してくれていますけれど」

笘崎夫人は疲れたようにため息をついた。

「それと夫は……このことを知りません。知らせていないんです」

「何かご事情がおありですか」

「夫は、東京電力のグループ会社の役員をしておりますので」

あ、と思った。

「原発事故が起きて以来、休日なしで働いております。五月末からはずっと現地に入ったきり、わたしもたまに電話で話すぐらいの状態です」

私はうなずいて理解を示すしかなかった。

「大事な娘が自殺未遂などしてしまったのですから、本来なら真っ先に夫に相談したいのです。でも、今は」

夫人がまた声を詰まらせる。

「とにかく優美に会いたいんです」

両手を絞りながら、吐き出した。

「あの子が本当にわたしのせいで自殺未遂をしたのだとしても、一度も言葉も交わさず、これっきり絶縁してしまうのでは、何の解決にもなりませんでしょう。知貴君は、わたしでは優美の力になれず、ただ害になるだけだと言いますけれど、そんな言い分は信じられません。これまでずっと、ごく普通に仲のいい母娘《おやこ》だと思って暮らしてきたんですから」

筋の通った、心情的にもまっとうな訴えである。

「過去に、優美さんと大きな諍《いさか》いをなさったことはありますか」

「ありません」

「毅さんには、このことで意見を聞いてみましたか」

またハンカチを鼻にあて、夫人はゆっくりと復唱するように言った。

「自分も、母さんと姉さんは少しばかり仲がよすぎるように思うこともあった。母さんは姉さんに過干渉気味だし、姉さんは母さんに甘えてばかりいる。でも、だからといって姉さんがいきなり自殺未遂するほど病的な関係だとは思わない、と」

落ち着いていた、と言う。

「毅はそういう性格なんです。たいていのことには驚きません。茫洋《ぼうよう》としていると申しますか」

本人と話してみないとわかりそうにないが、弟が感情的になっていないというのは助かる。

「優美さんに、何か悩みがありそうだと感じたことはありませんか。たとえば夫婦仲とか、夫の両親との関係とか」

夫人はかぶりを振る。「夫婦仲はよかったと思います。むしろ、いつまでも新婚気分でいるようで、わたしの目にはちょっと危なっかしく見えるときがありました」

二人とも二十代だし、結婚して二年半ほどだ。そう不自然なこととも思えない。

「知貴君の実家は新潟の大きな農家で、長男さんがご夫婦で後を継いでいるそうです。わたしどもは、先方のご両親とは結納と結婚式のときに顔を合わせただけですが、常識的な方たちだと思いました。優美からトラブルの話を聞いたこともありません」

「経済的な問題はいかがでしょう」

夫人はちょっと思案した。

「優美が仕事を辞めて家庭に入ったのは、さっきも申しましたように、すぐ子供をもうけるつもりだったからです。知貴君もそう望んでいました。子供は三人ほしい、そして子供たちが小学校へあがるぐらいまでは、優美に家庭にいてほしいと。これはわたしも直《じか》に彼から聞いたことがあります。ただ――」

また眉間にしわを寄せ、言いよどむ。

「実際に二人で生活を始めてみると、知貴君の稼ぎでは、なかなか切り盛りが大変なようでした。名前のある会社でも、若いうちはあまりお給料がよくありませんから」

大きな農家である夫の実家や、電力業界で役職に就いている父親の収入を基準にしたら、たいていのところは「安月給だ」と感じることだろう。それに、佐々知貴の勤め先の広告代理店は、確かに世間に名が通ってはいるものの、大手ではない。業界の中堅どころだ。

「それで、わたしの方から折々に援助しておりました。娘はもともとキャリア志向ではありませんでしたから、専業主婦の生活が理想だったのでしょうけれど、実際にやってみるといろいろ不自由で」

——お小遣いが足りなくて、独身の友達と遊ぶ機会が減っちゃったの。こんなことなら仕事を辞めなければよかった。

「そんなふうにこぼすので……」

言って、夫人は急いで続けた。

「わたしも、独立して所帯をかまえた娘を、いつまでも甘やかすつもりはないんです。援助するたびに、優美にはお説教してきました。わたしもずっと専業主婦でしたが、けっして楽な人生ではなかった。若いころは夫の転勤で日本中を転々として、社宅暮らしをしたんです。そういうことを言い聞かせて、優美も殊勝に聞いていました」

こちらが何も言っていないのに、先回りして弁解している。

「そうしますと、経済的な問題で、自殺未遂するほど悩んでいたとは考えにくいですね。もしも突発的にその種の問題が生じたとしても、その場合は、お嬢さんは一人で悩み苦しむ前に、まずお母様に相談したはずだと考えてよろしいでしょうか」

夫人は私の顔を見て、強くうなずいた。

「はい、そう思います」

私は事務用箋にメモをとった。百均《ひやつきん》で買ったボールペンが紙の上でしゃかしゃかと音をたてる。

「これは念のためにお伺いしたいのですが」

今度は、私が夫人の目を見つめた。

「ご主人は現在、東電のグループ会社の役員として、福島第一原発事故の収拾にあたっておられる。管理職として、現場を指揮する立場におられるのでしょうね」

「そう思いますが……」

「現状、東電やグループ会社で働く方々に対して、世間の一部の眼差《まなざ》しは批判的です。お嬢さんが、お父上に向けられたその種の批判に悩んでいたという可能性はありませんか」

筥崎夫人はかなり驚いたようだった。そして、驚いてしまったことにバツが悪いような顔をした。

「あの……そうですね、主人の部下の子供さんが学校で嫌なことを言われたとか、そんな噂は耳に入ってきたことがあります」

「私はニュースで見聞きするだけですが、いじめに発展しているケースもあるようです」

「そうですねえ。でも、うちの子供たちはもう成人していますから。それに、毅は職場の上司の方に、親父さんは元気か、大丈夫かと、むしろ心配してもらったとかで」

「周囲の方に恵まれているんですね」

「おかげさまで、有り難いことです。優美も、それこそ子供が保育園や学校に行っていて、PTAやママ友付き合いがあるならば、そういう人間関係のなかで批判される心配もあるかもしれませんが、今はまだそんな立場ではありません」

それで幸いでした、と言う。今しみじみそう思い至ったというふうだった。

「万が一、お友達や親しい方から嫌なことを言われたとしたら、一人で抱え込んで悩んだりしないと思いますし」

「やはり、すぐお母様に相談する、と」

「はい。主人の耳には入れないように気を遣《つか》うでしょうが、わたしには打ち明けてくれると思います」

「そうですか。すみません、これは私が少々うがち過ぎました」

私はそのやりとりをサッと書いて、その行の頭にバツ印をつけた。

「今の状態になる以前に、宮崎さんと佐々知貴さんとのあいだで、何かしらトラブルはありませんでしたか。口論したとか、意見が違って折り合わなかったとか」

「……なかったと思います」

夫人の口ぶりが、今までいちばん慎重になった。

「そう思いたいです。知貴君が不満を感じていたのに、わたしが気づいてなかっただけかもしれませんから」

「毅さんと知貴さんの仲はいかがでしょう」

「お互いに忙しくて、親しく付き合っている時間がなかったと思います」

「現状ではどうでしょう。毅さんは、知貴さんの一方的な言い分とふるまいに腹を立てていませんか。あまり物事に動じない性格の青年であっても、これは怒っても不思議はない状況だと思いますが」

いったん口を結び、夫人はまた考えた。

「わたしも毅とは電話で話しただけですけれども、声の調子では、怒っているとか気を悪くしているというのではなく、ただただ当惑しているようでした」

――知貴さん、変な夢でも見てるんじゃないのかな。

「信じられないと申していました。ええ、確かにそう申しました」

変な夢という表現がリアルだ。

「優美さんと毅さんはどんなご姉弟《きょうだい》ですか」

夫人は困ったように首をかしげる。

「まあ、ごく普通の姉弟関係だと思います」

「お二人の両方と親しい友人や知人はおられますか」

「さあ……」

「毅さんは、あなたが私のような仕事をする者に相談することをご存じでしょうか」

「いえ、まだ話しておりません」

「しつこいようで申し訳ありませんが、ご主人に知らせるのは、どうしても気が進みませんか」

ネイルをほどこした爪をこすり合わせながら、夫人はしばらくのあいだ考え込んでいた。

「できれば伏せておきたいです。今の主人に、家庭のことで心配をかけたくありません」

すみません、と小声で言った。

ちょっと間を置いてから、私は事務用箋の表紙を閉じた。

「では、私の方からご提案できる対応が二つあります」

夫人はまた、そわそわとまばたきを始めた。膝《ひざ》の上で指をよじっている。

「一つは、私立探偵や調査事務所ではなく弁護士に依頼して、優美さんに面会できるよう、正面から知貴さんに交渉することです」

筥崎夫人はつと顎《あご》を引いた。

「弁護士は大げさではありませんか」

家族間の問題ですから、と言う。

「おっしゃるとおりです。しかし私のような職業の者の立場では、このケースでお役に立てることはごく限られてしまうんですよ」

佐々優美の容態、現在受けている治療や投薬の詳細、今後の見通し。それらは全て彼女個人の医療情報であり、担当医にもアワー・ハピネス・メンタルクリニックにも、医療従事者としてその情報を守る義務がある。この守秘義務の壁は、私立探偵ではどうやったって破れない。その前で立ちすくむだけだ。

だが優美の実母の依頼を受けた弁護士ならば、最小限の手間で、（佐々知貴を含む）相手方を、壁の前に据えた交渉のテーブルに引っぱり出すことができる。弁護士が現れたら、仮に佐々知貴が突っぱねようとしても、メンタルクリニックの方は黙殺できまい。

「優美さんが独身だったなら、宮崎さんは実のお母様ですから、もっと発言力が強くなるのですが」

「もう結婚してますものね。優美はわたしの娘である以前に、社会的には知貴君の妻なんですものね」

「配偶者として、入院治療に必要な各種の書類への署名や、医療費の支払いも、全て彼がしているのでしょう」

「わたしは全く何も負担しておりませんから、そのはずです」

「ですから、彼の意向が最優先されているわけです。但《ただ》し」

私は指を立てた。

「だからといって、佐々知貴さんが言っていることが全て事実だとは限りません。実は優美さんはお母様に会いたがっているのに、知貴さんが邪魔しているのかもしれません。極端な話、自殺未遂の原因は彼のふるまいにあって、それを隠したくて嘘をついているということもあり得ますよね」

宮崎夫人は口元に指をあて、目を瞠《みは》った。

「そんなふうにお考えになったことはありませんでしたか」

「……はい。でも、おっしゃるとおりですね。わたしも間抜けだわ」

「優美さんのことが心配で、いっぱいいっぱいなんですから、仕方がありませんよ」

こちらは当事者と違い、何でも疑ってみるのが仕事である。

「事情はどうあれ、入院中の娘を案じる母親に一ヵ月も面会させない、本人からも一切連絡させず、容態さえ知らせない。しかもその件を直接会って説明せず、全て電話だけで片付けているなんて、人としてどうかと思いますね。知貴さんがあまり深く考えず、感情に流されて今の態度をとっているのだとしたら、あなたのやっていることは非常識で、一般的には非難されて然るべきだと、しっかり教えてあげるのも必要でしょう。それには、社会的な立場が曖昧《あいまい》な私立探偵などではなく、弁護士というカードが有効だと思います。少々お灸《きゅう》を据える意味でも」

佐々知貴は社会人としてはまだひよっこだが、私立探偵と弁護士のどっちが強いかぐらいはわかるはずである。

「二つ目の案は」

私は指を二本立ててみせた。

「その弁護士と同じ役回りを、お身内のどなたかか、知貴さんの会社の上司など、彼に対してきちんとものを言える人に頼むことです。お二人は結婚の際に仲人を立てましたか」

「いえ、万事今風にしましたので、立てませんでした。来賓《らいひん》として、知貴君の上司にご夫婦で出席していただきました」

でも——と、夫人はまた渋る。

「会社の方に仲介を頼んだりしたら、知貴君の顔を潰《つぶ》すことになって、余計に拗《す》ねられてしまうような気がします」

「なるほど。お身内はいかがですか。おじさんおばさんなど、優美さんを可愛がっておられる方を頼れませんか」

気まずそうに、笘崎夫人は下を向いた。

「夫には兄がおりますし、わたしには妹がおります。どちらの所帯ともそこそこ親しくしてきましたが、今は……まさにさっき杉村さんがおっしゃったような理由で、距離を置かれているんです」

そういうことか。

「義兄もわたしの妹の夫も、主人とは全く別の業界におります。特に義弟は、原発事故で会社がかなりダメージを受けた側でして」

夫人の首筋が、のしかかる見えない重みにまた強ばった。

「私こそ、自分で言い出しておきながら、考えが足りませんでした。そうしますと……

知貴さんのご両親はいかがでしょうね」

　夫人は気弱そうにかぶりを振る。「わたしからそんなお願いができるほどの交流がありません。もしも怒らせてしまったら、かえって面倒なことになると思いますし」

　佐々知貴は、彼の両親の自慢の息子なのだと言う。

「ご両親もそういう様子でしたし、知貴君本人から、たびたびそう聞かされています」

――僕は小さいころから兄貴より出来がよくって、両親に可愛がられてきたんです。

「弁護士を立てるのは気が進まないとおっしゃるのも、そのあたりに理由がおありですか」

　笘崎夫人は疲れたようにうなずいた。

「事を荒立てたくありません」

　これは、腹を決めるしかなさそうだ。

「わかりました」と、私は言った。「優美さんが今どんな状態で、どんな治療を受けているのか、お母様と話し合う余地はないのか、せめて連絡はとれないのか。それをはっきりさせることを目的として、ご依頼をお引き受けします」

　そう頼もしく聞こえたとは思わないが、夫人の表情がようやく緩《ゆる》んだ。

「ありがとうございます」

「そのお言葉はまだ早いですよ。納得できる成果をお約束することはできませんし、それ以前に、笘崎さんからのご依頼では動けません」

「え？」

「事実かどうかはさておき、佐々知貴さんは、優美さんの自殺未遂の原因はお母様にあると主張している。そこへ、職権も何もないただの私立探偵が、当のお母様の代理人として乗り込んでいっても、知貴さんは最初《はな》から相手にしてくれないでしょう。追っ払う口実なら、いくらでも見つけられます」

私立探偵？　フン。

「私を雇うのは誰か別の、優美さんの状態を心配し、事情を知りたいと思って当然で、なおかつ当面は知貴さんの非難の対象になっていない方が望ましいんです」

はあ、というような声を出してから、夫人は言った。「毅ですね」

「はい。ご主人が無理ならば、弟さんがベストでしょう。お母さんとお姉さん夫婦のあいだにトラブルがあるようで心配だが、自分は遠方にいて身軽に動けないので私を雇った。これなら不自然ではありませんし、知貴さんも門前払いはできません」

「そうですね、ええ、ええ」

「もちろん、契約はお母様でいいんですが」

「毅は建前上の依頼主になるということですね」

「ただし、委任状は毅さんからもいただきたいですし、お尋ねしたいこともあります。私から連絡するのをお許しいただけますか」

「もちろんです。すぐにもあの子に電話して、事情をよく話しておきます」

事務的な手続きと、必要な情報をいくつか追加してもらうのに、三十分ほどかかった。ちなみに、笘崎夫人は佐々知貴の携帯電話番号とメールアドレスを〈お婿《むこ》さん〉で登録していた。優美は〈ユウちゃん〉、毅は〈タケ君〉、夫君は〈夫〉だ。家族から着信があると、それぞれの顔写真が表示されるように設定してあったので、佐々夫妻とタケ君の顔写真のデータをもらった。

「ちょっと待ってくださいね。結婚披露宴の写真もあるはずです」

夫人がスマホを操作し、あまり慣れていないのかやや手間取って、新郎新婦がキャンドルサービスをしている写真を見つけた。新郎は白いタキシード、新婦は鮮やかなブラッドオレンジ色のドレス姿だ。

「美男美女ですね」と、私は言った。「好一対《こういっつい》のカップルだ」

笘崎夫人はちらと微笑む様子もなかった。

「派手なドレスでしょう」

「よくお似合いですよ」

「芸能人みたいで、わたしは嫌でした。優美もあまり気に入っていなかったんですが、知貴君がこれがいいと言ったので」

「知貴さんは何かスポーツをしているんでしょうか。日焼けしていますね」

「大学時代のサークルのお仲間と、ときどき集まっているとか聞いたことがあります。確かホッケーじゃなかったかしら」

優美に聞けばすぐわかるんですが——と言い、急に顔を歪《ゆが》めて小さく笑った。

「バカなことを申し上げてごめんなさい。そんなことを優美に聞けるくらいなら、わたしがこちらをお訪ねする必要もないのに」

「ご心労が続いてお疲れなんでしょう」

実際、この話し合いでも夫人はくたびれた様子だった。

「何かわかれば、些細《ささい》なことでもすぐお知らせしますので、週明けまではゆっくりお休みになってください」

何度も頭を下げながら、夫人がこの（よく言えば）個性的な事務所から立ち去ると、私はコーヒーカップを洗って片付け、パソコン上に新しいファイルを一つ作った。紙のファイルも新品を取り出して、メモをとった事務用箋を挟み込んだ。

それから佐々優美のフェイスブックを探して、閉じられていることを確かめた。佐々知貴の名前に会社名や〈ホッケー〉を足して検索すると、彼個人のページは見つからなかったが、〈昭栄《しようえい》大学ホッケー愛好会ＯＢクラブ　チーム・トリニティ〉のトップページがヒットした。ここの代表幹事の名前の次に、幹事として「佐々知貴」の名前があった。

筥崎夫人の記憶は正しく、彼は今もＯＢとしてホッケー競技を続けているようだ。この先、中身を閲覧する必要が生じたら、〈オフィス蛎殻〉のウェブ探偵・木田《きだ》ちゃんに頼むことにしよう。

2

北九州市にいる笘崎毅とは、その日の夜に連絡がついた。

電話の向こうの声は、実年齢とも細面《ほそおもて》の顔写真ともそぐわないバリトンで、話し方からも老成した印象を受けた。

「話は母から聞いています。失礼ですが、最初に確認させてください。着手金五千円というのは本当ですか」

「本当です。私はいつも、最初に大金をお預かりしない方針をとっておりますので」

ちょっと間を置いてから、彼は言った。

「了解しました。母は、杉村さんは親切な銀行員のようで話しやすかったと言っていました。確かに、表向きには僕が依頼主になる方が知貴さんと交渉しやすいだろうと思いますので、よろしくお願いします」

よし、第一段階クリアだ。

「姉のことで母は取り乱していますから、事情がわかりにくかったんじゃありませんか」

「いえ、お母様のご説明で状況はよく理解できました。それに優美さんの現状は、お母様がうろたえて当然の不自然なものだと思いますよ」

「やっぱり、第三者の目から見てもそうなんですよね」

タケ君の口調にも安堵の響きがあった。

「佐々知貴さんは、一方的にお母様を責めて、優美さんから遠ざけているだけのように見えます。それが本当に優美さんの意思によるものなのか判然としませんし」

そうですよねと、彼は沈んだ声音で言った。

「僕も姉が心配なので、何とか時間をつくって帰りたいんですが……。こっちに赴任して半年ちょっとで、家族のことまで打ち明けられるほど親しい上司も先輩もいませんので、なかなか休みをもらいにくくて」

土日も休日出勤や出張で潰れてしまい、抜け出せない。今週末も研修会で動きがとれないという。

「大変ですね。無理しないでください。時間を工面して来ていただいても、お母様と同じように面会を断られてしまったら、無駄足になるだけですから」

長電話になってもいいと言うので、私は事務用箋とボールペンを取り出し、腰を据えた。

「優美さんの自殺未遂と、入院していることを知ったのはいつですか？」

「十月三日です。月曜日だったと思いますが」

週明けから残業で、夜十一時近くになってスマホを見ると、母親からの着信とメールがわんさとあって仰天したのだという。

「かけ直してみると、母は動転してて、姉が昨夜自殺未遂して入院してる、事情はよくわからないが知貴さんが怒ってると言うんですよ。途中から泣き出してしまって、これだけ聞き出すにも苦労しました。ともかく僕から知貴さんに連絡してみると言って、でも携帯にかけても留守電になるだけでした」

深夜までかけ続けてみたが、やはり留守電だ。コールバックもない。

「翌日になって、姉が入院しているなら知貴さんは会社を休んでいるかもしれないと思ったんですけど、ダメ元で勤務先にかけてみたら、本人が出てきました」

タケ君の声を聞き、慌てているようだったという。

「何で会社に電話してくるんだって、尖《とが》った口調で言われたんで、母が心配している、姉さんが入院してるってどういうことかと尋ねました」

すると佐々知貴は舌打ちしたという。

「電話でも、はっきり聞こえました」

——君に心配かけたくないから口止めしておいたのに、お義母さんも使えない人だ。

——優美は、一昨日の夜中に風呂場で手首を切ったんだ。幸い怪我《けが》は大したことない。念のため入院しているけど、すぐうちに帰れる。だから毅君には知らせたくなかったのに。

「その言い方が……何というか無作法で、僕は呆《あき》れてしまってすぐには言葉が出てきませんでした」

さっさと電話を切られそうになったので、

「ともかく母も動揺しているし、死ぬほど心配している。何とか姉に会わせてやってほしいと言ったら、わかったわかった、でブツンでした」

その後はまた連絡がつかず、午後も遅くなって笘崎夫人から電話があった。

「母はまた泣いていました。知貴さんから、姉の自殺未遂は母との葛藤《かっとう》が原因で、姉は母を怖がっている、今はともかく面会に来ないでくれ、今後のことは優美が落ち着いたら相談するからって、やっぱり一方的に言い渡されたと」

その時点では、笘崎夫人とタケ君には、佐々優美がどこの病院にいるのかさえわからない。調べようもなかった。

「僕は親父に知らせろと言ったんですが、それだけは駄目だと、母は突っぱねました」

——優美がわたしのせいで自殺未遂するなんて考えられないけど、もし本当にそういうことならば、わたしが責任を持って解決しなくちゃいけない。お父さんには迷惑をかけられない。

「そして僕にも、何かわかったら知らせるから静観していてくれと言いました」

このあたりまでの経緯は、私が笘崎夫人から聞いた話と符合している。

数日後、笘崎夫人からの連絡で、タケ君は姉が救急搬送された病院からアワー・ハピネス・メンタルクリニックに移ったことを知る。

「これも知貴さんがそう言っているというだけの話で、当の本人はまたまた僕からの電話は無視なので――」

彼も、まさに私が今日そうしたようにネットで検索をかけ、クリニックに直接連絡してみた。

「患者についての問い合わせには応じてくれなかったでしょう?」

「はい。弟だと言っても駄目でした」

評判のよさそうなクリニックだったから安心する一方で、メンタルクリニックに入院するほど姉の精神状態が不安定になっているということには、あらためてショックを受けた。

「うちの姉は、万事にクヨクヨ思い悩むタイプじゃありません。基本的に明るいし、勝ち気なところもあります。頭の回転も速いですから、喧嘩すると、僕なんかいつも言い負かされてばかりでした」

「これまで、ご家族のあいだで深刻な揉め事や喧嘩はありましたか」

「ありません。少なくとも、僕はあったと思いません」

タケ君は冷静に考えてしゃべっている。

「父も母も、姉には甘いです。僕の幼なじみが、姉のことを〈お姫様〉と呼んでいるくらいです。僕もまったくそのとおりだと思いますし、母と姉がべったりなのは、知貴さんには鬱陶《うっとう》しいだろうとも思いますが、今まで姉妹みたいに仲良くやってきたのに、ある日突然姉が母の干渉を嫌がって、自殺未遂するほど思い詰めてしまうなんて考えられない」

話しているうちに、その口調にかすかな怒気が混じり始めた。

「確かに、母は姉に対して干渉しすぎなところがあります。これは母にも言いました。ですが姉の方も母が頼りで、昔から何でも母に相談していましたし、就職してからも、結婚してからもずっと、しょっちゅう小遣いをねだっていた。まあ、これは母だけじゃなくて父に対しても同じですが」

自分の家族をよく観察しているようだ。

「そんな姉が母に圧迫されてるとか、母が怖いとか……僕には、まるっきり絵空事にしか思えません」

言って、電話でも聞こえるほど太いため息をついた。

「あれから母は何度もクリニックに出かけているのに、ずっと門前払いで姉に会えないまま、連絡もとれない。おかし過ぎますよ。こんなことになる以前は、週に何度もメールをやりとりしてたらしいのに」

私が宮崎夫人に聞いた限りでは、この事態に陥る前、夫人が娘と最後に連絡を取り合ったのもメールで、九月三十日の昼過ぎのことだったという。

「その日は金曜日でしたから、お母様は優美さんに、週末はどうするのか、実家に顔を出すかとお尋ねになったそうです」

「姉と知貴さんは、よく実家に来ていたみたいですからね」

するとと佐々優美は、今夜はトモ君と出かけるから、週末の予定はまだわからない、明日また連絡すると返事を寄越した。それっきり、土日はメールも電話もなかった。筥崎夫人は、自身も友人と外出したりしていたのでさほど気にしなかったのだが、日曜日の夕方まで、娘からまったく音沙汰がない。こんなことは珍しいので、

〈風邪でもひいたの？　返事ください〉

とメールを送った。しかし月曜日になっても優美から返信はなく、携帯電話にかけても留守番電話になっている。だんだん心配になってきて、佐々知貴の携帯電話に連絡し、それもなかなか通じずに、夜十時過ぎになってやっと彼をつかまえることができて、優美の自殺未遂を知った――という流れである。

「そのあたりの経緯は、初めて聞きました。じゃあ母が電話するまでは、知貴さんは黙ってたんですね」

「そういうことですね。佐々さんの方からお母様に連絡があったのではない。お母様が問い合わせて、初めて事情が明らかになったんです」

当時、筥崎夫人は佐々知貴を難詰《なんきつ》した。

――こんな大事なこと、どうしてその時すぐ知らせてくれなかったの！

すると佐々知貴は、自分はお義母さんも優美も傷つけたくないから黙っていた、お義母さんが毒親《どくおや》だなんて言いたくないなどと応じ、このままでは絶縁だけど自分はそんな悲しい事態は避けたい、だからお義母さんも協力的になって、おとなしくしていてくだ

さいと言ったそうである。

「ああ、〈毒親〉は、僕にも言ってました」

「近頃、よく耳にする言葉ではありますね」

「だけどうちの姉貴には関係ないですよ」

〈姉〉から〈姉貴〉になった。

「なんていったらいいのか……。うちの姉貴はそういうことを考えたり話題にしたりするタイプじゃないんです。弟の僕の目から見てもお姫様ですし、いくつになっても女の子なんですから」

タケ君の言わんとすることは、私にも何となくわかった。

「本当に姉貴がそんなことを口走っているのだとしたら、誰かに吹き込まれたとしか思えません。あるいは、筋が通らないとわかっていながら嘘をついているか、どっちかです」

事務用箋に記した人物表の〈佐々知貴〉のところにボールペンのペン先を置いて、私は尋ねた。

「お母様からお話を伺ったとき、最初に私の頭に浮かんだのは、優美さんが知貴さんと夫婦喧嘩をして、それが拗《こじ》れて自殺未遂騒動になってしまったのではないか、ということでした。そして優美さんが夫を庇《かば》っているか、あるいは知貴さんの方がバツが悪くて、別の筋書きを作って隠そうとしている」

タケ君はまったく迷わず、即答した。

「ええ、僕もそう思います。それなら普通に想像できる範囲内のトラブルだし、もっともありそうですから、母には言いにくかったですが、最初からそのあたりの線を疑っていました」

私はうなずき、佐々知貴の名前にアンダーラインを引いた。

「お母様に言いにくかったのは、お義兄《にい》さんの悪口を吹き込むような形になるからですか？」

今度は、ちょっと間が空いた。

「そうですね。もともと僕は、知貴さんとあんまりウマが合わないので……」

笘崎夫人は、互いに忙しいから親しくする時間がなかっただろうと言っていたが。

「親しくなれなかったという意味でしょうか」

「はい。知貴さんは、もし同級生として出会っていたら友達にはならないタイプです」

残念ながら、そういう〈合わない〉タイプの人間と姻族になってしまうことが、世間ではままある。

「これまでは顔や態度に出さないように気をつけてきましたから、知貴さん本人にも、母にも姉にも覚《さと》られていないと思います。僕がどう思おうが、姉貴は知貴さんにベタ惚《ぼ》れですから、余計なことは言えませんでしたし」

しかし今は非常事態だ。

「今度のことでは、姉貴に面会させず、声も聞かせず、一方的に母を責めるやり方はよくないと思う、僕も腹立たしく思っているということは、知貴さんにも母にもはっきり言いました」

「佐々さんに責められていろいろ思い悩んでいるお母様にとっては、励ましになる言葉だったと思いますよ」

「それならよかったですが……」

「不躾《ぶしつけ》ですが、参考のためにお伺いしたいので、お許しください。毅さんは、佐々知貴さんのどんなところが自分とは合わないと感じるんですか」

しばらくのあいだ、彼は考えていた。私はボールペンを手にしたまま待った。

「――一言で言うなら、いわゆる〈俺様〉なところです」

言って、急いで続けた。

「僕が義弟だから格下認定しているのであって、他の人にはそうじゃないのかもしれません。これはあくまでも僕の個人的な感想ですから、そのへんは……」

「ええ、わかります」

タケ君はあくまでも公平を期している。

「就活している時期に、僕の意思や意見を青いとか見通しが甘いとか言って、何かとクサしてきたんです」

――人生の先輩の助言をよく聞けよ。弟のくせに、兄貴の僕の意見を尊重せずに、あとで後悔したって助けてやらないぞ。

「頼んでもいないのに、金融関係や商社に勤めている先輩に紹介してやるから会いに行けと勝手に場を設定されたりして、かなり迷惑しました」

僕は最初からメーカー志望でしたから、と言う。

「今の勤め先は第一志望のところで、工作機械と重機のメーカーです。内定がとれたとき、両親も姉も喜んでくれましたが、知貴さんは渋い顔で」

――バカだなあ。僕や僕の仲間や先輩たちと比べたら、生涯賃金で一億円近い差がつくのに。

「ずいぶん下げられたんですね」

私はつい苦笑してしまった。

「金融でも商社でも広告代理店でもピンキリで、みんな給料がいいわけじゃないですよね。年収だけで就職先を選ぶのもどうかと思いますし」

「杉村さんはサラリーマン経験がおありなんですか」

「はい。銀行員ではありませんが」

「人見知りなところのあるうちの母が、なぜ杉村さんにはすぐ打ち解けられたのか、何となくわかりました」

これは好意的な評価なのだろう。ありがとうございますと、私は言った。

「すみません、まだお会いしたこともないのに、こんなにズケズケと」

「私がお尋ねしたんですから」

「僕のこの物言いも一方的ですよね。フェアじゃない」

「現状、まず佐々知貴さんがフェアではないんですから、おあいこですよ」

笘崎夫人もタケ君も、この一ヵ月、心配と怒りで心の内圧が高まっていたのだろう。私が蓋《ふた》を開けたので蒸気が噴き出してきたのだ。母は泣き、息子は憤慨している。

それでも、この母と息子の精神的圧力釜は高性能で、耐久性が高い。そうでなかったら、とっくに蓋が飛んで大悶着《おおもんちゃく》になっていたはずだ。父親である笘崎氏に知らせたくないという重しもあり、笘崎家側は一ヵ月も我慢しすぎたくらいだと私は思う。

「杉村さんを雇ったことを、僕の方から知貴さんに知らせておきましょうか」

「それには及びません。最初は素手で握手しに行ってみることにします。いきなり本人にぶつかるより、少し周辺を調べてみて……まあ外堀を埋めると言いますかね、それから会った方が効果的だとも思いますから」

その感触次第で、タケ君に援護射撃してもらうとしよう。

「お手数ですが、委任状をいただきたいのです。郵送しますので、署名捺印《なついん》して返送してくだされば結構です」

「了解しました」

進展があってもなくても、彼と笘崎夫人に毎日報告メールを入れること、二人の側で何か動きがあったら、二十四時間いつでも知らせてくれていいことを告げて、話を終えた。

3

翌四日の金曜日、朝七時過ぎに、佐々知貴に最初の電話をかけてみた。留守番電話になったのでメッセージを吹き込み、十五分待った。コールバックがないのでもう一度かけて、先ほどとほとんど同じ内容のメッセージを残し、さらに十五分待った。やはりコールバックはない。私はスマホをつかみ、事務所を出て新宿駅へ向かった。

佐々知貴の勤める広告代理店は、新宿駅南口のすぐそばの高層ビルのなかにある。久しぶりに満員電車に揺られ、先回りして南口改札近くで待ち伏せしていると、人波に揉まれながら、笘崎夫人からもらった顔写真の人物が現れた。

身長一八〇センチ前後。肩幅が広く、引き締まったスポーツマン体型。短髪。端整な顔立ち。スーツも革靴もアタッシェケースも安物ではなさそうである。〈モテ男〉だ。佐々優美がベタ惚れなのも不思議はない。しかし、実物の佐々知貴の写真以上のイケメンぶりよりも、私にはもっと驚くべきことがあった。

彼は窶《やつ》れていた。出勤する人の流れに混じって足早に歩いていくが、その足取りは颯爽とは言い難い。顔色が悪く、姿勢もよくない。朝から疲れきっているように見える。

妻の自殺未遂から「もう」一ヵ月経ったと思うか、「まだ」一ヵ月しか経っていないと思うか、それは状況や夫の性格に左右される問題だろう。佐々知貴が、妻のことが心配で憔悴《しょうすい》しているのなら（しかもその件で妻の親族と揉めているのだし）、けっしておかしなことではない。

だが、このとき、私はなんとも言えない胸騒ぎを覚えた。私立探偵としては新米だが、サラリーマン時代に何度か事件に巻き込まれた経験がある。そのなかで、人が窶れたり生気を失ったりする様を見てきた。それらの体験によってできたセンサーが、佐々知貴に「何か」を感知したような気がした。

とはいえ、今の仕事に思い込みは禁物だ。私は彼の後ろ姿を見送った。

必要なアプリを手に入れ、木田ちゃんの指導を受けたので、個人のスマホの位置確認をするだけなら、私のスマホでできる。踵《きびす》を返して駅に戻り、西新橋の〈オフィス蛎殻〉へ向かった。

ネット世界ではほぼ万能、私の目からは魔法使いに見えるほどのスキルを持つ木田ちゃん――木田光彦《みつひこ》・二十七歳は、一年三百六十五日オフィスの自分のスペースにいる。仮眠をとるときは寝袋を用いる。オフィスの近くのサウナの常連で、食事は誰かに買ってきてもらうか、配達を頼む。今朝は分厚いハンバーガーにかぶりついていた。

「おはよう。ごめんよ、朝飯中だった？」

「これは朝飯じゃない。食べ損ねた昨夜《ゆうべ》の夜食」

木田ちゃんは声が甲高い。だから関係者は、よく彼を〈キー坊《ぼう》〉と呼ぶ。キーボードにもかけた洒落《しゃれ》だ。

「先に言っとくけど、いつも忙しい僕は、月末と月初めはさらに忙しいよ。急ぎの仕事だと、杉村さんが破産するほどの手数料をいただく」

「破産したくないから、急ぎじゃなくていい。ただ、急ぎになる可能性がいくらかある案件だって付箋《ふせん》をつけておいてほしい」

ハンバーガーのソースがついた指をしゃぶりつつ、木田ちゃんは私が差し出したメモを一瞥《いちべつ》した。

「フェイスブックか。中身を見たいの？」

「そうなんだ。ホッケーに興味ある？」

「女子ホッケー日本代表の〈さくらジャパン〉なら知ってるよ」

「こっちはむくつけき男子のホッケーだ」

「ンじゃ興味ない」

食事を終えて仕事に戻った木田ちゃんから離れ、私は小鹿《こじか》さんを探した。私のような下請け調査員とオフィスを繋《つな》いでくれる有能な職員だ。デスクで電話中だった。

このオフィスの経営者の蛎殻昴《すばる》氏は、木田ちゃんと同年代の若者である。オフィスにいたりいなかったり、いても何をしているのかわからなかったりする。今朝は不在で、所長室のデスクにきちんと椅子《いす》が収めてあった。

小鹿さんが電話を終えた。「おはようございます、杉村さん」

私は挨拶《あいさつ》を返し、所長は？　と訊いた。

「結婚式なんです」

二秒ほど考えてから、重ねて訊いた。「所長の？」

大学を出てすぐに、エネルギッシュな事業家である父親からこのオフィスを引き継いだこと。艶福家《えんぷくか》の父親が離婚再婚を繰り返していて、所長の現在の義母は彼と同い歳であること。子供のころに怪我をして左脚を痛め、歩行に若干の障害があって杖をついていること。車椅子テニスのかっこいいプレイヤーであること。そして料理が巧《うま》いこと。所長についてはそれぐらいしか知らないが、意中の女性ができたらある日突然結婚するぐらいのことはやりそうな、いろいろな面で慣例だの世間体だの他人の思惑だのを気にしない人物だということは理解しているつもりだ。

小鹿さんは吹き出した。「お友達のですよ。明日ハワイで挙式だそうで、お帰りは週明けになります」

「そうですか。机の上に何もないので、遠出されてるのかなと思って」

「当たりでしたね。で、何ですか」

「医療情報の取得は厄介《やっかい》ですよね？」

「未成年者の前歴調査と同じくらい厄介です。木田ちゃんならできるでしょうけど、不正アクセス禁止法違反でバレたら即逮捕だから、頼まない方がいいわ」

「ある人物がある病院に入院しているかどうかだけでも確認したいんですが、何か名案はありませんか」

　今度は小鹿さんが三秒ほど考えた。化粧気のない鼻のまわりにそばかすが散っていて、そこが本当に子鹿のようだ。

「花屋の配達のふりをしたらどうかしら」

「見舞いの花を届けに来たと？」

「そう。小売店から直にお届けにきましたという触れ込みなら、普段着でいいでしょ。品物は杉村さんが調達すれば、伝票と一緒に手に入りますよ」

　私はぽんと手を打った。「ありがとう。そうします。オフィスのミニバンを借りていいですか？」

　事務手続きをしていると、小鹿さんがデニム地のエプロンを持ってきた。

「配達のときは、これを着ていくといいわ。ポケットにボールペンをさして、伝票は紙挟みに挟んでいくとカンペキね」

　私はミニバンを転がして銀座へ行き、洒落た花屋で見舞い用のアレンジメントを購入した。

「母に頼まれて、妹の病室に贈るのです。明るい雰囲気にしてください」

　店を出るとき、若い女性店員が「どうぞお大事に」と言ってくれた。私も受付で花を受け取ってもらったら、必ずそう言おうと心に書き留めた。

アワー・ハピネス・メンタルクリニックの外来診療受付時間は午前十時から午後三時。面会時間は午後一時から午後七時だ。アレンジメントを載せたミニバンを近くのコインパーキングに駐《と》め、ノーネクタイのスーツ姿で、十一時過ぎまであたりをぶらぶらしながら様子を窺《うかが》ってみた。

クリニックのビルに人の出入りは少ない。患者とその付き添いなのか、母娘らしい組み合わせが二組いた。

そろそろいいか——と、ミニバンに戻ってエプロンを着込み、アレンジメントを抱えてクリニックに歩いてゆくと、診療を終えて出てきたらしい、母娘らしい一組とすれ違った。ティーンエイジャーの娘は泣いており、母親は暗い顔をしていた。

自動ドアが開き、私はネットで見たロビーに足を踏み入れた。室内はベージュとブラウンを基調に統一されており、待合スペースのソファとテーブルの脇には大きな観葉植物の鉢《はち》。受付には季節外れの菜の花をいっぱいに生けた丸い花瓶が飾ってある。

受付には女性が一人で座っていた。スーツ姿で化粧は控えめ、髪はシニヨンにまとめている。やはり病院というよりはエステサロンのようだ。

「ごめんください、お花の配達に伺い——」

私の口上が終わらないうちに、受付の女性が立ち上がり、近づいてきた。

「すみません、わたくしどものクリニックでは、お見舞いの生花をお受け取りすることはできないんです」

私は大げさに驚いてみせた。

「え！　駄目なんですか」

「アレルギーの患者様もいらっしゃいますので、全て禁止にさせていただいています」

「そうですか……。うちのお客様はその決まりをご存じなかったのかなあ」

女性は若くて美人で、声音も麗《うるわ》しい。私が受付の菜の花の方へ目をやると、

「あれは造花です。空気清浄効果があるものなんですよ」

「そうですか。じゃあ、お客様にご連絡してみます。どうも失礼しました」

私が頭を下げると、華やかなアレンジメントを包む透明シートがパリパリ鳴った。

「一応お伺いさせてください。どちら様からどなた様へのお花でしょうか」

受付の女性の方から尋ねてくれた。私はエプロンのポケットに入れた伝票を確認する小芝居をしてから答えた。

「筥崎静子様から、佐々優美様へのお見舞いです」

受付の女性の目が泳いだ。ほんの一瞬だが、確かに視線が宙に揺れた。しかし彼女はすぐに笑みを浮かべ、麗しい声音で言った。

「その旨《むね》、患者様にお伝えしておきます。こちらのご説明が行き届かず、大変申し訳ありません。ご依頼主様にもよろしくお伝えくださいませ」

ご苦労様でございますと、頭を下げて私を送り出してくれた。私もペコペコしながらクリニックを離れた。

スマホを確認する。佐々知貴は職場のビルから外に出ていない。出勤した以上、就業時間中は、外出するにしても仕事がらみだろう。

オフィスのミニバンは週明けまで借りる手続きをしてきたので、私はうちに帰った。アレンジメントは大家の竹中《たけなか》さんにプレゼントしようと屋敷の玄関の方へ回ると、竹中夫人と二人のお嫁さん（竹中嫁一号・嫁二号）が大喜びしてくれた。

「お昼にチャーハンを作ってるの。杉村さんも一緒にどうぞ」

有り難くチャーハンと中華スープをご馳走になり、事務所に戻ると、ノートパソコンにメールが来ていた。タケ君からだった。

〈今朝から昼休みまでに、知貴さんから五回の着信がありました。そのやりとりをまとめてみました〉

内容を読むと、半ばは予想通りであり、半ばは予想よりひどかった。佐々知貴は今朝の私のメッセージを聞くと、私にコールバックするのではなく、義弟に電話していたのだ。

——代理人とは何だ、何をやってるんだ。

——どういうつもりだ。ふざけるな。

朝っぱらから嚙みつかれても、タケ君は打ち合わせたとおりに、

——杉村さんに連絡をとって、会ってください。それができないというのなら、今ここで僕にきちんと説明してください。

その一点張りで押し通した。これに対し、佐々知貴もまた従来通りの説明を繰り返した。

――医者の許可が出るまで、僕以外の誰も優美には会えない。お義母さんはもちろん、お義父《とう》さんも君も会えない。

――今は会ったらショックを受ける。君たち家族がショックを受けることが、優美にもよくない影響を与える。

――それなら、せめて主治医と話をさせてください。名前と連絡先を教えてくれれば、僕が電話します。

明快で、相手の言い分に譲歩した要求である。しかし、佐々知貴はこれもはねつけた。感情的にタケ君を罵倒《ばとう》したようだ。

――弟のくせに、目上の兄貴に逆らうなんてとんでもない。

――本当は優美のことなんか心配してないんだろ。君は冷たいって、彼女も言ってるぞ。

――君たち一家は機能不全家族だ。優美はその犠牲者だ。

タケ君は、このやりとりを録音することは思いつかなかったが、電話の内容を詳しく記録しておいた。

その後、タケ君が出勤してスマホに応答しなくなると、佐々知貴は職場の電話にかけてきた。自分は職場に電話されて尖った声を出したのを忘れたのか、焦《あせ》っていたのか。

――代理人なんて挟む必要はない。何でそんなことやってんだよ。

――だいたい杉村ってどこのどいつだよ？

私はちゃんと〈探偵事務所〉と言ったのだが。

――お義母さんはすぐ泣いたり騒いだりするから困るんだ。このまま優美がよくなるまでそっとしておいてほしいだけなんだ。

タケ君は主張を変えず、佐々知貴の言い分と言い訳も変わらない。平行線のまま電話はその後も続き、いささか迷惑なので、三度目の電話の際にタケ君はこう言い渡した。

――今後は僕に電話しないでください。職場にはあなたからの電話を取り次がないように頼んでおきますし、僕からコールバックもしません。僕の要求、姉の肉親として当然の要求に応じる気になったなら、僕ではなくまず杉村さんに連絡してください。

私はタケ君にメールを受け取ったと返信し、事務所の戸締まりをして、相模原の佐々夫妻のマンションへ向かった。まず現地を見てみたかったし、佐々知貴が会社にいるうちに、管理人や近隣の人たちから話を聞くことができれば好都合だ。

相模原市中央区にある〈ラ・グランジェット相模原〉は、デザイナーズマンションであることが売りの賃貸物件であるらしい。築五年、地上三階建て、半地下の平置き駐車場、総世帯数は十五戸で、間取りは2DKと1LDK、ワンルーム＋ロフトの三種類で、広さは三十三平米から五十平米まで。月々の賃料は、ネットでざっと調べたこのあたりの相場よりもかなり高い。建物の前に立っただけでなぜそこまでわかるのかと言えば、現況空室があって、仲介する〈イチノ不動産株式会社〉が、正面玄関の脇にその旨の立て看を出しているからだ。

閑静な住宅地にあり、築浅で、高い賃料に見合うだけのゴージャス感があるマンションだ。石造り風の外壁と、ベランダの錬鉄の手すりのバランスが美しい。入口のインターフォン兼オートロック操作パネルは大理石張りで、ディンプル型のキーとカードキーが両方使えるシステムだ。奥にあるロビーには革張りのソファセットと重そうなコーヒーテーブルが据えてあり、花の溢《あふ》れる坪庭がちらりと見える。

間取りからして、単身者と若いカップル向けだろう。デザイナーズマンションに住みたいが、山手線周辺の立地では手が出ない。子供ができたらファミリー向けの物件に引っ越すからそれまでの繋ぎ、という賃借人には好まれそうだ。だが、そもそも都心からこの距離でこの平米数に、これだけの賃料を払おうという単身者とカップルがそんなに多いとは思えない。

立地の良さを活かせず、中途半端にゴージャスな上物。さらに、〈管理室〉の表示のある小窓の内側にはブラインドが降りていて、管理会社の連絡先と、管理人が巡回・駐在しているのは月水金の午前十時から午後三時までだという表示がある。常駐ではないのは、物件のステイタスとしてマイナス要因だ。

訝《いぶか》しかった。ここまで、宮崎夫人とタケ君の話を元に、私なりに築いてきた佐々夫妻のイメージに、この住まいはマッチしない。

佐々知貴も優美も裕福な家に生まれ育ち、自分たちの好みを通すという意味の贅沢《ぜいたく》の仕方を知っているはずだ。優美には「両親にねだる」というオプションがあるのだから、我慢の必要もない。管理体制の整った都心のハイグレードなマンションとか――というか、そもそも彼女が実家のそばでなく、実家へのアクセスもよくないところを、進んで新居に選ぶだろうか。

時刻は午後三時十五分。管理人は時間通りに引き揚げてしまったらしく、姿が見えない。

集合ポストのプレートに名札があるのは四世帯だけだ。佐々夫妻の二〇二号室にも名札はなく、入居していても出さない場合もあるから断言はできないが、間取りの三タイプとも入居者募集中になっているのだから、最低でも三室は空いているはずだ。このゴージャスなデザイナーズマンションには、生活感のない寂《さび》れた感じが漂っている。人気のない分譲マンションのモデルルームのようだ。

立て看の〈イチノ不動産〉を検索してみると、首都圏各地に営業所があるが、本社があるのは新宿三丁目で、〈ラ・グランジェット相模原〉を扱っているのも本社の営業部門だ。戻り道で寄ってみることにしよう。

近所の誰かに話を聞けないものか。ぶらぶら歩き回ってみる。立派な生け垣に囲まれた日本家屋や、ゆったりした車庫のあるモダンハウス。屋根のソーラーパネルが晩秋の陽を受けて光っている。防犯カメラとセキュリティ会社のステッカーも目についた。マンションと違い、気軽にピンポンしにくい。

そのブロックをぐるっと回ってマンションの前まで戻ってみると、一車線の道路を隔てた向かいの一軒家の住人らしい老人が、門前に自転車を停めたところだった。前のカゴにスーパーのビニール袋が入っている。向かいの家は広々とした敷地に建つ平屋で、手入れの行き届いた庭の奥に古びたなまこ壁の土蔵が見える。

「失礼します、ごめんください」

声をかけると、老人は会釈《えしやく》を返してくれた。禿《は》げあがった広い額に、くっきりと三本の皺《しわ》。ポロシャツの上にウールのベストを着て、ジャージに派手なスニーカーを履《は》いている。

「はい、どうも」

「突然すみません。そこのマンションに住んでいる佐々という者の親戚なのですが、急病で入院して、最近ようやく退院してきたと聞いたものですから、訪ねてきたのですが」

老人は目を丸くした。「そりゃまあ、大変ですねえ」

「おかげさまで、病気はもういいようなのですが、なかなか連絡がとれませんで……。心配で来てみたのですが、本人は不在のようですし、管理人さんもいないので困っています。ひょっとして、町内会などを通して佐々とお付き合いがおありではないでしょうか」

老人は〈ラ・グランジェット相模原〉を仰ぐと、指先で鼻の脇をほりほり掻《か》いた。

「このマンションの人は、うちの町内会には入ってないんですよ。賃貸だからね」

「ああ、そうですか」

「お訪ねの人は、ええと――」

「佐々です。佐々知貴と優美という若夫婦です」

名前を確かめたことに意味はないらしく、老人はかぶりを振った。

「すみませんねえ。うちはお付き合いがないね」

「そうですか。失礼いたしました。マンションのオーナーさんは、このあたりにお住まいの方なのでしょうか」

「以前はね。先代までは、この先にいたんですよ」

爪を短く切りそろえた指で、マンションの南側の方をさした。

「うちもそうだけど、昔は農家だったお宅ですよ。今井《いまい》さんとこは、先代が亡くなったあと、相続した子供さんたちがみんな遠くに住んでるんで、土地もバラバラに切り売りされちまったみたいなんですわ」

「ははあ、よくある話ですね」

私は納得顔をしてみせた。

「もう一ヵ月前になりますが、佐々は救急車を呼んだそうでして、夜中のことだったので、さぞお騒がせしたことと思います。ご迷惑をおかけしました」

すると、老人の額の三本皺がきゅっと寄った。「救急車？」

「はい。先月の二日、日曜日の真夜中です」

ああ、あれですかと、老人は何度もうなずいた。

「覚えてますよ。確か、若い女の人でしょう。ありゃご主人かな、男の人が救急車に乗って付き添っていったって、うちのが外へ出て見てて、何事だろうって話してたんですよ」

目撃者第一号だ。佐々優美が救急車で運ばれたことは事実のようである。

「もうよくなったんですか」

「はい、大事にはならずに済みました」

「よかったねえ」

それじゃあと、老人は門扉を開け、自転車を押して庭へ入っていった。私は引き留めずにその場を離れ、車を駐めてもあまり目立たず、〈ラ・グランジェット相模原〉の人の出入りを見張れそうな場所を物色してから、駅へ戻った。

新宿駅に着くと、賃貸の仲介をしているイチノ不動産本社を訪ねた。古びた鉛筆ビルで、一階が一般客向けの営業窓口になっている。

私は、同じ市内に住んでいて、グレードの高い〈ラ・グランジェット相模原〉への住み替えを検討している客という設定で、窓口の丸椅子に座った。応対した社員は額がだいぶ後退した中年男性だ。

「そういえば、今井さんとご家族はお変わりないんでしょうか」

などと振ってみると、担当者は顔をほころばせた。

「オーナー様のお知り合いですか」

「息子さんと面識があるんです」

「そうですか。弊社のお客様で、大変お世話になっております。〈ラ・グランジェット〉は、今井さんがお持ちの物件のなかでも、特にお勧めできるものですよ」

きちんとした社員で、それ以上の余計なおしゃべりはしなかった。私は物件の資料をもらって引き揚げた。

佐々知貴のスマホは、勤め先から動かない。私が事務所に帰り着き、近所の喫茶店〈侘助《わびすけ》〉で簡単な夕食を済ませてコーヒーを飲んでいると、ようやく新宿から代々木方面へ移動した。それが午後八時過ぎのことで、そのまま十時半まで代々木近辺から動かず、次の移動で相模原に向かって、自宅に落ち着いた。妻の見舞いに行かなかったのだ。

筥崎夫人とタケ君にメールで簡略な報告を送り、私は銭湯のしまい湯に駆け込んだ。


一夜が明けて、翌日は早朝からオフィスのミニバンを転がし、まず〈侘助〉に寄って、マスターに頼んでおいたランチバスケットと水筒を受け取り、私はまた相模原へ向かった。今日は土曜日、佐々知貴は自宅マンションにいる。

彼の居場所を確かめ、移動する先へ追跡するだけなら、スマホでも一応は用が足りる。

だが彼自身はマンションから動かず、そこへ誰かを招くとか、呼びつけることがあるかもしれない。それを確認するには、現場で張り込むしか術《すべ》がない。

タケ君とのやりとりで相当焦っているらしい佐々知貴が、今の事態を誰かに相談してもおかしくはないと思う。その相手を確かめたい。それは妻の主治医かもしれないし、友人かもしれない。ひょっとしたら、親しい女性であるかもしれない。

そう、女だ。私立探偵としては勘ぐるべき筋だろう。佐々知貴は浮気していた（いる）。それを優美に知られてしまい、深刻な夫婦喧嘩になって、優美は自殺しようとした。幸い未遂に終わったが、彼女の精神状態は不安定なままで、佐々知貴は大いに狼狽《うろた》え（だからあんなに憔悴し）、この不祥事を義理の両親の目から隠すために妻を隔離している、という筋書き。

だが、浮気騒動を隠すために一ヵ月以上も妻を隔離するとは、少々やり過ぎではないか。「浮気騒動のみを」と言い足してもいい。ほかにも何かありそうな気がする。

中央自動車道に乗る前に、彼の携帯電話にかけてみると、留守番電話につながった。依然、私と話す気にはなれないらしい。今日これから誰かと相談し、助言をもらうなり協力を取り付けるなりしてから渡り合うつもりでいるなら、まだいいのだが。

〈ラ・グランジェット相模原〉から百メートルほど西に離れた四つ辻にミニバンを駐め、助手席のボストンバッグのなかから望遠レンズ付きのデジタル一眼レフカメラを取り出した。事務所を開くとき、〈オフィス蛎殻〉から格安で譲り受けたお下がりである。今までは出番がなかった。今日は大活躍してもらう予定だから、カメラも嬉しいだろう。

レンズを覗《のぞ》いてみると、昨日立ち話をした向かいの家の老人が、庭の物干しに洗濯物を干しているのが見えた。望遠のおかげで、老人の額の皺まで確認できる。〈ラ・グランジジェット相模原〉の方へ目を移すと、三階角部屋の住人がベランダで植木に水をやっている。長い髪をポニーテールにした若い女性だ。

私の娘の桃子《ももこ》は小学校四年生。ずっと子供らしいマッシュルームカットだったのに、二学期に入ってから髪を伸ばし始めた。ポニーテールにしたいのだという。先月の面会日には、両耳の後ろで伸びかけの髪をぎゅっと引っ張って二つに縛っていた。根元が攣《つ》れて痛そうなのに、「こうしておいた方が早く伸びるから」我慢しているのだと言っていた。三階の女性のようなきれいなポニーテールになるまで、あとどのぐらいかかるだろうか。

最初に撮影した外来者は宅配便の配達員で、次は新聞店の名前入りジャンパーを着た若者だった。マンションから出てきた住人は、ジョギングに行くらしい男性（一時間で戻ってきた）、三十代半ばぐらいの夫婦（二人一緒に半地下の駐車場に行き、ごついレンジローバーに乗り込んで出発）、さっき見た三階のポニーテールの女性（十五分ほどでコンビニの袋を提《さ》げて帰宅）、五十歳前後のショートカットの女性（エプロンにジーンズ）、銀髪の老夫婦（夫人の方が杖をついている）――

佐々知貴に動きはなかった。スマホはマンション内に留まっている。

昼食にする前に、いったんミニバンを動かしてそのブロックを一周し、今度は東側に八十メートルほど離れた電柱の陰に駐めた。そして笘崎夫人に電話をかけた。

夫人はすぐに出た。挨拶をして、私は切り出した。

「佐々知貴さんと優美さんは、結婚当初から相模原市中央区のマンションに住んでおられるんでしょうか」

「はい、そうですが」

「素敵なマンションですね。でも、あれだけの家賃を出すなら、もう少し都心寄りのところや、そちらのお宅の近くに借りることもできたと思うんです。お二人に、何かしら相模原を好む理由があったのでしょうか」

「それは……ええ、ちょっとゴタゴタしたんです。杉村さん、マンションの方にいらしたんですか」

「今、近くにいるんです」

「え！」声がワントーン跳《は》ね上がった。「知貴君に会うんですね？」

「状況次第です。相変わらず電話に応えてくれないので、訪問してもかえってよくないかもしれません。ただ知貴さんが、優美さんがいなくても自分たちの住まいでちゃんと暮らしているのか、一応確かめておきたいので来てみました」

「――それで、知貴君はマンションにいるんですよね？」

「まだ本人の顔を見ていませんが、いることは確かです」

夫人は、ちょっと待ってくださいと言った。

膝の上に一眼レフを置き、スマホを手にして運転席に座っていると、さっき見かけた老夫婦が、私のミニバンの脇を通って〈ラ・グランジェット相模原〉の方へ歩いていった。何かにぎやかにしゃべり合っていた。

スマホの向こうでカタカタと音がして、筥崎夫人の声が戻ってきた。

「すみません、お待たせしました。家計簿を持ってきたんです」

夫人には日記をつける習慣はないのだが、家計簿の備考欄に、何かあったときには簡単な覚え書きをしているのだという。

「家計簿はずっととってありますし、優美の結婚式の前後はいろいろと出費がかさんで、書き込みもたくさん残っています」

「ご夫婦の新居のことは何か書いてありますか」

「はい、わたしも覚えていますし――」

家計簿のページをめくる音がする。

「四月の半ば、お式の二ヵ月前ですけど、〈新居のことで喧嘩〉と書いてあります」

結婚を決めると、若い二人は、式場選びと並行して新居探しも始めた。式場の方はスムーズに決まったが、新居の方は難航したのだという。

「おっしゃるとおりで、優美はうちの近くに住みたがったんです。それで、都心を離れる分だけグレードの高い物件がいい、と。でも知貴君は、他の条件は譲っても、会社に近いところにしたいと言って」

――僕の給料でやりくりするんだから、全部の条件をクリアするのは無理だよ。

「そんなこんなで、いくつ物件を見に行っても、なかなか決まりませんでした。娘も焦《じ》れてきたのか」

――ママ、パパに頼んで、わたしたちが好きなところに住めるようにお金を出してよ。

「タワーマンションのパンフレットを持ち帰ってきて、わたしに見せたりしましてね」

　夫人は弱々しく笑った。

「結婚して家庭を築こうというのに、優美がそんなことを言うのも、わたしたち夫婦が甘やかしてきたからです」

　タケ君も、姉はお姫様だと言っていた。

「でも、お恥ずかしいですが大切な娘のことですし、昨今は物騒ですから、治安の悪いところやセキュリティのゆるい物件に住んでほしくはなくて、わたしの方から夫に相談しまして、結婚祝いにマンションの頭金ぐらいは出してやろうかと」

「ご主人は、そのころもずっと福島の方におられたんですね」

「はい、帰宅するのは月に二度ぐらいでした。優美たちがもし新居を購入するということになるなら、佐々さんのご両親に承諾していただく必要もあるし、一度きちんと話し合うために帰ってくると言っていました」

　事は優美の望む方に向かっていたわけだ。私の想像も、おおむね当たっていたようである。

「それが、あの日突然、知貴君が」

――物件を決めてきた。僕が先に引っ越して、あっちで生活を始めるから。

「そんなことを言ってきて、うちで優美と大喧嘩になったんです」

その物件が〈ラ・グランジェット相模原〉なのである。

「最初のうちは、優美も写真や間取り図を見て、お洒落なデザイナーズマンションだと喜んでいたんですが、場所を聞いたら驚いて怒りだしたんです」

――全然知らない土地だし、実家に行くにも不便だし、トモ君の会社にだってちっとも近くないじゃない！

乗り換えなしの通勤快速ではあるが、確かに〈近く〉ではない。

「だいいち、こんな遠くで五十平米ぐらいで、この家賃は高すぎると」

「確かに高いですね。２ＤＫタイプで十八万五千円と表示してありましたが、あの近辺ならば、築浅のマンションの八十平米前後の部屋や、状態のいい一戸建てを借りられる賃料だと思います」

「でも知貴君が言うには、実際にはその半額でいいのだと」

「は？」

「大学の先輩がいる不動産会社の物件で、なかなか入居者が集まらないから、オーナーさんと会社の担当者のあいだが険悪になっているとかで」

——何とか成約の実績を作りたいから、家賃は半額で二年間住んでくれればいい。あとは引っ越していいから、二年間だけ頼むって拝まれちゃったんだ。先輩に頭を下げられたら断れないよ。

新情報だ。〈イチノ不動産〉には、佐々知貴の先輩が勤めているのか。

〈ラ・グランジェット相模原〉という物件は、コンセプトからして失敗しているのではないかという私の感想も的を射ていたらしい。が、これは別段私のカンが鋭いわけではなく、たいていの人があのマンションを見たらそう思うだろう。

「だからもう契約して、引っ越し屋にも見積もりを頼んでしまったから、これで決まりだと言うんです」

「優美さんは結婚まで実家暮らしだったんですよね。知貴さんは？」

「早稲田《わせだ》だったかしら、古いワンルームマンションにいたんです。だから、自分はそこから先に引っ越しておくから、新居に必要な家具や家電と、優美の荷物は後から入れればいいじゃないかという話でした」

私はうなった。「それは喧嘩になっても無理ないですね」

「優美も怒るやら泣くやら、あの日は、もう結婚をやめると叫んだくらいでした」

笘崎夫人はハラハラしながら二人を見守った。喧嘩は一週間ほど続き、優美は怒ったり泣いたりを繰り返していたが、

「だんだん軟化しましてね。マンションそのものは素敵だし、本当に家賃が半額で二年

だけでいいのならと、最終的には折れました。披露宴の招待状の発送も済んでいました
し、本当に結婚をやめる気にはなれなかったんだと思います」
しかし、話が決まった後も、優美は筥崎夫人にこんなことを愚痴《ぐち》ったそうだ。
――トモ君はいつも優しくて、わたしをいちばん大事にしてくれるのに、大学の先輩
がからんでくると、途端に人が変わっちゃうの。それだけはイヤだな。
「実際には、もう二年半近く住んでいますよね。引っ越しの予定はあったんでしょう
か」
「いろいろ探していたみたいです。夏休み中でしたか、夫婦でうちに来たときに、マイ
ホームの資金繰りのことで夫に相談したい、いつならゆっくり会えるだろうかなんて話
しておりましたので」
「なるほど」
「あの、杉村さん。いろいろ調べ始めているのに、わたしが優美のクリニックへ行った
らお邪魔になりますか？」
「いえ、かまいません。もしも面会できたら、それがベストですから。ただ、お気持ち
がいろいろ複雑でしょうから、トラブルにならないようにだけご用心ください」
「はい、よく気をつけるようにします」
前方の〈ラ・グランジェット相模原〉から、誰か出てきた。夫人に断って電話を切り、
カメラに持ち替えたが、あいにく佐々知貴ではなかった。スエット上下の中年男性で、

くわえタバコで道の向こうへ歩いてゆく。

バスケットを開けてサンドイッチを食べながら、私は考えた。なるほど、佐々知貴とはそういうタイプの男なのか。先輩に頼まれたら断れず、恋人の意向さえも躊躇なく退けて、そちらの義理を通す。上下関係に忠実であり、うるさいということだ。これは、義弟のタケ君に上から目線の物言いをすることとも合っている。

彼はスポーツマンだ。悪い意味で体育会系のメンタルを持っているのだろう。私はそういうタイプが好きではないし、得意でもないが、しかしこれは期待できる。佐々知貴が憚《はばか》る先輩がまともな常識人ならば、彼を叱ってくれるかもしれない。それで現状を打開できれば、穏当に解決する道が見えてくる。

その後も私は退屈な見張りを続けた。写真もこまめに撮った。午後三時過ぎにまた車を動かして（ついでに見つけたコンビニでトイレを借り）、最初の四つ辻に戻った。

危ないところだった。私がエンジンを切った直後に、佐々知貴が〈ラ・グランジェット相模原〉の正面玄関から出てきたのだ。

ジャージの上下に樹脂製サンダルをつっかけて、寝起きのままのように髪が乱れている。ポケットにスマホを突っ込んであるが、手ぶらだ。遠出するつもりはないのだろう。

ミニバンを降りて徒歩で尾《つ》けてゆくと、さっき私がトイレを借りたコンビニに入っていった。三階のポニーテールの女性が提げていたのもこの店のビニール袋だったから、ここがいちばん近くのコンビニなのだろう。

店の外からガラス越しに観察していると、昨日、通勤途上の佐々知貴を見て覚えた胸騒ぎがよみがえってきた。彼の目はうつろで、動作にも生気がない。十分以上も店内をうろうろし、缶ビールと弁当を買った。

彼が外へ出てくるとき、店に入るふりをしてすれ違ってみた。間近に見る顔は青黒くむくんで、ひげも剃《そ》っていない。

少し距離を開けるためにその場で待ちながら、声をかけようかと、私は思案した。あれだけ思い悩んでいる様子なら、突撃すれば意外とあっさり陥落するかもしれない。

結局思いとどまったのは、行きも帰りも、店内にいるときも、彼がしきりとスマホを気にしていたからだ。誰かの連絡を待っているように見えた。それも切実に。

さらに、私は事実を固めたかった。今日も、佐々知貴がアワー・ハピネス・メンタルクリニックに見舞いに行かない、という事実を。

〈ラ・グランジェット相模原〉に帰ると、スマホの動きはまた止まった。缶ビールを開け、ぼそぼそと弁当を食べる姿が目に見えるような気がした。

このまま、クリニックの面会時間が終わる午後七時になるまでは監視を続けることにした。マンションへ出入りするのは、一度見かけて撮影した入居者ばかりになった。もともと部屋数が少ない上に空き室があるのだから当然だろう。

晩秋の陽が暮れきってしまい、七時近くになってから、新規の外来者があった。小柄な若い女性で、長袖のワンピースの上に薄手のコートを羽織っている。肩までの長さの髪をきれいに巻き、化粧もしているようだ。

彼女は駅の方から歩いてきた。望遠で覗かなくても目立つ特徴があった。いわゆる〈ガーリー〉なデザインで人気のあるブランドのトートバッグを肩に掛け、両手で後生大事に風呂敷包みを抱えているのだ。大きさと形から推《お》して、たぶん重箱か、重箱タイプの大きめの弁当箱だろう。

まず写真を撮り、何となく勘が働いて、車を降りてマンションへ向かった。若い女性はインターフォンのパネルの前に立っていた。私は入居者のふりをして、集合ポストのそばに寄った。

彼女は包みを左腕に移し、右手でパネルを操作した。人差し指で「2」「0」「2」と打ち込むのが見えた。佐々夫妻の部屋だ。

部屋番号を打ち込んでから、彼女はいったん指を引っ込めた。顎を引き、じっとパネルを見つめてから、また指を出した。コールするためのキーに触れかけて——やめた。風呂敷包みを両手で抱え直し、背中を丸めてじっとしている。と、二、三歩後ずさりしてパネルから離れ、くるりと踵を返してロビーから出て行った。

道路に立つと、〈ラ・グランジェット相模原〉を仰ぎ見た。緊張で張り詰めた顔をしている。ガラス越しに私の姿も向こうから丸見えなので、目が合わないように半ば背中を向け、スマホを取り出していじった。

戻ってくるか——という予想は外れた。彼女は風呂敷包みを抱きしめて、駅の方へ歩き出した。下を向いたまま、だんだん小走りになる。

私はロビーを出て後を追った。女性を怖がらせたくないので、走らないようにした。一本道だし、小柄な彼女は歩幅も狭く、足早に歩けば楽に距離を縮められて、ほどなくして追いついた。

「すみません、失礼ですが」

背中に声をかけると、彼女はまさに飛び上がった。勢いよく振り返ったので、トートバッグが肩から落ちて肘《ひじ》のところで止まった。

「驚かせて申し訳ない。あのマンションに住んでいる佐々をお訪ねでしょうか」

ほんの数秒のうちに、彼女の顔を様々な表情がよぎった。驚き、安堵、羞恥《しゅうち》、喜び、遠慮、警戒。

私は微笑んで会釈した。「不躾なことをしてすみません。僕は知貴の従兄《いとこ》なんです。このところあいつが体調を崩していると聞いたので、ちょこっと寄ってみたんです。所用で近くまできたついでですが、電話してもいつも留守電で、さっぱり様子がわからないので心配で」

若い女性は目を瞠った。口元が震え、耳たぶが紅潮してゆく。

「また留守電を残しておくか、何か書いてポストに入れておこうかと思ってロビーにいたら、あなたがいらしたので……。二〇二号室は、知貴と優美さんの部屋ですよね？」

くちびるをきつく閉じたまま、女性は何度かガクガクとうなずいた。それから、急に姿勢を正して私に頭を下げた。

「ご、ごめんなさい」

うわずって、ひっくり返った声である。

私は慌《あわ》てたふうに両手を振った。「こちらこそ、いきなり声をかけたりしてすみません。失礼ですが、優美さんのお友達ですか」

「ハイ、あの、わたしは」

「何か優美さんも一時入院してたとか、夫婦してどうしたのかなあ」

風呂敷包みをきつく抱きしめたまま、若い女性は震える声で早口に言った。

「お、奥様は、今も入院していらっしゃいます」

その瞬間、彼女が（しまった）と思ったのがわかった。（あ、失敗した）（まずい！）かもしれない。いずれにしろ、「奥様」と言ってしまったことで、彼女はもう優美の友達のふりをすることはできなくなってしまった。

空とぼけて、私は大げさに驚いた。

「そうなんですか。ンじゃ知貴が調子悪いってのは――」

「きっと奥様のことが心配だからだと思います。佐々さん、会社でも元気がなくて」

「そうかあ。あなたは知貴の職場の方なんですね。いつも知貴がお世話になっております」

彼女から情報はほしいが、脅《おど》かしたくはない。私は脳天気に丁重な挨拶をした。

「とんでもないです！　わ、わたしの方こそすごくお世話になっています」

今や女性の顔は真っ赤だ。のぼせて汗をかいている。

「じゃあ、知貴は優美さんの病院に行ってて留守なのかな。どこが悪いんだろう。重いのかな。病院、ご存じですか」

さも面目なさそうに頭を掻いて、私は苦笑してみせた。

「知貴のことは子供のころからよく知ってるんですけど、あいつが就職してからはお互い忙しくって、結婚式のときに会ったきりなんですよ」

「あ、はあ、そうなんですか」

「病院、ご存じないですか」

鼻先の汗をそのままに、女性は首を横に振った。「――プライバシーですから」

「ああ、そうですよねえ。すみませんでした。せっかく来たから、僕はちょっと待ってみようかなあ。よろしければ、あなたがお見舞いに来てくださったことを知貴に伝えますが、どちらさ」

一転、彼女は色を失った。私が「どちらさまでしょうか」と問いきらないうちに退却にかかった。

「わ、わたしのことは、どうぞおかまいなく。うちもこの沿線で、ち、近くなので、ホントついでに、ええ、わたしもついでにお訪ねしてみただけなんです。佐々さんがあんまり窶れていらっしゃるので」

「うん、何か叔母の話だと、この一月《ひとつき》で五キロ痩《や》せたとか。職場でも、皆さんにご心配をおかけしているんですね」

彼女は何度も大きくうなずいた。「お食事もちゃんとしてないみたいです。そう、ホントこの一ヵ月ぐらいのことですけど。最近は少し顔色がよくなってきてたのに、先週末からまた逆戻りで、前よりもっとげっそりしていらして、みんな心配しています」

年上の親戚の者らしく、私はいかめしい説教顔をつくった。

「申し訳ないです。一度きちんと話を聞いてみるようにします。お心遣いありがとうございました」

私が一礼すると、彼女もすごい勢いでお辞儀をした。

「ごめんください。ホントに失礼いたしました」

そして、今度はもうあからさまに逃げ出した。私は追いかけなかった。佐々知貴が浮気しているとしても、相手は彼女ではない。あんな気の小さい浮気相手がいるものか。

もっとも、職場の男性の妻が入院中で不在だと承知の上で、手料理（あの風呂敷包みの中身はそうに決まっている）を持って自宅を訪ねてきた――しかもランチではなく夕食時を選んでいるのだから、実はいい根性をしているのだろう。状況が違えば、本物の浮気相手にクラスチェンジしないとは限らない。

ともあれ、彼女は貴重な情報をもたらしてくれた。
① 佐々知貴の憔悴ぶりは、職場でも案じられ（訝られ）ている。

② 優美が入院したことを、彼は周囲に隠さず話している。但し具体的なことは説明していない。

③ やっぱり女性にモテている。

④ 彼の周章狼狽《しゅうしょうろうばい》と憔悴が始まったのは一ヵ月前、つまり優美の自殺未遂の際で、その後は少しずつ落ち着いて回復傾向にあったのに、先週末からまたひどくなった。これは、タケ君が私立探偵なんぞを雇ったからだろう。

私は〈ラ・グランジェット相模原〉のロビーに戻った。万に一つ、佐々知貴が今の私たちの様子を窓から見ていて、慌てて降りてくるということがあるかも――

そんな展開はなかった。私はミニバンに戻り、結局午後八時過ぎまでそこにいたが、佐々知貴のスマホはマンションから動かなかった。帰り道、あの重箱の中身は何だったんだろうと想像しながら運転していると、空っぽの胃がぐうぐう鳴った。

日曜日になって、動きがあった。

私が、クラブハウスサンドイッチよりもう少し腹持ちのいいものをと頼んだら、〈侘助〉のマスターは、おにぎりと鶏の唐揚げとゆで卵とウサギの形に切ったリンゴという子供の運動会のお弁当みたいなランチバスケットを持たせてくれた。

午後〇時五十分過ぎ、私がそれに手をつけようとしたとき、四つ辻の方からミッドナイトブルーのエクエルが近づいてきて、〈ラ・グランジェット相模原〉の前に駐まった。

エクエルはエコカーの人気車種で、高級車である。しかもミッドナイトブルーはめったに見かけないカラーだ。

運転席から降りてきた男性は長身、遠目でもわかるほど筋骨たくましい。望遠レンズで見ると、男性にしてはやや長髪で、くるくる巻いたくせ毛だ。がたいが良すぎてちょっと年齢の見当がつきにくいが、佐々知貴よりは年上で、私よりは下だろう。肘当てのついたジャケットにチノパン、先の尖った革靴。洒落者だ。

男性は車のキーを手にしたまま、そそくさとマンションのなかに消えた。同行者はいない。私はエクエルのナンバープレートを撮影した。

十分も経たずに、その男性は車に戻ってきた。佐々知貴が一緒だった。彼も今日はジャージ姿ではなく、白いシャツにジーンズで、上衣を手に持っている。顔を伏せ肩を縮めて、そのせいか妙にこそこそした感じで助手席に乗り込んだ。車はすぐ発進し、私のミニバンの方に向かってきた。

ゆで卵を手に持って、すれ違うエクエルの車内を横目で窺うと、佐々知貴のうつろな顔が見えた。運転席の男性はしゃんと前を向き、口を閉じていた。出てきてから走り去るまで、二人が会話している様子はなかった。

エクエルが小さくなるまで待って、私もミニバンをUターンさせて後を追った。幸い、しばらくは一本道だし、車の通行はまばらだ。途中で現れたトラックや自家用車をあいだに挟みながら、北西方向へ走ってゆくエクエルについていった。

国道二〇号線に乗るのだろうか。駅の周囲では交通量が増して、エクエルを目視できなくなってきた。何とか追尾していたのだが、そのうち嫌なタイミングで信号待ちに阻《はば》まれ、そこで見失ってしまった。

対象が徒歩であれ車で移動しているのであれ、一人で尾行を完遂《かんすい》するのは難しい。でもまだスマホを追うことはできる。すぐ取り出して確認すると、予想通り国道二〇号線を走っている——と思ったら、佐々知貴の位置を示す赤い光点が消えてしまった。彼がスマホの電源を切ったのだ。

とりあえず追いかけてみるかとも思ったが、やめにした。高速道路ではないから、どこかで逸《そ》れてしまわれたら探しようがない。

尾行に気づかれたわけではないと思う。ただ、最初からこちらは私立探偵だと明らかにしているので、警戒されていてもおかしくはない。憔悴しきっている佐々知貴はそこまで頭が回らなくても、明らかに彼をどこかに連れて行こう（または伴って行こう）としているあのくせ毛の男性が、スマホの電源を切れと忠告したのかもしれない。

私は恵比寿のアワー・ハピネス・メンタルクリニックに向かった。移動の途中で筥崎夫人に電話してみると、何と夫人も恵比寿駅にいるという。

「これから面会に行ってみようと思いまして」

「私も相模原から向かっているところです。恐縮ですが、面会できてもできなくても、私が到着するまで待っていていただけますか」

「わかりました」

「もしも知貴さんが現れたら、すぐ知らせてください」

あとは余計なことを考えず、運転に専念した。小一時間後に私がクリニックの前にミニバンを駐めると、夫人がしょんぼりと一人でたたずんでいた。

「いかがでしたか」

私の問いに、黙ってかぶりを振った。革のハンドバッグの他に、デパートの紙袋を提げている。

「いつもの門前払いでした。知貴君には、わたしは会っていませんが、優美の病室にいるのかどうかはわかりません」

とりあえず夫人をミニバンに乗せ、クリニックの脇道に移動して駐めた。

「知貴さんは病室にいないと思います。相模原の自宅から、先輩か友人らしい男性と車で出かけていきましたから」

私は尾行に失敗したことを謝ったのだが、夫人はそんなことよりも写真を見たがった。ノートパソコンに繋いでフォトデータを表示し、念のために最初の一枚から順番に見てもらった。夫人はあの老眼鏡を掛け、前屈みになって熱心に見入っていたが、ミッドナイトブルーのエクエルに乗り込もうとする佐々知貴の映像が出てくるまでは、スクロールする指が止まることはなかった。

「これ、知貴君ですよね？」

「はい。一緒にいる男性に見覚えはおありですか」

　夫人はモニターを凝視《ぎょうし》した。マンション前の二人、エクエルに乗り込んでからの二人、私の傍《かたわ》らを走りすぎる運転席と助手席の二人。

「さあ……知らない人だと思います。知貴君の会社の方かしら」

　従兄など、親族ではなかったか。

「一応、この写真をスマホにお送りしておきます。何か思い出すことがあったらお知らせください」

　わかりましたと言って、夫人は軽く身を震わせた。「それより、何でしょうこれ。知貴君の方こそどこか悪いんじゃありませんか」

　騒動が始まって一ヵ月余り、笘崎夫人は佐々知貴にも会っていないのだ。この窶れた姿に驚くのは無理もない。

「病気かどうかはわかりませんが、体調が悪そうでした。彼にも彼の心労があるように思えます」

「そりゃあ、だってわたしと優美をこんな目に遭《あ》わせてるんですから」

　初めて、夫人の口調が尖った。

「わたしに母親として責任があるなら、知貴君にも夫としての責任があるはずですよ。優美が苦しんでるのに、一人だけケロッとしてたら——」

　吐き出すようにそこまで言って、急にくちびるを嚙みしめた。

「ごめんなさい。わたしは、こんな文句なんか言える立場じゃありませんわね」

「いいえ、おっしゃっていいと思いますよ」

娘を人質にとられた格好で仕方なかったとはいえ、今まで下手《したで》に出過ぎていたくらいだ。夫人はもっと怒っていい。

「今のところ何の確証もあるわけではないので、あくまでも参考にお伺いするのですが、この件で、知貴さんの女性問題を疑ったことはおありでしょうか」

夫人は私の顔を見た。これまでにない強い眼差しだった。

「こんなとき、普通なら真っ先にそれを疑うのでしょうね。でも、うちは違います。もしも知貴さんが浮気したら、優美は、自殺未遂なんかする前に、真っ先にわたしに訴えてくるはずですから」

そしてそのまま離婚ですよ、と言い切った。

「娘と知貴君は、大学一年のときからの付き合いです。彼はああいう人ですから、モテたんでしょう。何度か浮気騒動もありました。ですからわたしも気になって、入籍の前に訊いてみたんです」

――知貴君はモテるし、派手な仕事だから、この先いろいろな人とお付き合いがあって、もしかしたら浮気するかもしれない。そんなときはどうするつもり？

「優美は、結婚した以上は浮気なんて絶対に許さない、離婚すると申しました」

――裏切りには言い訳なんかないから。

「あの娘《こ》はプライドが高いんです。わたしも、それでいいと思っております」

わかりましたと、私は言った。

「今日はもうお帰りください。ご自宅でのんびりされた方がいいですよ」

「杉村さんはどうするんですか」

「知貴さんが来るかどうか、面会時間が終わるまで待ってみます」

「そう。よろしくお願いします」

ミニバンから降りかけて、夫人はふっと思いついたように振り返り、手にしていた紙袋を差し出してきた。

「よろしかったら、これどうぞ召《め》し上がって。優美に作ってきたんです。お口に合うかどうかわかりませんけど」

遠慮せずに受け取ることにした。「ありがとうございます」

宮崎夫人が去ると、私は〈オフィス蛎殻〉の木田ちゃんに電話をかけた。

「何だ杉村さんか」

「あのフェイスブックの件、やっぱり順番を繰り上げてもらいたいんだ。明日の午前中に何とかならないかな」

「ン、了解」

「それともう一件、閉じられているフェイスブックを開けてほしいんだけど」

佐々優美のフェイスブックを見れば、彼女の交友関係がわかる。アカウントを教えると、木田ちゃんは上の空の感じで「あいあい」と言った。手数料のことは言わなかった。年齢から推して、エクエルの男は佐々知貴の「お友達」ではなく先輩だろう。で、チーム・トリニティのメンバーである可能性が高い。早く確認したくなった。

私は九時過ぎまでクリニックのそばにいた。引き揚げる前に建物を仰ぐと、上の階のいくつかの窓に明かりが灯っていた。入院患者がいるのだろう。

だが、佐々優美はこのクリニックにはいない。いたことがあるのかもしれないが、少なくとも今はいない。私はほぼ確信していた。彼女がいるのはどこか別の場所で、佐々知貴とエクエルの男はそこへ向かったのだ。

佐々優美はそこで保護されている。あるいは隔離されている。あるいは、進んで周囲の人間関係から遠ざかっている。姉妹のように仲良しの母親にさえ、メールの一通も出さずに。

それは何故か。

そもそも自殺未遂は嘘で、佐々優美は自傷したのではなく、夫に殴られたり刺されたりした――殺されかけたのだろうか。いや、彼女は救急搬送されているので、傷害事件や殺人未遂になりそうなケースなら、治療にあたった医療者が通報するだろう。昨今は、被害者本人が何と言おうと、医療機関はＤＶ疑惑案件に対して厳格だ。仮に優美が夫を庇って通報しないよう頼み込んだのだとしても、母親の笘崎夫人には連絡をとる（またはとらせる）のではないか。

優美の自殺未遂そのものは、事実だと考えた方が自然だ。問題はその動機の方なのだ。だから、佐々知貴は出来事だけは正直に打ち明け、「原因」はでっち上げたのだ。

実際、毒親云々《うんぬん》の言いがかりは効果的だった。筥崎夫人は混乱し、罪悪感で動揺し、娘婿《むすめむこ》に言いくるめられてしまった。佐々知貴が、三日の夜十時過ぎまで夫人からの電話に応じなかったのは、この言いがかりをもっともらしく固める時間がほしかったからだろう。

現状、私からの再三の電話を黙殺しているのも、同じパターンの繰り返しだろう。優美の弟の代理人として乗り出してきた私を退けようと、タケ君に文句を言ったり、「先輩」に相談したりして時間稼ぎをしている。

そう思いつつも私が恵比寿でぐずぐずしていたのは、何とか佐々知貴が現れてくれないかと、少しばかり祈るような気持ちになっていたからだった。全てこちらの思い過ごしで、本当に佐々知貴の主張のとおりであってくれ、と。

優美を自殺未遂に追い込み、知貴を窶れさせている真の「原因」は何なのか。それは、こんな不自然な嘘を重ねても秘匿《ひとく》しなければならない事柄なのか。あのゾンビのような顔つきを思い出すだに、嫌な予感が強まってゆく。

それでも、佐々知貴がこの一ヵ月で周囲を驚かすほど窶れているというのは、いい材料でもあるのだ。それは彼が、隠蔽《いんぺい》しなければならないような出来事に対して、何らかの責任感か罪悪感に苦しんでいるというしるしなのだから。

竹中家に間借りしている事務所兼自宅に帰り着いてから、筥崎夫人にもらった紙袋を開けてみた。タッパーウェアが二つ、中身はきれいに詰められた弁当だった。みんな優美の好物なのだろう。火を通した具材を使ったちらし寿司、野菜の煮物、白和《しらあ》え、一口サイズのかき揚げ、白身魚の味噌焼きにミートボール、缶詰の桃とミカンのヨーグルトサラダ。

ゆっくりと味わった。上品な薄味だった。いろいろと事情があって勘当《かんどう》同然の身の上なので、私は久しく自分の母親の手料理を食べていない。うちの母の味付けはもっと濃く、揚げ物は油っこかったな、と思い出した。

4

七日の月曜日、朝一番で陸運局に行った。ここで〈登録事項等証明書交付請求書〉の必要な項目に記載し、窓口で自分の身分を証明するものを提示する。これが、目的の車のナンバープレートから所有者を特定するための手続きだ。申請理由を書かねばならないので、〈当て逃げ被害〉として、窓口の担当者には、昨日の夕方、この車がうちの前でUターンしたとき門扉に傷をつけられたと説明した。

「被害を確認できる防犯カメラの映像はありませんか」

「カメラ付けてないんですよ。音を聞いて慌てて外へ出て、ナンバープレートだけ覚えたんです」

個人情報に関わることだから、この種の申請には厳しいチェックが入る。断られる場合も多いが、今回はツキがあったのか、私の申請は通った。あのミッドナイトブルーのエクエルの持ち主が判明した。高根沢輝征《たかねざわてるゆき》。登録住所は目黒区だ。まだこの人物が昨日の運転者だったとは言い切れないが、私はこの名前に見覚えがあるような気がした。

〈オフィス蛎殻〉では、木田ちゃんがまたハンバーガーを食べていた。

「これは早お昼だよ」と言って、私に並びのモニターの前に座るよう促した。

「フェイスブックを開けるのなんて簡単なんだけどさ、僕が自分でやろうと思うと順番待ちになるわけ。杉村さんが承知してくれれば、これからは僕の下請けに回すけど」

木田ちゃんの「下請け」は、彼が自腹で雇っている（または協力を頼んでいる）ネット仲間で、当然のことながらこのオフィスにはいない。木田ちゃん自身も相手と会ったことがない可能性さえありそうだ。

「木田ちゃんが信頼している下請けなら、いいよ」

「それは鉄板」

「わかった。じゃあ今後はそういうことでお願いします」

彼は仕事に戻り、私はまず開放されたチーム・トリニティのページから閲覧した。

といっても、知りたいことは既にトップページに載っていたのだった。〈高根沢輝征〉の名前に見覚えがあったはずだ。この人物は、チーム・トリニティの代表幹事だった。

スクロールしてゆくと、トップページでは名前だけだった幹事たちの顔写真が現れた。当たりだ。この特徴のあるくせ毛とくっきりした顔立ち。昨日のエクエルの運転者に間違いない。やはり先輩だったか。

フェイスブックの内容は、よくあるスポーツ愛好会のそれであって、練習風景や試合の動画もあった。国内では女子日本代表チームが有名だが、私は初めてちゃんと観てみて、ホッケーはかなり激しいスポーツなのだと驚かされた。

ホッケー、正しくはフィールドホッケーのプレイヤーは十名、それにキーパーが一名。サッカーと同じだ。ちょっと調べてみると、公式試合に出場登録できる選手は十八名だという。で、チーム・トリニティの現在の所属メンバーは十三名。フェイスブックの名簿には名前と卒業年次が記されている。高根沢輝征は最年長の三十三歳だ。

広いグラウンドを必要とする競技を趣味にすると、まず練習場所の確保に苦心する。チーム・トリニティもそれは同じで、このフェイスブック管理者は、しきりと時間貸しグラウンドの情報提供を呼びかけている。自分はくじ引きに弱いので、誰かくじ運のいいメンバーが代わってくれという泣き言もあった。公共の運動施設には利用希望者が殺到するので、くじ引きで決められることが多いからだろう。天然芝や人工芝のグラウンドとなると、そもそも数が限られるから、なおさら競争が激しくなる。

メンバー間のやりとりの過去ログを読んでみても、もっぱら話題は練習場所の確保についてだ。今年は震災の影響もあろうが、試合は一度もできなかったらしい。練習もまばらで、やりとりから拾って数えた限りでは、一月に二度、二月に一度、三、四、五月はまったく無しで、六月と七月に一度ずつ、八月はまた無しで、九月に二度、十月も無しで現在に至っている。先の予定も、今の段階では立っていないようだ。

名簿とログを突き合わせてゆくと、頻繁《ひんぱん》にやりとりしているメンバーが偏《かたよ》っていることに気づいた。希《まれ》にしか登場しないメンバーが四、五人いて、練習日が決まったという連絡があると、気を揃《そろ》えたように「出張があって」「都合が悪くて」参加できないと応じている。これでは、プレイに必要な十一名が揃わないのではないか。

案の定、九月末の段階で、高根沢輝征が代表幹事としてチームの皆を叱責《しっせき》するコメントを書いており、そのなかで、（私が拾った限りでは）いちばん欠席が多そうな〈タマキ〉を厳しく叱っていた。

〈練習怠慢はチームの和を乱し、上級プレイヤーの足を引っ張る最大の悪だ。速やかに自身の生活習慣を見直し、性根を入れ替えて積極的に参加しないなら、相応の制裁を覚悟しろ〉

私の感覚では、これは叱責ではなく恫喝《どうかつ》だ。

OBの集まりなのだから、全員が社会人だろうし、家庭人でもあるはずだ。様々な事情で趣味のスポーツから遠ざかることがあっても仕方あるまい。それを、制裁を覚悟しろとは。

名簿を見てみると、タマキは一人だけだ。〈田巻康司《たまきこうじ》 二〇一〇年次卒業〉。おそらく最年少のメンバーだろう。

——先輩に頼まれたら断れない。

——先輩のことになると人が変わっちゃう。

佐々知貴と優美がそれぞれに口にしていたという言葉と重ねると、また嫌な感じがしてきた。私は、最年長の代表幹事にこんなことを言わせて誰も抗議しない、このチーム・トリニティを好きになれない。

〈昭栄大学ホッケー愛好会〉、〈高根沢輝征〉で検索してみた。彼のフェイスブックやブログは出てこなかったが、昭栄大学ホッケー愛好会のホームページは見つかった。これは自由に閲覧することができたので、現在の代表者の名前をメモし、スクロールしながら読んでゆくと、月日順に並べられている活動報告・トピック欄のところで目が止まった。日付は十月七日の金曜日だ。

〈当会OB、二〇一〇年次卒業生の田巻康司氏令夫人の葬儀に際し、当会より弔電をお送りしました。謹んで田巻郁恵《いくえ》様のご冥福《めいふく》をお祈りいたします〉

モニターの前で、私はちょっと固まった。

田巻康司の夫人が死亡し、十月七日に葬儀が執り行われている。

佐々優美の自殺未遂は十月二日深夜のことだった。田巻郁恵の死亡日はいつで、死因は何だ。

ニュースサイトを調べる限り、九月末から十月頭までの間に、殺人事件の被害者や事故による死者で〈田巻郁恵〉の名前は見つからなかった。ならば病死か、自殺か。

私はこのホームページの管理者宛にメールを打つことにした。

〈突然失礼します。田巻康司君と親交のあった木田三郎《さぶろう》という者ですが、七月から長期海外出張しておりまして、昨日帰国しました。私自身はプレイヤーではありませんが、田巻君を通してホッケー観戦を楽しんでおりましたので、こちらのホームページを閲覧していたところ、田巻君の夫人のご葬儀の記事を見つけて驚きました。弔問に行こうにも、何分にもタイミングが遅れていますので、本人に連絡する前に多少なりとも事情を知っておきたいと思い、他にあてもなく、こちらに問い合わせさせていただきました。お手数ですが、ご存じの限りの情報をいただけませんでしょうか。よろしくお願いいたします〉

キーボードを打つ私を、木田ちゃんはじっと見ていた。眼鏡の縁を押し上げながら、

「追加料金で探ってあげるのに」

「わかってる。でも、相手の返事のニュアンスも知りたいんだ」

浪人や留年をしていたとしても、田巻康司はまだ二十代半ばだろう。その夫人なら歳も近いはずだ。痛ましい。子供はいたのだろうか。

私は事務所内の自動販売機のコーヒーを買いに行った。木田ちゃんの分も買って戻って、デスクに置いた。

「これってサービス？」

「前払いだ。アドバイスがほしい。この先、必要な局面が出てくるかもしれないから、木田ちゃんに持っててもらいたいフォトデータもあるし」

私は鞄《かばん》からパソコンを、木田ちゃんは引き出しの奥からお茶菓子を取り出した。

私が〈ラ・グランジェット相模原〉で撮影したフォトデータをざっと見て、木田ちゃんは鼻に皺を寄せた。

「なに、このエクエル野郎」

「気に入らないかい」

「こういう顔つきは嫌いだ」

「顔つきとは関係なしに、僕も嫌いだ。ムカつく野郎なんだ。たぶんこいつのせいで、追跡も失敗しちゃったし」

昨日、佐々知貴と高根沢輝征はどこにいったのか。つまり佐々優美はどこにいるのか。

固有名詞を伏せ、問題の核心だけを取り出して、木田ちゃんに事情を説明した。

「なるほどね。このエクエルのナビゲーションシステムを調べれば、昨日の今日だから、まだ行き先が残ってると思うけど」

「それには木田ちゃんに臨場してもらわないと、僕じゃ無理だ」

「ンなことないよ。ドアロック外して、直接操作すればいいんだからさ。ていうか」

木田ちゃんは、クリームビスケットをばりばり食べる。

「こいつと、このゾンビみたいな野郎の二人で、ゾンビ野郎の奥さんをどこかで保護してるか、軟禁してるわけだよね？」

軟禁という言葉は強烈だ。

「ゾンビ君の夫人が進んでどこかに閉じこもっているという線も捨てきれないけどね」

「どっちにしろ、主導権はゾンビ野郎よりもエクエル野郎の方にある感じ？」

「この写真の現場ではそんな印象を受けた」

佐々知貴を迎えに来て、連れて行った。

「その〈どこか〉がどこであれ、そうそうあっちこっち移動できないやね。この二人、平日は勤めてるんだろ」

「そのとおり」

「ホテル、病院、サナトリウム――」

「医療機関の線はない。それなら、前にいたところから移る必要がないから」

アワー・ハピネス・メンタルクリニックから正式に転院したとなると話は別だが、その可能性は消していいと思う。事実がそうなら、面会を望む筥崎夫人にその旨を伝えれば済むことなのに、クリニック側はただ判で押したように面会を断るだけなのだから。

「クリニックもまるっとグルなのかもよ」

「どの程度までグルなのか、微妙なんだ。だってさ、医療機関の側としたら、相当リスクの高い偽装に関わることになるだろう？」

木田ちゃんはコーヒーを飲み干した。「ンだね」

「そっちはそっちで別に調べなきゃならないけど、当面は医療機関のことは考えないでいい。やっぱりホテルかな。でも一ヵ月以上の連泊だからね」

「別荘は？」

昨日、エクエルが向かっていた先には、東京都下や山梨県東部の別荘地がある。

「――ありうるね。貸別荘か」

「自前のを持ってるのかも」

私は木田ちゃんを見てまばたきをし、すぐ宮崎夫人に電話をかけた。夫人は私の質問に当惑気だったが、

「わたしどもは別荘もリゾートマンションも持っていませんし、知貴さんのご実家はそもそも地方ですから」

そんな話を聞いたこともない、と言う。

木田ちゃんは言った。「じゃ、エクエル野郎が場所を提供してるんじゃないの。だってこいつも金持ちだよ。車もだけど、この腕時計をごらんよ」

彼がエクエルから降りたとき、ちらっとジャケットの袖口からのぞいている。

「スイス製の超高級品だ。軽く八桁の値段だよう」

今度は、私はまじまじと木田ちゃんを見た。

「法務局か。登記簿か」

「名義がこいつとは限らない。エクエル野郎のフェイスブックは？」

「なかった」

「こいつ結婚してないの？　奥さんのがあるかもよ」

私は手で額を押さえ、ついでその手で木田ちゃんを拝んだ。

「ご請求どおりにお支払いしますので、よろしくお願いします」

「了解。まずは、ランチに〈長江《ちょうこう》〉の担々麺《たんたんめん》と水晶餃子と杏仁豆腐の出前よろしく」

この近くにある高級中華料理店の看板メニューである。

そのまま木田ちゃんの隣に居座り、私はいったん自分のメモを見直した。そこで遅まきながら気づいたことがある。九月三十日の昼過ぎ、筥崎夫人が優美とメールのやりとりをした際、優美は〈週末は実家に来るのか〉という問いかけに、〈今夜はトモ君と出かけるから、週末の予定はまだわからない。明日また連絡する〉と返事をしたという。

この外出は何だ。夫婦でどこへ行ったのだろう。誰かと会ったのか。タイミングから推して、この外出がその後の展開に関わっているのではないのか。

木田ちゃんと並んで昼食を済ませると、私はもう一度〈昭栄大学ホッケー愛好会〉のホームページを読み直してみた。今この愛好会で活動しているのは現役の昭栄大学生だけだから、一世代上の高根沢輝征のことはさておき、去年卒業した田巻康司のことなら覚えているはずだ。何とか早く話を聞きたいが、メールの返事はまだだ。

仕方がないので、佐々優美のフェイスブックの方に取りかかった。彼女は日記をつけていた。日常のちょっとした報告や感想に加え、旅行や外食や買い物のことを記し、写真をたくさんアップしている。

フレンド登録している人々は、大半が彼女の高校・大学時代の友人のようだ。その一人が六月に結婚式を挙げ、優美が式場と担当プランナーを紹介してくれたおかげで万事がスムーズだったと感謝している。たまに誰かの仕事のグチが混じったり、あるフレンドの〈やっぱり不妊治療を始めようと決心した〉という書き込みに優美が励ましの言葉を送っていたり、夫か恋人らしい男性の浮気を疑うフレンドに皆で意見していたり——と変化はあるものの、全体にハッピーな世界が展開されている。

九月二十九日午後七時過ぎの〈今夜の夕食〉という写真には目を惹《ひ》かれた。レストランのように洒落ている。優美のコメントは、

〈今日も帰りの遅いうちのダンナ様のために、頑張ってフレンチを作りました。仕事もいいけどワタシと過ごす時間も大事にしてよね、ダーリン〉

最後の更新は翌三十日の午後二時三十二分。友人とお気に入りのカフェでランチをして、この友人夫婦と佐々夫妻の二組で正月にハワイ旅行をしようという話で盛り上がった、とある。

優美が夫とどこかへ出かけたのはこの日の夜だ。それまでの調子だと、直前に、「これからダーリンと〇〇へ行ってきます」と書きそうなものだが——

そのとき、隣で木田ちゃんが短く言った。

「めっけた」

たぶんこれ。モニターをこちらに向ける。

「エクエル野郎の奥さんの日記。彼女はフェイスブックじゃなくて、テンパラだった」

テンポラリー・パラダイスというウェブサービスだ。

「鍵は開けといたから、全部見えるよ」

私はモニターにかじりついた。記事よりもまず豊富な写真が目に飛び込んできた。ホテルやレストランの外観、テーブルの上の料理、手作りファブリック、旅先らしい自然の風景。海外のものも多い。ちょっと目先が変わって、鏡張りに手すりのついたバレエのレッスン場や、真っ白なチュチュ、小さなトゥシューズ。

どれも人物は写り込んでいない。バレエ関連の写真を除けば、佐々優美のフェイスブックと印象がよく似ていた。

「奥さんは旦那のことを〈テリー〉って呼んでる。輝征だからテリーなんだろうね。自分は〈マリー〉だけど、本名は〈マリエ〉みたいだ。どんな漢字を書くのかはわかんないけど。ちなみに子供が二人いて、〈アン〉と〈ケン〉って呼んでる」

毎度のことながら、木田ちゃんは魔法使いだと思う。

「何が手掛かりになった？」

木田ちゃんはモニターの映像をスクロールさせ、指さした。

「これ」

ミッドナイトブルーのエクエルだ。

「納車されたときの日記。七月二十一日だよ。車の前で家族で記念写真を撮ったっていうけど、それはアップされてない。車単体の写真だけ」

テリーが待ちに待っていた新車だ、という記述がある。ハリウッドセレブの誰々の愛車もエクエルのこのカラーで何たらかんたら。

「テリーとマリーはやっぱりお金持ちの夫婦だね。日記は旅行や外食の話題ばっかり。マリーはバレエ鑑賞が趣味で、そのために何度もパリやニューヨークやモスクワに行ってる。で、アンにはバレエを習わせてる」

ここで、木田ちゃんはにやりと笑った。

「杉村さんも、何年か前まではこういう暮らしをしてたんでしょ？」

そして私が何か言う前に、またモニターをスクロールさせた。

「これがお求めの情報だと思うよ」

急勾配《こうばい》の三角屋根。丸木の手すりがついたベランダに、ベンチタイプのロッキングチェア。その座面に花かごを置いて撮った写真だ。

「去年の九月の連休に、マリーさんは家族で別荘に行ったんだって」

私はその部分の日記を読んだ。テリーの父親の別荘で、静かな山のなかにある。夏はとても涼しく、冬は水道が凍る。新婚時代にはときどき来たけれど、不便なところなので、子供が生まれてからは足が遠のいた。今回久しぶりにやって来たのは、テリーがアンとケンにこのあたりの秋の景色を見せたがったから。テリー自身は、独身時代は気軽に来ていて、友達も呼んだけれど、一人で静かに過ごすのがお気に入りだった――

〈何でもにぎやかなことが好きなテリーの意外な一面。わたしもテリーのそんなところが好きだったりする〉

マリーは満ち足りた妻であり、二児の母なのだろう。文章から幸福感が伝わってくる。

木田ちゃんが一枚の写真を指さした。

「庭にバーベキューグリルがあるよ」

網に食材を載せたグリルの前に、赤白チェックのエプロンをかけた男性がフライ返しを持って立っている写真。後ろ姿だが、長身で体格がよく、特徴的なくるくる巻きのクセ毛は高根沢輝征だ。

「日記は三年前から始まってるけど、この別荘が登場するのはこの部分だけ」

木田ちゃんは言って、回転椅子をきしませて背中を伸ばした。

「不便だから、テリーの両親もほとんど使わない。このときは、事前に業者を呼んで掃除させた、暖炉《だんろ》の煙突に鳥が巣をかけた跡があったってさ。別荘の維持管理って大変なんだねえ」

そんな別荘だったら、高根沢テリーが家族に内緒で一ヵ月ほども占領していても気づかれにくいだろう。

私は尋ねた。「木田ちゃんは、ネットにアップされた写真から撮影場所を特定することができるんだよね？」

「その写真にイグジフ情報がついていれば、杉村さんにだってできる」

疲れ目を擦《こす》って説明してくれた。〈Exif《イグジフ》〉情報とは写真の管理に使われるもので、撮影者の個人情報や撮影場所のGPSデータが含まれている。ただし、フェイスブックやテンパラなどのウェブサービスでは、利用者の個人情報が盗まれ悪用されるのを防ぐため、画像アップロードの時点で自動的にイグジフ情報を削除するシステムになっている。今の私の立場では、「削除されてしまう」と言った方がいい。木田ちゃんならそれを探り出すことができる。

「さすがに、すぐには無理。明日の正午まででどう？　それとも、一分一秒を争わないと、ゾンビ野郎の奥さんの命が危ない？」

正直、私にはなんとも言えない。だが——

「そこまで差し迫った危険はないと思う」

そう思いたい。

「奥さん、もう死んじゃってるとか？」

私はうんと渋い顔をしてみせた。木田ちゃんはケロケロ笑った。

「まあ、こいつらまるっきりのバカではなさそうだから、奥さんを殺しちゃってるんだとしたら、入院してるなんて露見《バレ》やすい嘘はつかないだろうからねえ」

「とりあえず、よろしく」

「あいあい」

木田ちゃんの邪魔をしないよう、彼の縄張りから離れて机を借りた。優美のフェイスブックから、めぼしいフレンドさんたちの呼び名や、わかる限りの個人情報を拾い出し、箇条書きにして、筥崎夫人とタケ君にメールで送った。

〈手掛かりが少なくて恐縮なのですが、このなかに、お二人がご存じの優美さんの友達がいたら教えてください〉

お次はアワー・ハピネス・メンタルクリニックだ。小鹿さんに頼んで、まずオフィスのデータベースを調べてもらった。医療法人清田会はかなり大きな組織なので、過去に〈オフィス蛎殻〉で扱った事案に、傘下の医療機関のどれかが絡《から》んでいるかもしれない。

「んんん……」

小鹿さんは、パソコンで作業するとき、なぜか鼻声でうなるような声を出す。

「ないみたい」

「やっぱり、そんな都合のいい話はないですかね」

「医療機関の調査内容は取り扱い注意案件が多いから、ペーパーのファイルの方にあるのかもしれない。一応念書を書いてもらわないといけないけど、見てみます？」

「お願いします」

手続きをしてファイルの山を前にしたところで、昭栄大学ホッケー愛好会の代表者、城島翔《じょうじまかける》君からメールの返信が来た。

〈木田三郎様　メールいただきました。田巻さんの奥さんは不幸な亡くなり方をして、そのせいか葬儀も内輪のものでした。僕は田巻さんにも奥さんにもお世話になったので列席させてもらいましたが、本当に辛かったです。僕から勝手に詳しい事情をお知らせするのはよくないと思いますので、先輩の実家に連絡してみてはどうでしょうか〉

常識と思いやりを持ち合わせた青年である。私はすぐ再返信した。

〈メール拝受しました。ありがとうございます。現在の田巻君の気持ちを思うと言葉もありません。私は田巻君のご両親とは面識がないので、いきなりご実家に連絡するのは憚られます。ご迷惑でなければ、少しお時間をとってもらえませんか。ご都合のいい場所へ伺いますので、よろしくお願いいたします〉

断られるのを覚悟の上だったが、十分ほどで返事があった。

〈今夜僕のバイトが終わってからでもいいですか？〉

城島翔君と顔を合わせたときには日付が変わっていた。彼はスポーツサイクルを押して現れた。一人住まいのアパートまで、これで二十分ほどなのだという。

池袋駅周辺はマンモス繁華街だから、話し合う場所には事欠かない。客が三分ほどの入りのファミレスを見つけ、近くに他の客がいない隅《すみ》のボックス席で向き合うと、私はまず彼に謝罪してから名刺を出した。

「申し訳ない。私は田巻康司さんの友人ではなく、本当はこういう者なんです」

城島君は茶髪の似合うバタ臭い顔立ちの若者で、古着屋で値がつきそうなジーンズと

Tシャツにパーカを合わせて着ていた。パッと見ではミュージシャンふうだ。バンドを組んでいそうな感じがする。

「あちゃー」と、彼は声をあげた。「僕、騙《だま》されたんですか」

私を検分するように見回して、

「そっか。あなたは田巻さんよかずっと年上ですもんね」

何とも素直な反応である。

「だけど、なぜこんなことを？」

いきなり怒るのではなく、事情を知ろうとしてくれる。

「重々お詫《わ》びします。実は、私が今扱っている調査案件が、田巻郁恵さんと同じ立場の女性に関わることなので、郁恵さんが亡くなった前後の事情を知っておく必要があると思ったものですから」

「え」

城島君は驚いた。そしてすぐ不安げに目をすぼめた。

「郁恵さんと同じような立場って、うちのOBの奥さんってことですか？」

刑事もそうだが、私立探偵も質問には質問で応じる。

「チーム・トリニティって知っていますか？」

私の勘違いでないならば、城島君は軽く息を止めた。

「田巻さんが入っていたチームです。現状、さほど活発に活動している様子はありませんが、あなた方の愛好会のOBが集まっている」

「——知ってます」

城島君は、用心深く小声で言った。

「僕三年生なんで、年末で愛好会は引退なんですよ。卒業してもホッケーやりたいから
OBのチームに入ろうかなって言ったら、田巻先輩は、チーム・トリニティだけはやめ
とけって言いました」

——僕も後悔してるんだ。失敗だった。

いきなり鉱脈を掘り当てた。こういうときこそ急《せ》いてはいけない。

「とりあえず何か注文しませんか。嘘をついたお詫びにご馳走します」

城島君が決めかねているので、私は店員を呼んでビーフカレーを二つ頼んだ。

「愛好会のOBが作っているチームは、他にもいくつかあるんですね？」

「そうですけど、メンバーがうちのOBのみのチームは、チーム・トリニティだけだと
思います。フィールドホッケーは、今ンところ国内じゃあんまりメジャーなスポーツじ
ゃないから、プレイしたい人が集まると、他所《よそ》の大学や実業団でプレイしてた人も入っ
てくるのが普通なんで」

「なるほど、そうですか」

「チーム・トリニティってのは」

いったん言葉を切り、城島君は顔をしかめた。

「代表のOBが、現役時代からワンマンで有名だった人なんだそうです。歳がずっと上だから、僕は面識ないんですけど」

「高根沢さんという人ですよね？」

　私が言うと、彼は目をパチパチさせた。

「知ってるんですか」

　そうか調べてるんだ――と、改めて噛みしめるように呟《つぶや》いた。

「あなたや田巻さんの世代が、高根沢さんの現役時代を知るわけはないですよね。でも、評判は聞いているわけだ」

　城島君はうなずいた。「高根沢さんって、四年前までは、大学の愛好会の方にもOBとして出入りしていたそうなんです。けど、そこでもトラブルメーカーなんで、当時の代表が絶縁したっていうか」

「大変だっただろうなあ。高根沢さんは、後輩が先輩に逆らうなんてとんでもない、俺はそんなことは絶対に許さないと公言するタイプなんだから」

　私の思い上がりでなければ、城島君の驚きの表情に、かすかな感嘆が混じってきた。

「そうらしいですね。だから絶縁のときは、当時の代表とメンバーのみんなが、高根沢さんの同期とか先輩で高根沢さんに批判的なOBに口添えしてもらって、何とか追い出したんだって話を聞いてます」

　高根沢輝征は母校のチームから出禁《できん》をくらい、それで自前のチーム・トリニティを結成したわけか。

「ともかく、ひどかったそうです」

少し声を潜《ひそ》めて、城島君は続けた。

「誰も頼んでいないのに練習にやって来て、コーチ風を吹かせて威張《いば》り散らして、無意味にきつい筋トレとかランニングとかやらせるし、気に入らないことがあるとすぐ大声を出して、それでも足りないと手をあげる」

——根性のないヤツには、口で言ったってわからないんだ。身体に叩き込まないと。

「古いタイプの体育会系のふるまいですね」

「いえ、古いんじゃなくて、間違っているんです」

店員がビーフカレーを運んできたので、城島君は口をつぐんだ。スパイシーな香りが漂い、私は自分が空腹だったことに気がついた。

「勝手に注文してすみません。よかったら食べましょう」

城島君はぺこりとした。「いただきます」

薬味入れからたっぷり福神漬けを取り、ライスの上にかけて、気持ちがいいほどの食べっぷりで平らげてゆく。私も黙々とカレーを味わった。

皿が空になると、店員がコーヒーのおかわりを注ぎに来た。湯気の立つコーヒーカップから目を上げて、城島君はまた口を切った。

「古いんじゃなくて、完全に間違った考え方なんです。体育会系って、ホントはそんなもんじゃありません」

その口調には義憤が込められていた。

「僕は小学生のときからサッカーやってて、けっこう本気で頑張ってたから、少年クラブチームにもいた時期があるんです。でも、高校でレギュラー落ちしたら自分の限界を感じちゃって。故障もあったし。それで、大学ではあくまでも楽しみのためにスポーツをやろうと思って、テニスやホッケーのサークルにいるんですけど」

根っからのスポーツ好きなのだ。

「昔僕が指導を受けてきた監督やコーチは、絶対にそんな態度をとりませんでした。身体的な暴力はもちろん、言葉の暴力も、アスリートを育てる現場では厳禁です。いいことなんか一つもないんですから」

本物のアスリートも、真のチームワークも、強圧的な上下関係を強いられるところでは育たない、と言う。

「話を聞く限り、高根沢さんという人はインチキな体育会系ですよ。インチキ体育会系を口実にした、単に俺様な人だったんだろうと思います」

「プレイヤーとしては上手だったんでしょうか。そのへんは聞いていますか」

「まあ、そこそこだったんじゃないかな。ただ、高根沢さんのお父さんが実業団のチームで活躍した人だったので、本人は、俺は父親から英才教育を受けて育ったんだと自慢してたらしいです」

語りながら、城島君はだんだん眉《まゆ》をひそめている。たぶん、私も同じなはずだ。高根沢輝征のエピソードからは、カレーとコーヒーの芳香でも打ち消すことのできない不快な臭いが漂ってくる。

「そういう勘違いしてる人にはよくあることですけど、高根沢さんの横暴っていうのは、練習のときだけじゃなかったそうです。合宿はもちろん、飲み会でも同じノリでやらかすもんだから」

現役メンバーの我慢が限界に達し、ＯＢの協力を得て、彼を追い出すことになったのだという。

「それが四年前のことならば、田巻さんも高根沢氏の悪評を知っていたんじゃありませんかね」

「ええ、知ってたと言ってました」

「それなのに、なぜわざわざその高根沢氏が代表を務めるチーム・トリニティに入ったんでしょうね」

私の問いかけに、城島君は口元をひん曲げた。「田巻さんは、メンバーになるつもりなんかなかったんですよ。最初は、チーム・トリニティにいた二期上の先輩から、プレイヤーが足りないから応援に来てくれって頼まれて、それが何となくずるずる続いちゃったんだって話していました」

田巻康司のポジションはミッドフィールダー。フィールドホッケーのミッドフィールダーには三種類あり、ライトインサイド、センターハーフ、レフトインサイド。中央のセンターハーフが攻守の要《かなめ》で、チームの実力者が務めるポジションなのだという。

「チーム・トリニティでは、肝心のこのセンターハーフがなかなか定まらなくて困ってた。みんな社会人だから、いつも練習に来られるとは限らないので、大事なポジションほどレギュラーが決まらないという皮肉な現象も起こるんですよね」

「確かに、私がフェイスブックで見た限りでも、プレイヤーが足りなさそうだったなあ」

　OBのチームだから、卒業年次の遅い（年齢の若い）プレイヤーほどあてにされる。もともと田巻康司は優れたミッドフィールダーだったそうで、

「田巻さんが入ると試合が引き締まるって感じで」

「なるほど。ちなみに、高根沢さんはどのポジションなんだろう」

　城島君の顔に、ちらりと冷笑が浮かんだ。

「フォワードのライトウイングです。攻撃の急先鋒で、花形ポジションですよ」

　俺様キャラらしいことである。

「ただ高根沢さんは、何年か前に膝の十字靭帯《じんたい》を傷めたとかで、積極的にプレイしてないみたいですよ。チーム・トリニティでは、代表兼監督って感じじゃないでしょうか」

　それでも、サイトの管理や、社会人のスポーツ愛好会ではもっとも肝心だろう場所探しも全て「目下《めした》」に丸投げしていた。

「練習や試合の後の飲み会が、相変わらずひどかった。田巻さんが後悔してたのも、そこんところなんです」

高根沢輝征のインチキ体育会系理論でゆくと、飲み会でも後輩は先輩に服従し、先輩の意に沿うようふるまわねばならない。

「それでも、居酒屋なんかで集まるならいいんですけどね。メンバーに宅飲《たくの》みを強いるんだそうなんです」

「宅飲みって——自宅に押しかけるってことですか」

「そうです」

むろん、チーム・トリニティ全員ではない。常識を持ち合わせているメンバーは、そういう飲み会なら参加しない。だが、

「ホントに不思議ですけど、高根沢さんみたいな人にも……ていうか、そういう人だからこそなのかな、シンパがつくんですよね」

取り巻きがいるのである。

「じゃあ、高根沢さんとその取り巻きで」

「はい。合わせて四、五人ぐらいで、だいたいはチームの若手、後輩の家に押しかけるんですよ。大の男が四人も五人も、来られる方はたまらないですよね」

運動した後で腹を減らし、アルコールにも飢えている男たちである。

「後輩が結婚している場合は、奥さんにえらい手間をかけさせることになりますよ

ね？」

城島君はちょっと肩をそびやかした。

「結婚している場合――じゃなくて、結婚しているからじゃないんですか。最初から、後輩の奥さんにもてなしをさせるつもりの飲み会ですよね」

私は唖然とした。

「田巻さんも押しかけられたんですか」

城島君はきっとして首を横に振った。

「とんでもない。奥さんに迷惑かけられないし、そんな非常識な話はないって断ってたそうです。もちろん、宅飲みには一度も参加したことがないって」

それはチーム・トリニティの常識的なメンバーも同様で、

「だから、だんだん参加者が減っちゃって、本末転倒な感じでプレイヤーが足りなくなってたんです」

田巻康司はそんな裏事情を知らずに助っ人参加を頼まれ、チーム・トリニティに関わってしまったことを後悔していたのである。

呆れるばかりだ。学生仲間が千円ずつ出し合い、コンビニでビールとつまみを買って、誰かのアパートで飲み会をするのとはわけが違うのに。

「高根沢さんは、OBとしてうちに出入りしているころにも、現役メンバーに、飲み会に恋人やガールフレンドを連れて来いって強制するので有名だったそうです。断ってもしつこいし、あとあとまで面倒なことになるし」

気の弱いメンバーが仕方なしに連れてくると、露骨に品定めし、美人ならホステス扱いするし、お気に召さなければこきつかう。

「そのやり方が、自分のチームを持ったらさらにひどくなったっていうか、図々しくなったっていうか」

胸が悪くなる話だ。

「ただ、気前はいいんですよ。あの人が来ると、いつもおごりだったって聞いてます」

金持ちだからな。

「そちらのサークルで好き勝手していたころも、高根沢さん一人ではなく、取り巻きが一緒だったんですか」

「でしょうね。さすがに、ボッチじゃどんなに威張ったって通用しないから」

ボッチはひとりぼっちの意味だろう。

「やっぱそういうタイプの人にありがちですけど、自分に従順な仲間や後輩には面倒見がいいって感じで」

「ああ、わかりますわかります」

私は一歩踏み込んでみることにした。

「城島君、佐々知貴という人を知っていますか」

佐々知貴は現在二十六歳。高根沢輝征がサークルから追い出された当時、四年生だった勘定になる。

「ササさん」

と、確かめるように復唱してから、名前には覚えがないと言うので、風貌をざっと説明した。

「ポジションはわかりませんか」

「すみません、わからない」

「もしもセンターフォワードだったら、高根沢さんの弟分的な人だと思いますよ」

センターフォワードは素早く確実な動きを求められ、ライトウイング、レフトウイングとの連携も重要なポジションだという。

「高根沢さんがサークルから切られそうになっているとき、引退済みの四年生でセンターフォワードだった人が口を挟んできて、ものすごく反対して、先輩をないがしろにするおまえらみんなアスリート失格だとか怒鳴ってたって聞いたことがあります」

「佐々知貴さんは現在、チーム・トリニティの幹事の一人です」

「ああ、だったらそっちの立ち上げからくっついてるんじゃないのかなあ」

私の頭のなかで、だいたいの地図が描けてきた。不愉快な毒虫のいるジャングルの地図だ。

「どうもありがとう。とても参考になりました。それで……」

田巻康司の妻・郁恵の死の経緯について尋ねねばならない。

「あ、そうか」

そっちが本題だったんだと、城島君は目が覚めたみたいに言った。

「さっき、郁恵さんが不幸な亡くなり方をしたと言ってましたよね」

私の問いかけに、それまで豊かだった彼の表情が、一気にしぼんだ。灯が消えたようだ。これは、誰かを喪失したことを深く悲しんでいるしるしだ。

「自宅のマンションのベランダから転落したんです」

九階だったから、ひとたまりもなかった。

「真下の駐輪場に落ちて、駆けつけた管理人さんが救急車を呼んだんですけど、もう駄目だったって」

十月四日の昼ごろのことだったそうだ。

「それは本当にお気の毒だ」

と言いつつ、鬼畜のように私は問うた。

「誤って転落した、事故死ということでしょうか」

本当にびっくりしたのか、城島君は私の顔を見直した。「他に何があるんですか？」

私が黙っていると、その沈黙を彼なりに解釈したのだろう。早口に言い足した。

「平日の真っ昼間だったから、田巻さんは出勤してました。マンションの部屋には誰もいなくて、ドアには内側から鍵がかかってたそうです」

「お子さんは？」

「まだいませんでした。郁恵さんも正社員で働いてたけど、その日は何か体調が悪くて休んでたって」

城島君はうつむいた。

「郁恵さん、観葉植物を育てるのが好きだったんですよ。リビングにもいくつか置いてたし、ベランダには季節の花が咲くプランターを吊り下げてありました。その手入れをしてて、うっかりバランスを崩しちゃったんだと思います」

前々から、夫君の田巻氏も「ベランダは危ないから気をつけて」と注意していたのだそうである。

「だから田巻さん、自分の責任だって……。葬儀のときは、半分死んだみたいになってました」

立っているのがやっとで、出棺時は、郁恵夫人の父親が代わりに挨拶したという。

「言葉もありません。お悔やみ申し上げます」

城島君の様子から推して、夫妻とはずいぶん親しかったのだろう。「お世話になった」と言っていた。それを問うと、

「田巻さんは、僕をよく夕飯に招《よ》んでくれました。金がないときはホント天の助けでしたよ。郁恵さんは料理がめっちゃ上手で、何をご馳走になっても旨《うま》かった」

一人暮らしの大学生には、他のどんなことよりも嬉しい心遣いだったろう。

うつむいたまま、城島君はぼそぼそと続けた。「葬儀のあとは連絡がとれなくなっち

ゃって、田巻さんが今どうしているのか、僕にはわかりません。会社にも電話してみたんですけど、休職中だって」

自宅マンションも何度か訪ねたが、応答がない。

「先週寄ってみたときは、表札も郵便受けのネームプレートも外されちゃってたから」

管理室で訊いてみたのだそうだ。

「九〇一号室の田巻さんは引っ越したんですかって。管理人のおっさんに、そういう個人情報は教えられないって言われました」

もどかしいが、当然の対応である。

「田巻さんの実家はわかりますか」

「千葉だったかな。住所まではちょっと」

そこで初めて、厳しい目つきになって私を見た。

「メールのやりとりをしたときは、杉村さんは本当に田巻さんの友達なんだとばっかり思ってました。ぜんぜん疑わなかった。僕はおめでたいヤツですね」

辛い出来事を思い起こして語ったことで、遅効性の毒のように、私の嘘への怒りがこみあげてきたのだろう。

「それについては、何度でもお詫びするしかありません。申し訳ない」

この仕事に嘘は必要で、こちらが知りたい情報を持っている人物を上手に騙してしゃべらせることもスキルのうちだ。それを百も承知で、私はしばしば自分から嘘をばらしてしまう。そうでないと自分がいたたまれないからだが、だからといって相手の怒りにもまた慣れられない。どっちへ転んでも不器用だというだけの話だ。

幸い、城島君の怒りは火花のようにパッと光っただけで消えた。

「調査って、誰の何を調べてるんですか」

「申し訳ないけど言えません」

「チーム・トリニティに関係あることなんですよね？　もしも調査のあいだに田巻さんの消息がわかったら、教えてくれませんか」

心から案じているのだ。

「わかりました。約束します。そのかわり、君が知っている限りの田巻さんの連絡先を教えてください」

城島君は「えええ」と声をあげた。

「勤め先やマンションの管理人も、私が聞き出せばもっといろいろ話してくれるかもしれない。こっちは一応プロですから」

口を「え」の形にしたまま固まっていた城島君は、目をぱちくりさせて言った。

「探偵って、みんなこうなんですか」

「私なんか手ぬるい方ですよ」

私が渡したメモ帳に、彼は几帳面《きちょうめん》にきれいな字を書いた。特に数字の形が整っている。

「ありがとう。必ず連絡します」

ファミレスの前で別れた。スポーツサイクルをこいで、城島君はあっという間に遠ざかって行った。

夜だというのに、遠くの方に黒雲が見える。今の気分にぴったりだ。タクシーを探して、私は歩き出した。

5

翌朝早く、宮崎夫人の電話で起こされた。私が優美のフェイスブックから拾い上げた情報で、彼女の親しい友人を一人特定できたという。

「高校時代のお友達で、わたしどもの家にも遊びに来たことがあるお嬢さんです。披露宴にも招待しました」

夫人が手元に保管していた招待客リストで、この女性の住所と連絡先はすぐわかった。

笠井《かさい》いずみ、東京都港区在住。

「確か、旅行会社に勤めているとか」

「私からこの笠井さんに連絡を取り、最近優美さんから連絡がきていないかお尋ねしてみてもよろしいでしょうか」

電話の向こうで、宮崎夫人が躊躇《ためら》うのがわかった。

「笠井さんにはわたしが問い合わせます。本来、そうするべきだったんですから」

私は承諾した。「ところで、一昨日知貴さんと一緒にいた男性なんですが、彼の大学のサークルの先輩でした」

その場で夫人に招待客リストを確認してもらうと、高根沢輝征とその夫人・毬江《まりえ》の名前が見つかった。ちゃんと夫婦で招待されている。笞崎夫人は少なからずショックを受けたようで、「まあ」と声を出した。

「嫌だわ、どうして覚えてなかったのかしら」

「もう一度写真を確認していただけますか」

スマホを見ているのか、やや間があって、

「――そういえば、披露宴で見かけたような気がしてきました。この方、かなり大柄ですよね」

「ええ。ガタイのいい男性です。三十三歳ですから、年齢は知貴さんよりだいぶ上です」

当時の光景を思い出しているのか、夫人はちょっと間を置いた。

「スピーチや余興をしてくださった皆さんには夫と一緒にいちいちご挨拶しましたし、名刺をいただいた方もいます。ですから、そういう方ではなかったんだと思いますが」

「招待客は何人ぐらいいましたか」

「二百十五人です。知貴君の方だけで百二十人いました」

「その規模の披露宴なら、その場で会っただけの新郎友人の顔を覚えていなくても仕方ありませんよ」

披露宴会場では、新郎新婦の両親は忙しい。初対面の招待客の風貌など、はっきり記憶に残らない方がむしろ自然だ。

「披露宴のときは礼装で、写真では普段着姿ですから、印象も異なるはずです。どうぞお気になさらず」

ただ、私もちょっと不思議に思った。佐々知貴は晴れの披露宴で、尊敬する先輩にスピーチを頼まなかったのか。

「この方、知貴君と親しいんですよね」

「はい。兄貴分とでも申し上げましょうか」

「じゃあ、二次会にもいらしていたかもしれません。麻布のイタリアンレストランを借り切って、かなり大がかりなパーティをしましたので」

筥崎氏と夫人、弟のタケ君は出席しなかったという。

「お手元に、そちらの方の写真か映像がありませんか」

「全部優美が持っているはずです」

佐々知貴と同じ場にいて、動いたりしゃべったり笑ったり酒を飲んだりしている高根沢輝征の様子を見てみたかったのだが、すぐには無理そうである。

「ちょっと話が変わりますが、新居の件で喧嘩になったとき、優美さんが、知貴さんは先輩のことになると人が変わってしまうとこぼしていたそうですね」

──それだけはイヤだな。

「ほかにも、優美さんが知貴さんの先輩がらみの愚痴や相談事を口にすることはありませんでしたか。たとえば、知貴さんがしょっちゅう先輩をうちに連れてくるので、もてなしが大変だとか」

夫人は考え込んだ。「さあ……どうだったかしら」

「お手数ですが、また家計簿の覚え書きを見ていただけないでしょうか」

「やってみます。あとでお掛け直ししてもいいですか」

都合のいいときでかまわないと応じると、夫人は言い足した。

「そもそも、優美が家に誰かを招いておもてなしするというのは考えにくくて」

料理が苦手なのだという。フェイスブックの日記には、頑張って作ったフレンチの写真をアップしていたのに。

「結婚前には料理学校にも通いましたが、ああいうところはマンツーマンではなくて、グループで教わりますから、あの娘《こ》には役に立たなかったようです」

実家では米をといだこともなかったそうである。

「知貴さんもそれはよく知っているはずですから、ホームパーティをやろうなんて言わないと思います」

宅飲みとホームパーティは微妙に違うと思うが、

「わかりました。頭に入れておくようにします」

顔を洗い、コーヒーを沸《わ》かして、北九州のタケ君に電話してみた。彼のところにも、高根沢輝征の写真を送ってある。

「朝早くにすみません」

「いえ、いいタイミングでした。僕もちょうど杉村さんにメールを打っているところだったんです」

タケ君の声は既に活動モードだ。

「この写真の男性、知貴さんの先輩です。高根沢輝征という人ですよ。僕は名刺も持っています」

「夫婦で優美さんの結婚披露宴に来ていたそうですね」

何と、それだけではなかった。高根沢輝征は、タケ君が就活をしていたころ、佐々知貴が勝手に「紹介」した先輩の一人だったというのだ。考えてみれば驚くほどのことはなく、むしろ当然かもしれない。

「私の方では、まだ高根沢氏の職業を突き止めていないのですが」

「勤め先は広告代理店ですよ」

業界最大手のところだった。タケ君の持っている名刺の肩書きは〈総合情報管理局第二グループ主任〉。

「僕は広告業界にはまったく興味がなかったんですが、失礼なこともできないと思って、おとなしく話を聞きました」

場所は銀座のバーで、二時間ほど。タケ君が積極的に興味を示さなかったせいか、途中からは彼を蚊帳《かや》の外に二人で話し込み、大いに飲んでいたそうだ。

「支払いはどうなったか覚えていますか」

「高根沢さんのおごりでした。知貴さんには珍しいことじゃなかったようですが、あとで僕には恩を着せてきて、それも不愉快な感じでした」

　この三人相互の関係性をよく表すエピソードである。

「でも不思議でしたよ。威張り屋の知貴さんが、この高根沢という人のことは本気で尊敬しているようでしたから」

　高根沢輝征の父親がアスリートで、彼の実家も妻の実家も裕福であること。経済状況に見合った「セレブ」な暮らしをしていること。それが佐々知貴の憧れを誘ったのであろうこと。高根沢輝征も自分に従順な後輩には面倒見がいいようであること。私が説明すると、タケ君はさらに思い出してくれた。

「そういえば、知貴さん自身がこの高根沢さんのコネで同じ会社の就職試験を受けて、最終の社長面接で落とされたと言ってました」

　彼が現在勤めている会社は、第二志望だったのだ。

「大会社だろうが零細だろうが、本当に社会に必要な仕事をしている広告マンには、僕も敬意を払います。でもそういうホンモノは、身内相手に自慢話なんかしないだろうと思いました」

「同感です。優美さんの披露宴では、高根沢氏と話しましたか」

「挨拶しただけです。奥さんが一緒でした」

モデルのような美人でした、と言う。

「ゴージャスに着飾っていましたけど、センスがよくて似合っていました」

テリーとマリーは、外見上は好一対なのだろう。

「高根沢氏はスピーチも余興もしなかったんですね。お母様から伺って、私は意外に感じました」

するとタケ君は苦笑した。「そのかわり、二次会の司会をしていました。それを聞いたんで、僕は行かなかったんです」

「ははあ……」

「当初は披露宴でも来賓としてスピーチしてもらう予定だったようです。でも姉貴が嫌がって」

聞き捨てならない一言が飛び出してきた。

「優美さんが反対したんですか」

「はい。このへんの経緯は本人から聞きましたから間違いありません。姉貴はこの件で知貴さんと喧嘩したんです」

私自身は失敗に終わった結婚がいわゆる逆玉婚で、結婚そのものも披露宴も一般的な例としてはふさわしくない。それでも、披露宴の招待客選びと席次決め、誰に乾杯の音頭を頼み、誰に最初にスピーチを頼み、誰と誰に余興をしてもらって誰に締めてもらうか、全て面倒くさくて気を使うことばかりだということはわかる。それが原因で挙式準備中のカップルが喧嘩してしまうのもわかる。

「姉貴は知貴さんのサークル関係の先輩が嫌いで、なかでもこの高根沢という人をいちばん嫌っていました。本音では披露宴にも招《よ》びたくないんだけど」

――どうしてもトモ君が納得してくれないのよ。

「だからせめてスピーチや余興は頼まないでくれとさんざん頼み込んで、だったら二次会は先輩に仕切ってもらうからいいよな、という感じだったらしいです」

――僕の結婚祝いなのに蚊帳の外じゃ、先輩の顔を潰しちゃうよ。

「この問題でうっかり母に愚痴ると、知貴さんの悪口を言ってることになるから、姉貴も黙っていたんでしょう。母は相手を知りませんしね」

「でもあなたは知っているし、もともといい印象を抱いていないから」

「愚痴りやすかったんでしょう」

佐々知貴の行動原理は、まるでネタのようにわかりやすい。高根沢先輩がいちばん！という意味では筋が通りまくっている。

「優美さんは、高根沢氏のどんなところが嫌いだとおっしゃっていましたか」

ほとんど間を置かず、タケ君は答えた。

「ともかく俺様だし、女性を見下しきっている。年齢や容姿《ようし》についてうるさくて、気に入らないと友人や後輩の奥さんや恋人のことでも平気で悪口を言う。姉貴は〈ディスる〉という言葉を使っていましたけど」

元はネット用語で、若い人たちが口語的に使うようになった言い回しだ。ただ悪口を言うだけでなく、攻撃的なニュアンスがある。木田ちゃんに教えてもらった。

「姉貴は知貴さんと大学時代からの付き合いですから、サークルの飲み会に、何度か連れていかれたことがあるんです」

高根沢輝征とも、最初はそこで会った。

「いつもホステスみたいに扱われたと言っていました。知貴さんはその場では庇ってくれないくせに、後でこそこそ謝ってきたり、姉貴が機嫌を直さないと逆ギレしたりで」

――話にならないの。トモ君は、あの人がからんでくると別人になっちゃう。

個人的には、自分の恋人が目の前でホステス扱いされているのに怒りもしないような男とよく結婚したなあと思ってしまう。まあ、彼女は佐々知貴にベタ惚れだったという し、欠点はそれだけだと割り切ったのか。

と思っていたら、まさにタケ君がこう続けた。「サークルがらみのことさえなければトモ君は完璧だからしょうがない――と、愚痴のあとは惚気《のろけ》ていましたけど」

朝会議があるので出勤するというタケ君を送り出し、私は簡単な朝食を済ませた。木田ちゃんからは、まだ連絡がこない。

私の朝食などあっさりしたものなのに、胃もたれしたように気分が悪かった。げっそり窶《やつ》れた佐々知貴の姿を見て以来、ずっと胸の奥に立ちこめていた嫌な予感が、だんだんと形を成してきたようだ。

女性を見下しきっている。

この〈女性〉を、〈気に入らない存在〉〈格下だと認定した存在〉という表現に替えれば、高根沢輝征の行動原理もまたネタのように明快にわかる。この男は不愉快な暴君だ。問題は、「どの程度危険か」ということに絞られてきた。

私はパソコンに向かい、〈笠井いずみ〉と出身高校名で検索をかけてみた。それらしい女性のブログがすぐ見つかった。パッと見ただけで、素人の日記ではないことがわかる作りだった。それもそのはず、プロフィールによると、彼女は大学卒業後旅行会社に就職、三年勤めて退職し、現在はフリーの旅行ライターをしている。多数の雑誌に寄稿しているようだが、このブログも彼女の発表媒体の一つであって、ここに書いたものをまとめた『女性が一人で泊まれる高級旅館ベスト20』『快適ホテルライフ　シティホテルの正しい使い方』という二冊の著書があった。

電子版があったので購入し、ざっと目を通してみた。ガイドブックにふさわしい機能的な文章に、ほんのりユーモアがある。イラストやマップも著者の手になるもので、なかなか達者だ。おかげで、私の気分も少しは持ち直した。

漫然と木田ちゃんを待っているのは時間の無駄なので、アワー・ハピネス・メンタルクリニックを訪ねることにした。手持ちのなかでもいい背広を選び、ネクタイを締め、靴を磨き、ビジネスバッグを提げて出かけた。

先日とはまた別の（でも同じように若くて見目麗しい）受付の女性に、

「こちらに入院していることになっている佐々優美という女性のことで、院長先生か責任者の方にお話を伺いたくて参りました」

と、〈オフィス蛎殻〉の調査員としての名刺を出した。こういうときは、こちらも個人ではなく会社が後ろにいると思わせた方がいい。嘘も方便である。

案の定、受付の女性は目に見えて狼狽えた。気の毒なほどだった。少々お待ちくださいと言い置いて、奥の〈Staff Only〉のドアの向こうに消えた。

私は待合スペースのソファに座らず、その場で立ったまま待った。受付カウンターの上の菜の花は、そばで見ると確かに造花だった。

「お待たせいたしました」

受付の女性が戻ってきた。男性と一緒だ。中肉中背、銀縁めがね、両耳がやや張り出し気味、歳は三十歳前後か。白シャツの上にジャケットを着て、ジーンズに革のスニーカー。白衣は着ていない。

「あなたが杉村さんですか」

「はい。朝からお邪魔して申し訳ありません。外来診療が始まる前の方がご迷惑にならないかと思いまして」

めがねのレンズが反射してしまい、男性の目の表情が見えない。それでも、たたずまいだけで困惑しているのはわかった。

私は言った。「佐々優美さんがこちらに入院していないことはわかっています」

確証はないのだから、はったりだ。だが効き目はあった。若者ふうに言うなら、銀縁めがね氏は大いにきょどり始めた。その様子に、受付の女性はこれまた今風に言うならドン引きしている。

「事情をお聞かせください。こちらは保険診療もなさっているんですから、入院・治療していない患者をそのように偽装することは刑事罰の対象になる可能性もあるとご存じですよね」

銀縁めがね氏は、受付の女性の耳元に何か囁《ささや》いた。そして私に近づいてきた。

「ここでは話せません。ちょっと外へお願いします」

先にロビーから出て行く。私は彼に従った。どこまで行くのかと思ったら、足を止めたのは、私が金曜日にミニバンを入れた駐車場だった。

「どういう調査をしているのか知りませんが、うちに言いがかりをつけるのはやめてもらえませんか」

難詰の口調ではない。むしろ言い訳がましい。気の弱そうな人だ。

「失礼ですが、名刺をいただけませんか。あなたが院長先生ですか」

「僕は違います」

「あなたのお立場は」

「クリニックの事務を預かっています」

「ではお手数ですが、あなたから院長に取り次いでください。私がお尋ねしている事の重大性をわかっておいでですよね？」

銀縁めがね氏はへどもどした。私の名刺を、虫をつまむみたいに指先でつまんでいる。

「……よんどころない事情があるからと、頼まれたんです」

私の顔から目をそらしたまま、口先だけで呟いた。

「あなたのお名前は」

「カンベンしてください」

「誰から頼まれたんですか」

「だから、佐々君ですよ」

佐々優美さんの夫ですと、ふてくされたみたいに言い捨てた。

「奥さんがお母さんとべったりなのを何とかしたいんだって言ってました。母子密着です。それが結婚生活にも影響して、このままだと離婚する羽目になるから頼むって」

宮崎夫人に吹き込んだのと同じ筋書きだが、こちらでは離婚の危機までちらつかせていたのか。

「あなたと佐々知貴さんの関係は」

「友人です」

「この偽装について、院長はご存じなんでしょうか」

銀縁めがね氏は私を睨《にら》んだ。

「偽装ギソウと吹かないでくださいよ。そんな大げさな問題じゃないんだから」

「いいえ、重大な問題です」

私は彼に手を差し出した。「名刺をください」

「そんな必要ないでしょう」

「今ここで名刺を出さないなら、院長に会えるまでロビーに居座りますよ。患者として診てもらいたいと言えば、あなたには止められません」

銀縁めがねの奥で、彼の眼差しが揺れている。おそらく院長には内緒なのだ。実際、笘崎夫人を騙すだけなら、受付の応対で済む話なのだから。

「どうしますか」

私がもう一押しすると、彼はため息をついて、上衣の内ポケットから名刺入れを取り出した。洒落たブランドものだ。

受け取った名刺には、「医療法人清田会　アワー・ハピネス・メンタルクリニック事務局長　清田伸吾《しんご》」とあった。

「あなたも清田家の方なんですね」

問いには答えず、彼は口を尖らせた。

「このこと、佐々君に言いますよ」

「ご自由に。ああ、どうせあなたはご存じないんでしょうが、一応お尋ねしておきます。

「佐々優美さんは今どこにいますか」

彼がクリニックに戻ろうとしたので、名刺をしまい込みながら、私は訊いた。

「知るもんか」

「この偽装の謝礼に、佐々君からいくらもらいました？」

返事はなかった。清田伸吾は肩を怒らせて口裏を合わせてもらってきたのだろう。場所がメンタルクリニックだからこそ、意外と、佐々知貴の作り話があっさり（しかも同情を集めつつ）通用してしまった可能性もある。

受付の女性たちには、どう言い訳してクリニックに戻っていった。

チーム・トリニティのメンバーには、清田伸吾の名前はなかった。佐々知貴とは、他のラインでの友達なのだろう。それにしても厚い友情ではないか。「親友に頼まれたら断れないよ」なんて台詞《せりふ》が、頭のなかで勝手に躍《おど》る。それも不愉快で、私は早足で恵比寿駅へ向かった。

清田伸吾のご注進を受けて、佐々知貴がこちらに何らかのリアクションをしてきたら、いい頃合いだ。直接彼と話をしよう。彼がまだ逃げ回るようなら、とっとと優美を連れ戻してしまおう。

木田ちゃんの首尾やいかに――と、〈オフィス蛎殻〉のビルの一階ロビーに足を踏み入れたところで、スマホに着信があった。

「もしもし？　調査員の杉村さんですか」

口跡《こうせき》のはっきりした女性の声だ。

「わたし、笠井いずみと申します。いきなりお電話してすみません。佐々優美さんのお母様からお話を聞いたものですから」

驚いたので、とっさに応じられなかった。笠井嬢はてきぱきと続けた。

「優美さんが自殺未遂をして、今はどこにいるのかわからないそうですね。実はわたしも優美のことは気になってて、でもお母様にはどこまでお話ししていいかわからないので、杉村さんにお会いしたいんです。これから時間をいただけませんか？」

笘崎夫人が、この笠井いずみ嬢には「わたしが連絡します」と言ったのは、相手が娘と同い歳の友人だからこそ、今の事態をあまりあからさまに言いたくない、知られたくないという底意があったからだろう。私もそれを察したから夫人に任せた。で、笠井嬢には別途ひそかにコンタクトしようと思っていたのだが、その手間がいっぺんに省けた。しかも彼女は情報を持っているらしい。

オフィスの所在地を告げると、彼女は一秒の逡巡《しゅんじゅん》もなく言った。

「これから伺います」

電話は切れて、私は階段を上った。

木田ちゃんの仕事部屋の小テーブルには、弁当ガラが二つ重ねてあった。今日は彼の食事タイムを邪魔しないで済んだようだ。

モニターの前で何か別の作業をしつつ、木田ちゃんは言った。

「別荘の場所がわかったよ」

ただ今、午前十時十四分。

「位置情報だけなら朝のうちにわかってたんだけどさ、追加で調べてたんだ。まずはこれ見てね」

モニターに映し出されたのは、グーグルのストリートビューの映像だ。森のなかの別荘地。きちんと整えられた道路に沿って、様々なデザインの家が建ち並んでいる。一つ一つの建物が大きく、敷地も広い。

「山梨県北巨摩郡《きたこまぐん》南東部」

画面に表示されている矢印を動かし、別荘地内の道路を先に進みながら、木田ちゃんは言った。

「名称は〈グリーンウッドホーム北巨摩〉。バブル末期に売り出された別荘地だけど、筋のいいオーナーに恵まれたのかな。全十二区画、今でも寂れてない」

なるほど、ストリートビューに、行き来する車や建物の玄関やベランダにいる人々が映っている。

「マリーがテンパラで、えらく辺鄙《へんぴ》で不便なところみたいに書いてたけど、実際にはそうでもない。道路も狭いけど整備されてる。ただ軽井沢あたりとは雰囲気が違うから、彼女の感覚ではそうなんだろうな。高根沢家所有の建物は、この十二区画のなかでもいちばん標高の高い、奥まったところにあるし」

矢印の動きが止まり、モニター全面に、こんもりした森を背にして、急勾配の三角屋根と丸木の手すりのベランダの家が映った。低い生け垣に囲まれた前庭にバーベキューグリルがある。

「ピンポンピンポン、到着～」

木田ちゃんはニッと笑った。

「でも杉村さん、グーグルのストリートビューには弱点があるんだよね。今こうして閲覧できる映像が最新のものではない場合の方が多いってこと」

「よほどの重要地点じゃない限り、頻繁に更新されないからだろ？」

「そう。現にこれは一昨年の八月にアップされた映像。でも別荘地ならこれでもラッキーだよ」

私としては、位置がわかっただけで充分だ。

「いいんだ、あとは現地へ行って確認する」

木田ちゃんは踏切の遮断機《しゃだんき》みたいに腕を伸ばして、立ち上がろうとする私を制した。

「ちょい待ち」

そしてまた映像を動かし、スタート地点まで逆戻りさせた。

「ここ見て。ゴミ捨て場だ」

確かに、薄緑色のケージがあり、「資源ゴミ」「燃えるゴミ」「燃えないゴミ」の表示がついている。

「このそばに街灯。で、照明器のすぐ下に」

防犯カメラがあった。

「防犯カメラはこの一つだけだ。ここは入口近くだから、別荘地内に入る車も人も、みんな通過する。だからここに設置したんだろうね」

私は木田ちゃんの顔を見た。彼はまたニッと笑って言った。

「僕の下請けには、防犯カメラの専門家がいるんだ」

「そう」

「調べたら、〈グリーンウッドホーム〉という名称の別荘地は山梨県と長野県に何ヵ所かあって、全て同じ会社が販売・管理してる。で、この北巨摩の別荘地内の道路は私道で、十二区画のオーナーが分割共有してるから、防犯カメラを設置したのも管理会社だと推測される」

「それで」

「これでカメラの型番と形式はわかる。契約者がわかれば、どこでモニターしているのかも探り出せる。だもんで、僕の下請けの専門家が映像を手に入れた」

木田ちゃんがマウスを操作し、映像が切り替わった。

あの薄緑色のケージのゴミ箱に、画面の外から女性が近づいてくる。黒いビニールのゴミ袋をさげている。「燃えるゴミ」の表示のついている蓋を開け、ゴミ袋をなかに投げ込むと蓋を閉めた。その場でセミロングの髪を軽くかき上げ、また歩き出してゆっくりと来た方向に消えた。

白いセーターにジーンズ。足下はスニーカーのようだ。その顔は、写真で見た佐々優美だった。

「昨日の午後一時二十二分の映像だよ」

私は半ば口を開けた。

「これが例の奥さん？」

問われて、私はまだ口を半開きにしたままうなずいた。

「地下室に監禁されてなくてよかったね」

言い方はふざけているが、私の調査対象が無事に歩いていることを、木田ちゃんは喜んでいるのだ。

「ストリートビューには、人物の顔がマスキングされちゃうという弱点もあるんだけど、防犯カメラはそれじゃ用をなさないからね」

「奇跡をありがとう」

「いつでも祈りに来なさい、迷える子羊よ」

木田ちゃんが胸元で十字を切ったところへ、小鹿さんが顔を出した。

「杉村さん、お客様よ」

笠井いずみは、ざっくり評するなら佐々優美とは正反対のタイプだった。飾り気がなく、少年のようなショートカットで、服装も機能優先だ。それと、私は思い込みを訂正しなければならなかった。彼女の左手の薬指には結婚指輪が光っていた。笠井〈嬢〉ではない。

「強引に押しかけてごめんなさい」

その細面の顔は緊張で強ばっていた。

「お母様から優美が自殺未遂したと聞いて、じっとしていられなかったんです」

「では、事情はもうあらかたお聞きになっているんですね」

「はい。お母様はわたしなんかにあそこまで話すおつもりではなかったんだと思いますけど、ぐいぐい聞き出しちゃったので」

娘の優美よりは人生経験を積んでいるとはいえ、宮崎夫人も基本的におっとりしたマダムである。私とは分野が違えど、調べ物と人から何か聞き出すことが仕事のうちであるこの行動的な女性の追及をかわせなくても仕方あるまい。

「落ち着いていただくために、最初に申し上げておきます。佐々優美さんの所在は確認できました。まだ〈おそらく〉の段階ですが、ほぼ間違いないと思います」

笠井さんは両手を胸にあてた。

「ああ、よかった。優美、無事なんですね」

「それも〈おそらく〉ですが、映像で見る限りは大丈夫そうですよ」

「どこにいるんですか？　病院ではないんですよね？」

「病院ではありません。知人の家に身を寄せていると申し上げればいいかな」

ああしてゴミ捨てに出てくるくらいだから、意志に反して閉じ込められているのではない。今回のことには、やはり優美自身の意志も働いていると思われる。

「今日、迎えに行くんですか」

「わかりません。なにしろ、ほんの今し方、居場所がわかったばかりなんですよ」

おまけに、何ともタイミングがよくないが、こんなときに限ってまだ筥崎夫人と連絡がつかないのだ。自宅は留守電、スマホも同様だ。近所に買い物に行っているぐらいならいいのだが――

「都内ではなく地方ですので、お母様の筥崎夫人のご意向を伺ってから、どのような形にするか決めたいと思います」

「地方の知人の家？」

鋭く繰り返し、笠井さんは半身を乗り出してきた。

「それって、もしかして別荘じゃありませんか。山梨にある佐々さんの先輩の別荘。もしもそうだったら、わたし、心当たりがあるかもしれません」

驚きだ。この女性はジャックポットじゃないか。

「なぜあなたがご存じなんですか」

「行ったことがあるからです。大学三年の夏だから、もうずいぶん前ですけど」

こうなったら、腰を据えて彼女の話を聞く方が先だ。

「優美とわたしは高校一年のときからの友達です。彼女はエスカレーター組で、わたしは外部受験組でしたけど、軽音楽部で仲良くなりました」

宮崎優美は美人で明るく成績優秀、学年の人気者だったという。優美と仲良しなので、笠井さんはずいぶん羨《うらや》ましがられたし、妬《ねた》まれもしたそうだ。

「今では考えられませんけど、高校時代のわたしはいつでも優美と一緒でした。お互い、初彼は高校二年のときにできたんですけど、ダブルデートもよくしました」

友達付き合いは、二人が別々の大学に進学してからも続いた。笠井さんの専攻は新聞学科だそうだ。

「文章を書く仕事をしたかったんです」

言って、彼女はいっそう真顔になった。

「本題に入る前にお断りしておきます。わたしの記憶がやたら鮮明なので、作ってるんじゃないかと思われたらイヤですから」

よく気の回る人だ。

「これからお話しすることを、問題の別荘の一件があった直後に、わたしルポに書いたんです。一般的にはどうかわかりませんが、自分にとってはかなりの事件だったので、まとめておきたくて」

身近な出来事を素材に調査報道的なルポを書くことが、当時彼女がいたゼミの課題でもあったのだそうだ。

「結局、提出したのは別のルポでしたけど。友達のプライバシーを勝手に素材にするのはよくないって思い直したので」

言って、ちらりと苦笑した。

「その程度のあやふやな覚悟だったから、就活で新聞社も出版社も全滅だったんでしょうけどね」

「私は編集者経験がありますが、それはあまり関係ないと思いますよ」

笠井さんはまじまじと私の顔を見直し、

「へえ〜」と、小学生みたいな驚き方をした。

「編集者って、業界内転職ばっかりだと思ってました」

例外もあるわけだ。

「ええと、それで……初めて知貴さんに紹介されたのは、大学一年の夏休み中でした。優美とバーゲンセールに行く約束をしてたら、知貴さんが一緒に来たんですよ」

佐々知貴はハンサムなスポーツマンだし、優美は彼に「めろめろって感じで」、二人は笠井さんの前でもラブラブで、

「ごちそうさまって冷やかしましたけど、印象は悪くありませんでした」

それ以来、ときどき優美から誘われるようになった。

「トモ君のサークルで飲み会をやるから、いずみも来ない？　って」

「昭栄大学ホッケー愛好会ですね」

「ええ、そうです。男子ばっかりのサークルだから、女の子に来てほしいんだって。優美だけじゃなく、他のメンバーのガールフレンドやその友達にも声をかけてるようでした」

笠井さんは誘いを断った。

「バイトと授業でめいっぱい忙しくて、わたし自身はサークル活動もしてませんでした。他所《よそ》の大学のサークルなんて、なおさら興味ありません」

しかし、飲み会に来い、試合の応援に来い、練習を見学しに来い——と、優美はしつこく誘ってきた。

「わたしとトモ君みたいな、いい出会いがあるよなんて言うんですよ」

彼女の笑みがぎくしゃくと歪んだ。

「優美は気づいてなかったと思いますが、わたしの方は、そんなやりとりをするうちに、優美と合わなくなってるなあ……と感じていました」

筥崎優美は恋愛に夢中で、キャンパスライフを楽しもうとしていた。笠井いずみは将来に目標があって勉学したかった。

「とにかく何でもスルー、スルーで断り続けていると、あるとき、知貴さんから直接メールが来たんです」

うちのサークルのOBが、写メを見て笠井さんがタイプだと言っている、紹介したい。

「正直、カチンときました。わたしに無断で第三者にアドレスを教えたり、写メを見せたりするなんて、優美はどうかしています。知貴さんもおかしいと思いました」

きっぱり断りを入れて、優美を呼び出し、二人で話し合った。

「彼女は謝ってくれましたけど、知貴さんに頼まれたら断れない、嫌われたくない、彼が好きすぎてどうしようもないって……まあ、それはどうぞご勝手になんですけどね」

それからしばらくして、当時笠井さんがアルバイトしていたカフェに、佐々知貴が男性を三、四人連れてやってきた。

「テーブルについて、揃ってこっちを見てニヤニヤしてるんです。知貴さんはわたしを手招きなんかして。それもこうやって」

掌《てのひら》を上に向けて、ひとさし指をちょいちょいっと動かしてみせた。

「すごい失礼ですよね」

「ええ、無礼極まりないふるまいです。私には十歳の娘がいますが、彼女が年頃になって誰かに同じことをされたら、相手を特定して、二度と同じことがないように締め上げますよ」

笠井さんは店長に事情を話し、接客を代わってもらった。件《くだん》の男たちがコーヒーを飲んで引き揚げたあと、また佐々知貴からメールが来た。

〈ふざけんな。女のくせに生意気だ。あんな態度が許されると思うなよ〉

「ものすごく腹が立ったし、何だこの人って怖くもなったから、一字一句覚えてます」

〇〇のくせに。佐々知貴はこの言い回しが大好きなようだ。

「黙ってちゃいけないと思ったから、そのメールをそっくり優美に転送して、悪いけど、あなたがこの人と付き合うなら、わたしは友達やめるって言いました」

優美は泣いて謝り、また同じ口上を繰り返したそうだ。佐々知貴は本当はいい人だ、彼に嫌われたくない、別れたくない。

「そのとき初めて聞いたんですけど、優美はしょっちゅう彼らの飲み会に付き合わされて、お酌《しゃく》したり灰皿替えたりしてるっていうんですよ」

――だってトモ君が、僕の大事な先輩や仲間にも僕に尽くすように尽くしてほしい、優美のことをみんなに自慢したいって言うんだもの。

「わたしはもう、呆れかえって目玉がどっかへ飛んでっちゃった」

こいつらはぜんぜんいい男なんかじゃないよ。女の子を紹介しろって迫るのは、楽しく付き合いたいからじゃない。女中やホステスがほしいだけだよ。

「あんた、今が二十一世紀だってこと忘れてない？　こいつら何時代の男なんだよって、ガンガン言ったんですけど」

宮崎優美には糠《ぬか》に釘《くぎ》だった。

――わたしも、トモ君がサークルの先輩の言いなりになって、いくらでもいい顔しようとするのは嫌なの。だけど、言ってもわかってくれないの。

――先輩がらみのことさえなければ、トモ君は最高の恋人だし。

思い出すとまた腹が立つのか、笠井さんは顔を歪めた。

「わたし、うちの祖母が言ってたことを思い出しました。お酒さえ飲まなければ、ギャンブルさえしなければ、浮気さえしなければいい人ってのは、それをやるから駄目な人なんだって」

「至言ですね」と私は言った。掛け値なしの真実だ。

「優美にもそう言って、親友だからこそお願いする、知貴さんと別れてって頼みましたけど、駄目でした」

——トモ君と別れるなんてできない。こんなに人を好きになったのは初めて。

「で、それきり優美との付き合いは切ったつもりだったんですけど、さっきも言った三年生の夏に——夏休みに入ったばっかりのころだったと思いますけど、彼女がわたしの大学の寮を訪ねてきたんです」

ひどく思い詰めた様子だったという。

「次の週末、サークルの合宿で知貴さんの先輩の別荘へ行くことになったんだけど」

——男子は十人ぐらいいるのに、女子はわたし一人みたいなの。怖いから、いずみ一緒に来てくれない？

笠井さんの鼻息が荒くなった。

「ホント、いくら優美がお嬢様育ちだからって、バカも休み休み言えって感じでしたよ」

合宿だか何だか知らないが、怖いなら断ればいい。それで佐々知貴が怒るようなら、彼はまともじゃない。

「あんたも頭悪すぎ、わたしだったらさっさと別れるって言ったんですけど、別れたら死んじゃうってまた泣くんですよ」

笘崎優美は、こんな愚かな人だったろうか。わたしの知ってる明るくて聡明な女の子はどこに行っちゃったんだろう。

「勝手にしろって突っ放しちゃえばよかったんですけど、やっぱり心配で。何かあってからじゃ遅いですから――」

笠井さんは対策を考えた。

「わかったよ、一緒に行くって返事しておいて、ゼミ仲間に相談したんです」

話を聞いたゼミ仲間は一様に驚き、懸念《けねん》を表明した。そんな〈合宿〉に、笠井さんはもちろん友達も行ってはいけない。

「で、仲間の男子が二人ついてきてくれることになりました」

問題の〈合宿〉は、サークルのメンバーの自家用車数台に分乗して行く予定だったので、その待ち合わせ場所に、

「仲間のジープで乗りつけてやりました」

ゼミ仲間の一人はラガーマン、もう一人は、「うちの大学のレスリング部の選手でした」

言って、小気味よさそうにフフンと笑った。

「けっこう強かったんですよ。ま、見た目は知貴さんと違ってゴリラですけど」

今のダンナです——と、はにかんだように言い足した。

「ああ、なるほど」

「当時、付き合い始めたばっかりでした」

笠井さんがいかついボディガードを二人も引き連れて現れると、佐々知貴たちは大いに慌てた。

「そんなに大勢で来られたら泊まる場所がないからとか、急にあわあわして。大勢って、わたしプラス二人増えただけなのにね」

もう来なくていいというのを、

——俺ら日帰りドライブでかまわないから、くっついて行きますよ。

「ダンナが運転して、彼らの後を追っかけていったんです」

そして、着いたところが山梨県北巨摩郡の森のなかの別荘だったというわけである。

「無理にくっついていったのは、優美を連れて帰りたかったからです」

彼女は佐々知貴の車に乗っていた。

「この際きっちり説得して、知貴さんと別れさせたいと思ってました」

だが、そちらは不首尾に終わってしまった。

「集合してみたら、女性は優美だけじゃありませんでした。あと二人、他のメンバーのガールフレンドが来てました」

「あなたを連れ出すために、自分一人だから怖いと嘘をついていたことになりますね」

そのくせ、優美は強気だったそうだ。

「勝手に外部の人を二人も呼んでくるなんて図々しいって、おかんむりでした」

この件で、笠井さんと優美の友達付き合いは本当に終わった。

「わたしの親友の筥崎優美はもういない。高校時代の思い出だけ大事にしよう、そう思いました」

ところが、一昨年の二月中旬、笠井さんが旅行ライターとして開設しているブログに、優美がコメントを書き込んできた。

――わたしのこと覚えてる？

「懐かしいとか、元気そうでよかったとか、活躍してて立派だとかね。彼女のフェイスブックにも招待されたので、フレンド登録しました」

不愉快な記憶はまだ残っていたが、あんまり突っ張るのも大人げない気がしたし、何より好奇心があったからだ。

「優美、まだ知貴さんと続いてるのかなあって」

「続いているどころか、一昨年の二月なら、六月の挙式に向けて準備していた時期でしょう」

「ええ、相変わらず手放しでラブラブでした。結婚披露宴にもすぐ招待されちゃった」

――本を出してる友達がいるなんて素敵だもの。ぜひ来て。

「ちゃんと夢をかなえて、いずみはやっぱり凄いねって、やたら感激して褒《ほ》めてくれました。わたしなんか第一志望の就活全滅して不本意な就職して退職してフリーになっただけの旅行ライターなのに、変わってないなあと思いましたよ。それが彼女の可愛らしいところでもあるんですけど」

笠井さんはふと優しい目になり、それを打ち消すように瞬《まばた》きをした。

「もちろん、今さら何かなあとも思ったけど。だって優美は、わざわざ検索してわたしのブログを見つけてたんです。誰かから噂を聞いたからとか、偶然じゃなかった。なんでまた挙式前の忙しいときに、大学時代に喧嘩別れしたっきりのわたしなんかにコンタクトしてきたのかなって」

それは私も気になる。

「要は、あなたには別れろ別れろってガミガミ言われたけど、わたしは幸せよ、トモ君と結婚するのよって見せつけたい、そういうことだと思いました」

トモ君はやっぱり最高の恋人。もうすぐ最高の夫になるのよ。

「わたしが知ってる限りでは、優美ってダメ出しをくらったことがない人です。才色兼備なお金持ちのお嬢様ですからね。人生にペケがついてない。唯一ペケに近いことがあるとしたら――」

「あなたの説教だと」

そうそうと、笠井さんは笑った。

「今思えば、まさにこんこんと説教しましたもの。あんな男は最低だ、あんたの目はフシアナなのかって」

合宿から連れ帰ろうと試みたときは、ゼミ仲間も一緒に説得してくれたのだという。同年代の男の目から見ても、佐々知貴さんのあなたへの言動はおかしいよ、と。

「わたしたちは心配してカッカしてたんだけど、優美も素敵なトモ君をクサされて怒ってたんでしょうね。だからその怒りを、盛大な結婚披露宴を見せつけることで解消したかったんじゃないかな」

そこまで言って、笠井さんは一息ついた。私は自分のノートパソコンを立ち上げた。

「披露宴で、この男性を見かけませんでしたか」

モニターで、高根沢輝征の映像を見せた。

「問題の別荘の持ち主ですから、合宿騒動のときも当然いたはずですが」

一瞥しただけで、笠井さんは反応した。

「披露宴で挨拶されました」

新郎友人のテーブルの一つに、ガタイのいい男たちが集まっていたのだそうだ。

「そのなかにいたんです。名乗ってたけど、タ――タカ――」

「高根沢です」

「そう！」笠井さんは私に指を突きつけた。

「この人はわたしのこと覚えてなかったけど、同じテーブルにいた男性がね、大学時代に知貴さんが紹介したがってたＯＢだったんですよ！　それで、二人してわたしの席に来たんです」

高根沢輝征とは、どんなやりとりをしたか覚えていないという。当日、彼は夫人同伴だったから、さすがに軽率なふるまいはしなかったのだろう。だが件《くだん》のＯＢの方は、

「わたしの姓が変わってることと、結婚指輪に気がついて」

ニヤニヤ笑いを浮かべて、こう言ったそうだ。

――へえ、売れたんだ。

笠井さんの目が怒りに光っている。

「あ、こいつら全然変わってない！　そう思ったから、あとは徹底無視してました。二次会にも誘われたけど、行きませんでした」

「賢明でしたね。二次会はこの高根沢氏の司会進行だったそうですから」

ううう、おぞましい。笠井さんは身震いした。

「そのときまでは、あんなに幸せそうなんだから、優美の結婚よかったよかったって思ってたんですけど、また不安になってきちゃって」

佐々知貴と彼の大事な先輩たちは変わっていない。ならば、知貴と優美の力関係も大学時代と同じなのだろう――

「杉村さんは、彼女のフェイスブックの中身をご存じですか」

「ひととおり目を通しました」

まさか勝手に覗きましたとは言えない。

「わたしもウオッチしてきましたけど、いつも夢のようにハッピーなことだらけですよね。SNS上の日記なんて、だいたいがそういうものですけど」

そこで披露されるのは、他者に見てもらうために演出、粉飾《ふんしょく》、トリミングした生活だ。見る側も、ある程度はそれを承知の上で見ている。

「優美の幸せぶりに嘘はないんだろう。彼女の暮らしは、新婚旅行で行った地中海みたいに青い海なんだろう。だけど、どっかウェブでは見えないところに赤潮が発生してる。どうしてもそんなふうに思ってしまって」

旅行ライターらしい喩《たと》えだ。

「勝手に勘ぐって、大きなお節介なのにね」

「二人で会うことはあったんですか」

「いいえ、フェイスブックを通すか、メールのやりとりだけでした」

会っておしゃべりしようという流れにはならなかったのだそうだ。佐々優美が消極的で、笠井さんが誘っても、都合が悪いとうやむやにする。

——そのうち会いたいね。

「いつもその台詞でした。結局、優美は本当にまた仲良しに戻りたいわけじゃないんだろうと思いましたし、こっちも」

笠井さんはちょっと言葉を切り、苛立《いらだ》たしそうに拳を握った。

「でも、やっぱり気になるんですよ。バカみたいだけど心配なんです。知貴さんがあのサークルの先輩どもとつるんでる限り、いつか必ずトラブルを起こすって思っていましたから」

だから、フェイスブックをウオッチし続けていた。

「もう一ヵ月ぐらい前になりますよね？　優美のフェイスブックが出し抜けに閉じられてしまったときは、本当に驚きました。慌ててメールしても返信がないし、電話は電源が入ってないってメッセージが聞こえるだけ。悪い想像ばっかりふくらんで、心臓がバクバクしました」

佐々知貴の連絡先はとうの昔に消去していたから、笠井さんは困った。

「優美の披露宴で再会した高校時代の友達に問い合わせてみたんですが、彼女たちも何も知りませんでした。というか、さほど問題視してないんです」

ＳＮＳではよくあることだ、別のウェブサービスに移ったんじゃないか、そのうち再開するだろう、と。

「優美のことじゃなかったら、わたしもその程度に思ったでしょう。発信者の都合で、ＳＮＳではいろんなことが起こります。いちいち騒ぎ立てるのはおかしいって」

佐々知貴は、妻の友人たち——少なくともフェイスブックのフレンドさんたちには、ページを閉じる理由をまったく説明していなかったわけだ。彼もまたそれで問題ないと思っていたのか、そこまで頭が回らなかったのか。

「笥崎夫人には連絡してみましたか」

笠井さんは肩をすくめた。「それはちょっと出しゃばり過ぎに思えて……」

もしも彼女が笥崎夫人に問い合わせ、その段階で優美の自殺未遂やアワー・ハピネス・メンタルクリニックのことまで「ぐいぐい聞き出し」たとすれば、私の出番はなかったかもしれないのだが。

「今日の電話で伺った限りでは、お母様は優美の自殺未遂の原因にはまったく心当たりがないと、だいぶ参っているご様子でした」

「知貴さんとサークルの先輩がらみのあれこれを、笥崎夫人はご存じないですからね」

笠井さんはぎょっとしたように目を瞠った。

「優美は相談してなかったんですか？　ぜんぜん？　まったく？　付き合い始めてすぐから、ずっとあんなふうだったのに？」

「漠然と知貴さんの人付き合いのことをこぼしていたようですが、それだけです。ただ、弟さんには──」

「あ、タケシ君！」

「面識がありますか」

「わたしが知ってるのは中学生のころですけど、賢い子でしたよ。落ち着いてて、むしろ優美の方が妹みたい」

──タケシは理系のオタクだから、一生カノジョできなくってかわいそう。

「優美がそんな冗談を言ったので、とんでもない、タケシ君は地味にモテるタイプだよって言い返したら、いずみの好みはわかんないと笑われました」

佐々優美は、結婚式の準備に追われているころ、弟のタケ君には「トモ君のサークルの先輩たちが嫌いだ、なかでも高根沢輝征が大嫌いだ、披露宴に招きたくない」とはっきり言っていた。しかし佐々知貴に押し切られてしまった。私がそう説明すると、笠井さんは啞然とした。

「優美、ちゃんとわかってたんじゃない」

痛みの伝わってくる声音だった。

「だったらどうして……ご両親にも打ち明けなかったんだろう。自分で言えないなら、タケシ君から」

呟いて、目を閉じてため息をついた。

「無理かあ。そんな男とは別れろってことになったら大変だものね」

トモ君が好きで好きでどうしようもない、別れたら死んじゃうのだから。

「愛するトモ君の欠点はそれだけなんだし、自分が我慢すれば済んじゃうことなんだから、ご両親には心配かけないって決めたのかな」

仲良しの母親だからこそ、言わなかったし言えなかった。

「学生時代、優美はよく言ってたんです。自分はお姫様だって」

自覚があったのか。

「両親にお姫様のように大事に育ててもらったから、本物のお姫様でいたい。両親をがっかりさせたくないって」

「生真面目な人なんですね」

「ええ、優美は真面目ですよ。本物のお姫様でいるために、ちゃんと努力する女の子でした。ダメ出しをくったことがないっていうのも、ただ生まれながらにいろいろな要素に恵まれていたからだけじゃない。彼女自身が努力していたからです」

　笠井さんは軽くくちびるを嚙んだ。

「そういう優美の性格を知っていて、知貴さんはその上にあぐらをかいてる。だから、わたしはなおさら腹が立ったんです」

　優美は、どうしようもないほど好きで好きでたまらない佐々知貴のために、気に染まない要求にも応え続けてきた。ならば、現状も彼女のその努力の延長線上にあるはずだ。

「あと一つ教えてください。優美さんから、自宅でホームパーティをしたとか、知貴さんが連れてきた客をもてなしたという話を聞いたことはありますか」

　笠井さんは首をかしげる。「ホームパーティなんかしたなら、必ずフェイスブックで報告すると思いますけど、そんな様子はなかったですよね？」

「ありませんでしたね」

「知貴さんのためにはご馳走を作ってたみたいだけど――」

　ちらっと舌を出して、笠井さんは笑った。

「優美、学生時代は、料理はからっきしだったんですよ」

包丁を怖がり、米をとぐとき洗剤を入れてしまうレベルだったという。

「初彼と付き合ってたころ、わたし、よく彼氏にお弁当を作ってたんですけど」

笠井さんもまた、ボーイフレンドにとってはまめな女の子だったようだ。

「優美も彼氏に作ってあげたいというから、何度かうちに来てもらったんですけど、何にもできなかった」

しょうがないので、笠井さんが優美と彼女の彼氏の分まで一緒に作り、優美が作ったことにしていたそうだ。

「バレンタインのチョコも、材料費を出してもらって、作ったのはわたし。おかげで豪華にできましたけどね」

「結婚前には料理教室に通ったそうです」

「そっか。あのご馳走も努力のたまものだったんですね」

また一瞬だけ優しい眼差しになった。

「わたしも結婚してますから、夫婦の問題は夫婦で解決するべきだってわかっています。でも——」

右手を握りしめて口元にあて、ぐっと何かを呑《の》み込んでから、続けた。

「わたしが仲良しだった優美は、自殺未遂なんかしてお母様を死ぬほど心配させるような女の子じゃありませんでした。今彼女を苦しめている問題がなんであれ、早く解決するように祈っています。何かお手伝いできるようでしたら、どうぞ言ってください」

「わかりました。貴重な情報をありがとうございました」

一階のロビーまで笠井さんを送って戻ると、小鹿さんに呼ばれた。事務所の電話の送話口に手をあてている。

「笘崎さんという方からお電話よ」

私は慌てて受話器を受け取った。何度か留守メッセージを吹き込む際、現在はそこにいると、〈オフィス蛎殻〉の代表番号を伝えておいたからだろう。

「杉村です、お待たせしました」

「ごめんなさい、何度もお電話いただいたのに」

夫人の口調が慌ただしい。

「こちらこそすれ違いで失礼しました。何かありましたか」

「知貴君に会ってきたんです」

会社の近くの喫茶店で話をし、今さっき別れたところだという。

「今朝九時過ぎでしたか、知貴君から電話がありまして。杉村とかいう調査員が、アワー・ハピネス・メンタルクリニックに押しかけて事務局の人を脅しつけたって、興奮してまくしたてて」

清田伸吾は本当に気弱な人物だった。あのとんがった口で右から左へご注進。いや、泣きついたのか。

「杉村さん、それは本当のことなんですか」

「私がアワー・ハピネス・メンタルクリニックへ行ったことと、事務局長の清田という人物と話をしたことは本当です」

できるだけ穏やかに、私は説明した。

「筥崎さんにはまだご報告していませんでしたが、優美さんはあのクリニックに入院していないことがほぼ確実と思われましたので、今朝、その旨を先方に問い質《ただ》しました。清田氏は、優美さんの入院は偽装で、佐々知貴さんに頼まれて嘘をついていたと認めました」

電話の向こうで、筥崎夫人の息づかいが速い。

「知貴君は、わたしにもそう言っておりました。確かに入院は嘘だった、優美を静かなところで静養させたかったからお義母さんには嘘をつきました、と」

その上で、こう持ちかけてきたという。

「わたしが杉村さんとの契約を切って、もう調査をしないなら、優美は今日中にでも実家に帰すというんです」

――あいつは毅君の依頼だとか言ってたが、どうせ黒幕はお義母さんなんでしょう？すぐやめさせてください。

これはこれは。そう来たか。

「わたしは写真の知貴君の窶れようも気になりましたし、こんな大事な話を電話で済ませるわけにはいかない、顔を合わせて話そうと申しました」

佐々知貴は逃げ腰だったが、夫人はすぐに自宅を出て新宿にある佐々知貴の勤務先に乗り込んだ。受付で粘って、何とか会うことができたという。

「知貴君、本当にひどい顔色で……イライラしていて」

道ばたで電話しているのか、夫人の声が背後の騒音にかき消される。

「……話せたのも五分かそこらです」

佐々知貴は、ともかく杉村とかいう調査員に手を引かせろ、そうしたら優美は実家に帰すと繰り返すばかりだった。

「何だか泣きつかれているようで、わたしも承知してしまいました」

小鹿さんがこちらを気にしている。私が険しい顔をしているからだろう。

「杉村さん、あのクリニックにいないなら、優美はどこにいるんでしょう」

筥崎夫人の声がうわずって大きくなり、背後の騒音に負けなくなった。そばを行き交う人々の目には奇異に映っていることだろう。

「それもわかってるんですか。だったら教えてください。わたしが迎えに行って連れて帰ります」

夫人には申し訳ないが、今はまだそのカードは伏せておこう。

「ともかく、私もすぐ知貴さんに会ってみます。彼は何か誤解しているようですが、優美さんの居場所がわかり、無事が確認できて筥崎さんが納得されるなら、私がお引き受けした調査はそこで終了です。手を引くも何も、それ以上のことを調べる理由はありません」

　そうよねそうですよねと、夫人は早口に呟いた。

「どうぞ気をつけてお帰りください。私の不注意でご心痛を深めてしまい、申し訳ありませんでした」

　受話器を置くと、小鹿さんが訊いた。

「急展開？」

「だと思います」と、私は言った。「こういうのを〈自爆〉というんでしょう」


　私が新宿駅に向かっている途中で、佐々知貴のスマホが動き出した。勤め先のビルを出て、甲州街道を西に向かう。やがて高速に乗った。

　レンタカーを調達したようだ。前回同様、高根沢輝征に相談したかもしれないが、平日のことだし急な話だから、今回は彼一人なのだろう。スマホの電源は入ったままだ。私はずっとその動きを観察していた。

　山梨の別荘に行くのだと確信したので、彼の職場に電話してみた。佐々知貴の身内の者だと言って、一芝居打った。

「知貴はもうそちらを出ましたか？」

　すると、若い男性の声がこう応じた。

「はい、先ほど早退しました。入院中の奥さんの具合がよくないとか」

「そうなんです。では本人の携帯電話の方にかけてみます」

私は事務所に帰った。佐々知貴は、私が優美を迎えに行くとしてもたどるであろう道筋を通り、途中でサービスエリアに寄ることもなく、二時間余で〈グリーンウッドホーム北巨摩〉に到着した。そこには三十分足らず留まっただけで、すぐとって返してきた。帰途では頻繁にサービスエリアに停車した。これは優美のためだろう。

私はスマホをデスクに置き、必要経費と調査料を計算してから、これまでの経緯を文章にまとめる作業を始めた。夕方になって雨がぱらついた。

筥崎夫人からは、その夜七時を過ぎて電話があった。佐々知貴のスマホが筥崎家の所在地に落ち着いて、一時間ほど経っていた。

「杉村さん」

夫人の声は落ち着いていたが、疲れているのか少しかすれていた。

「優美が帰ってきました。夕方、知貴君が連れてきました。今うちにおります」

それはよかったと、私は言った。

「二人とも疲れ切っていますし、優美はすぐ泣き出してしまうので、なかなかまとまった話が聞けません。でも、夫婦喧嘩してカッとなって手首を切ってしまった。家出したのは自分の意志で、ホテルや友達の家に泊まっていたと言っています」

「喧嘩の原因については話しておられますか」

宮崎夫人は小さくため息をもらした。

「――知貴君の浮気です」

佐々知貴は、宮崎夫人にも優美にも謝罪しているという。

「これから家族でよく話し合わなくてはなりませんけれど、ともかく優美が戻ってきてくれましたから」

夫人はそそくさと幕を引きたがっている。

「これでよしとしたいと思います。あの……調査料の方は」

「請求書をお出しします。一緒に報告書もお渡ししたいと思いますが」

私が予想していたよりも一拍早く、夫人は応じた。「本人たちと話しますので、報告書は要りません。なまじそんなものがあって、夫の目に触れてもいけませんし」

この答えは予想どおりだった。

「優美が戻ってきたのは、杉村さんが、知貴君が嘘をついているとはっきりさせてくださったおかげです。感謝しております」

夫人はもう閉めてしまった幕の向こうに隠れ、首だけ出してしゃべっている。

「お力になれたなら幸いです」

「請求書は郵送してください。すぐお振り込みいたします。それと、毅にはわたしから知らせますので」

「了解いたしました」

互いに礼を言い合って、夫人が先に電話を切った。

私はタケ君と笠井さん宛に短いメールを打った。佐々優美さんが実家に帰り、杉村探偵事務所の仕事は終了しました、以上。

この業務は終わった。だが、遠くの黒雲は消えるどころか、その濃さを増したように思えた。自分に活を入れるために、〈侘助〉のマスターご自慢のビーフストロガノフが必要だと思った。

6

約束どおり、宮崎夫人はたちまち調査料を振り込んでくれた。タケ君からは、私が送ったものよりは長いメールが来た。

〈この週末は何とか都合がつきそうなので、実家に帰ります。姉と母とよく話したいと思います。杉村さんにはお世話になりました。ありがとうございました〉

その文面からも、宮崎夫人の口調と同じ、「ここから先は家族の問題だから」という、やんわりした拒絶のニュアンスが伝わってきた。私が同じ立場でもそうする。

笠井さんからは、翌朝早々に、

〈ホッとしたけどモヤモヤしますよね〉

というメールが、その後、

〈よその夫婦のことなんだから、もう関わるなとダンナに叱られちゃいました〉

というメールが来てそれきりになった。私が彼女のダンナだとしても、やっぱり同じように忠告する。

私自身はまだ関わるつもりだった。次に会うべきは田巻康司だ。これは城島君との約束を果たすことでもある。

城島君には、勤め先やマンションの管理人云々と言っておいたが、そんな迂遠《うえん》な手を使う気はなかった。早く本人と連絡をとりたい。まずは田巻氏のスマホにメールを送った。件名は〈チーム・トリニティ関係者の調査〉とした。これなら無視されまい。

〈突然メールで失礼します。私は私立探偵の杉村三郎という者です。あなたが所属しておられるチーム・トリニティの関係者を調査しております。ぜひ事情をお伺いしたい案件があり、ご連絡しました。のちほどお電話させていただきます。お会いできるようでしたら、日時と場所を指定してくだされば、どこにでも参上します〉

これに、私の名刺を撮った写真を添付して送信した。それから半日待って、彼のスマホに電話してみた。留守番電話になっていたので、「メールをお送りした私立探偵の杉村という者です。またおかけしてみます」と吹き込んだ。

反応はなかった。私はまたメールを送った。今度は一歩踏み込んだ内容にした。

〈私立探偵の杉村です。私が依頼されたチーム・トリニティ関係者の調査は、メンバーの夫人に関する事柄でした。その過程で、十月四日にあなたの妻の郁恵さんが亡くなっておられることを知りました。深くお悔やみ申し上げます。私は自分の依頼された調査と、郁恵さんの死が何らかの関わりを持っているのではないかと考えています。これが全くの誤解であるならば、いたずらにあなたのご心痛を深めたことをお詫びするしかありません。しかし、とにかく一度お話を聞かせていただけないでしょうか〉

佐々優美の自殺未遂は十月二日の深夜、田巻郁恵の転落死は十月四日の日中だ。近接して発生したこの二つの出来事は、もうただの偶然とは思えない。背後には何があるのか。

ポイントは、九月三十日金曜日。優美が笘崎夫人に、「今夜はトモ君と出かける」と言っていることだ。

これまでに判明したチーム・トリニティの内情と、高根沢輝征とその弟分である佐々知貴の言動から推測するに、週末のこの夜、また彼らの飲み会があったのではないか。それが宅飲みであったのか、どこかの店だったのかはともかく、いずれにしろ彼らは集まり、その際、佐々知貴は優美を連れて参加した。田巻氏にも、郁恵夫人と一緒に参加しろという要請（強要）があったのではないだろうか。

城島君によれば、田巻氏は、これまでどんなに要求されても、自宅を宅飲みの場に提供し、郁恵夫人にホステス役をさせることを断ってきたという。当然、高根沢たちは不満だったろう。チームのフェイスブック上で、高根沢輝征が田巻氏を激しく攻撃し「制裁を覚悟しろ」と恫喝していたのも、単に練習怠慢のせいではなく、田巻氏が高根沢たちの横暴なふるまいに「NO」と応じてきたからに違いない。

九月三十日の飲み会は、この「制裁」だったのではないか。それに田巻夫妻は巻き込まれ、居合わせた優美も関わった。結果として佐々優美は自殺未遂し、佐々知貴は、彼女が仲良しの母親に何か打ち明けてしまうとまずいので、必死に手を回して隔離した。高根沢輝征がそれを手助けし、優美も夫をかばうために従った。だが彼女の家族が私立探偵なんぞを雇って嗅《か》ぎ回り始めたので、優美を実家に帰して「浮気が原因の夫婦喧嘩でした」と事を収め、探偵を追っ払うことにした——

こういう図を描いてゆくと、田巻郁恵の転落死も、本当に不幸な事故死だったのかという疑惑が生じる。死亡した当日、彼女が「体調が悪くて仕事を休んでいた」という情報も不穏に思えた。

佐々優美が「トモ君と出かけ」た先で何が起こったのか。その出来事は、少なくとも優美が自殺未遂し、佐々知貴がゾンビのように窶れるほど衝撃的で忌《い》まわしい出来事だったはずだ。

想像するのは易しいが、憶測は何の足しにもならない。田巻康司と会うために、根気よく働きかけることが先決だ。

一方で、私の手元には〈オフィス蛎殻〉から新しい仕事が舞い込んできた。某IT企業の中途採用候補者の身上調査だ。面倒な仕事ではないが、三人分あったので、あちこち移動しなければならない。今の私には有り難い依頼だった。合間に、田巻氏の勤め先や住まいを回ることができるからだ。

彼の勤め先は大手の合成繊維《せんい》メーカーで、品川区に本社があった。城島君は田巻氏の所属部課までは覚えていなかったので、ぶっつけで本社受付を訪ね、城島君を騙したときと似たような口上を述べてみると、意外にもいきなり田巻氏の直属の上司と会うことができた。五十がらみの、ごま塩頭の男性だ。私はこういうときのために用意してある偽サラリーマンの名刺を差し出し、広いロビーの一角で話をした。

「田巻君とは学生時代の先輩後輩の関係なのですが、ここ一年ほどは会ってなかったもので……」

「我々も、今は彼がどこでどうしているか知らないんですよ」

田巻康司は忌引《きび》き明けに一度出社してきて、退職願を提出したという。

「葬儀のときと同じ——むしろもっとですかね、骸骨《がいこつ》のように痩せて、目がうつろでした」

上司は退職願をいったん預かることにして、彼に休職を勧めた。心身共に休み、元気になって復職してくれ、困ったことがあったら何でも相談しなさいと言い含めて、彼を見送った。以来、会っていないそうだ。連絡もない。

「心配になって、一度部下に様子を見に行ってもらったんですが、自宅は賃貸マンションでしたがね、引き払っていました。転居先もわかりません。管理人の話では、かなりの現金を渡されて家財の処分を頼まれたとか」

「じゃあ、彼は身一つで」

「車だけ乗って行ったようです」

そこで田巻氏の実家に連絡してみたが、彼は帰っていなかった。両親も居所を知らず、大いに驚き恐縮していたという。

――康司が帰ってきたら連絡させます。

「それきりになっていますから、実家には行ってないんだと思いますよ」

上司は親身に心配しており、田巻氏の両親とも面識がある様子だった。よほど親しくしていたのかな――と思いながら聞いているうちに、田巻夫妻の仲人をしたという話が出てきた。

「そうでしたか……。当時は海外勤務だったので、僕は二人の結婚式に出席できなかったので失礼しました」

郁恵夫人は田巻氏より三つ年上。取引先の信用金庫に勤めていた。しっかり者で、良い意味で典型的な姉さん女房だったという。

遠慮がちに、上司は私に問うた。

「あなたの方で、田巻君が身を寄せそうなところに心当たりはありませんか」

これを訊きたかったから、一も二もなく私に会ってくれたのだ。

「申し訳ありませんが、思いつきません」私は頭を下げた。「実家におらず、住まいも引き払ってしまったなら、夫人のお骨はどうなっているんでしょうね」

上司は痛ましそうに顔を歪めた。「葬儀の後、郁恵さんのご両親が引き取って行かれたんですよ。事情が事情だから仕方がないと、田巻君の母上もおっしゃっていました」

「はあ、そうなんですか」

私が怪訝《けげん》そうな顔をしてみせると、上司もまた訝しげに見返してきた。

「……ご存じないのかな」

「とおっしゃいますと」

上司が逡巡しているので、私は押した。

「ご両親にもお悔やみを申し上げたいので、実家に伺うつもりです。事前に知っておいた方がいいことでしたら教えてください」

うんうんとうなずいて、上司は低く言った。

「郁恵さんは自殺したんです」

ビンゴだった。この世でもっとも嬉しくない大当たりだ。

「事故じゃなかったんですか」

「ベランダの手すりに上って、そこから飛び降りるところを見ていた人がいるのでね。間違いありません。ただ、遺書の類いはなかったので――」

動機がわからない、と言った。

「葬儀でも、田巻君は郁恵さんのご両親に責められていましたよ。親の心情としては無理もないことですが、私は彼が気の毒で見ていられなかった」

「本人にもわからなかったんでしょうか」

「とにかく呆然《ぼうぜん》としていて、何も聞き出せなかったから……。しかし仲のいい夫婦だったし、仕事も順調だった」

深刻な問題があったとは思えない。

「我々まわりの人間も、いまだに何かの間違いであってほしいと願っているくらいです」

密かに詫びる気持ちも込めて、私は上司に丁重に礼を述べて別れた。外へ出ると、ちょっと気を落ち着かせてから、また田巻康司宛のメールを打った。

〈あなたが今どこでどうしているのか、親しい方たちが心配しています。私が調査している案件は、郁恵さんの自殺と関わりがあると思います。私はあなたの力になりたい。どうか連絡をください〉

田巻夫妻の自宅は、大田区にあるファミリータイプの大型マンションだった。オートロックではない開放型・外廊下の造りで、中庭がきれいだ。駐輪場は一ヵ所、コの字型のマンションの西側面に設けられていた。

——真下の駐輪場に落ちたので。

アスファルトで舗装《ほそう》された駐輪場の地面のどこにも、田巻郁恵の墜落死の痕跡はなかった。ひと月以上経っているのだから、これは当然だろう。私は頭上を仰いだ。西側の最上階は十階。部屋番号は西端から時計回りになっているので、九〇一号室は西南の角部屋だ。

その真下あたりに、持参してきた小さな花束を置いた。そして手を合わせていると、声をかけられた。

「ちょっと、そこの人」

駐輪場の反対側の端に、いわゆる「おばちゃん」ぽい年格好の女性が二人いて、私を見ていた。声をかけてきたのは右側の女性で、ごく一般的な（年齢相応の）身なりをしている。左側の女性は何というか――極楽鳥的な色彩の組み合わせで、柄物のスパッツにフードつきの真っ赤なコートを羽織り、髪は金髪に近い栗色。サンダルも派手だ。

私が何か応じるより先に、地味なおばちゃんが鋭い声を投げてきた。「ねえ、いい加減でそういうことやめてくださいよ。いつまでも迷惑なんだから」

また私が何か言うより先に、派手なおばちゃんが相方を咎《とが》めた。「あんたやめなさいよ、気の毒じゃないの」

地味なおばちゃんは矛先を変え、派手なおばちゃんに食ってかかった。「何言ってんの！　飛び降り自殺なんかされて、このマンションの資産価値はガタ落ちなのよ。あんただって損してンのよ」

派手なおばちゃんも負けてはいない。

「住んでるだけなら資産価値なんか関係ないでしょ。それともあんた、ここ売ってどっかに引っ越すの？　そんなあてでもあるの？　人一人亡くなってるのに、守銭奴《しゅせんど》みたいなこと言うもんじゃないわよ」

まあまあ――と宥《なだ》めながら、私は二人に近寄った。

「お気に障《さわ》ったならすみません。十月の初めにここで亡くなった女性は、僕の幼なじみの奥さんなんです」

私の態度が殊勝だからか、派手なおばちゃんは勢いづいた。「ほら、見てごらんよ。ちゃんとした人じゃないか」

地味なおばちゃんは目を吊り上げて私を睨みつけている。口は見事なへの字だ。

「ごめんなさいね」

派手なおばちゃんはぺこりとし、相方より前に出てきた。

「このマンションは築二十五年になるんだけど、あんな事は初めてでね。あたしたちみんなショックだったのよ」

「ごもっともです。申し訳ありません」

「おたくが謝ることじゃないわよ。ホント気の毒だったね。あたしも西サイドに住んでるんで、たまにエレベーターで会って挨拶するぐらいだったけど、きれいで上品な奥さんだったのにねえ」

すると、地味なおばちゃんが怒りで目をギラギラさせながら吐き捨てた。「何が上品なもんですか。どえらい夫婦喧嘩してたんだってよ」

今度は、派手なおばちゃんが何か言い返す前に、私が割り込んだ。「それ、いつの事でしょう」

　地味なおばちゃんは目を剝《む》いた。「なに？　あたしに訊いてるの？」

「はい。亡くなったのは九〇一号室の田巻さんの奥さんですよね。どえらい夫婦喧嘩というのは、田巻夫妻の部屋で騒ぎがあったということでしょうか」

　派手なおばちゃんは、「あたし知らない。あんた誰に聞いたの？」

「八〇二のミムロさん」

　すぐ下の階の入居者か。

「九〇一の田巻さんは、よくそういうことがあったんでしょうか」

　この問いには派手なおばちゃんが答えてくれた。「あたしは、そんなのいっぺんも聞いたことないわよ。西サイドじゃ騒音問題なんかなかったわ」

「だけどあのときはねえ」

　地味なおばちゃんは焦れている。

「あの奥さんが飛び降りる二、三日前の夜、九〇一号室でどたばたやってて、泣いたり怒鳴ったりする声が聞こえたんだって。そうかと思えばバカ笑いしたりして」

　死ぬほどうるさかったんだって、常識ってもんを知らないのよ、と毒づいた。

「それは本当に夫婦喧嘩だったんでしょうか。もっと大人数で騒いでいたのではありませんか」

「知らないわよ、そんなの」

「長く続いたんでしょうか」

「知らないってば。一晩中騒いでたら、いくらなんでも管理人さんが注意したろうけど」

派手なおばちゃんが突っ込んだ。「あんたがギャンギャン喚《わめ》く声にも、そのうち苦情が来るわよ。じゃ、ごめんなさいね。ほら行くよ」

二人のおばちゃんは私に注意するために降りてきたのではなく、買い物に出かけるところだったのだ。その後ろ姿にも、私は手を合わせたくなった。

あの奥さんが飛び降りる二、三日前の夜。これは正確には、田巻郁恵が自殺した十月四日の四日前、九月三十日の夜ではないか。

——どたばたやってて、泣いたり怒鳴ったりする声が聞こえた。そうかと思えばバカ笑いしたりして。

遠くの黒い雲は、今やはっきりと邪鬼の顔を象《かたど》り始めた。

〈オフィス蛎殻〉からの仕事は五日間で終了し、事務所で報告を終えると、私は新宿駅に向かった。佐々夫妻に住まいを仲介したイチノ不動産の「先輩」を訪ねるためである。

何度メールを送っても、留守電にメッセージを残しても、田巻康司からは連絡がない。こちらから動いてみようと思った。

イチノ不動産の窓口で、〈ラ・グランジェット相模原〉のことでと申し出ると、最初にここへ来たとき応対してくれた社員が現れた。だいぶ額の後退した中年男性である。

「あ、先日のお客様ですね」

相手も私を覚えていた。あれは四日、今日は十四日だ。オーナーと知り合いだと言ったのが利いたのか。営業マンというのは人の顔を忘れないものなのか。

「他の物件も検討してみたんですが、〈ラ・グランジェット相模原〉のことをもっと詳しく知りたいと思いまして」

「それはありがとうございます」

「つきましては、オーナーの今井さんにあのマンションのコンセプトを提案した担当者の方にご紹介願えないでしょうか。今井さんに聞きましたが、僕と同じ昭栄大学のご出身だそうで、これも何かの縁でしょう」

「不動産は縁が大切ですからね」と、相手は言った。「しかし、申し訳ありません。〈ラ・グランジェット相模原〉のプランニングを担当したのはうちの営業の重川《しげかわ》という者なのですが、お休みをいただいておりまして」

シゲカワ。チーム・トリニティのメンバー表に「重川実《みのる》」という名前があった。年齢は三十歳。高根沢輝征の、大学のサークル現役時代からの後輩ということになる。

「お休みというのは？」

「はあ、あいにくですが病欠なのです」

「それは大変ですね。いつからですか」

「一昨日からなのですが、どうやら寝込んでいるらしく……」

「それはいけませんね。インフルエンザかな。毎年、発生が早まっていますから。それじゃあ、重川さんが出社してきたら連絡してください」

相談カードに住所氏名を記入して、駅に戻る途中で城島君に電話をかけた。授業の合間だったのか、彼はすぐ出てくれた。

「君を騙した探偵の杉村です」

「田巻さん、見つかったんですか？」

その声音の弾みに胸が痛んだ。「まだなんです。申し訳ない」

スマホの向こうで、城島君が落胆しているのがわかった。

「僕の方でも何にもわかりません。田巻さんと同期のOBや、ゼミで一緒だった人を紹介してもらったりして訊いてみたんですけど、最近田巻さんと連絡をとった人はいませんでした」

それで――と、彼は口ごもった。

「葬儀にも来てた同期のOBから聞いたんですけど」

黙ってしまう。

「どうかしたの？」

「おまえ知らなかったのかって。郁恵さん、事故じゃなかったって」

できれば城島君の耳には入れたくなかったのに。

「そうです。非常に残念ですね」

城島君は何も言わない。

「動機は判明していません。君には何か心当たりがありますか」

「――あるわけない。信じられないですよ」

「田巻さんの直属の上司もそうおっしゃっていたよ。君と同じように田巻さんを心配していた」

実家にもいない、両親も行方を知らないと説明すると、城島君はまた黙り込んでしまった。

「君は夫妻と親しかったから、田巻さんと郁恵さんの思い出の場所とか、二人の大切な記念日とか、何かしら聞いていないかな」

「そういうのは……でも、記念日っていうか、郁恵さんはもうすぐ誕生日ですよ。十六日」

明後日の水曜日だ。

「そうか、ありがとう。あと二つ頼みがあるんだけど、いいかな」

一つは、ＯＢの重川実を知っている人がいないか聞いてほしい。もう一つは、

「今更なんだけど、田巻さんの写真があったらもらえませんか」

「うちのサークルの夏合宿で撮ったヤツなら、すぐ送れますけど」

田巻康司が、一泊二日でコーチとして参加したのだという。

Bunshun
Bunko

文藝春秋

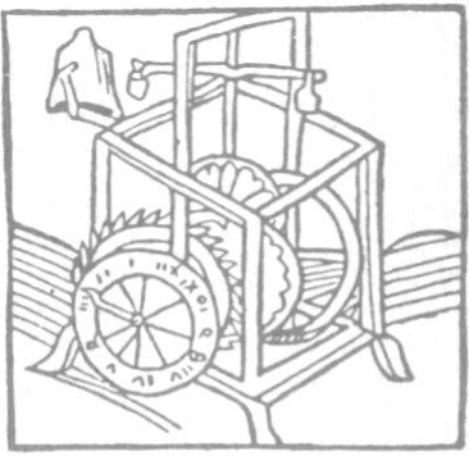

文春文庫

「重川さんってOBは、僕は知りません。あたってみます」

そこで電話を切るかと思ったら、城島君は呼びかけてきた。「杉村さん」

「はい」

「田巻さん、もしかして死んじゃってるなんてことないですよね？」

はっきり「ないよ」とは言えなかったから、私は黙っていた。

「スミマセン」城島君は蚊の鳴くような声で言った。「縁起でもないですよね」

そのあとスマホに送られてきたフォトデータを再生してみると、合宿の夕食時なのだろう、カレー皿の並んだテーブルに向かい、田巻康司はスプーンを片手におどけたポーズをとっていた。バストショットなので身長はわからないが、引き締まった痩身で、Tシャツの袖からのぞく腕にはしっかり筋肉がついている。日焼けで顔が赤い。いわゆる薄味の顔立ち。目を細めた笑顔が優しげだ。

この一文が添えられていた。

〈僕が撮って郁恵さんに送った写真です〉

自宅兼事務所に帰る電車に揺られながら、私は頭のなかを整理した。チーム・トリニティの残りメンバー全員を追及しよう。また木田ちゃんと彼の鉄板な下請け仲間の力も借りて情報を集めよう。準備を調えてリアルに顔を合わせたら、後ろめたい覚えがある者は、私の用件を聞くだけで逃げ出すだろう。それを追ってとっ捕まえ、奥歯をガタガタさせて吐かせてやる。

悔しいが、高根沢輝征と佐々知貴、佐々優美に突撃するのはまだ早い。確たる証拠がないままぶつかっても警戒されるだけだ。彼らが口裏を合わせ、大事な証拠を隠滅する可能性もある。それでは元も子もない。

事務所のカレンダーの「十六日」に丸をつけ、田巻郁恵の魂に祈った。貴女《あなた》のご主人を助けたいと思っています。どうか力を貸してください。彼の心に呼びかけ、私に連絡をとらせてください。彼が暴走したり、自身の命を粗末にしないように。

私の祈りが届かなかったのか、届いても既に遅かったのか、どちらかはわからない。事態は動いた。十六日水曜日の早朝、目黒区にある自宅ガレージの前で、高根沢輝征が殺害されたのだ。

7

離婚して一人暮らしを始めてから、私はラジオ好きになった。朝起きるとまずラジオを点《つ》ける。顔を洗ったり朝食をとったりしながらなので、常に集中して聴いているわけではない。

その朝もそうだったから、当初、午前六時からのNHK第一放送の「ただ今入ったニュースです」「目黒区内の住宅地の路上で、会社員の男性が頭から血を流して死亡しているのが発見されました」というアナウンサーの言葉も、何となく聞き流していた。数秒してからぎょっとした。

慌ててネットのニュースサイトを検索した。最初のうちはラジオとおっつかっつだったが、更新、更新で最新の情報がアップされ、ついに死亡した男性が「高根沢輝征さん、三十三歳」であることがわかった。「頭から血を流している」のはひき逃げに遭ったためではないかという情報も出てきた。それがほどなく、「高根沢さんは早朝ジョギングに行くところで、持っていたはずのスマートフォンが失《な》くなっている」ことまで判明し、強盗殺人事件ではないかという流れになった。

私は笘崎夫人に電話をかけた。午前八時を過ぎたところだった。

「おはようございます、杉村です」

夫人はすぐに応じなかった。電話の向こうで雑音がしている。テレビの音だ。

「もしもし、笘崎さん？」

テレビの音声は朝のワイドショーだと気づき、私もすぐテレビを点けた。ヘリコプターからの映像だろう。瀟洒《しょうしゃ》な住宅の建ち並ぶ町並みが映っている。道路の前後にパトカーが駐まり、巡査が出て通行止めにしている。

路上の血だまりも見えた。ブロックを積み上げたような三階建てのモダンな住宅の前で、その家のガレージの真ん前だ。青い制服を着た鑑識課員が行き来しているが、作業はまだ始まっていないようだ。画面右肩のテロップにはこうあった。〈住宅地で殺人事件　会社員殴殺《おうさつ》される〉

近くのテレビの音声と電話の向こうの音声が重なると、それ以外の雑音が聞き取れた。泣き声だ。

「杉村さん？」

笆崎夫人の声が耳に飛び込んできた。うわずって裏返っている。

「どうして電話をくれたんですか。トモ君も殺されちゃうって、優美が取り乱しているんです。わたしどうしたらいいかわからなくて、杉村さんに相談しようかと――」

夫人こそ完全に取り乱している。

「優美さんはそちらにいるんですね？」

「はい、あれ以来ずっと」

「すぐ伺います」

と応じたとき、私の自宅兼事務所のインターフォンが鳴った。ピン、ポン。長閑《のどか》な音だ。旧式の機器だから、カメラ機能はない。私はスマホを持ったまま玄関のドアを開けた。

目と鼻の先に、田巻康司が立っていた。

彼は私より一回り以上若いが、背格好はよく似ていた。身長がほとんど同じなので、まともに目と目が合った。

あんまり距離が近かったので、驚いたように一瞬顎を引いたが、すぐ姿勢を立て直し、彼は私に頭を下げた。そして口を開こうとするのを首を振って制し、私はスマホに向かって言った。

「宮崎さん、申し訳ありませんが、そちらに伺えなくなりました」

どうしてとか何でですかと夫人が問うてくる。テレビは消したのか、背後の騒音は消えた。泣き声も聞こえなくなった。

「優美さんにお伝えください。心配しなくてもトモ君の身は安全です、命の危険はありませんと。宮崎さんには、このままお嬢さんのそばにいていただくのがいいと思います」

夫人に語りかけながら、私は田巻康司の顔を見ていた。一瞬だけ、彼は盲目なのではないかと錯覚してしまった。その目が、私を含めて現実の何をも映していないように見えたからだ。

緊張は伝わってこなかった。彼はむしろ安らいでいる。ほんの数時間前に高根沢輝征を殺害してきたのだとしたら、この静かなたたずまいの理由はただ一つだ。

満足。妻の仇《かたき》を討ったのだから。

宮崎夫人が忙しく呼びかけてくる。「優美が、知貴君と連絡がとれないと言ってるんです」

「いつからですか」

「いつ？　いつからって、今ですよ！」

「そうですか。私の方で何かわかったらご連絡します」

通話を切り、スマホをサイレントモードにした。そして田巻康司に言った。

「お待たせして申し訳ない。どうぞお入りください」

彼はほんの少し目を細めた。

「僕は田巻康司といいます」

爽やかな声音だった。肉声を聞いた瞬間に彼はまだ青年だということを思い出した。二十四歳なのだ。四半世紀も生きていないのだ。

「もちろん、わかっています」

応接セットの方を示すと、彼はまた軽く一礼してから事務所のなかに入ってきた。丸首シャツに綿パン、真新しいが安っぽい化繊《かせん》のジャンパーは、この季節ではいささか寒そうだった。

写真の顔より瘦せている。筋肉も落ちているのだろう。身体全体が薄っぺらい。座ろうとしてちょっとよろめいた。

疲れている。疲労困憊《こんぱい》しているから穏やかに見えるのだ。

「さっきの電話は、佐々優美さんのお母さんからだったんですよ」

彼と向き合い、私は切り出した。関係者の名前を出しても、田巻康司の眼差しは揺らがない。

「優美さんは今実家にいるのですが、夫の佐々知貴さんと連絡がとれないのだそうです」

すると彼は言った。

「あの人なら相模原のマンションにいますよ。少なくとも昨夜はいました」

淡々と、抑揚《よくよう》のない口調だ。

「――行ったんですか」

「何度か様子を見に通っていました。昨夜は最後の点検のつもりで行ってみたんですが」

点検という表現がおかしいのか、彼はかすかに口元を緩めた。

「奥さんではない女性と一緒に帰ってきましたよ。あれ誰なんだろう」

私は人差し指を立てて、彼に（ちょっと待ってください）と示した。すぐノートパソコンを立ち上げ、〈ラ・グランジェット相模原〉で張り込みをしていたとき、大きな重箱を抱えて訪ねてきた女性の写真を表示した。

「この人でしたか？」

「あ、そうです」

佐々知貴の職場の図々しいような内気なような女性は、あれから本当に浮気相手に昇格したのである。

「どっちが引き込んだのか入り込んだのか、よくやるもんだ」

せいぜい毒気のある言い方をしたつもりだったが、田巻康司は反応しなかった。置物のように静かに座っている。

私は、自分もまた落ち着いていることに気づいた。焦っていない。恐怖もない。ただ、極めて壊れやすい精密機械を前に、これを正しく動かすにはまずどのスイッチを入れたらいいのかわからないだけだ。

まるでそれを見抜いているかのように、目元にうっすらと笑みを浮かべて、田巻康司は言った。「すみません――」

「は、何でしょう」

「水を一杯もらっていいですか」

私はペットボトルとグラスを出した。そういえば、ほんの二週間足らず前、筥崎夫人にもこうして水を出したのだった。

田巻康司はグラスに八分目までミネラルウォーターを入れ、ゆっくりと飲み干した。そしてグラスを置くと、言った。

「着替えてきました」

私は彼を見つめた。

「返り血のついたシャツとズボンは、車のトランクのなかです。ハンマーも、そのままビニールに包んで放り込んであります」

殴殺に使った凶器のハンマーという意味だろう。

「あいつのスマホは、ダッシュボードにしまいました。僕は、住まいを引き払ってからずっと車上暮らしをしていましたので」

「車はどこに？」

「すぐ先のコインパーキングです」

「あの角の？　私もよく利用するんですよ。実は、あの辺もこの家の大家さんの地所なんです」

どうでもいいことをしゃべる自分の声が遠く聞こえた。

木田ちゃん流に表現するなら、私の事務所の応接ソファに、「できたてほやほやの殺人者」が座っている。

「——着替えたら、すぐ自首するつもりでした」

抑揚を欠いてはいるが、田巻康司の口調は、けっして冷ややかではなかった。

「今朝までそう思っていました」

空になったグラスを見つめながら、淡々と続ける。

「でも、目的を果たしたら、肩の荷が下りたような気がしました。やっと普通に呼吸できるようになって、そうしたら気になってきたんです。杉村さんという私立探偵は、誰に何を頼まれてチーム・トリニティの関係者を調べているんだろうって」

その目はガラス玉のようだった。一点の曇りもない。そうか、もう醜《みにく》い現実を見ていないからだな、と思った。

「だから確かめたくなって——伺ったんです。メールもメッセージも無視していたのに、いきなり申し訳ありません」

「とんでもない。よく来てくれました」

私の声も震えてはいない。

「あなたが果たした〈目的〉とは、高根沢輝征を殺害することですね？」

顔を上げ、私の目を見て、田巻康司はうなずいた。「はい」

「ほかにも何かしましたか」

「重川実を殺しました」

イチノ不動産の「先輩」だ。

「いつのことですか」

「先週の金曜日、十一日の夜です。重川の勤務時間が終わるのを待っていて、金のことで話があると言って車に乗せました」

「金のこと？」

「少し貸せと言われていたんです」

業務報告のように語る。

「僕が断るわけはないと思い込んでいて、ぜんぜん警戒していなかった。あいつをひねるのは簡単でした。遺体はまだ荒川のどこかに沈んでいると思います。投げ捨てるとき、重しをつけましたから」

息が液化したかのように、私の胸が重たくなってきた。

「実は、十四日の月曜日に、私もイチノ不動産へ行ったんですよ。窓口の男性が、重川は一昨日から病欠だと言っていました」

「ああ、それは――」

彼は眠たげにまばたきをした。

「十二日の朝に、僕が本人のスマホからメールを打っておいたからですよ。登録リストから、上司らしい人は見当がつきました」

「重川がまだ生きているように偽装したということですね」

彼はうなずいた。「高根沢を殺すまでは、騒ぎにならないようにしたかったので」

言って、また置物に戻った。

ペットボトルの内側を、ミネラルウォーターの水滴が流れ落ちた。

私は言った。「よろしかったら、こちらの経緯《いきさつ》をお話ししましょうか」

ノートパソコンを持ち出し、メモを広げて順々に説明した。途中で声が嗄《か》れたので、水を飲んだ。

説明を聞き終えると、田巻康司は言った。

「すみませんが、パソコンをよく見せてもらえませんか」

「どうぞ」

私が撮った写真の数々を、彼は丁寧に確認していった。高根沢と佐々がミッドナイトブルーのエクエルに乗っている写真には、じっと目を凝《こ》らしていた。

「佐々の奥さんは、自殺未遂した後、なぜ身を隠していたんでしょうか」

「本人から話は聞けていませんが、元の生活に戻ることができなかったんでしょう。彼女は母親と仲がよく、しょっちゅうメールや電話でやりとりしていました。それを完全に遮断してしまわないと、母親に何か漏らしてしまうかもしれない。佐々知貴も高根沢輝征も、それをもっとも警戒していたはずです」

優美は、彼らのなかでいちばん脆《もろ》く切れやすい鎖の輪だった。

「実家に帰っても、まだお母さんに告白してないんですよね」

「はい。自殺未遂の理由は、佐々知貴の浮気だと説明しています」

今頃は、何をどう語っていることやら。

――トモ君も殺されちゃう！

木田ちゃんに頼んで、このパソコンにも例の防犯カメラの映像を送ってもらった。田巻康司はそれを何度も再生し、ゴミを捨てて歩み去る佐々優美の横顔を見つめた。

「なぜ自殺未遂なんかしたんですかね」

独《ひと》り言のように呟いた。

「佐々も、なぜあんなに窶れたんだろう。何が怖かったんだろう」

「あなたから彼らに働きかけたことはありますか？」

「働きかけというのは――」

「復讐してやるとか、殺してやるとか」

「ああ、そんなのは一度もないです」

目はガラス玉のようなのに、身体は薄っぺらく痩せているのに、彼は天気の話でもしているかのようにしゃべっている。

「むしろ、郁恵の誕生日までにやることをやろう。そう決めて計画を立てて、あいつらの行動を見張り始めたときから、けっしてこちらの動きを覚られないようにしてました」

目的を果たすまでは潜行するのだ――

「高根沢と重川は、この世から駆逐しようと決めました。そうするべきだ、それが自分の義務だと思いました」

私の耳に聞こえているのは人間の肉声なのに、そこにはかすかな温《ぬく》もりさえなかった。田巻康司の体温は、「やることをやろう」と決めたときから絶対零度になったのだ。

「でも、佐々と奥さんは最初から放っておくつもりでした。あいつらがやったことの生き証人も必要ですから」

私は理解した。「駆逐」される者と、断罪される者との役割分担だ。

「あの二人には長生きしてほしいですよ。憎み合って罪をなすり付け合って、世間から後ろ指さされて生き地獄を味わいながら」

寝《おび》れようが怯えようが、自殺未遂なんかやらかそうが、一切無駄だ。許さないから。

急に我に返ったようになり、田巻康司はガラス玉の目で私を見た。

「僕は死刑になりますか」

「そうは思いません」

彼はにっこりした。

「ですよね。いつかは僕も出所するんだから、二人とも生きた心地がしないだろうなあ」

何と晴れやかな笑顔だろう。凍った太陽だ。

「田巻さん」と、私は言った。「九月三十日の夜、何があったんですか」

再び彼が口を開くまで、長いこと沈黙があった。ひどく遠いところから、ひどく重たいものを引っ張ってきて、とうてい一人の人間では持ち上げられない重量のものを頭の上まで持ち上げようとしているかのように、田巻康司はずっと身体を力ませていた。

「──僕はあいつらの宅飲みに参加したことがありません」

飲み会そのものからも遠ざかっていた、と言う。

「最初のころにうっかり参加してしまって、悪評どおりの下劣な飲み会だったから、吐き気を催しました」

チーム・トリニティからも離れたかった。

「だけど、僕には事なかれ主義のところがありまして」

なかなかきっぱり切れなかったのだ、と言った。

「あいつらに誘われたり、うちで宅飲みするぞと言われるたびに、言い訳を並べて回避するだけでした」

高根沢輝征は、後輩たちに宅飲みを強いる際、「宅飲みさせろ」「宅飲みしよう」と言うのではなかった。「宅飲みする」と言ったそうだ。あたかもそれが当然の権利であるかのように。

「その都度、郁恵には全部話していました。妻は僕よりしっかりしていましたから、あいつらがやってることは常識外れどころか犯罪すれすれだと、呆れたり怒ったりしていました」

——できるだけ早く縁を切って。

「僕も、そうすると約束したんですけど」

七月半ばの土曜日の午後、彼が妻と自宅でくつろいでいると、佐々知貴から電話がかかってきた。

「これからおまえの家で宅飲みするから支度《したく》しろ、と言うんです。僕は参加しませんでしたが、その日は練習があったんですね」

田巻康司はきっぱり断り、念のために郁恵夫人を外に出した。

「買い物でも映画でもいいから、外にいてくれと。僕から連絡するまではメールも見るな、電話にも出ないでくれと言いました。妻は僕を心配してくれましたけど」

夫人が出かけると、彼はマンションの外で待ち受けた。小一時間して、高根沢輝征を先頭に、佐々知貴、重川実、あと二人のチーム・トリニティのメンバーが押しかけてきた。

「いつもつるんで宅飲みしている連中です。高根沢輝征と愉快な仲間たちですよ」

部屋に入れろと騒ぐ彼らを押し返し、妻は出かけている、外で飲んでくれと言った。

「結局、僕も一緒に行く羽目になってしまったんですが」

不思議なことに、これらの宅飲みは「集《たか》り」ではないのだった。高根沢輝征は、支払いについてはいつも気前がよかった。

いや、やはり集りか。他者から奪い取るものが金ではなく、服従だというだけの違いだ。

「その日もおごってやると言われましたけど、断って一万円出しました。どんな形でもあいつらに借りをつくっちゃいけないと、郁恵からもアドバイスされてたので」

――付き合いの悪いヤツだな。

――女房の尻に敷かれてるんだろう。

――三つも年上なんだって？　もうババアじゃないか。

「酔っ払ったあいつらに、さんざん郁恵の悪口を言われました。いくら事なかれ主義の僕でも我慢の限界を超えたから、チーム・トリニティを辞める、これで縁を切りますと、席を蹴って帰りました」

それきり音沙汰がなくなったので、ホッとしていた。

しかし――

「九月の初めに、今度は佐々の奥さんから電話がかかってきたんです」

――佐々知貴の家内です。

「彼女は僕がチーム・トリニティを抜けたことを知っていて、夫も抜けさせたいと言うんです」

――わたしもあの人たちが大嫌いなんです。何とか夫を説得して抜けさせたいんです。

「だから相談に乗ってほしいと言うんですよ」

もう関わりたくないと、彼は断った。だが優美は二度、三度と連絡してきた。

「困ってしまって妻に話したら、力になってあげましょうと言われました」

――他人事《ひとごと》と思えないもの。

「それからは、妻が佐々の奥さんと電話で話すようになりました」

――優美さんの説得が利いて、佐々さんもチームを抜けた方がいいかなって言い出してるんですって。

「三十日の金曜日に、夫婦でうちに相談に来ることになりました。僕は、それなら僕が一人で佐々の家を訪ねると言ったんですけど」

――うちは遠いので悪いから。

「佐々優美という人は、育ちがいいんですよね？」

「名家や旧家というわけではありませんが、実家が裕福なので、自他共に認めるお姫様だったようですよ」

「妻もそう言っていました」

――話してみると、ホントに世間知らずのお嬢さんなのよ。あれじゃダンナに押し切られちゃっても無理ないわ。

「郁恵は世話焼きでした。三人姉妹の長女なんですが、お母さんが病弱なので、子供のころから家事もしたし、妹たちの面倒をみてきたんです」

佐々優美は、三十日の午後四時に田巻夫妻を訪ねてきた。

「来てすぐに、一時間ぐらいしたら夫も来ます、お二人に相談したいと自分から言ってくれました、と」

三人で話し合い、優美と佐々知貴の馴《な》れ初《そ》めや、大学時代から彼女が彼のサークルがらみで嫌な思いをしてきたことなどを聞いていると、インターフォンが鳴った。

――トモ君が来たんだわ。

「そう言って、奥さんが玄関に出ていきました。妻もついていったんですが」

ここで初めて、田巻康司が言葉に詰まった。

私は無言で待った。

「佐々は一人ではなくて、高根沢と重川が一緒でした」

三人で、郁恵夫人を追い立てるようにしてリビングに踏み込んできたという。

――やっと田巻と宅飲みできるなあ。

「妻は怯えていましたし、僕は頭に血が上って、佐々の奥さんを問い詰めました。最初からこういうことを企《たくら》んでいたのかって」

優美は夫の背中に隠れてしまった。

――せっかく来たんだからもてなせよ。

――田巻の女房は料理もできないのか。

――おまえも不幸な男だよ。オレたちが女房を躾《しつ》け直してやる。

「押し問答はしても、相手は三人もいますから、僕一人では追い出せない。あいつらは缶ビールや酎ハイをしこたま買い込んで来ていて、我が物顔で飲み始めようとするので」

――わかりました。じゃあ飲みましょう。つまみは妻につくらせますから、買い物に行かせてください。

「合図しなくても、妻には僕の意図が伝わったと思います」

早く逃げろ、と。

「連中は、冷蔵庫に買い置きもないのか、おまえの女房は使えないババアだなあとか囃《はや》し立ててましたが、何でもいいから僕は妻を外に出したかった。そうなんですよ僕も困ってるんですとか調子を合わせて」

しかし、上手くいかなかった。佐々優美が、買い物ならわたしが行くと言い出したからだ。

「そのときには、郁恵はもう顔色を失っていましたが、じゃあ、あり合わせで何とかしますす、その前に手を洗ってきますからと」

リビングを出て洗面所の方へ行った。

「佐々の奥さんが、妻の後を追いかけて行きました」

僕は内心、祈ってました——

「あの人だって無力な女だ。あの人だって怖いはずだ。せっかく郁恵がチャンスをつくったんだから、二人で一緒に外へ出て行くだろう。きっとそうなるだろう」

その耳に、無情な声が響いた。

——トモ君、奥さんが逃げる！

「妻は玄関にいました。ドアを開けようとするのを、佐々優美が止めていた」

お願いお願いお願い。郁恵さんは必死で訴え、佐々優美を振り払おうとしていたという。

「僕は妻を助けようと飛び出しました。最初は重川ともみ合いになって、あいつを突き飛ばしたところで後ろから頭を殴られて」

気を失った。

黙って聴き入っていた私は、正常な声を出せるかどうか自信がなかった。咳払《せきばら》いしてから、呼吸を整えて言った。

「こんな言い方はしたくありませんが、手慣れていますね」

ガラス玉のような目で私を見つめ、田巻康司はのろのろとうなずいた。

「今思えばそうですね。事が終わったあと、僕も妻も、病院に行く必要があるほどの怪我は負わされていませんでしたし」

彼が意識を取り戻すと、二時間ほど経過していた。

「うちのＬＤＫの隣は和室で、その仕切りは引き戸になっています。そこが十センチほど開いていました。明かりがついていて、妻のうめき声と連中の笑い声が聞こえました」

田巻康司は結束バンドとビニールテープで二重三重に拘束され、身動きできなかった。口はタオルで猿ぐつわをかまされていた。

「テーブルの上は空き缶やつまみの袋で散らかっていました」

そのテーブルの下で膝を抱え、佐々優美が真っ青な顔で泣いていたという。

「もがいてももがいても、僕はどうすることもできずに転がっていた。そのうち、妻はうめき声さえあげなくなって、連中のバカ笑いや卑猥《ひわい》な会話しか聞こえなくなりました」

時間の感覚が失くなっていた――と、彼は続けた。

「佐々の奥さんは泣き続けていたけど」

やがて、ようやく引き戸がいっぱいに開き、高根沢、重川、佐々が出てきた。三人とも半裸で、生臭い汗をかいていた。

――目が覚めたのか。

「高根沢が僕の頭の脇にしゃがみこんで、スマホをかざして見せてきました」

――おまえの女房を躾け直してやったぞ。ばっちり動画も撮ってある。

――警察に通報したら、これをネットにばらまいてやるからな。

「なぜか知りませんが、佐々はヒステリックに笑っていました。重川は、腹が減ったと

うちの冷蔵庫を漁《あさ》って」

高根沢輝征は邪悪だが、重川実は意地汚い。そんな野郎だから、後日その動画をたて

に、田巻康司に金をせびるような厚顔無恥《こうがんむち》な真似もできたのだ。

「佐々の奥さんに、何か作って食わせろと言ってました」

佐々優美は部屋の隅で震えており、何もしなかったそうだ。

引き揚げるとき、佐々知貴はおたおたして、しきりと彼女を慰《なぐさ》めていたという。

――もう泣くなよ。なんでそんなに泣くんだよ。大丈夫だよ。こんなのなんでもない

よ。化粧直せよ。

「考えてみたら、あいつは高根沢の腰巾着《こしぎんちゃく》でしたけど、空威張りばっかりの根性なしで

したからね」

恐怖に怯えて泣く優美を見るうちに、自分が加担したことの重大さをじわじわと覚っ

ていったのだろう。現実感を取り戻したと言ってもいいかもしれない。

「あいつらは僕をそのまま放置していったので、妻が拘束を解いてくれました」

這《は》うようにして和室から出てきたとき、郁恵夫人は何も身につけていなかったという。

「叩かれたんでしょう。顔が腫《は》れていた。くちびるが切れて血だらけでした」

そこで急に思い出したみたいに、彼は息を吸い込んだ。窒息《ちっそく》しかけた後のように激しく呼吸し始めた。

それから、がくがく震える手を持ち上げて顔を覆《おお》い、続けた。

「忘れようと、妻が言いました」

――わたしは忘れるから。無かったことにしてほしい。

「あの日出勤したのも、郁恵に頼まれたからです」

――ずっと休んでいたら、あなたの会社の人たちに迷惑かけちゃう。普通にして。元の生活に戻って。あなたがそうしてくれた方が、わたしは楽になる。

「だけど、妻が本当に楽になるには、死ぬしかなかったんだ」

彼の呼吸はまだ荒い。喘息《ぜんそく》の発作のようだ。全身がわななき、痩せた背中が上下する。手で覆っていても、歯を食いしばっているのがわかった。

私は黙って見守っていた。何も言わなかったし、何もしなかった。どうやっても彼を慰めることなどできない。

サイレントモードにしてあるスマホの着信ランプが激しく点滅している。メールや着信が山ほどあるのだろう。今は目の前にいるこの男――二十四歳で人生を破壊されてしまった男の言い分しか聞きたくない。それ以外の何を聞く必要があるものか。

「田巻さん」

呼びかけると、彼はちょっと身を固くした。それから深く呼吸をした。

「事情があって別れましたが、私にも妻がいましたし、十歳の娘がいます」

そこまで言ったところで、喉が詰まった。

「あなたの気持ちを思うと、言葉もない」

だらしないことに、私は泣いていた。

「ただ一つだけ申し上げます。郁恵さんは、今は平和で清らかなところで安らいでいる。それだけは忘れないでください」

田巻康司は身体を起こした。彼の目は血走っていたが、涙はなかった。私は泣いているのに、彼は落ち着きを取り戻してゆく。

「杉村さんは、いい方なんですね」

穏やかな声でそう言った。

「年長者に向かって失礼ですが、こんないい人が私立探偵なんかやっていて大丈夫なのかなあ。きっと、郁恵も同じことを言うと思いますよ。心配だわって」

私は腕で顔をぬぐった。事務所のどこかで時計が鳴った。

「お手数をおかけして申し訳ないんですが、こうして会ってしまった以上、僕がこれから自首しますと言っても、杉村さんの立場では、そうですかハイさようならというわけにはいきませんよね」

「ええ」

「目黒警察署まで、一緒に行ってもらえますか」

もちろん行く。また目と目が合った。

「証拠品は全部車のなかにあるんですよね」

「はい」

「いっぺん着替えてしまった以上、もう気にすることはありません。私のスーツとシャツを着ていきませんか。サイズは合うと思うんです」

ちょっと考えてから、彼は首を振った。「そこまで甘えられません」

「じゃあ、せめて何か食べていきませんか。胃が空っぽでしょう？　この近くにホットサンドの旨い店があるんです。出前も早いですから」

誘っているのではなく、私は頼んでいた。彼のために何かしたかった。

「あなたはこれから警察を相手に、郁恵さんのために事実を明らかにするという戦いを始めるんです。腹が減っては戦《いくさ》はできぬと言うじゃありませんか」

私を見つめて、彼はやわらかく微笑んだ。

「ホットサンド、好きなんです」

私は〈侘助〉に電話した。大至急と頼んだので、コーヒーを沸かしているうちに出前がついた。いざというとき頼りになるが詮索《せんさく》好きなところのあるマスターではなく、バイトの兄ちゃんだった。

「まいど〜」

ホットサンドは熱々だった。田巻康司が私の娘のことを知りたがったので、食べながら写真を見せていろいろ話した。名前は桃子。小学校四年生で、この世でいちばん好きな生き物は、私の姉夫婦が飼っている柴犬のケンタロウ君。今のところ、将来の夢は料理研究家か植物学者。

「両方かなえてもいいですよね」と、彼は言った。「カッコいいですよ」

彼の車はコインパーキングに置いたまま、タクシーで目黒警察署に向かった。運転手が話し好きで、最近は放射能はどうなんだろう、東京の水道水は本当に大丈夫なのかね、政治家は信用できない、自民党も駄目だけど民主党はもっと駄目だねと熱弁をふるっていた。

田巻康司には、取り調べの段階から弁護士がついた。あのごま塩頭の上司が彼の両親と相談し、東奔西走《とうほんせいそう》して腕利きの刑事弁護士を見つけたと聞いた。

私自身も連日のように事情聴取に呼び出されたので、その弁護士には目黒署内で会った。古い法廷ドラマに脇役として登場していそうな風貌の人だった。田巻康司に接見禁止はついていないが、私は事件関係者の一人なので面会が許されなかった。弁護士から聞く限り、彼は落ち着いており、拘置所の独居房できちんと食べ、夜は眠り、よどみなく供述しているという。

城島君も面会に行きたがったが、弁護士を通して断られてしまった。そのかわり、郁恵夫人に花を手向《たむ》けるよう頼まれたそうだ。

証拠の動画と佐々優美の証言があり、佐々知貴が集団強姦の容疑で指名手配されたのは、田巻康司が自首した十日後のことだった。優美が進んで供述したのは、そうすることで保身に走ったのか、夫のことも助けようと思ったからなのか、その心情のほどはわからない。

彼女自身は身柄を拘束されず、任意で事情聴取を受けていた。その環境のおかげか、メディアを通して漏れ聞こえてくる彼女の供述内容には、反省や謝罪よりも弁解の方が多かった。自殺未遂したのは、夫に対する自分の信頼が裏切られたことに絶望したからだし、警察に通報せず、家族に事情を打ち明けなかったのは、それでも夫への愛情があって、まだやり直したいと思っていたからだ、と。

——夫は自分のしたことを後悔していましたし、先輩たちのことを怖がっていました。あの人たちは犯罪者だ、早く縁を切りたいと泣いて、夜もうなされたりしていました。見る影もないほど窶れてしまったのも、そのせいです。

テレビのニュースショーでは、優美のこのような供述が女性アナウンサーの声で読み上げられたが、私は、彼女が「夫は」と述べたはずはないと思う。「トモ君は」と言ったに違いない。トモ君は先輩たちのことを怖がっていました。トモ君は悪くありません。

佐々優美は、田巻郁恵が自殺したことを知らなかった。事情聴取の際に初めてそれを教えられ、泣き崩れたそうだ。高根沢たちも知らなかったのか、知っていて優美には隠していたのか、そのあたりはまだ判然としない。ただこれらの事実から、佐々優美の自殺未遂も佐々知貴の憔悴も、二人の罪悪感によるものというよりは、「恐ろしい犯罪に巻き込まれてしまった」という被害者意識的な感情のせいだったのだと窺える。

私も気分が悪かったが、笠井いずみはもっと不愉快だったのだろう。ある夜、私のところに長文のメールを送ってきた。佐々夫婦に対する、罵詈雑言《ばりぞうごん》を通り越して呪詛《じゅそ》のような文章だった。翌朝、昨夜のメールを消去してくださいという丁寧な謝罪文が来たので、二つ一緒に消して、私も忘れることにした。

潜伏《せんぷく》先の地方のホテルで逮捕されたとき、佐々知貴は若い女性と一緒にいた。案の定というか、あの重箱の女性だった。

彼女は進んで記者の質問に応じて、

「佐々さんから電話をもらったんです。お金も着替えもないから助けてくれって」

頼まれたものを持っていって、そばにいただけだと語った。逃げてなんかいません。

「奥さんがいるのは知っていました。でも、好きだから助けたかった。それがいけないことなんですか？　法律に触れるんですか」

逮捕されるなんておかしい、佐々さんは巻き込まれただけですと訴えていた。

宮崎夫人からは、娘婿の逮捕後に一度だけ電話があった。なぜかけてきたのか、本人もわかっていないようだった。

「優美も被害者です」

何度もそう繰り返していたが、私は黙って聞いて、同意も反論もしなかった。礼儀正しく働き者のタケ君がどうしているのかは、わからない。

重川実の遺体は、十二月も半ばになって、東京湾で漁船の網に引っかかって発見された。重しがとれて流されていたのだ。

十一月十五日を最後に更新が止まっていたマリーの日記は、その後テンパラから消えてしまった。


〈オフィス蛎殻〉恒例のクリスマスパーティでは、親しい調査員の南《みなみ》さんがサンタに扮《ふん》して、参加者から集めたプレゼントを配った。私はフルーツカクテルの係になり、甘すぎるとか味がないとかアルコールが強すぎるとか弱すぎるとか、なかなか厳しい注文を受けた。

蛎殻所長は、毎年クリスマス前後になると痛めた脚の調子が悪くなるそうで、車椅子で参加した。一緒にフルーツカクテルを飲んでいると、所長が言った。

「大変でしたね」

雇い主なのに、私が年長だからという理由だけで、丁寧語を用いる人だ。

「もっと早くに介入できていたらと、後悔が多いです」

「それは無理です。全世界を一人で背負おうとするようなものだ」

そうですかね――と、私は言った。

「公判が始まったら、傍聴に行くつもりです」

「証人として出廷を求められることはないのかな」

「まだわかりません。あるとしても、被告人が自首した際の様子を説明するだけの情状証人でしょう。僕が説得して自首させたのではないことはもう何度も言いましたから、その供述書があれば、出廷の必要はないと思います」

ふむふむとうなずいて、所長は訊いた。「娘さんのクリスマスは？」

「元妻とヨーロッパ旅行に行ってます。今はパリにいるんじゃないかな」

フルーツカクテルで、私は酔っ払っていたらしい。その夜スカイプでやりとりしたら、桃子がいたのはローマのホテルだった。

私は住んでいる町内会の防犯担当なのだが、役員のなかではいちばん若いので、年末の餅つきにも駆り出された。翌日は筋肉痛で死にかけた。年越しは〈侘助〉のマスターと二人で、元日に大家さんの竹中家に年賀の挨拶に行ったら、一族の盛大な宴会の末席に加えてもらった。賑《にぎ》やかで楽しかったが、この家の三男坊で、かなりユニークな絵を描く美大生の冬馬《とうま》君、通称トニーがスキー旅行で不在なのが残念だった。

有り難いことに、オフィスからの仕事は切れずに舞い込んできたが、私の事務所には閑古《かんこ》鳥《どり》が巣をかけていた。電話とインターフォンが故障しているのではないかと、本気で心配になった。

二月初めのある日、ようやくピン、ポンが鳴った。勇んでドアを開けると、丸ボタンのオーバーコートにソフト帽をかぶった男性が立っていた。

「こんにちは」

軽く帽子を持ち上げて、その男性は言った。

昭和の人のようにクラシックな出で立ちだし、帽子の下の頭はそうとう髪が薄い。が、声を聞いたらさほどの歳ではないとわかった。四十代後半というところか。

「杉村三郎さんですか」

「はい、私が杉村ですが」

オーバーコートのボタンを一つ外し、襟元《えりもと》に手を突っ込み、けっこう難渋《なんじゅう》して、男性は懐から何かを引っ張り出した。

警察官のバッジだった。

「警視庁刑事部捜査一課継続捜査班の立科《たてしな》という者です」

もう一度難儀して名刺入れを取り出し、一枚くれた。フルネームは立科吾郎《ごろう》。階級は警部補だ。

「田巻康司と話してみましてね、あなたがどんな探偵さんなのか興味がわきましてね。近くに来る用事があったので、ついでに寄らせてもらいました」

私は立科警部補を眺《なが》め回した。この年齢で警部補ならノンキャリアだろう。というか、それ以前に疑問がある。

「私の乏しい知識では、継続捜査班というのは未解決事件が専門だと思うんですが」

「その理解は正しいですよ」

「なぜ田巻さんと会ったんですか?」

刑事は質問に質問で答える。

「あなたの事務所には椅子がないんですか。来客はみんな玄関先で立ち話をするのかな」

私は問い返した。「家宅捜索令状をお持ちですか」

立科警部補は笑った。面長で額も頬もつやつやしている。なのに笑うといっぺんで皺顔に変じた。おまけに目は全く笑わない。

「十三年前の七月、八王子市内で十九歳の女子大生が暴行され絞殺《こうさつ》されたんですがね」

ずっと未解決でした――

「その遺体から検出された指紋の一つが、高根沢輝征のものと一致したんですよ」

私の驚きを噛んで味わうように、警部補は口をもぐもぐさせた。癖だとしたら、変わっている。

「高根沢と彼の仲良し連中は、当時も容疑者としてマークされていたんですが、アリバイが固くて崩せませんでした。連中、口裏を合わせていたんでしょう」

十三年前なら、高根沢輝征は二十歳か二十一歳だ。八王子には昭栄大学の一般教養課程のキャンパスがある。

「私としては高根沢を殺さないで欲しかったんで、田巻には苦情を言いたくてねえ」

何が苦情だ。私はむっとした。

「あなた方が十三年前に高根沢を逮捕していれば、田巻夫妻は今も幸せに暮らしていたはずですよ」

ほっほうと胴間声《どうまごえ》をあげて、立科警部補はまた笑った。目だけは怒っている。

「一本とられましたな。確かにあなたは面白い人だ」

「それはどうも」

朝の天気予報で、首都圏でも雪がちらつくと告げていた。オーバーコートと帽子で武装している警部補はいいが、私は寒かった。

「もういいですか」

「今日はご挨拶だけですからな」

明日以降は別の何かがあるというのか。

「そうそう、田巻が言ってましたよ。自首する前に、あなたと食ったサンドイッチが非常に旨かったそうですね。どこの店のですか」

教えたくなかったので、「忘れました」と言った。

「そう。じゃあ探してみますかね。食べログによると〈侘助〉という喫茶店で、この近所にあるはずなんだ」

調べてるんじゃないか。

「サンドイッチに、今日は温かいココアがいいですなあ。ホットミルクもいい」

また皺顔になって笑い、帽子をちょっと持ち上げた。

「では失礼します。以後お見知りおきを」

立科警部補が姿を消してからも、私はそのまま突っ立っていた。本当に小雪がちらちらし始めたので、慌てて室内に引っ込んだ。

名刺を見直しても、何かに化かされたような気がしてしょうがなかった。

華燭《かしょく》

1

他所《よそ》からふらりと現れて賃貸で住みついている単身者の割には、私は地域で行われる各種催事に招《よ》ばれることが多い。間借り先の大家の竹中《たけなか》夫妻が資産家で地元の顔役だからだろうし、私自身も町内会の防犯担当役員をしているからだろう。もっとも後者だって、私立探偵という（それ単体では）どうにも怪しげな生業《なりわい》に、竹中夫妻が身元保証を添えてくれたからこそである。

二〇一二年の皮切りはまず新年会で、尾上町《おがみまち》と近隣の町内会の役員が、区のコミュニティホールの一室に集まった。私は弁当や飲み物を運び、会のあいだは竹中夫妻に紹介してもらって出席者に挨拶して回った。終了後は後片付けを手伝い、余った弁当をお土産《みやげ》にもらったので、それをぶら下げて〈侘助《わびすけ》〉に行った。

マスターは弁当と引き換えにホットサンドを出してくれた。

「〇〇の社長さんは来てたかい？」

「あのループタイの人ですか」

「そっちは△△のご隠居さん、元気なんだね。年末まで入院してたんだよ」

この人もまた他所から一人で入ってきて喫茶店を始めたのに、すっかり地元通になっている。

「みんなうちの常連さんだ。ジジババが多いからって舐《な》めちゃいけないよ」

「心得ております。皆さん、竹中さんの知り合いなんだしね」

それから一週間ほど経って、今度は尾上町の集会所に呼ばれた。町内にある宇木八幡《うきはちまん》という神社で行われる節分行事の下準備のためである。豆まきをするから新参者のあんた鬼になれと言われるのかとヒヤヒヤしていたのだが、例年、この伝統ある町内豆まきで鬼役を務めるのは町内会長と決まっているのだそうだ。私は当日の駐輪場の整理を仰《おお》せつかった。境内の誘導や警備にはちゃんとプロが入るから、そちらは任せていい。ただ豆まきを楽しみに、近隣の家族や子供たちが大挙して押し寄せるので、当日はちょっとした自転車修羅場が出現するのだという。

「盗難もあるから、よく目を光らせていてください」

「承知しました」

打ち合わせが終わり、集会所を出て事務所兼自宅の方へ歩き出すと、声をかけられた。

「すみません、竹中さんのところの杉村《すぎむら》さんですよね？」

日中は日差しが暖かく、私はうっかり上衣を着ずに出てきていた。日が暮れるとセーター一枚では寒くて、首を縮め腕組みをしていたので、慌《あわ》てて顔を上げた。ちょっと離れたところで、和服姿のご婦人が私を見ている。茜《あかね》色の道行きが、夕暮れの町中に鮮やかに浮かび上がっていた。

「はい、そうですが」

応じて、このご婦人の顔に見覚えがあると気がついた。新年会で会った人だ。あのときも和装で、髪型はモダンなボブカットだった。それがいかにも和服を日常的に着慣れている風情《ふぜい》で印象に残ったのだ。

だが名前が出てこない。慌てていると、ご婦人の方から言ってくれた。

「小崎《こさき》と申します。駅前の〈コサキ・モーターバイク〉の家内でございます」

それで記憶がかちりとハマった。コサキ・モーターバイクは輸入物のオートバイの専門店だ。ガラス張りの広い店舗のなかには、いつも数台のマシンが展示してある。私は二輪車にはまったく興味も知識もないのだが、マニアのあいだでは有名な店だということを、まさにあの宴席で聞いたのだった。当の小崎氏とも名刺を交換し、そのとき氏の隣に座っていたのがこのご婦人だった。

「主人が新年会でご挨拶しましたよね」

小崎夫人もそう言って、ちらりと集会所の出入口の方を気にしてから、私に歩み寄ってきた。歳は四十代後半だろう。絵に描いたような美人ではないが、品格も貫禄《かんろく》もある女性だ。

「ここでばったり会うなんて、あつらえたようだわ」

なぜか微苦笑を浮かべている。

何が「あつらえた」なのだろう——と思う私を上から下まで検分し、

「実は、ついさっきまで竹中の奥様とお会いしていたんですよ」

ちょっとご相談があって、と言う。

「お帰りになったら、杉村さんにも奥様からその件でお話があると思います」

「はあ」

「おかしな話で当惑するかもしれませんけれど、よろしくお願いいたします」

謎めいた言葉に、私は今ここで当惑するべきなのだろうが、それ以上に嬉しかった。仕事が来た！　師走からこちら、私の事務所には閑古鳥《かんこどり》が巣をかけていて、〈オフィス蛎殻《かきがら》〉からの請負《うけおい》仕事で何とか食いつないでいる状態だった。家計はもちろん、独立した私立探偵としての私のプライドも危機に瀕《ひん》している。

「私でお役に立てることでしたら——」

言いかけるのを制して、小崎夫人は今度ははっきりと苦笑した。

「そんなに丁重になさらないで。お恥ずかしいことなんですから」

つとまばたきをするその目の奥に、尖《とが》った光があった。何かで怒っているか、苛立《いらだ》っているらしい。

「ホントに、うちの子も言い出したらきかないもので。ごめんなさいね」

それだけ言うと逃げるように会釈《えしやく》し、私の脇をすり抜けて早足で去っていってしまった。

――うちの子。

となると、これは子供がらみの案件なのか。

事務所兼自宅に帰り、ダイレクトメールさえ入っていない空っぽの郵便受けを検《あらた》め、留守番電話もメールもないことを確かめ、何にもすることがないのでとりあえず座ったら、ノックの音がした。

「杉村さん、いますか？」

竹中家の三男坊、冬馬《とうま》君の声だ。私はすぐドアのところに行った。玄関ではなく、竹中家の屋敷と私が間借りしているこのスペースとを繋《つな》ぐドアだ。

「いますよ、開けてください」

このドアは竹中家の側からしか開けられない。

「こんちは」

顔を出した冬馬君は今日もTシャツにジーンズ、スリッパもなしの裸足だ。美大生の彼の部屋（アトリエ）はここの階上にあり、時々この最短ルートを使って私のところへ遊びに来る。アメリカン・ニューシネマの登場人物のような長髪《ロンげ》でバタ臭い顔立ちで、通称はトニー。美術大学を何年か留年し、難解な抽象画を描き、竹中家の当主である父親からは「ヒッピー」と呼ばれつつ飄々《ひょうひょう》と暮らす面白い若者だ。

「ちょっと久しぶりッスね」

トニーの生活パターンはランダムそのもので、一週間も家を空けることもあれば、部屋にこもったきり何日も出てこないこともあり、昼間は家にいて夜中に出かけることもある。正月はスキー旅行で不在、帰ってきたと思ったらまた本人曰《いわ》く「合宿」に出かけてそれっきりで、確かにしばらく顔を見ていなかった。

「元気かい？」

「まああってところッス。おふくろから、杉村さんが帰ってきたら食堂に来てもらえって言いつかって」

早々にお召しが来たか。

「ついさっきまで、小崎さんの奥さんが来てたんスよ。おふくろ、何か頼まれてたみたいだったから、それと関係あるのかも」

マイペースな暮らしぶりのトニーだが、家族の動静に無関心なのではない。

「冬馬君は小崎さんとお付き合いがあるの？」

彼はひょこんとうなずいた。「以前、バイクをスケッチさせてもらったことがあって」

映画『イージー・ライダー』でピーター・フォンダが乗っていたバイクの精巧なレプリカだったそうだ。小崎氏が顧客の依頼で入手し、納車まで数日あったので、

「その間に描かせてもらったんス」

そのスケッチを素《もと》に、トニーは怪物を描いた。半ばドラゴンと化したアイアンホース。

「完成品を見せたら小崎さんが気に入って、買い手を見つけてくれて、過去のオレの作品でいちばんの高値がつきました」

事務所を閉め、トニーと一緒に内側のドアを通って竹中家にお邪魔した。三世代の複数世帯が同居しているこの屋敷は、建て増しを続けて迷路のようになっているのだが、ダイニングキッチンだけは最初から広く設計してあったらしく、一度に十数人が食事することのできる大テーブルがどんと真ん中に据えられている。

竹中夫人はその一角の椅子に座り、足を組み片肘をついて煙草を吸っていた。この家の喫煙者は夫人だけである。

「お呼び立てしてごめんなさいね」

煙草を指に挟んだまま、

「冬馬、コーヒー。ついでにシチューの様子を見てちょうだい」

「はいはい」

キッチンからいい匂いが漂ってくるのは、そのせいだったのか。

トニーが大きな電気鍋の蓋《ふた》を開け、木べらで中身をかき回す。クリームシチューだ。ホワイトソースの甘い匂いがたまらない。

「いい感じだよ」

「じゃあタイマーかけといて。あと十分」

出て行くとき、トニーは廊下に続くドアをきちんと閉めていった。それだけで、私にもこれから切り出される話がナイーブなものなのだと当たりがついた。大人数でわいわい暮らしているこの家の人たちは、普段は、共有スペースではドアも仕切りも開けっぱなしなのだ。

竹中夫人の髪型もボブカットだが、小崎夫人のような現代風ではなく、レトロなスタイルだ。八割ほどが白髪で、残った黒髪が逆メッシュのように見える。縮緬《ちりめん》のドルマンスリーブのブラウスに黒のパンツ。ゴブラン織りの室内履き。銀の指輪とイヤリングをつけているのは、来客があったからだろう。

「近頃はどう？　忙しいのかしら」

「閑古鳥の繁殖に大わらわです」

一拍おいて、夫人は笑った。

「それなら、この話を歓迎してもらえそうだわねえ」

夫人から切り出される前に、私は先ほど小崎夫人と会ったことを話した。すると、夫人は面白そうに片方の眉をつり上げた。

「サキコさん、あなたにそんなこと言ったの。じゃあ、納得してくれたんだわね」

小崎夫人の名前は佐貴子《さきこ》。五十歳だそうだ。竹中夫人とは十五年ほどの付き合いで、

「お茶の先生のところで知り合ったの。あたしはとっくにやめちゃったけど、あの人はずっと続けてたね。今日もお稽古《けいこ》の帰りだって言ってた」

「和服がよくお似合いでした」

「旦那があの人に贅沢《ぜいたく》させるのが好きだからねえ。今日着てた更紗《さらさ》だって、二百万ぐらいするんじゃないかしら」

　人生の一時期、別れた妻のおかげで上質の衣類や装身具を身近にしていた私だが、妻はほとんど和装しなかったので、着物については鑑識眼がない。小崎夫人から品格と貫禄を感じたのは、着物の重みのせいもあったのかと思った。

　ブラックコーヒーをすすり、新しい煙草に火をつけると、竹中夫人は言った。

「三月三日のひな祭りに、佐貴子さんの姪御《めいご》さんが結婚式を挙げるんだけどね」

　そこに小崎夫妻の一人娘が出席する。

「加奈《かな》ちゃんていうの。四月から中学三年生になる女の子。利発でいい娘さんよ」

　顔も可愛いし、と続ける。

「それが何とも皮肉なんだけどね……」

　少々含みのある言い方だ。

「それであたしが付き添いを頼まれたんだけど、もともと小崎さん夫婦と加奈ちゃんの三人に招待状が来てるんで、席が一つ余るわけよ。でね、あなたに運転手兼荷物持ちで一緒に来てもらいたいんですよ」

　二秒ほど、私は黙っていた。申し出の内容の合間にいくつかすっ飛ばされている事情がありそうで、何から訊いたらいいのか迷ってしまったのだ。

「それはつまり、私も出席するということですか」

「そうよ」

「――赤の他人ですが、よろしいんですか」

「あたしだって他人ですよ。でも佐貴子さんに頼まれて、代理で行くんだから」

深々と吸い込んだ煙を鼻から吐きながら、

「だけど、加奈ちゃんの付き添いがあたし一人じゃ心許ないじゃないの。もう歳だし、膝も悪いし」

膝に水が溜まって痛むといって、竹中夫人はしばしば杖をついている。寒い時期にはかなり辛いらしい。嫁一号と二号が交代で整形外科への通院に付き添っているのを、私も知っている。

私は非常に常識的な提案をした。「荷物持ちでも運転手役でも、私は喜んでお引き受けしますが、挙式や披露宴に出席するのは、ご主人の方がよろしいのではありませんか」

「うちの旦那は駄目よ。いざというとき、まるっきり頼りにならないから」

いざというとき？

「さっき冬馬君に聞いたのですが、彼は小崎さんご夫妻とお付き合いがあるようですね」

竹中夫人は鼻であしらうように言った。

「冬馬はもっと駄目。何かあったら面白がっちゃって、加奈ちゃんをガードできやしませんよ」

私はまた二秒ほど沈黙した。

結婚式に際して、「いざというとき」とか「何かあったら」という言葉を使うのは、かなり不穏ではあるまいか。

「いろいろ事情がおありのようですね」

「あるのよ」

うんざりするほど——と言って、竹中夫人は煙草を押し消した。苦《にが》い顔をしているが、なぜか目元は笑っている。

ふむ。なんだかんだ言って、竹中夫人も（少しは）面白がっているのではないか。そうでなければ、親しい地元仲間のことであれ、他人の結婚式に代理出席などするわけがない。

「先ほど私が小崎夫人にお会いしたとき、『うちの子も言い出したらきかない』とおっしゃっていたのは、つまり、本来だったらその〈事情〉のせいで欠席するところを、加奈さんが出席したがるので、付き添いが必要になったと解釈してよろしいですか」

「やっぱり杉村さんって話が早いわ」

お褒《ほ》めにあずかったところで、キッチンの方でタイマーがチンと鳴った。

「結婚するのは、佐貴子さんの妹の娘なんだけどね。もうずっと絶縁してるの。妹さんとだけじゃなく、佐貴子さんは自分の両親とも縁を切ってるのよ」

それは深刻だ。姉妹《しまい》喧嘩のレベルではない。

「よほどのことがあったんですね」

竹中夫人はまた眉間《みけん》に皺《しわ》を刻んだ。今度は目が笑っていない。

「そうね」

うなずくだけで、それ以上は話してくれない。少なくともこの場で詮索《せんさく》してはいけないと、私も察した。

「まあ、招待状なんか送ってくるんだから、向こうは和解したいんでしょう。小崎さんが羽振りがいいからかもしれないけどね」

小崎夫人の方は、和解する気は全くないという。なのに、娘の加奈さんはどうしても出席したいと言い張る。

「佐貴子さんも事情を話して、加奈ちゃんを説得したんだって。だけどまあ、ナイーブな年頃の女の子だからね。シズカちゃんが悪いわけじゃないんだからお祝いしてあげたい、パパもママも嫌なら一人でも行くって」

「シズカさんというのが花嫁ですね」

「そうそう、靜香と書くの。宮前《みやさき》靜香。二十四歳」

小崎加奈さんにとっては叔母の娘、従姉《いとこ》である。

「花嫁と加奈さんは面識があるんですね？」

靜香ちゃんと呼ぶくらいなのだから。

「ええ。皮肉なことに、学校が同じなのよ」

ミッション系の清栄《せいえい》学園という私学で、中学から大学まであるという。

「加奈ちゃんは一昨年、お受験に受かって中等部に入ったわけよ。そしたらすぐに、お友達のあいだで噂になったんですって」

――高等部の事務局に、小崎さんと顔がそっくりな事務員がいる。

「中学と高校は校舎がひとつなので、事務室も一緒なんだそうですよ」

興味を引かれた加奈さんは件《くだん》の事務職員に会いに行って、お互いにびっくりした。

「ホントによく似ていたんですってさ」

母親の旧姓と名前を確かめてみたら合っており、これはもう血縁ではないかとそれぞれが両親に訊いて、またびっくりと。なるほど、だから「何とも皮肉」なのだ。

「靜香さんて人は、清栄学園の大学を出てそのまま職員になったそうなの」

小崎夫人は、それがわかっていたら清栄を受験させなかったと嘆いているそうである。

「向こうは知ってて加奈が入学してくるのを待ち構えてたんだとまで言ってたけど、それはさすがに考え過ぎでしょうよ」

言って、竹中夫人はふふんと笑った。

「世間には、この程度の皮肉な偶然ならいくらでもあるからね」

私は「ははあ」と言った。

「加奈ちゃんが向こうの娘と仲がいいのも、騙《だま》されてるんだって怒ってるのよ。そんなんで母親がキーキー騒ぐもんだから、加奈ちゃんの方はなおさらムキになって」

——靜香ちゃんの一生に一度のお祝いなんだから、絶対に出席するもん！

「だけど佐貴子さんは、もう二度と両親にも妹にも会いたくない。死んでも知らせてくれるな、葬式にも出ないと言い渡して絶縁したんだっていうから」

夫の小崎氏も夫人の気持ちを尊重し、妻の実家とは交流を断《た》ってきた。幸い、彼の方の実家や親戚筋と小崎夫人の関係は良好なので、

「加奈ちゃんはお祖父《じい》ちゃんお祖母《ばあ》ちゃんも、おじさんおばさん、いとこたちも、父親の側しか知らずに育ってきたわけですよ。それがここへきて母親の側の従姉が現れて、しかも自分と姉妹みたいによく似てるもんで、ちょっと舞い上がってるんじゃないかしらねえ」

私は温《ぬる》くなってしまったコーヒーに口をつけた。クリームシチューの匂いに胃が鳴りそうだ。

「先方にとっては大事な娘の結婚式なんだから、そうそうゴタゴタがあるとは思わないけどね」

言って、竹中夫人は肩をすくめる。

「中二の女の子と、このおばあさんの二人組じゃ心細いから、付き添いで来てほしいのよ。もちろん、小崎さんの了解は得てあるから」

「承知しました。お供します。私はどういう立場にしましょうか」

町内会の防犯担当役員ですというわけにはいくまい。

「うちの主人に雇われてるってことでどうかしら。秘書みたいなもんですって。ご祝儀は、小崎さんが三人分まとめて包むと言ってるから、ホントに身体を運んでいくだけよ」

小崎氏も妻と娘の板挟みなのに、怒りもせずに寛容な人だ。

「挙式の方はパスで、披露宴だけでいいの。それで加奈ちゃんに納得してもらったからね」

会場は、湾岸地区に一月半ばに開業したばかりの東京ベイ・グローリアスタワー。三十三階建て超高層ビルのなかにあるホテルだ。

「礼服に虫食いがないか、よく見ておきます」

「新調する必要があったら、経費として払うわよ」

自分の間借りスペースに戻り、三月のカレンダーに印をつけて、さて夕食をどうしよう。すっかりクリームシチュー仕様になってしまった胃袋を宥《なだ》めるには〈侘助〉に行くのが手っ取り早いが、懐具合を考えると自重せねばならない。

レトルトで胃袋を騙すか、冷え飯のお茶漬けで我慢するか。みみっちく悩んでいたら、トニーが鍋一杯のクリームシチューとフランスパンを持ってきてくれた。

「おふくろからの差し入れ。オレも一緒に食っていいスか？」

パンにつけるマーガリンは、私が（がらがらの）冷蔵庫からお出しした。

2

宇木八幡の豆まきは、評判どおりの賑やかなものだった。

豆はバラではなく、小さな三角錐《さんかくすい》形の紙袋に詰めてある。それを禰宜《ねぎ》さんと町内会の役員たちがお社《やしろ》の神楽舞台から放るのだが、境内に集まった人々がうわ〜っと動くので、プロの警備会社の仕切りが必要になるわけだとたちまち納得した。

「なんでこんなに熱狂するんでしょうね」

一緒に自転車整理をしていた隣町の防犯担当役員に訊くと、

「知らなかったんですか？　ここの豆は〈勝ち豆〉といって、受験必勝のお守りになるんです」

但《ただ》し、一度地面に落ちたものを拾い上げては駄目で、直接キャッチしなくてはいけない。

「午後三時なんて半端《はんぱ》な時間にやるのも、受験生が放課後に来られるようにするためなんだそうですよ」

永年、地元のささやかな催事として続けられてきた勝ち豆まきだが、近年はＳＮＳを通して有名になり、外部からも人がくるようになった。

「小学生の子供とお母さんの組み合わせが目立つのは、それだけ中学受験する子が増えたってことなんだろうなあ」

大学受験生も浪人生も多いが、資格試験の合格祈願の社会人も増えてきた。サラリーマンが午後休を取って来ることもあるそうだ。

「豆まきそのものは三十分ぐらいで終わっちゃうけど」

事前の場所取り競争があるから。

「そういえば、神楽舞台にかぶりつきで、お洒落《しやれ》系の女子グループが陣取ってましたけど、あの娘《こ》たちは美容師試験の合格祈願ですかね？」

「それ、ありそう」

地元のケーブルテレビが取材に入っていて、我々の自転車修羅場も撮影されてしまった。

集まった人々が散会し、自転車もあらかた消えたあと、臨時駐輪場を掃き掃除していたら、誰かの視線を感じた。振り返ると、ほっそりとした色白の女の子と目が合った。ダブルボタンのブレザーに、チェックのプリーツスカートの制服姿だ。膝から下がすらりと長く、白いソックスが健康的だった。

顔立ちは似ていない。だがボーイッシュなショートカットがよく似合う頭の形がそっくりなので、すぐ思い当たった。小崎夫人の娘、加奈さんではないか。

私が会釈すると、女の子は私の顔から目を離さないまま、首をすくめるようにして挨拶を返してきた。はにかんだような笑みを浮かべている。

声をかけようとしたら、女の子は子鹿のように身を翻《ひるがえ》して行ってしまった。水色のマフラーについたポンポンが、彼女の背中で軽やかに跳《は》ねた。

既に受験を通っているのだから、あの娘《こ》に〈勝ち豆〉は要りそうにない。地元の友達に付き合って来たのだろうか。

――言い出したらきかない。

頑固《がんこ》娘なのかもしれないが、私の娘・桃子《ももこ》もあんな中学生になってくれたらいいな、と思った。それくらい好印象だった。

二月は世間一般が閑古鳥と仲良くする月だが、私の事務所には意外にも依頼人が来た。誰かの紹介ではなく、タウン誌に載せてもらった小さな広告を見たのだという。五十がらみの男性で、額が広く立派な福耳の持ち主だ。有名自動車メーカーの東京本社勤務、もらった名刺には長い肩書きがついていた。エンジニアではなく、事務畑の人のようだ。

調査会社などいくらでも伝手《つて》がありそうな社会的地位の人物だから、「失礼ですが、なぜ私の事務所を」と尋ねてみると、

「お恥ずかしいですが、予算に限りがありまして」

家計の管理は全て妻に任せているので、内密に調査するには、依頼人のポケットマネーで費用を支払うしかない。ざっと下調べをしてみたら、とうてい大手の調査事務所には頼めないとわかったのだという。

真面目なお父さんなのだな、と思った。けっこうな年収をとっているだろうに、自分

の小遣いはつましくしているのだろう。

「私にとっては有り難いご依頼です」

「いやいや、本当にお恥ずかしい。広告に〈着手金五千円〉とあるのを見て飛びついたんですから」

依頼の内容は身辺調査だった。

依頼人には二十四歳の娘がおり、正月に彼氏を家に連れてきた。二人はここ数年交際しており、そろそろ結婚したいので正式にご両親の許しを得たい、と。

「彼氏は娘の三つ上で、好青年です。学歴も良し、就職先は製薬会社でしてね。固いところです。家内は大喜びなんです。もう結納の日取りまで考えているほどで。ですが、私は何となく……」

自分でも理由がわからない。ただ本当に何となく、彼氏に虫が好かないのだという。

「父親の勘だと言いたいですが、そんなものは父親の嫉妬に過ぎないよと言われれば、それも否定できません」

娘の下には弟が二人。彼らも姉さんの婚約者（候補）とすぐ打ち解けて親しくなり、家族はこの縁談を大歓迎している。ただ一人、依頼人を除いて。

「彼氏は娘にプロポーズする際、履歴書と戸籍謄本《とうほん》を差し出したというんです」

——こういうことは、こちらからきちんとしておくべきだから。

「娘が進んで渡してくれたので、私も家内も見ました。きれいな戸籍でしたよ」

彼は初婚だし、認知している婚外子がいるわけでもない。

「そういう姿勢は確かにきちんとしていて立派なんでしょうが……。実際、家内は感心していましたしね。しかし私は、やっぱり何となくですが、えらく周到だなと思ってしまったんです」

「隠したいことがあるからこそ、調べられないように先手を打ってきたのではないか、という意味でしょうか」

「はあ、そんなところです」

やりとりしているうちに、依頼人は広い額に汗をかき始めた。

「娘の彼氏のあら探しをしているようで、自分でも若干の自己嫌悪を覚えるんです」

父親というのは面倒なイキモノなのだ。

「そんなに負《お》い目に感じられる必要はないと思います。同性同士でないとピンとこない感覚というのはあるものでしょう」

依頼人は救われたような顔をした。小さなリアクションだが、こういう瞬間に私はやりがいを感じる。

「お話がどんどん進みそうですから、調査ポイントを絞り込み、スピーディに動かなければならないと思います。ここは一つ自己嫌悪を棚上げにして、彼氏の何が気になるのか、落ち着いて考えてみていただけませんか」

きちんとアイロンのあたった清潔なハンカチで汗を押さえ、依頼人は考え込んだ。

「身なりもパリッとしていますし、いわゆるチャラそうな雰囲気はまったくありません。仕事が忙しくて残業が多いらしいですが、娘とは毎日連絡を取り合っているし、休日はべったり一緒に過ごしているとかで」

「お二人はSNSを利用していますか。フェイスブックやツイッターなどですか」

「彼氏はツイッター好きで、娘もアカウントを持っていてやりとりしていると聞きました。デートの様子は毎回フェイスブックにアップしているようです」

それを家内が見ておりまして——と、汗を拭く。

「そういうのもどうかと思うのですが、デジタル世代は気にしないんですかね」

「彼氏は一人暮らしでしょうか」

「いえ、実家住まいです」

言って、依頼人はまた気まずそうに首を縮めた。「娘はしょっちゅう彼氏の家に遊びに行っていて、もう先方のご両親に気にいられているようなんです」

隙《すき》がない。「何となく虫が好かない」依頼人は、まさに孤立無援である。

「彼氏に兄弟《きょうだい》姉妹はいますか」

「一人息子です。だから、結婚したら弟が二人もできると喜んでいました」

心温まるホームドラマの台詞《せりふ》だ。

「お嬢さんは、心配事があったらすぐご両親に相談する方ですか。それとも一人で抱え込んでしまいがちな方ですか」

「私はともかく、母親とは何でも話し合う娘です。これまで付き合ってきたボーイフレンドのことも、今度の彼氏のように正式に紹介されたわけではないのに、家内はよく知っていました」

昨年秋に扱った事件では、お姫様のような娘が交際相手で後に夫となった男性に対する不満と不信をひた隠しにしていて、後にそれが最悪の形で露見することになった。私の脳裏《のうり》にはちらりとそれがよぎった。

「こういう場合、彼氏の何を調べるべきなんでしょうか」と、依頼人は気弱そうに尋ねる。

「一般的にはまず女性関係でしょう。それか経済問題ですね。多額のローンを抱えているとか、浪費癖があるとか」

「彼氏は今時の草食系男子とでもいうんですかねえ。車も持っていないんです。興味さえないみたいで、話してもちんぷんかんぷんの様子でした」

自動車メーカー勤務の人がそう言うのだから、これは確かだろう。

「身なりもちゃんとしてはいますが、そう高価そうなものではないし……」

「ギャンブルはどうでしょう」

依頼人は首をひねる。「私自身は少しばかり競馬をやります。重賞レースだけですが、競走馬が好きなもんだから」

そちらの話題を振っても、彼氏は愛想笑《あいそ》いして聞いているだけだったそうである。

「研究職だし、ちょっと内気なところもある人なんだと、あとで娘がかばっていました」

「彼氏の父親の仕事はわかりますか」

「やはり製薬会社だそうです。彼氏の会社の系列で」

言って、急いで続けた。「だが彼氏は父親のコネ入社じゃありません。親父さんの会社の方が子会社的なところですから、立場が弱くてね。そのへんは娘も強調していました」

――わたしは彼が就活で苦労してるのをずっと見てきたの。すごく努力したんだよ。

「いい若者のようですね」

そうコメントするしかない。

「はあ、そうなんですよ」

依頼人もため息をつく。情けない感じに眉毛が下がる。

「とりあえず、履歴書の記載に嘘がないか調べてみましょうか」

「やっぱり、そこからですかねえ」

上着の懐から封筒を取り出した。

「戸籍謄本と履歴書です。一目瞭然《りょうぜん》ですが、彼氏は字も上手ですよ」

私は預かり証を書いた。ボールペンの先を見つめながら、依頼人は苦しそうに言った。

「情けない父親で申し訳ない」

顔を上げて、私は微笑んだ。「その謝罪は、調査が無駄骨に終わって笑い話になるときに、心のなかだけでお嬢さんと彼氏にしてあげてください」

結婚や就職に際しての身上調査《しんじょう》は、オフィスからの下請《したう》け仕事でもよくあるので、私もだいぶ手慣れてきた。今回は最初から個人情報が手元にあるし、楽勝だ。それでも念を入れて調べたが、結論から言えば履歴書の記述に嘘はなかった。彼氏の大学時代の先輩と友人たちに会えて、

「形式的なものなので、ご不快でしょうがご協力いただけると助かります」

身上調査だと打ち明けると、みんなてきぱきと応えてくれた。

「あいつになら、自分の妹を紹介することもできますよ。口数が少ないから陰気に見えるときもあるかもしれないけど、根はホントにいい奴です」

「調査？　僕ら就職のときにもされてますから気にしません。それに彼なら盤石《ばんじゃく》ですよ。何も心配することないですよ」

ついでに女性関係も探ってみたが、依頼人の娘さんと真面目に交際しているという情報しか出てこなかった。

戸籍謄本をもとに彼氏の親族や現住所地の近隣を回ってみても、評判はいい。小学校六年生のときに交通事故に遭い、三ヵ月ほど入院したことがあるというトピックが出てきて、病院もわかったので訪ねてみると、彼氏は「昔お世話になったから」と、年に何度かそこの小児病棟でボランティアをしていた。長期入院中の子供たちを車椅子で散歩

に連れ出したり、童話の読み聞かせ会をしたり、ハロウィンやクリスマスの飾り付けをしたり。

あまりにも善良で出来すぎているので、かえって胡散臭《うさんくさ》さが漂うのかな。ひょっとして、スピリチュアル系の新々宗教にかぶれているということはないかな。マルチに引っかかっているとか、自己啓発セミナーにはまっているとか——と猜疑心《さいぎしん》を働かせてみたが、その線もオケラだった。

事務所で依頼人に報告書を手渡すと、また大汗をかきながらそれに目を通し、

「空騒ぎで申し訳ない」

その場で調査料を支払って帰って行ったのに、一週間ほどしてまた電話をかけてきた。何かあったのかとドキリとしたのだが、別の依頼人を紹介してくれたのだった。

「職場の同僚のお母さんが亡くなったんですが、ずっと一人暮らしだった上に急死したもので、資産や保険関係のことがまったくわからないんです」

住まっていた2DKのマンションはきれいに片付いているのだが、通帳や保険証書、マンションの権利証などが一切見当たらない。銀行の貸金庫のカードキーが二枚出てきたが、これだけではどうしようもない。

同僚も激務で時間がとれないし、

「彼の奥さんは外資系の企業の管理職でして、今は海外赴任中で——」

下手に親戚に頼んだりしたら揉《も》めそうだから、いっそ第三者に整理してもらいたいと

いかがですか」

いうのである。

「私もその方がいいと思いますが、私立探偵よりは税理士や弁護士に相談してみてはいかがですか」

「伝手がないので、これから探すのは面倒だと。私が杉村さんのことを話したら、信頼できそうな人だから頼みたいと言っています」

とりあえず同僚ご本人に会って、もう少し詳しいことを聞いた。亡くなった母上は、一人息子である彼が就職すると、愛人をつくって家庭を顧みなかった夫と離婚し、財産分与でもらった三百万円を元手に株式投資を始めたのだという。この十年ほどはネット取引が中心で、いわゆるデイトレーダーだった。

「帳簿が山のようにしまってありますし、株の売り買いの詳細な記録もパソコンに残っているんですが、私は技術屋なのでこういう数字は読めません」

私だって財務のプロではない。相談した結果、〈オフィス蛎殻〉から公認会計士を紹介してもらい、私が助手を務める形で依頼を引き受けることになった。

二月の後半は、この仕事にかかりきりで過ぎていった。私はもっぱら遺品整理と各種届け出、公的書類の閲覧・取得などの雑用に走り回ったのだが、会計士さんによると、依頼人の亡母は優秀なデイトレーダーだったようだ。残っていた株式と預金を合わせると、流動資産は五千万円余。自宅の他に赤坂の高級マンションに4ＬＤＫの部屋を持っていて、既にローンは返済完了、そこから上がる賃貸収入が年間で一千万円弱。二つの貸金庫には現金五百万円と金の延べ棒が三本。

「凄いお母さんだなあ」

　会計士さんは感心することしきりだった。

　依頼人は亡母から「パートで働いている」「時給がいいから仕送りは要らない」「株は趣味でやっているだけだから心配するな」と聞かされていたそうだ。大枚の遺産に、文字通り目を白黒させていた。

「母は、父と結婚する前は銀行に勤めていましたが、高卒でしたし、ごく普通のＯＬだったはずです。株のことなんか、いったいいつ勉強したのか……」

　こぎれいな部屋の物入れにもクロゼットにも、高価な服飾品やブランドものは見当たらなかった。

「お母様は株式投資そのものが生きがいであり、趣味でもあったんじゃありませんかね。儲《もう》けて贅沢をしようというおつもりはなかったんでしょう」

　そういう無欲な人には邪念がないから、冷静な判断ができる。収益が上がって種銭が増えれば余裕がうまれ、いっそう手堅く有利な運用ができる。

　と、ここまではスムーズだったのだが、故人の元夫とその再婚相手とのあいだに生まれた子供たちが「自分たちにも相続する権利がある」と騒ぎ始めて、弁護士に介入してもらう事態になってしまった。元夫一家は、葬儀のときから相続権が云々と言い出していたそうで（彼らには権利など欠片《かけら》もないのだが）、依頼人は「自分の親父だと思うから母の見送りに呼んだんですが、失敗でした」と悔やんでいた。

遺品と資産整理が終わった段階で私はお役御免になったので、以降のことは知らない。ちょっとびっくりするほど高額の報酬を提示され、

「宝くじがあたったと思って受け取ってください」

「それはいけません。私どもの職業倫理というと大げさですが、常識から外れます」

というやりとりがあって、それでも通常の倍くらいの料金をいただいた。正直、干上がる寸前だった貯水池が満杯になった感じで、大いに助かった。

二月の末日、私は都心のデパートへ行った。だが、今年十一歳になる娘の洋服を買うには、子供服売り場へ行くべきなのか、婦人服売り場へ行くべきなのかわからない。娘が喜びそうな鞄や靴、ポニーテールにつけるリボンやシュシュの売り場もわからない。潔く諦《あきら》めて、家電量販店に足を向けた。今もっとも売れているという電子辞書を買い、ギフト用に包んでもらった。次の面会日に渡そう。娘が暮らしている元妻の実家には、小さな町の図書館ほどの量の本がある。全て元舅《しゅうと》の蔵書だが、辞書も百科事典も揃っているはずで、だからこそかえって電子辞書は買ってもらえないかもしれない。そんな考えは、離れて暮らす（自分の生計がかつかつの）父親のみみっちい意地だとは思うけれど。

こうして私は二月を乗り切り、代理出席の華燭《かしょく》の典を迎えることになった。

「いいフォーマルねえ」

竹中家の客間で、幸い虫食いもシミやカビも発生していなかった私の礼服を一瞥《いちべつ》し、竹中夫人は言った。

「杉村さんの前の人生の置き土産ね」

「はい、一張羅《いっちょうら》です」

夫人は洋装だった。この凝《こ》った織りから推《お》してイタリア製だろうか。間髪容れずに褒めるべきところなのだが、圧倒されてしまって適切な言葉が出てこない。

居合わせた竹中嫁一号（竹中家長男の夫人）が、楽しそうに笑いながら言った。

「デヴィ夫人みたいでしょ」

おっしゃるとおりで、私はさらに言葉が出てこなくなった。

有り難いことに、夫人は上機嫌だった。

「歩き慣れた靴でないと転びそうでね。草履《ぞうり》が履けないから、着物は無理だわよ」

靴はヒールこそ低いが、艶《つや》やかなエナメル製である。クロコダイルのパーティバッグ。バロックパールのイヤリングとネックレス、指輪の三点セットに、ダイヤモンドの装飾がついた腕時計。

「お姑《かあ》さん、ウイッグには気をつけてくださいね。引っ張ると形が崩れますから」

いつもの竹中夫人のレトロなボブよりも「盛った」感じになっているのは、ウイッグの効果なのか。

「うっとうしくてねえ。こんなの要らないんじゃない？」

「要りますよ。このドレスを着て髪がぺたんこじゃ、バランスがとれませんから」

そこへ竹中嫁二号（次男夫人）もやって来た。漆黒のカシミヤのロングコートを袖畳みにして腕に掛けている。

竹中夫人はすぐ言った。「あら、コートはよかったのに。どうせ車なんだから」

北風がやや強いが、晴れ上がった青空に太陽が輝く好天なので、日向《ひなた》は暖かい。挙式は午前十一時開始、披露宴が十二時半からだから、陽が翳《かげ》らないうちに帰ってこられる。

「じゃあ、念のために運転手さんに預けておきます」

私のことかと思って手を出しかけると、

「杉村さんはいいのよ。ハイヤーが来るから」

「僕が運転するんじゃないんですか」

「そんなの言葉の綾《あや》ですよ。付き添いしてくれるだけで充分よ」

白状すると、これで緊張の半分ぐらいが解けた。竹中家所蔵の3ナンバーの高級車を運転すると思うとぶるってしまい、前夜は寝付きが悪かった小心者の私である。

話しているうちにハイヤーが到着した。竹中夫人をエスコートして玄関先に出て行くと、黒塗りのクラウンの後部座席の手前にあの女の子が座っている。勝ち豆まきのときと同じ制服姿だった。

「小崎さんの家に寄ってから来てもらったの。おはよう、加奈ちゃん」

小崎加奈は自分でドアを開けて車から降り立ち、ぺこりと頭を下げた。

「ハイヤーをありがとうございます。今日はよろしくお願いします」

「どういたしまして。こちらこそよろしく」

竹中家の夫人たちが揃って笑み崩れる。あらためて間近に見ると、顔立ちの整った可愛らしい娘さんだ。美容院に行ったばかりなのか、ショートカットの髪先が揃えてある。

「こちら杉村さん。本日のボディガードよ」

加奈さんは私を見て、いたずらっぽく瞳をくるりとさせた。

「宇木八幡で会ったよね」と、私は微笑みかけた。

「はい。私立探偵ってどんな人なんだろうと思って。すみませんでした」

竹中夫人が運転手の後ろの席に乗り、加奈さんを隣に呼んだ。夫人の手荷物とコートを積み込んでから、私は助手席に座った。

「じゃ、行ってくるからね」

十年余りの結婚生活のあいだに、私は何度となく様々な組み合わせでハイヤーに乗った。元妻と後部座席に並ぶこともあれば、舅の供で助手席に座ることもあれば、夫婦で並んで娘を間に挟むこともあった。出かける先も様々だった。

今日の組み合わせは、当時の人生のなかにあっては想像もできなかった面子《メンツ》である。単身暮らしの住まいの大家さんと、大家さんの懇意の町内仲間の娘さんとの三人組で、赤の他人の結婚披露宴に出席しようとしている。

これまで離婚・実家（正確には姉の家）住まい、また上京して事務所の開業という変転を経験してきたが、新しい生活を軌道に乗せることに精一杯で、いちいち感慨にふけっている暇はなかった。だが今、湾岸地区を目指して滑るように走ってゆく黒塗りのハイヤーのなかで、私は初めてここまでの道程を振り返った。自分の人生が一変したことが実感として胸に落ちてきた。

幸いなのは、後悔はないということだ。なるようになって今があるが、これはこれで面白いと思う。これで良かったのだ——とはまだ思えないが、間違っているとも思わない。

竹中夫人と加奈さんはやおらご祝儀袋を取り出し合って相談し（夫人も竹中家の名前で包んで持参していた）、夫人が預かって受付に出すことにして話がまとまると、全然別のおしゃべりに興じ始めた。年齢的には祖母と孫娘のような二人だが、加奈さんは竹中夫人を名前で呼んでいる。竹中松子だから、「マッコちゃん」だ。

助手席で黙って耳を傾けているだけで、彼女と小崎家の様子がいくらかわかってきた。学校でバドミントン部に入っていること。ダブルスでペアを組んでいる子が親友であること。母親の小崎夫人は加奈さんにも茶道を習わせたくて、バドミントンなんかやめてしまえと口うるさいこと。父親の小崎氏は若いころからバイクが好きで、気が向くと一人でどこかへツーリングに出かけてしまうような人だったのだが、真冬の北海道の原野で事故を起こして凍死しかけ、夫人に泣いて説教されてから自分で乗りまわすのはやめたこと。そのかわり今の駅前の店を出したこと。夫人とは再婚で、加奈さんには腹違いの兄がいること。その兄は小崎氏の前妻と暮らしており、加奈さんとは最近よくメールをやりとりしているのだが、小崎夫人には内緒にしていること。私は彼女の少女らしい甘やかな声にうっとりと聴き入りながら、娘の桃子がいつか自分の身の上について誰かにしゃべるときはどんなふうになるのだろうと夢想した。

東京ベイ・グローリアスタワーには、十一時前に到着した。この超高層ビルの一階から三階はショッピングモール、四階から二十階まではオフィスだ。ホテルのフロントは二十一階にあり、我々が目指す「品田《しなだ》家・宮前家結婚披露宴」会場は、二十五階のボールルーム〈プレジデンシャル〉。チャペルは二十二階、神前式の式場は二十三階、宴会場は大小様々な規模で二十二階から二十五階までに設けられており、〈プレジデンシャル〉はもっとも広いものだった。

「二十五階には〈プレジデンシャル〉と〈エグゼ〉しかないみたい」

加奈さんが、招待状に同封されていた案内図と、エレベーターホールに掲示されている館内案内図を見比べる。〈プレジデンシャル〉と〈エグゼ〉の新郎新婦や親族の控え室も同じフロアで、さらにこの二つの宴会場については、招待客専用のウエイティング・ラウンジがあった。

「わたし、おなかがすいてきちゃいました」

「時間があるからお茶でも飲もうね。あたしも喉がカラカラよ」

二人でしゃべり通しだったせいだろう。

「専用ウエイティング・ラウンジで、ハイティーができるよ」

「杉村さん、ここに来たことあるんですか」

「ネットで調べた」

「なぁんだ」

二十六階から上は客室で、最上階にはスカイハイ・レストランとバーがある。そちらのローストビーフ・サンドイッチも絶品らしいと言うと、加奈さんが目を輝かせた。

「そっちがいいかも！」

「でも披露宴で食事が出るよ」

「フレンチのフルコースなんですって。イタ飯の方が美味《おい》しいのにね。静香ちゃんもパスタが好きなのになあ」

「披露宴にパスタはどうかしらねえ」

笑っているうちに、直通の高速エレベーターでフロントに着いた。高層からの景色が売り物のティーラウンジの入口に、十数段飾りのひな人形が飾ってある。大きな鉢《はち》に活《い》けられた桃と菜の花を横目に、我々は専用エレベーターに乗り換えて〈プレジデンシャル〉へと上がる。

で、そのエレベーターのドアが開いたところから、本日の驚きの連鎖が始まった。

3

二十五階のウエイティング・ラウンジに、礼服の人々が群れ集まっている。

我々は新婦の親族とその代理だから、万に一つも遅刻があってはいけないと充分余裕を持って着いたつもりだが、昨今の結婚披露宴では、一般の招待客もこんなに早く来るのが常識なのだろうか。

「わあ……こういうのムリだなあ」

加奈さんが呟き、竹中夫人はたちまち不機嫌になった。

「まるで満員電車じゃないの」

実際、人が溢《あふ》れている。空席がなく、ピンヒールを履いた若い女性たちが立っているのが気の毒だ。エレベーターホールにあるソファやオットマンまで埋まっている。

「様子がおかしいですね」

群れている人々は一様に不安気で、不愉快そうでもある。あちこちで頭を寄せてひそひそ話をしているし、式場係とおぼしきインカムを付けたスーツの女性が二人、慌ただしくその間を行き来している。

今、その一人を礼服姿の老人が呼び止め、何か問いかけた。

「すみません、お二人はここにいてください。ちょっと聞いてきます」

私が人混みを抜けて近づいてゆくと、老人の怒りの声が耳に飛び込んできた。

「いったいぜんたいどうなってるんだ」

式場係の女性は顔が強《こわ》ばっている。

「申し訳ございません。あとしばらくこちらでお待ちください」

「しばらくしばらくって、もう一時間も待たされてるんだぞ！」

「申し訳ございません」

インカムに何か連絡が入ったのか、式場係の女性は耳元に指をあてながら足早に離れていった。私は老人に軽く頭を下げ、問いかけた。「失礼ですが、〈プレジデンシャル〉の披露宴に出席される方ですか」

鼻の脇に大きな黒子《ほくろ》のある老人は、私を睨《にら》みつけた。「あん？　あんたは何だ」

「私も招待客なんです。混み合っているので驚きまして」

老人は腹立たしそうに、芋洗い状態のラウンジの方へ手を振った。

「ずっとこんなだよ。式が始まらないんだ」

品田家と宮前家の挙式は十一時開始なのだから、披露宴の招待客が今の段階で一時間も待たされているはずはない。

「〈エグゼ〉の方のお式ですね」

「カタカナばっかりでわかりにくい！」

老人はもう全てが気にくわないらしい。

〈エグゼ〉の入口の脇には受付がセッティングされているが、誰もいないし、芳名帳も出されていないし、そこが受付であることを示す表示も伏せられてしまっている。

まわりを見回すと、人混みの向こうにもう一つのセッティングが見えた。品田家・宮前家の受付だ。そちらはそちらで、振り袖姿の若い女性と礼服の若い男性が芳名帳を前にして所在なげに突っ立っている。女性の方は半泣き顔だ。人をかき分けてそこまでたどり着き、ようやく事情が知れた。

挙式の開始が遅れている。挙式から出席するはずだった両家の親族や招待客は、なぜかしら控え室からも追い出されてラウンジで待たされている。一方、花嫁花婿とその家族は、それぞれの支度部屋か控え室にこもったままのようである。

「わたしたちにもわけがわからないんですけど」

泣き顔の相方を横目にへらへらと薄笑いを浮かべている男性の方は「何かトラブってるみたいですねえ」と言った。

「両家の親族だけでこの人数がいるんでしょうか」

私の問いに、彼はいっそうへらへらした。

「こっちの親族の人たちは三十人くらいの予定ですから、この人混みは、あっちの招待客が閉め出されちゃってるせいですよ」

あっちとは、やはり〈エグゼ〉の方だ。

「十時からの予定なのにまだ始まらないんだって、さっきからめちゃくちゃ揉めてますよお。もう怒声飛びまくり」

案内図で見る限り、〈エグゼ〉もそうとう広い宴会場だ。そこに入るはずだった招待客がそっくり閉め出されているのだから、ラウンジが満杯になるのも無理はない。しかも、このまま時間が経っていけば、〈プレジデンシャル〉の方の披露宴招待客もこの場所に集まってくる。

竹中夫人と加奈さんをいったん避難させよう。膝の悪い夫人は、遠目で見ても立ちっぱなしが辛そうだ。私は人混みを泳いで二人のそばに戻った。

「どうしたの？」

「理由はまだわからないのですが、挙式の開始が遅れているんだそうです」

加奈さんが「え！」と目を瞠《みは》った。「靜香ちゃん、どうかしたのかな」

制服のブレザーのポケットから二つ折りの携帯電話を取りだした。ぱちんと開く。

「メール来てないや……」

「靜香さんとメールできるの？」

「はい。ショートメールですけど」

竹中夫人は眉をひそめている。「マジでごたついてるなら、加奈ちゃんに連絡するほどの余裕はないんじゃない？」

私の大家の竹中夫人が「マジで」と言うなんて驚きだ。今はマッコちゃんモードなのだな。

「でも、一応メールに気をつけていてもらえるかな。とりあえず、ここにいてもしんどいだけだから、階上のレストランに移動しましょう」

なかなか来ないエレベーターに焦れながら移動してみたら、満席の上に長蛇《ちょうだ》の列ができていた。外部からの客たちだ。土曜日の昼近く、開業したばかりの話題の高層ホテルの最上階にあるレストラン。これまた無理もない話だった。

「ああ、もう！」

竹中夫人の不愉快ゲージがぐんぐん上昇してゆく。

「ティーラウンジはどうかなあ」と、加奈さんが言い出した。

「似たり寄ったりだと思うよ」

「杉村さん」決然とした口調で、竹中夫人が言った。「フロントへ行って、部屋をとってきて」

「は？」

「どんな部屋でもいい。料金も気にしないでいいからとってきて。とれたらあたしの携帯に電話して」

アイデアとしては悪くないが、望み薄だろう。金に糸目はつけないと言ってみても、予約客でいっぱいではどうしようもない。

ところがである。我々にツキがあったのか、竹中夫人の怒りが天を動かしたのか、「つい先ほどキャンセルがございまして」とかで、奇跡のように一室だけ空いていた。

〈スカイハイ・シングル〉なる二十八階の部屋だ。基本料金が七万円、ディユースになるのであれこれという口上を遮《さえぎ》り、私はとっとと手続きして竹中夫人に連絡した。十分ほど後には、三人で入室することができた。

「勝手にやるから、もう行って」

設備の説明をしようとするベルボーイをうるさそうに追い払うと、唸《うな》り声をあげながら、竹中夫人はセミダブルサイズのベッドに腰を下ろした。加奈さんは室内をぐるぐる（本当に両手を広げてぐるぐる回りながら）見渡している。

「加奈ちゃん、そっちの机の上にルームサービスのメニューがあるでしょ。見てみて」

ぐるぐる、ぴたり。「はぁい！」

豪奢《ごうしゃ》な刺繡《ししゅう》カバーのかかったセミダブルのベッドと、革のソファと大理石のテーブルの応接セットと、スタンドを載せたデスク（パソコン用のジャック付き）と背もたれの高い椅子、大画面テレビとオーディオセットと、私が寝そべることができそうなサイズの浴槽があるバスルームとシャワーブース付きのシングルルーム。それがスカイハイ・シングルだった。ここに一人で泊まって七万円払うのはどんな人物だろうか。

「このホテル、エステと美容マッサージのコースがあるから、そのために泊まる女の人がいるんじゃないかなあ」

気がつけば竹中夫人は内線電話でルームサービスを注文しており、加奈さんはデスクに向かって分厚いホテル案内のファイルをめくっていた。

「三万円だけど、宿泊とセットだと朝食がサービスになるんだって」

その場合は一泊で十万円払うわけだ。そこらのビジネスホテルなら、五千円の部屋でも無料の朝食がつくのに。

まあ、いいや。どこのどんな人であれ、キャンセルしてくれたことに感謝するしかない。ほっとして初めて気がついたのだが、この部屋の景観だけは今一つだった。隣の超高層マンションに視界を塞《ふさ》がれている。

ファイルをめくりながら、加奈さんが声をあげる。「すご〜い！　プレ・ウエディングのエステや脱毛や、集中ダイエット宿泊プランなんてのもある。十日間でマイナス三キロから五キロって、キツそう」

竹中夫人が鼻で笑った。「大枚払ってそんな真似しなくたって、結婚して苦労すりゃ瘦《や》せるのに。ねえ、杉村さん？」

火の粉《こ》が飛んできたので、退避だ。

「お二人は休んでいてください。僕はラウンジに戻って様子を聞いてきます」

私はルームキーを取り上げた。これを持っていないと、エレベーターや階段は通れても、客室の通路に出入りすることはできない。オートロックの自動ドアがあるのだ。

「ンなの気にしなくていいわよ。ルームサービスが来るから、あなたも座りなさい」

「でも――」

「十二時半に〈プレジデンシャル〉に行けば、何がゴタゴタしてるのかわかるでしょ。

それまでは放《ほ》っときゃいいわよ。何ができるわけじゃなし」

私は加奈さんを見た。彼女が口を開いた。

「でもやっぱり靜香ちゃんが心配だから、ラウンジに行きたい」

と言うのかと思ったら、あにはからんや。

「うちのお母さんたちって、結婚式については呪《のろ》われてるような気がする」

独《ひと》り言ではなく、竹中夫人に向かってそう言った。明らかに同意を求める表情だ。

夫人は渋柿を嚙んだような顔をした。「そんなこと言うもんじゃないの」

小崎夫人が欠席するには、うんざりするような事情があるという。集会所の前でばったり会ってやりとりしたときの夫人の目の奥には怒りと苛立ちがあった。

大人げない野次馬をするべきではない――と格好つけて黙っている私に笑いかけながら、加奈さんは続けた。「お母さんたちっていうのは、うちのお母さんと靜香ちゃんのお母さん、わたしの叔母さんのことです。五つ違いの姉妹なの」

「妹さん、佐江子《さえこ》さんていうのよ」

竹中夫人が口を添える。

「杉村さん、うちのお母さんに会ったんですよね？」

「うん。道ばたで挨拶しただけだけど」

「男顔だったでしょ。いかつい感じ。将棋の駒みたい」

この娘は表現が巧《うま》い。

「佐江子叔母さんは全然違うの。若いときの写真を見せてもらったら、女子アナみたいだった。今もきれいですよ。四十五歳には全然見えない」

「加奈さんは叔母さんとも交流があるのかい？」

母親の方は自分の実家ごと絶縁しているらしいのに。

「静香ちゃんと仲良くなってから、何度かあちらのうちに遊びに行ったことがあるんです。お母さんが、あたしがそんなこと続けるなら家出するって怒ったから、やめたけど」

「そうなのか……」

「お父さんにも、お母さんの気持ちをわかってやりなさいってお説教されました。やった方は忘れちゃうことでも、やられた方は何十年経っても忘れられないことってのはあるんだって」

つぶらな瞳をまたくるりと回して、

「佐江子叔母さんからうちのお母さんに、言づてを頼まれたこともあるんだけど」

——姉さんは今幸せなんだし、四半世紀も昔のことなんだから、そろそろ水に流しましょうよ。

「〈水に流す〉って、加害者の方が言う言葉じゃない。それを口に出せるのは被害者の側だけだって、お母さんまた怒っちゃって、それにはお父さんもうなずいてた」

こうも丸腰で近づいてくるのは、撃ってくださいという要請だ。私の方から事情を聞かせてくれと求めた方がいいのだろう――というところでドアチャイムが鳴り、ルームサービスが来た。ハイティーのセットとローストビーフ・サンドイッチ、フルーツの盛り合わせ、コーヒーと紅茶のポット。

「いただきまぁす！」

「美味しそうねえ。杉村さんもどうぞ」

おかげで間が保《も》った。仲良しの祖母と孫娘のような二人の女性に給仕して、私はコーヒーを飲んだ。

イチゴのショートケーキを食べながら、加奈さんがつるつると言い出した。

「うちのお母さんが二十五歳で佐江子叔母さんが二十歳のとき、お母さんの婚約者を叔母さんが寝取っちゃったんです」

私は危うくコーヒーを噴くところだった。

「それも結婚式の当日に婚約者と駆け落ちしちゃって、花嫁衣装を着たお母さんは式場で待ちぼうけだったの」

咳こみながら竹中夫人の顔を覗《うかが》うと、夫人はけろっとして言った。

「おまけに佐江子さんは妊娠三ヵ月だったのよ。それが静香さん」

コーヒーカップをソーサーに戻し、私はローストビーフ・サンドイッチを食べた。不用意なことを言わぬよう、口を塞いでおくために。

「生まれてくる子どもには罪はないって、ご両親も佐江子さんの味方をしちゃってさ。

で、佐貴子さんは家族と絶縁したってわけ」

そんな経緯《いきさつ》があっては、いまだに怒りが解けなくても無理はない。

「佐江子さんは卒業間近だった短大を中退してその男と結婚、靜香さんを産んだんだけど、そんな追《お》い剝《は》ぎみたいな結婚はやっぱりうまくいかないのよねえ。二年も保たずに離婚して、靜香さんが三歳のときに宮前さんと再婚したんですって」

宮前氏は「普通のサラリーマンって感じのおじさん」だそうで、

「ずっと社宅暮らしだったし、清栄の学費も大変だったって、叔母さんがこぼしてました」

——今となったら、姉さんの方が女の人生の勝ち組よ。もう昔のことは許してくれてもいいじゃない。

しゃべりながら、加奈さんは食べ続けている。竹中夫人はスライスレモンが載っていた小皿を勝手に灰皿にして（この部屋はたぶん禁煙だ）煙草を吸い始め、「お手並み拝見」という顔つきで私を眺めている。

私はどうにか声を出した。

「し、し、し」

お恥ずかしい。咳払いをしてやり直し。

「靜香さんに弟妹《きょうだい》いるのかな」

「弟さんがいるけど、大学で野球やってて、寮にいるんだって。わたしは会ったことないんです」

今日はもちろん出席しているはずだから、初めて会えると思っていたそうだ。

「会えるさ。何かアクシデントがあって挙式が遅れているだけだよ」

「そうよねえ、きっと大丈夫だわよ、こんなおめでたい日に、呪われてるなんて言っちゃいけないわよねえ」

竹中夫人の台詞には、まったく心がこもっていなかった。

バイブ音がして、加奈さんが携帯電話を取りだした。「友達からだぁ」

「そろそろ様子を見に行ってみます」

私が立ち上がると、彼女も慌てて椅子から降りた。「一緒に行きます。ちょっと待ってて」

加奈さんがだだっ広いバスルームに消え、ドアがカチリと閉まると、竹中夫人は鼻から煙を吐き出しながら言った。

「式が遅れててあんな様子になってて、大丈夫なわけがあるもんですか。母親が昔やらかしたことが娘の身に返ってきた。親の因果が子に報いなんだわよ」

「奥様のお立場で、そんな煽《あお》るようなことを言ってはまずいと思いますが」

「あら、独り言よ」

「奥様は、小崎夫人だけでなく、加奈さんとも親しくしておられるようですね」

なにしろ「マツコちゃん」なんだから。

「あの娘《こ》が生まれたときから知ってるもの。小崎さんは店を出す前からうちの地元に住んでたから」

二十世紀末まで、我々の地元には小崎一族が経営する工場があったのだそうだ。

「エンジン部品専門の、ものすごく技術力のある会社でさ。戦時中は戦車とか魚雷とか造ってたらしいわ。バブルがはじけた後で外資系の同業者に買収されちゃったから、工場のあったところには今病院が建ってるけど」

私も区の健診でお世話になったことのある、建物だけでほとんど一ブロックを占めている総合病院だ。かつてそこにあった工場の規模も、そこから推察できる。

「小崎さんも竹中さんと同じような資産家なんですね」

竹中夫人は目をぱちくりさせて笑った。

「うちなんか比べものにならないわよ。小崎一族は文明開化以来の実業家で、創業者は渋沢栄一《しぶさわえいいち》と付き合いがあったんだってよ」

私は大企業の総帥《そうすい》である父親を持つ女性と別れ、荒川沿いの下町でささやかに暮らしているのだが、なぜかまたこの手のブルジョアと遭遇する。これも呪われていると言えなくはないか？

またぞろエレベーターがとろいので、私と加奈さんは階段で二十五階に降りた。ラウンジは依然混み合っており、エレベーターが到着するたびに、さらに人が増えてゆく。〈品田家・宮前家〉の受付はそのまま。しかし〈エグゼ〉の両家の受付は完全に撤収されていた。

加奈さんが私の上着の袖を引っ張った。

「振り袖の女の人がいなくなっちゃってる」

見れば確かにへらへら笑いの若者が一人、椅子に座って足を組んでいるだけだ。

「宮前家の出席者ですが、状況はどうでしょうか」

尋ねると、朗《ほが》らかとはほど遠い雰囲気でざわついている礼服の人々を斜めに見やりながら、彼は答えた。「花嫁も花婿も、親族の皆さんも誰も出てきてないですよ」

「挙式はまだ？」

「どうかなあ」

彼はうんざりしているようだった。

「どうしてもって頼まれたから受付を引き受けたのに」

「振り袖の人はどうしたんですか」と、加奈さんが尋ねた。

「化粧直しに行ったきりだよ。彼女だって、気合い入れて着付けしてきたんだろうにさあ。花嫁もひどいよね」

「ひどいって、静香ちゃんどうかしたんですか」

「どうしたのかなんて、こっちが訊きたい」

芳名帳は閉じられているし、祝儀袋を載せるはずの塗りの盆は空っぽだ。

「受付をやめてるんですか」

「ついさっき花嫁の親父さんが来て、もう祝儀を受け取らないでくれって。もらっちゃった人の分は返せっていうから、オレ一人で大わらわでした」

祝儀を返すとは！　つまり挙式は取りやめなのだ。

私は礼服の群れを見渡した。「〈エグゼ〉の方はどうなったんでしょうね？」

「どうなったのかは知らないけど、客は宴会場で飲み食いしてるよ」

受付君、口調までぞんざいになってきた。

「じゃ、ここにいる方たちは品田家と宮前家の招待客だけですよね。式を取りやめるなら、なぜ待たしてるんだろう」

「怒って帰っちゃった客もいるけどね。こっちもお詫《わ》びに食事だけでも出すからとかって。料理余っちゃうもんなあ。オレも早くビール飲みてぇ」

加奈さんがまた私の袖をちょいちょいっと引いた。「杉村さん、行こう」

ラウンジの右手奥に延びる絨毯《じゆうたん》敷きの通路の方を見ている。案内図によると、新郎新婦の支度室と親族控え室は、この通路沿いにまとまっているようだ。手前に〈品田家・宮前家　お支度室・親族控え室〉の朱塗りの枠の立て札が、突き当たりに〈石川《いしかわ》家・菅《すが》野《の》家〉の立て札が出されている。後者の表示は「→」付きだから、廊下を折れた先にあるのだろう。この両家が〈エグゼ〉の組み合わせだ。

二人で手前の立て札のそばまで行くと、怒声が聞こえてきた。人が詰めかけているらしく、ドアが閉まりきらずに隙間ができている。礼服がちらちら見える。〈品田家親族控え室〉の方だ。

「いい加減にしろ！　嘘八百を言うな！」

　私は加奈さんの肩に手を置いた。「ここで待ってて」

　足音を忍ばせてドアに近づくと、重苦しい雰囲気が伝わってきた。諍《いさか》いが起きていることは明らかだが、それでいてお通夜のようだ。

「ホントに魔が差したんで、間違いだったって言ってるじゃありませんか」と女性の声。

「こんなことになったのは靜香さんの方にだって隙があったから」

「何だと！」

　おいおいおいおい。躊躇《ためら》って足を止めると、勢いよくドアが開き、式場係の女性が走り出てきた。インカムが曲がってしまっている。

「すみません、宮前家の招待客ですが、どうなっているんでしょうか」

　式場係は若い女性で、明らかに憔悴《しょうすい》している。愛想笑いも尽きたのか、微笑もうとする努力だけが見えて痛々しい。

「申し訳ございません。もうしばらくラウンジでお待ちくださいませ」

「受付をやめて、祝儀も返していると聞きました。式は中止になるんですか」

「恐縮ですが、今はラウンジにおいでください。お飲み物をお出ししております」

　彼女も急いでいるようなので、私は道を開けた。式場係は走ってエレベーターホールに向かい、やっぱりとろいエレベーターを捨てて階段を駆け下りていった。

「破談だ！　靜香を連れて帰る！」

男性の怒鳴り声がして、私は思わず首を縮めた。加奈さんを振り返ると、彼女は左右の人差し指を口の両端にあて、それをぎゅっと引っ張って、変な顔をしてみせた。

「部屋に戻って待ってよう」

促《うなが》すと、うなずいて小さな声で言った。

「聞こえちゃった。あの声、宮前さんです」

新婦の父親である。

「ハダンって、結婚をやめるってことですよね？」

「……うん」

我々もエレベーターを無視して、階段の方に向かう。

「靜香ちゃん、二十五年前のうちのお母さんと同《おんな》じになるのかなあ」

「まだわからないよ」

「もしもそうなら、靜香ちゃんは可哀想だけど、うちのお母さんはちょっとだけスッとするかもしれない。そんなふうに思うの、いけないことかもしれないけど」

私は黙っていた。加奈さんは軽い足取りでステップを上ってゆく。眼差《まなざ》しは落ち着いていて、表情も平らかだ。さっき変な顔をしてみせたのは、この娘なりの当惑の表明だったのだろう。

「加奈さんは靜香さんと仲がいいんだよね」

「たぶん。顔がそっくりだから、わたしも大人になったらあんなふうになるのかなって思って。靜香ちゃんはお洒落だし」

たぶん、か。

「ホント言うと、わたし靜香ちゃんが好きなのかどうか自分でもはっきりしなくって、だからお祝いに来たかったんです。心からおめでとうって言えればそれでぇえええああひゃ？」

彼女が先んじて奇声を発してくれたおかげで、私は声をあげずに済んだ。

二十八階の階段室の隅《すみ》に、花嫁がしゃがみ込んでいる。ウエディングドレスを着て、結《ゆ》い上げた髪に生花を飾り、豪華なパールのイヤリングとネックレスをつけ長い手袋をはめているのだから、どこのどなたかは知らないが、属性としては花嫁に違いない。こんなところにしゃがんでいるだけでも場違いだが、ナイロン製のボストンバッグを胸元に抱え込み、泣いていたのか頬に白粉《おしろい》の筋をつくり、アイメイクが滲《にじ》んでいるのは、場違いを通り越して異常だ。

目が合うと、花嫁はいっそう身を固くして隅っこに張りついた。その喉からヒック、としゃっくりが飛び出した。

私の頭のなかで、一足す一が二になった。後で考えたら失礼なことだったが、花嫁を指さして加奈さんに訊いた。「この人が靜香さん？」

何かのっぴきならない理由ができて花嫁が支度部屋から逃げ出して姿をくらまし、親族関係者が慌てて揉めている。今の事態はそういうことではないのか。我々はその逃亡花嫁を発見したのではないのか。

だが、加奈さんはかぶりを振った。「違います」

え、違うの？

「どうしたんですか」

加奈さんが進み出てかがみ込み、その問いかけにかぶせるように、正体不明の花嫁が蚊の鳴くような声でこう訴えた。

「――助けてください」

4

竹中夫人には、なぜか大ウケした。

「杉村さん、いくら男やもめが寂《さび》しいからって、こんなところでお嫁さん拾ってきちゃダメよ」

階段室に隠れていた花嫁は、スカイハイ・シングルのセミダブルベッドにドレスの裾《すそ》を広げて腰掛けている。まだらになった化粧をおしぼりで拭《ぬぐ》っているが、本格的な花嫁メイクはなかなか落ちない。

「違うよマツコちゃん、わたしが拾ってきたの。怪我《けが》してるし、ほっとけないよ」

花嫁は右足首を傷めていた。彼女のウエディングドレスは長く裾を引くタイプのものではなく、チューリップの花を逆さまにしたみたいなデザインなのだが、十センチはあるハイヒールで階段を上り下りしていて転んでしまったのだという。

「……ご迷惑をおかけしてごめんなさい」

蚊の囁《ささや》きのような謝罪である。片方のつけまつげが浮いてしまい、口紅の端っこが滲んでいる。

「あなた、〈エグゼ〉のお嫁さんなんでしょ」

それしかなかろう。二引く一は一だ。今度は私も計算を間違わない。

煙草を吹かしながら問いかける竹中夫人に、花嫁は身を折って頭を下げた。

「ホントに失礼しました。匿《かくま》っていただけて助かりました。わたし、菅野みずきと申します」

ウエディング用の化粧のせいで実年齢の見当がつきにくい。それでも二十五歳を越えているようには見えないが、少なくともこの言葉遣《づか》いを聞く限り、ちゃんとした大人のように思える。

「十時から〈エグゼ〉で、人前《じんぜん》結婚式なので、結婚の誓いと披露宴を続けてする予定になっていました」

「なんでまた直前になって逃げだしたの？　支度までしちゃってからさ」

菅野さんのまなざしが揺れ、口が半端に開いた。人がこんな顔をするのは、下手な嘘をつこうとしているか、にわかには信じてもらい難《にく》い事情を語ろうとしているときである。少なくとも私の経験ではそうだ。

しばし独りで悩んだ後、逃亡花嫁はこう言った。「わたしは二十一歳で、相手は六十二歳なんです」

直球である。ましてやティーンエイジャーの女の子には、もっともわかりやすい逃亡理由だろう。加奈さんの表情が、フライパンで叩かれたみたいに真っ平らになった。

「……サイテー」

呪詛《じゅそ》のような唸り声を出した。一方の竹中夫人は平然としている。

「あなたは後妻ってこと？」

「はい。わたしで三人目です」

夫人は煙草をもみ消し、「ヒヒじじいね」とコメントした。

「うちのお父さんより年上だよ！」

我に返って、加奈さんが叫んだ。「そんな人がこんな若いお嫁さんもらっていいの？ おねえさんもなんでOKしちゃったの？」

菅野さんは加奈さんを見つめると、助けを求めるように竹中夫人に目を戻した。こんな可愛い女の子に、醜《みにく》い世間の一面を知らせたくありません――

「何か義理があるんでしょ。親の借金？」

口元をぎゅっと歪《ゆが》め、菅野さんはうなずく。

「わたしがヒヒじじいと結婚すれば、父の経営している会社の負債を肩代わりしてもらえる約束なんです」

途端《とたん》に加奈さんが飛び上がった。

「ひどい！　それって人身売買と同じじゃない？　警察に言えばいいのに」

ショートカットの髪から覗《のぞ》く耳たぶが真っ赤になっている。私は彼女のブレザーの肘を軽く引っ張った。

「落ち着いて。座った方がいいよ」

竹中夫人も言う。「加奈ちゃん、この人にコーヒーをあげて。まだポットに残ってるでしょ」

カップを受け取る菅野さんの手が震えている。当座の緊張が解け、疲れているのだろう。彼女が冷めたコーヒーを一口二口飲み下すのを待って、竹中夫人が口を開いた。

「それにしたって妙だわねえ。今日まで、いっぺんも逃げるチャンスがなかったはずないんだから」

マツコちゃん、尋問。

「それはそうなんですが……」と、逃亡花嫁はうなだれる。

「そうなんだけど、何？」

マツコちゃん、再尋問。加奈さんと私は逃亡花嫁を見守る。

「答えられないの？　だったらアウトね」

マッコちゃん、非情モード発動。見切りが早い。

「面倒に巻き込まれるのはごめんよ。杉村さん、フロントに電話して」

「待ってください！」

菅野さんは飛び上がり、足の痛みに顔を歪めた。加奈さんがかばうように彼女の隣に腰をおろした。

「マッコちゃん、もうちょっと優しくしてあげようよ。おねえさん震えてる」と、逃亡花嫁の背中を撫《な》でる。

「ごめんなさい。ありがとう」

菅野さんは声音も震え始めた。それを懸命に抑えながら、竹中夫人に言った。

「ただ逃げ出すだけじゃ、完全にこの結婚をやめにすることはできないと思ったもんですから」

探し出され、連れ戻される不安がある。

「ヒヒじじい、しつこいんだ？」

「あなたのご両親も、まるっきり頼りないわけ？」

濃い化粧がまだらになった菅野さんの顔に、強ばったような笑みが浮かんだ。

「十年も我慢してればヒヒじじいは死んじゃうし、妻になってれば遺産がもらえる。おまえはまだ若いんだから、それから本当の人生をやり直せばいい。今は我慢してくれとしか言わないんです」

それが本当ならば、ひどい、身勝手だ、がめつい。これらの表現の総和を二乗してもまだ足りないほどである。娘を何だと思ってるんだ、この親は。

「そんなの死んでも嫌だから」

逃亡花嫁はくちびるを噛む。

「全部を粉々にぶっ壊すには、できるだけ大勢の関係者に知られるように――何も隠したり取り繕《つくろ》ったりできないタイミングで、わたしはこの結婚が嫌なんだ！　って示すしかないと思ったんです」

彼女の背中に手をあてて、加奈さんが何度も何度もうなずく。

「手ぬるいわね」と、竹中夫人は言った。「人前結婚式なんでしょ？　その場でそう言ってやるのがいちばん確実だったわよ。親族と招待客が集まってる真ん前でさ」

誓えません！　まっぴらごめんだ、と。

「しかし、それだと逃亡が難しくなりますよ」と、私は言った。「式は粉砕《ふんさい》できても、そのまま引き留められてしまえば、状況はかえって悪くなる。直前逃亡で正解だったと思います」

マツコちゃん、納得してくれたようである。逃亡花嫁だけでなく、加奈さんも私もほっとした。

「本当はもっとスムーズに逃げられるはずだったんですけど」

うまくいかなくて……と、菅野さんは小さく息を吐いた。

「支度部屋を逃げだしてから、今までどうしていたんですか」

「とにかく隠れて、どこかで着替えようとうろうろしていました」

本日はどの宴会場も予定が詰まっているらしく、ホテルの従業員や式場係、支度するためにおのおのの控え室に向かう花嫁花婿たちと廊下やホールですれ違う。婦人用化粧室にも誰かしら利用者がいて、訝《いぶか》られるので長居することができなかった。

「支度の済んだ花嫁が付き添いもなしでトイレに来るってのは、確かに妙ですからね」

私が言うと、竹中夫人は笑った。

「バカ真面目ねえ。涼しい顔してりゃ、誰も何とも思いやしないのに」

二十二階に降りると、ウエディング・プランの打ち合わせに何度か来た（連れてこられた）ブースがあり、無人だったのでそこに隠れた。

「周囲がガラス張りだから、机の下に潜《もぐ》り込んでいたんです」

だが内線電話が鳴ったり、近くで慌ただしい人の動きがあったりして怖くなった。

「それからは、道具置き場とか従業員の休憩スペースとか、隠れられそうなところを出たり入ったりしていました」

どこでも長居はできず、しまいには廊下や階段室をひたすら移動し続ける状態に戻ってしまい、疲れて転んで足を傷めた。

「客室フロアに上がれば一息つけるかと思ったんですけど、キーがないと廊下にも入れないんですね」

階段の隅でうずくまっているところを、加奈さんと私に発見されたという次第だ。

「ブースにいるとき、ドレス脱いじゃえばよかったのに」

「あんな狭い場所じゃ無理です」

「それじゃトイレだって無理よ。あなた、最初から一人で逃げ出すつもりだったんでしょうに」

そのとき私が思いついたことを、先に加奈さんが訊いてくれた。「ひょっとして、誰か手伝ってくれる人がいるのに、予定がくるっちゃって連絡がとれなくなってるとか？」

ティーンエイジャーの女の子の想像は、私の先を行く。「もしかして恋人？」

残念ながら、その説は外れのようだ。菅野さんは首を横に振った。

「そんな人はいません。わたしの身近には、味方なんていなかったの」

痛みに満ちた呟きだ。彼女が百パーセント本当の事情を打ち明けているとは思えないが、これまでの言葉に嘘があるとも思えない。

菅野さんがしがみつくように後生《ごしょう》大事に抱えていたナイロン製のボストンバッグは、今は足もとに置いてある。黒地に五芒星《ごぼうせい》のような形のドット柄、全体の形もバルーンのようで、こうして見ると個性的な品物だった。

私はバッグをさして尋ねた。「その中に着替えや靴が入ってるんですか」

彼女はちょっと驚いたようにまばたきをした。「え？　はい」

「現金は持っていますか」

「しばらくしのげる程度は持ってます」

「誰にも助けてもらえないなら、行くあてもないんじゃありませんか？」

「それは、あの、仕事で地方にいる友達を頼ろうと思ってるんです。観光地なので、前々から遊びにおいでって誘ってくれていたから、きっと泊めてもらえるはずです」

観光旅行と、気に染まない結婚から逃げだして転がり込むのとではわけが違うのに。

私は竹中夫人を見返った。「どうなさいますか」

夫人は煙草の紙パックを覗き込み、空だとわかると握りつぶした。そして言った。

「着替えて出ていってほしいわ」

加奈さんがまた飛び上がる。「そんな！　マッコちゃん、この人、足を怪我してるんだよ。逃げ切れなくて捕まっちゃうよ！」

「おたくや相手の親族や関係者が諦めて引き揚げるまで、ここで時間を潰《つぶ》してれば大丈夫じゃない？」

菅野さんと加奈さんの顔が、ランプを灯《とも》したように明るくなった。

「いいんですか！」

「そっかぁ！」

まあ、そうなるか。拾ってきてしまった以上は仕方がない。

「その髪型じゃ普段着と釣り合わないし、化粧もちゃんと落としなさい」

つけまつげが外れてぶら下がる。

「ありがとうございます！」

菅野さんは両手を合わせて何度も頭を下げた。急な動きに、浮いていた片方のつけまつげが外れてぶら下がる。

「あたしたちはあなたのことなんか知らないし、関わりもないわよ。だからウエディングドレスをここに残していかないでね。どれ、〈プレジデンシャル〉へ行ってみようか」

ドレスの裾を払って、竹中夫人はよっこらしょと腰を上げた。

〈プレジデンシャル〉には、早くも宴《うたげ》の後のような光景が広がっていた。

新郎新婦が座るはずだった高砂《たかさご》はもちろん、招待客用の丸テーブルの大半は無人だ。そこの生花やキャンドル、食器やグラスも撤去されている。

で、本来は親族の席になるはずだったろう、高砂からいちばん遠い丸テーブルが三つだけ、妙にテンション高く賑わっている。二十代半ばから三十そこそこの男女が十数人、訊いてみたら全員が新郎新婦の友人だった。

結局、品田家・宮前家の結婚披露宴は「急な事情により」取りやめになった。その旨《むね》を新郎の両親が説明し、ご祝儀も辞退するが、

——貴重なお時間を費やしてお集まりいただいた皆様に、料理と飲み物だけでも楽しんでいただきたい。

ということで食事会が始まったのが三十分ほど前のことだという。

「親族の皆さんや、新郎新婦の勤め先の人たちはあらかた引き揚げちゃいましたよ」

「僕らもその方がよかったのかもしれないけど、新郎のご両親に引き留められて……」

「振り切って帰るのも悪いような気がしちゃったもんですから」

テンションが高いのは男性陣ばかりで、女性たちは一様に元気がない。それを男性陣が慰めようとして、やたらとシャンパンやワインを勧めている。

竹中夫人は威風堂々かつ気さくなおばちゃんキャラになりきり、

「あたしとこっちの人（私だ）は、宮前さんの方の招待客なんですよ。地元つながりでね。ちょっと交ぜてもらってもいいかしらねえ」

どうぞどうぞと若者たちが席を空けようとする。夫人はそれを制して、パンを盛った籠《かご》を運んできたボーイに言いつけた。

「あっちのテーブルをここに近づけてちょうだい。お料理、三人分追加よ」

「かしこまりました」

という次第で座席が増え、我々もテーブルに向かって座った。おっかなびっくり腰掛ける加奈さんを見て、女性たちがさざめく。すかさず竹中夫人が言った。

「この子、花嫁に似てるんですってね。従妹《いとこ》なんですよ。靜香さんのお母さんの姉さんの長女」

「あ、じゃあ清栄の中等部にいる……」

「そうそう」

「わたしたちも清栄のOGなんです」

「僕たちは新郎の大学のサークル仲間です」

「こっちは職場の同期です。どうも」

自己紹介が始まり、竹中夫人が次々とボーイに指示をしてワインを追加させたり皿を替えさせたりと仕切るので、場はそれなりに打ち解けてきた。式場側も早く終わらせたいのだろう、ファストフード級の早さで次から次へと運ばれてくるフレンチを、男性陣が平らげてゆく。豪華ではあるが、フクザツ・ヤケクソの飲み放題食い放題だ。

「あたしたちは蚊帳《かや》の外で、何があったんだかさっぱりわからないんだけど、皆さんはご存じなの？」

夫人の問いかけに、友人男女は譲り合うように顔を見合わせた。新郎の同期だというボストンタイプの眼鏡をかけた男性が、

「僕ら男どもは立ち入れなかったんで――」

と応じて、清栄のOGだと名乗った女性の方へ促すような視線を送った。彼女は料理にもワインにも手をつけず、肩を落としている。シンプルな黒のドレスにゴールデンパールのネックレスがよく映《は》えているが、表情はしぼんでいて目の縁が赤い。

「あなた、花嫁にお会いになったの」

竹中夫人のご下問に、女性はためらいがちにうなずいた。

「僕ら二次会の幹事なんです」と、ボストン眼鏡君が言う。「直前まで確認とかあった

ので、彼女は花嫁の支度部屋にも入りましたから、ね？」

　さらに促されて、二次会幹事嬢はうつむいてしまった。

「そりゃ、土壇場《どたんば》で中止なんて、花嫁さんの気持ちを思ったら口も重くなるわよねえ。ごめんなさいね、ずけずけ訊いて」

　押しても駄目なら引いてみな。

「静香が可哀想で……」

　囁くように言って、幹事嬢はナプキンで目元を押さえた。隣に座った清栄ＯＧ嬢の一人がその肩を抱き、泣きそうな顔をする。

「ってことは花婿の方に何かあったわけね」

　引いたら今度は突っ込んでみな。

「元カノの押しかけがあったんですよ」と、新郎のサークル友達が言い出した。茶髪、片耳ピアスでハーフのような顔立ちの若者だ。

「それをまた花婿がつっぱねられなくて、何かぐだぐだになっちゃって。花嫁の側が怒っちゃったってわけです」

　ぐだぐだ、か。親族控え室から漏れてきた、花婿側の（おそらく母親だろう）女性の発言、

　――ホントに魔が差したんで。

　私はあれが気になっていたのだが。

「つっぱねられなかったというのは、花婿がほだされてしまって、元カノと駆け落ちしようとしたとかですか」

テーブルを囲む一同は、そこまで具体的なことは知らされていないようだ。但し、二次会幹事嬢だけは別である。私の問いかけから逃げるように下を向いてしまった。

「その場の騒動はわりと早く収まって、元カノはおとなしく帰ったみたいですよ」と、ボストン眼鏡君が言う。その言葉尻に食いつくように、茶髪君が続けた。

「まあ、元カノって言っても完全に切れてなくて、要するにフタマタだったから」

「そんな言い方しないでください」

清栄OG嬢の一人が鋭く訴えたが、茶髪君は眉毛をつり上げて言い返す。

「言い方も何も事実だからさ。元カノは新郎のゼミ仲間でしたから、オレらも知り合いなんですよ。みんなフタマタのこと知ってたし、マジでこの結婚話にひやひやしてた。案の定かよって感じなわけよ」

ボストン眼鏡君が眉をひそめる。「やめとけよ」

そして弁解するように、「新郎は元カノとはきっぱり縁を切っていました。今日の結婚式の予定も、新郎からよく頼まれて、元カノには漏らさないようにみんなで注意してたんですけど、どうして知られてしまったのか……」

清栄OGの別の女性がうなずく。「しかも、迷いもせずに真っ直《す》ぐ支度部屋まで押しかけてきたんです。不審者なのに、式場側も全然ガードしてくれないなんて、ひどいわ」

「誰か元カノの味方がいるんだろうさ」

茶髪君が顔を歪めて吐き捨てる。

「元カノが新郎に遊ばれてポイされて可哀想だって、手引きしてやったんじゃないの。そいつ、意外と今ここに涼しい顔して座ってるのかもしれないぞ」

一同の顔が強ばる。ボストン君が声を荒らげた。「いい加減にしろ！」

「うるせえな！　おまえこそきれい事言ってンじゃねえよ」

「受付の人は？」

出し抜けに響く、鈴を鳴らすような少女の声。加奈さんだ。「皆さんのお友達じゃないんですか」

清栄ＯＧ嬢がぎくしゃくと答えた。「あ、あの二人は新郎新婦の友達だけど、学校が違うんでわたしたちは面識がないの。女の子の方がショックで具合悪くなっちゃって、男の人が送って帰るって」

早くビール飲みてぇと文句垂《た》れていたヘラヘラ君は、意外に親切だったか。

「あれで新しいカップルが一組できたなら、ちょっと救われるけど」

「女はデブス、男はチャラ男だったから、どうかなあ」

茶髪君はしつこい。早いペースで飲み過ぎなのだ。私は穏やかに割り込んだ。

「二次会もキャンセルでしょうが、そちらの手配はできてるんですか」

ボストン眼鏡君が私を見た。「連絡は済んでます。かなりのキャンセル料が発生するので、新婦のお父上が店の方に直接出向いてくださるという話でした」

「それならよかった」

「わたし帰ります」

テーブルの銀器を鳴らして、二次会幹事嬢が立ち上がった。顔が真っ白だ。連れのOG嬢二人もそれに続いた。場が白けて、ボストン眼鏡君も慌てて席を立つ。

「送ってくよ」

彼女たちと〈プレジデンシャル〉を出ていってしまった。それを潮に、私も加奈さんを促した。

「ワインばかりじゃ飲めるものがないよね。ティーラウンジへ行こう。皆さんはごゆっくりどうぞ」

竹中夫人はでんと腰を据えたまま、顔の横で手をひらひらした。

「じゃ、あとでね。ここ灰皿ないのかねえ。ワインが全部空いちゃったわね。メインの肉料理が来るから赤にしましょう」

二人でホールに出ると、さっきは気づかなかったが、〈プレジデンシャル〉の隣の小部屋に、引き出物の大きな紙袋がぞろりと残されている。寒々とした景色だ。

「〈エグゼ〉はどうかな」

加奈さんはおそるおそるという感じの忍び足になる。そちらは出入口の観音扉が閉じ

ていた。そこに耳をつけて、

「――何にも聞こえない」

私は苦笑して扉を引っ張った。重たい。十センチほど開けて覗くだけで、用は足りた。誰もいない。食器や装飾品、生花は片付けられており、床にゴミが散らばっていた。

「やっぱりトゲトゲした食事会だったのかなあ」

「どんないいワインでも悪酔いしそうだ」

新郎新婦の支度部屋と、親族控え室の方に向かう。絨毯敷きの通路には人気《ひとけ》がない。〈プレジデンシャル〉ではそれなりに賑やかな飲み食いが続いているのに、ここは空《うつ》ろに静まりかえっている。

表示はまだそのままになっていた。品田家親族控え室、無人。花婿支度部屋、無人。宮前家親族控え室、空っぽ。花嫁支度部屋、無人。ただ、ドアの脇の長椅子の上に荷物が置いてある。長方形の風呂敷包み（中身はたぶん和服だ）と、革のボストンバッグと大きな紙袋がひとつ。

「まだ誰か残ってる」

加奈さんは支度部屋の真ん中に立ち、スカイハイ・シングルでそうしたときのように、ぐるぐる回転しながら見渡した。その姿が三面鏡と姿見に映る。メイクアップ用品なども全て収集・撤去されており、ティッシュとコットンパフの箱がぽつりと置き去りになっていた。

「菅野家の方を見てくるからね」

言い置いて、私はいったん通路に出た。突き当たりには非常階段があり、その旨の表示が日本語と英語で掲げられている。

奥の支度部屋と控え室も空っぽになっていた。こちらは表示もなくなり、ほのかにルームスプレーの匂いがする。

この通路沿いのスペースは、壁ではなく可動式の間仕切りで仕切られている部分が多い。二つのボールルームで執り行われる宴会の規模や種類によって使い方が変わるからだろう。間仕切りには扉がついているところもあり、そうしようと思えば通り抜け可能なのだ。

品田家・宮前家の騒動で、菅野さん側に影響はなかったのだろうか。本日このフロアの二つの挙式と披露宴は、スケジュールに一時間ほどのずれがあった。菅野さん側が先で、靜香さん側が後だ。だが、支度があるので、新郎新婦の会場入りは早い（私も経験で知っている）。花嫁が本番の三時間から四時間前、花婿が二時間前ぐらいか。先に写真撮影がある場合はもっと早くなる。〈プレジデンシャル〉と〈エグゼ〉の新郎新婦は、確実に近くに居合わせていたはずである。

そうか。〈プレジデンシャル〉カップルの舞台裏で発生したアクシデントが、結果として〈エグゼ〉花嫁の逃亡をアシストしたということがあったかもしれない。菅野さんがまだスカイハイ・シングルにいるうちに、そのへんのことを訊いておいた方がいいかもしれない。いや、「いい」って何のために？　本日の私の仕事は付き添いであって、この二つのトラブルについては傍観者に過ぎないのに。

それにしても、ホテルにとっては迷惑な偶然があったものだ。フロアを同じくする二つの会場で予定されていた二組のカップルの結婚披露宴で、片方の花嫁は逃げ、片方は新郎側のトラブルがあって、どちらもドタキャンなのである。開業して間もないのに、ケチがついてしまった。さんざんな偶然のもたらした災難——

軽くため息をついて踵《きびす》を返したとき、叫ぶような女性の怒声が耳に突き刺さった。

「あんたがここで何してるのよ！」

手前の支度部屋に駆け戻ると、姿見のそばで加奈さんが立ちすくんでいる。その前に立ち塞がるようにして女性が二人。一人はチャコールグレイのスーツ姿の中年女性で、もう一人は白いワンピースに黒いエナメルのハイヒールを合わせた若い女性だ。

「失礼ですが」

私も強い声で呼びかけると、二人の女性はぎょっとしたように振り返った。若い方の顔を見ればすぐにわかった。静香さんだ。本当に年下の従妹とよく似ている。違うのは背丈と、セミロングを栗色に染めたヘアスタイルだけである。

となると、隣の中年女性は母親の佐江子さんだろう。ここに残されていた荷物は、宮前母娘《おやこ》のものだったのだ。挙式も披露宴も中止になり、花嫁はウエディングドレスを、花嫁の母は留め袖を脱ぎ、他にどうすることもできず帰宅するところだったのだ。

私は急いで会釈し、宮前夫人に言った。「勝手にお邪魔して申し訳ありません。加奈さんがお嬢さんを心配して、まだこちらにおられるのではないかと来てみたんです」

すると靜香さんが加奈さんに目をやり、両手を差し伸べて近寄った。

「ごめんね、ありがとう」

加奈さんもその手を取った。靜香さんはハグしようとしたが、加奈さんはそれには応じず従姉の手を握りしめるだけだ。

宮前夫人は顔色が変わっている。目尻が吊り上がり、口元がわなないていた。加奈さんが言っていたとおりの美人だが、娘とペアになっているせいなのか、本日の心労のせいなのか、そう若やいでは見えない。

「あなたは？」

「杉村と申します。小崎夫妻のご依頼で、加奈さんの付き添いとして伺いました」

「付き添いですって？」

しゃべる夫人の声が嗄《か》れている。トラブル収拾まで大声を出し続けていたのだろう。

「何だか知らないけど、帰ってちょうだい」

加奈さんと手を取り合ったまま、靜香さんが小さく言った。「お母さん、やめて」

「あなたは黙ってなさい！」

声が無残にひび割れる。靜香さんはその声に打たれたように顔を伏せたが、加奈さんはいっそう大きく目を見開いた。

「出ていって。早く出ていって」

宮前夫人は身を揉んで声を振り絞る。呼気が荒くなり、顔から血の気が引いて行く。

「――いい気味だと思ってるんでしょう」

支度部屋のうつろな空気が凍りついた。

「静香がこんな目にあって、因果応報だ、ざまあみろって」

「何てこと言うの」と、静香さんが囁く。

「あなたは黙ってなさい！」

夫人は怒鳴っているつもりだろうが、悲鳴に聞こえた。血走った目が底光りし、加奈さんを睨《ね》めつける。

「帰って姉さんに言いつけなさいよ。あたしと静香を笑いものにしたいんでしょ？　いいわよ、そうしなさいよ。お腹を抱えて笑えばいいじゃない」

加奈さんはまばたきもしない。呼吸さえ止めて、等身大の少女の生き人形のようだ。

「好きなだけ笑いなさいよ。あたしは負けませんから。さあ出ていって。出ていけって言ってるのよ！」

宮前夫人はクラッチバッグを持っていた。長財布に毛が生えたくらいの大きさの黒のクロコダイルだ。何を思ったか、いきなりそれを加奈さんめがけて投げつけた。バッグは脇に逸《そ》れ、姿見にぶつかった。派手な音がして鏡面がさざ波だつ。

「お母さん！」

靜香さんが叫び、加奈さんの手を離して母親に迫った。宮前夫人はよろめきながら後ずさりして通路へ飛び出した。その肩が私の腕にあたった。

靜香さんは深追いしなかった。さっきまで母親が立っていたところで足を止め、がくりと脱力した。彼女が肩にかけていたショルダーバッグが足もとに落ちた。黒地にドット柄の丸いバッグは、絨毯敷きの床に当たって軽い音をたてた。

今日ここに来てから経験した出来事のせいで、表情を使い果たしてしまったらしい。泣いていないし、怒ってもいない。宮前靜香はただ擦《す》り切れている。そのまなざしは母親が飛び出していった方を向いてはいるが、何も見ていないようだった。

突っ立っている彼女の後方で、加奈さんがゆっくりとしゃがみこみ、宮前夫人のクラッチバッグを拾い上げた。ちょっと迷ってから、それを手近なテーブルの上に置いた。

私は彼女に歩み寄り、肩を抱いた。

「失礼しよう」

加奈さんは黙ってうなずき、ふらつくこともなく歩き出した。

「さよなら」

靜香さんの横を通り過ぎるとき、小さくそう声をかけた。ホールへ出るとき目をやってみると、靜香さんはまだ突っ立ったまま、両手で顔を覆ってうなだれていた。

二十八階のスカイハイ・シングルから、〈エグゼ〉の逃亡花嫁の姿は消えていた。ボストンバッグもなくなっており、茶器の銀の盆の端に、ホテルのメモ帳をちぎったものと、たたんだ一万円札が挟んであった。

二つ折りのメモを広げると、丸っこい字の走り書き。〈ありがとうございました〉

洗面台が濡れており、シャンプーとドライヤーを使った跡があった。ゴミ箱には切り取られたタグや値札がいくつか入っている。23・5の表示があるから、衣類だけでなく靴のものもあるようだ。

加奈さんはあれから黙り込んだまま、ベッドに座ったかと思ったら、そのまま仰向けに倒れて天井を仰いでいる。

私は部屋のポットで湯を沸かし、ミニバーに備えてあったティーバッグでほうじ茶を淹《い》れた。

「温かいものを飲まないかい?」

加奈さんは動かない。

「――無理だと思うけど、叔母さんに言われたことを気にしちゃいけないよ」

茶髪の若者が詰《なじ》っていたとおり、これはきれい事だ。それでも言葉にする必要があると思った。

「杉村さん」

「うん?」

「結婚してるんですか」

「してたよ。過去形」

「どうして別れたんですか」

加奈さんは両手を左右に広げ、顎《あご》の先をつんと天井に向けている。

「いろいろあったんだ」

「子どもさんはいるんですか」

「娘が一人。今年小学校五年生になるんだ。別れた妻と、妻の実家で暮らしてる」

加奈さんは横目になって私を見た。

「ときどき会うの？」

「面会日があるからね。メールやスカイプはしょっちゅうしてるよ」

「杉村さんって、いいお父さん？」

「そうありたいと努力してるつもりだけど、どうかな」

ふうんと言って、加奈さんは黙った。私はほうじ茶を飲んだ。

「――うちのお母さんはね」

天井を仰いだまま、彼女が言い出した。

「二十五歳のときにドタキャンで待ちぼうけをくって、何か男性不信みたいになっちゃって、ずっと誰ともお付き合いできなかったんですって。だからうちのお父さんと結婚したのは三十五歳のとき」

心の傷が癒《い》えるまで十年かかった。

「知り合いの紹介で、正式ではないけどお見合いみたいなもん。お父さんはバツイチだけど、ほかのスペックがよかった。お母さんは美人じゃないけど、ちゃらちゃらしてなくてよかった。前の奥さんはやたらと派手好きで家事も苦手で、それで離婚になったから、お父さんは再婚するなら地味でもしっかり者のヒトがいいって、二人の利害が一致したって感じ」

「お見合いでも、利害だけで結婚できるものじゃないよ。相性がよくて、お互いに気に入らなくちゃね」

加奈さんの横顔に、今まで見せたことのない頑《かたく》なな線が浮いている。

「お母さんはお金持ちと結婚したかったのよ。叔母さんを見返してやるために」

私は敢《あ》えて反論しなかった。

「今でも悔しいんだって。叔母さんの仕打ちのせいで結婚が遅くなって、出産も遅くなって、あたしを産んだときも子育てのときも体力的にキツかった。だから二人目は諦めた。あたしが大人になって結婚して子どもを産むころには、お母さんはホントのおばあちゃんだし、もしかしたらそれまでに死んじゃうかもしれない。それが悔しくて悔しくてたまらないんだって」

――わたしの十年を返してほしい。

「赤ちゃんが可哀想だ、赤ちゃんのことを優先してやれって、叔母さんをかばって叱ろうともしなかった自分のお父さんとお母さんのことも、絶対に許す気になれなかったんだって。二人とも、もう死んじゃってるんだけどね。お母さんはお葬式に出なかったし、お墓参りもしていないの」

単調な声音で、口調は静かだ。

「お母さんのお父さんは、お母さんが結婚する前の年に死んじゃったんだけど、お母さんのお母さんは、死ぬまで何年か寝たきりになってたんだよね。それで、うちのお父さんがお金持ちだってわかると、叔母さんは何度かお金をせびってきたんだって。介護が大変だから援助しろって」

純粋に知りたかったから、私は問い返した。「お母さんは援助したのかな」

「お父さんがしたの」

――妻の母親のことだから、放ってはおけない。

「今日の結婚式、ちゃんとやれてたとしたら、すごい豪華だったよね？」

「そう思う。テーブルの数からして、招待客も多かったみたいだし」

「叔母さんの方にはそんなお金ないはずだから、結婚相手がお金持ちだったのかな。だったらなおさら叔母さん悔しいよね」

「式は中止になったけど、結婚そのものが白紙になったかどうかはまだわからないよ」

加奈さんは小さく笑った。「まさか。宮前さんが破談だって怒鳴ってたじゃない」

靜香を連れて帰る！　まあ、そうだよな。

「今度は叔母さんたちが慰謝料《いしやりよう》をもらう側なんだから、相手がお金持ちなのはラッキーだけど」

私の目に見えないだけで、この部屋の天井には何かいるのだろうか。何か厭《いや》らしいもの。汚らわしいもの。忌《い》まわしいもの。加奈さんはそれを凝視《ぎょうし》しているのか。

ドアチャイムが鳴った。開けると、脱いだ靴を片手にぶら下げ、小脇に杖を挟んで、一杯機嫌の竹中夫人が立っていた。

「飲み過ぎて足がむくんじゃった。さあ、帰りましょうか」

5

竹中夫人と加奈さんを無事にエスコートできたのだから、私の仕事は済んだ。けっこうな報酬もいただいた。だからこちらからは何も尋ねなかったので、宮前靜香の破談の事情がわかったのは、それから一ヵ月以上も後のことだった。

日曜日の午後、オフィスからの請負仕事の報告書を書いていると、竹中夫人から電話がかかってきた。

「靜香さんがわざわざ挨拶に来てくれてるの。杉村さんもちょっと顔出してよ」

玄関へ回って竹中家を訪問すると、嫁二号が来客用の居間に通してくれた。

ダイニングを通り抜ける際、またいい匂いがした。それが顔に出たのだろう、嫁二号がにっこり笑った。

「おでんを煮ているの。夕食、一緒にどうぞ」

私は赤面した。「欠食児童みたいですみません」

本日の竹中夫人は和服姿だった。どっしりした風合いの大島紬《つむぎ》だ。その夫人が吐き出す煙を透《す》かして宮前靜香の顔が見えた。痩せて顎が尖り、髪型は思い切ったショートカットに変わっている。就活生のような地味なスーツ姿だが、これを制服に替えたら加奈さんと見間違えそうだった。

彼女はソファから立ち上がると、深々と私に一礼した。私は慌ててそれを制した。

「僕なんかに頭を下げる必要はありません」

「いいえ、先日はお恥ずかしいところをお見せしてしまいました」

全体に元気そう……であるわけはないが、声音はしっかりしている。

「加奈ちゃんにも嫌な思いをさせてしまって、本当は顔を合わせてお詫びしたいんですが、佐貴子伯母さんに申し訳ないので」

学校で会えないのかなと思ったら、竹中夫人が口を挟んだ。「靜香さん、あれっきり清栄学園の仕事を辞めたんだって」

「結婚しても、子どもができるまでは働くつもりだったんですが」

周囲が気遣い、腫《は》れ物に触るようにされるのが居づらくて退職を決めたのだという。

「……いろいろ大変でしたね」

でくのぼうの台詞だが、それしか言えなかった。

「まあ、慰謝料ふんだくったんだし、当分ゆっくりしてりゃいいじゃないの」

金銭面での賠償はすんなり決まったのか。よかった。

「お言葉ですが、この場合は〈ふんだくった〉のではありませんよ。宮前さんの正当な権利なんですから」

「小うるさいこと言うのねえ」

竹中夫人と私の応酬《おうしゆう》に、靜香さんは微笑む。色目の薄い、モノクロームの微笑だ。

「気分転換に、ぱあっと世界一周旅行でもしたら？」

「そうですね。こういうお金は使っちゃった方が厄落としになるかもしれないですね」

淡々と言う彼女は、もう桜も満開を過ぎたというのに、一人だけ妙に寒そうに見えた。

私も、共に生きていこうと誓い合い、愛情と信頼を預けていたパートナーに裏切られた経験がある。こういう傷は、たぶん永遠に癒えない。出血が止まり痛みが消え、目立たなくなることはあっても治りはしない。傷めたところがかえって強化されるということもない。忘れることもできない。

慣れてゆくか、切り離すか。人によって対処の仕方は異なるのだろう。私の場合は娘がいるので完全に切り離すことは不可能で、半ばは慣れ、半ばは忘れたふりをするという道を選んだ。だが宮前靜香は歳も若く、人生の本番はこれからだ――などと思っていたら、いつの間にやらこんなことを言っていた。

「愛人にべったりの夫と熟年離婚した女性が、財産分与の三百万円を元手に株式投資を始めて成功したというケースを知っています。立派なデイトレーダーになって、亡くなったときには息子さんが目を剝くような資産を残していました」

二人の女性にまともに見つめられて、決まり悪くなった。

「まあ、その、人生禍福《かふく》はあざなえる縄のごとしってことですよ」

「ご教訓ね」と、竹中夫人が煙を吹く。

靜香さんは、ほとんど一人であの日の主立った招待客のところへお詫びに回っているのだという。これには驚いた。当事者が一人でとは。

「でも父方の親族は父任せですし、親しい友達はわたしのために集まってくれたりして、むしろ励ましてくれますから」

「佐江子さんは何してるの？」

いささか咎《とが》めるような口調で、竹中夫人が問うた。「あなたのお母さんは、いちばん辛い思いをしてる可愛い娘を放ったらかしにしてるの？」

靜香さんが答えにくそうに口ごもると、さらに問い詰める。

「あたしは、佐貴子さんから昔のことを聞いてますからね。事情は知ってますよ。だからこそ、今度は昔のお姉さんの立場になったあなたのために、佐江子さんが心を砕くべきでしょう。それを何やってンのよ、あなた一人で頭下げて回らせて」

私はかつて一大コンツェルンの総帥である舅のもとで社内報の編集を担当し、肩書きだけは広報だったが、本物の広報マンとしての修業を積んではいない。こんなときのフォローの仕方がわからず、固まるばかりだ。

静香さんは表情を曇らせることもなかった。ほんの少し、その瞳の奥が揺れただけだった。

「母はとても脆《もろ》い人なので」

穏やかな声音でそう言った。

「気持ちの方は何とか持ち直したんですが、身体はついていかなくて、すぐ寝込んでしまうんです。無理して出歩かれるのは心配ですから」

自分一人の方がいいのだ、と言う。

「今度のことで昔の記憶もよみがえって、母はすっかり塞ぎ込んでいました。こんなことになったのは自分の因果応報で、それにわたしを巻き込んでしまったんだって泣いてばかりだったんです」

激高してクラッチバッグを投げ、加奈さんを罵《ののし》った宮前夫人の顔を思い出す。因果応報。あのときもそう叫んでいた。

「それは違うわよ！」竹中夫人はさらに気色《けしき》ばんだ。「お母さんはお母さん、あなたはあなたよ」

「はい」

うなずいた静香さんの瞳が、少し明るくなった。

「おっしゃるとおりです。でも、母はどうしてもその考えから離れられないみたいなので、わたし言ったんです」

――じゃあ因果応報だってことにしましょう。だから、これで終わったのよね？

「母が過去にやったことの報いが、わたしの身の上に返ってきた。これでチャラになった。この際、そう割り切ろうって」

――お母さん、もう過去に縛《しば》られるのはやめて。

「佐貴子伯母さんをこっぴどく傷つけてもぎとった結婚なのに、長続きしなかった。うちの父との再婚にも、正直満足してはいなかった。父は母が求めていたような裕福な暮らしを与えられなかったし、小崎さんのような社会的ステイタスも持っていないんですから。でも、そんな父を再婚相手に選んだのは母です。誰に強いられたわけじゃなく、女手ひとつでわたしを育てる自信がなくて、シングルマザーでいたくなかったから、母が再婚を望んだんです」

酷薄《こくはく》なほどにきっぱりと言い切る。

「母の人生は、望み通りにいかないこと続きでした。でもそれは、みんな母が自分で選択してきたことです」

姉に対する対抗心。それとは裏腹の罪悪感。いつか報いがくるのではないかという恐怖。それなのに素直に詫びることはできなかった。つきまとう後悔と、姉と自分の人生を引き比べるたびに胸を引き裂く嫉妬と焦燥感。

誰の言葉だったろうか。私は思い出した。人は誰もが独り、時の川をボートを漕《こ》いで進んでいる。だから未来は常に背後にあり、見えるのは過去ばかりだ。川沿いの景色なら、遠ざかれば自然に視界から消えてゆく。それでも消えないものは、目に見えているのではなく心に焼きついているのだ、と。

「うちの母は不幸なんです。自分で自分を不幸にしてきた。母がはっきりそう自覚して心をリセットしてくれるのなら、今回のわたしの破談はいっそ好《よ》い機会でした」

因果応報を受け入れることで、過去を清算し得るのだから。

高ぶるふうもなく、靜香さんは穏やかに言葉を続けた。「だからといって、佐貴子伯母さんにまで、これでチャラなんだからもういいでしょうと押しつけることはできません。それとこれとは別ですから、いつかは伯母さんにきちんと謝罪してほしい。許してもらえるかどうかわからなくても、母は自分のけじめとして謝罪するべきだと思います」

竹中夫人は口をへの字に曲げている。指先に挟んだ煙草が短くなってしまう。

「それは……そうね。もっともだわね」

靜香さんと目が合ったので、私も大きくうなずいた。

「ありがとうございます。何度も何度も話し合いをして、やっと母もわかってくれたみたいで——」

「だから寝込んじゃうんだわね」

慌てて煙草の灰を落として、夫人が苦笑した。「知恵熱みたいなものかねえ」

「あ、そうですね」

ここで向き合って初めて、宮前靜香が笑顔になった。

「この機会に、わたしも親離れすることに決めました。職探しをしながら住まいも探しているんですよ」

「それには慰謝料が役立ちますね」

他のどんなやり方よりも前向きな使い方である。

「セキュリティのいい物件になさいよ。何か困ったことがあったら、いつでもこの杉村さんに相談しなさい。この人、これでも私立探偵なんだから」

私立探偵とトラブルシューターを混同している。

「よっぽど困ったらあてにさせていただきますが、わたしは東京を離れるので……」

父方の従兄《いとこ》が神戸で家庭をかまえており、靜香さんは彼の夫人とも親しいので、あちらで暮らすつもりなのだという。

「名案だな。神戸はいい街ですよね」

「落ち着いたら、加奈ちゃんには手紙を書きます。先日、小崎さんにはとりあえず電話でお詫びしたんですが、お店あてに出せば加奈ちゃんに取り次いでくださるそうですので」

——ホント言うと、わたし靜香ちゃんが好きなのかどうか自分でもはっきりしなくって。

加奈さんはそう言っていた。この従姉妹《いとこ》同士の付き合いが続くのか、絶えてしまうのか、まだわからない。今はっきりさせなくてはならないことでもない。時間が決めてくれるだろう。

「いろいろご心配とご迷惑をおかけして、本当に申し訳ありませんでした。わたしは心機一転、新しい人生を切り開いていきます」

宣言というほど勢い込んだものではなく、水が流れるように自然に、宮前靜香はそう言った。

恋愛が破局したとき、いざ心の整理がついてしまえば、女性は男どもより立ち直りが早い。過去をめそめそ引きずらない。そのへんは心得ているつもりだが、その分を差し引いても、私の心にはかすかな疑問が残った。これは性分なのか、それとも駆け出しなりの探偵根性なのか。

というわけで、帰ろうとする靜香さんを見送るとき、私はつい尋ねてしまった。

「東京ベイ・グローリアスタワーのウエディング・プランには、エステなどの様々なオプションがついていましたが、宮前さんも利用されましたか？」

靜香さんの動きがつと止まった。

「はい、いろいろ勧められましたので」

この返答だけ、淡々ではなく棒読みに近い感じだった。

「そうすると、たとえば同じ日取りで挙式する他の花嫁さんと知り合いになる機会もあったかもしれませんね?」

私は彼女の顔を見つめ、彼女も見つめ返してきた。その表情は何も語らない。こんな意図不明の質問に驚きも当惑もしないこと自体が答えになっていると、私は思った。

「そうですか。いや、すみません。昔、自分が結婚した頃のことを思い出しまして。僕の家内は、同日に時間差で挙式したカップルと仲良くなって、お互いに祝電を打ち合ったんです。そのご夫婦とは今でも親しくしているんですよ」

「もと家内だけどね」竹中夫人がすかさず注釈を入れた。「杉村さんはバツイチなのよ。この人もこの人なりに波乱の人生なの」

宮前靜香は軽く目を瞠った。加奈さんそっくりな瞳は、私という人間を見定めようとするかのように細く光っていた。

「今は心穏やかに暮らしています」と、私は言った。「仕事はやりがいがあるし、娘の成長が楽しみです。宮前さんもお幸せに。どうぞお元気で」

彼女の視線がやわらぎ、私の顔から逸れた。優美に頭を下げ、背中を向けた。

竹中夫人は玄関まで見送りに出て、私は居間に残っていた。案の定、一人で戻ってくるときの夫人は、騒々しくスリッパを鳴らしていた。

「さっきのあれ、何よ?」

鼻息荒くせっついてくる。

「他の花嫁さんがどうのこうのって、あなた何か考えついたの?」

「まあ、おかけください」

他の花嫁って、ほかに誰がいるわけもない。〈エグゼ〉の菅野みずきのことである。

「同日に同じホテルの同じフロアでほぼ同時刻に華燭の典に臨む二人の花嫁が、片や直前で逃亡し、片や花婿側の不始末で破談になる。ひどい偶然です。たぶん偶然に過ぎないんでしょう。でも、ホントのところはどうなのかと、ずっと引っかかっていたんです」

裏に何かありそうな気がした。

「そう思う根拠は、大したことじゃなかったんですけどね。一つ一つは些細《ささい》なことでした」

その①は、菅野みずきが花嫁衣装のまま、二十八階客室フロアに通じる階段に隠れていたことである。

「着替えまで用意して逃亡するつもりだったにしては、彼女はずいぶんと迷走していました」

行き当たりばったりにブースに隠れたり、通路や階段を右往左往したり。

「狭い場所では、一人でウエディングドレスを脱ぐこともできないと言っていた。だったら、そもそもトイレの個室で着替えるという段取りそのものがおかしい」

実際には、もっと別の計画があったのではないか。

「あのとき加奈さんが、手伝ってくれる人がいるんだけど、予定がくるってうまく連絡がとれないんじゃないかと尋ねましたよね。菅野さんは否定しましたが、実はあれが図星だったんじゃないでしょうか」

「誰かが手引きして、あの花嫁さんをこっそり着替えさせて逃がしてくれる手はずになってたってこと？」

「そうです。でもその段取りがうまくいかなかったので、彼女は迷走してしまった」

竹中夫人は渋い顔で考え込み、ソファの肘に手をついて腰をあげると、紫檀《したん》のキャビネットに近づいた。

「三時過ぎたし、日曜日だからいいでしょ」

と言って、ブランデーのボトルとグラスを二個取り出した。

「で？　続けて続けて」

グラスに琥珀《こはく》色の液体が注がれると、芳香が立ちのぼる。

「その②は、宮前靜香さん側の問題です。こちらも〈手引き〉がキーワードになる。あの日、やたらテンションが高かった食事会で、新郎新婦の友人たちが話してましたよね」

新郎が元カノと切れていないことを、彼らの多くが知っていた。だから結婚式の日取りも場所も元カノに知られないように皆で注意していたのに、なぜか情報がダダ漏れで、

「しかも元カノは、うろうろ迷って式場係に見とがめられることもなく、まっしぐらに新郎の支度部屋に押しかけた。それは元カノに味方する友人がいて密かに手引きしたか

らじゃないのか、と」

夫人がグラスを手渡してくれた。上質なグラスの重みが掌《てのひら》に心地よい。

「私もその可能性はあると思いました。で、そのあと加奈さんと実際に支度部屋に行ってみたら、靜香さんと宮前夫人に会って――」

「あら、聞いてないわよ」

マツコちゃん心外、という顔をされた。

「すみません。愉快《ゆかい》な遭遇ではなかったので、お耳に入れなかったんです。それに問題は二人に会ったことではなく、そのとき靜香さんが持っていたショルダーバッグの方でして」

逃亡花嫁の菅野さんがひしと抱きしめていたナイロン製のボストンバッグと同じ柄だったのだ。

「黒地に五芒星のようなドット柄で、バルーンのような丸みのあるデザイン。かなり特徴的な品です。同一ブランドのショルダーとボストン。これも偶然ではなく、セットになっているものではないのかと思いました」

旅行用のバッグにはよくあることだ。

「さらに、二十八階のスカイハイ・シングルに戻ってみると、菅野さんは立ち去っていてボストンバッグも消えていましたが、ゴミ箱にいくつかタグと値札が捨てられていました。衣類や靴のものです」

「全部新品だったってわけ？」

「そうです。菅野さん本人がそこまでしますかね。手持ちのものをバッグに詰めれば済むことなのに」

鼻先でブランデーを揺らしながら、竹中夫人は小首をかしげる。

「変装したかったんじゃないの？」

「その可能性もありますが――」

逃げるとき、いつもの彼女とは違うファッションだと、探しに来る人たちに見つけられにくくなるという効果はあるだろうから。

「当日、菅野さんが自分で余分な手荷物を持ち込むのは難しかったという説に、僕はチップをかけます」

がめつく非情な彼女の両親だって、ある程度までは逃亡を恐れて目を光らせていたろうから。

「あの娘《こ》、現金も持ってたわよね」

部屋のテーブルに、謝辞と共に一万円が残されていた。

「そっか、お金もあのボストンバッグの中に入ってたわけね。ンで、そのバッグの柄が靜香さんのと同じ――」

一足す一がやっと二になったのか、夫人はつっかえた。「つっってことは、靜香さんがあのボストンバッグを用意してたんだってこと？」

そう。自前のものを萱野さんに提供した。

「素直に考えればそうなります」

「なんで？　三婚目のヒヒじじいから、あの花嫁さんを逃がしてやるために？」

「実際、僕らも同情して匿ってあげましたよね。靜香さんも同じだったんじゃないでしょうか」

「だから、さっき訊いたのね。エステとかでホテルに行って、他の花嫁さんと知り合う機会があったんじゃないかって」

「スルーされてしまいましたが、否定はされませんでしたね」

マツコちゃん感嘆！　という顔をされて、私は嬉しい。

「ただ、靜香さんは萱野さんに同情したから助けただけではないと思いますよ」

彼女の側にも利点があった。だから、あのボストンバッグの中身は、正しくは〈報酬〉と呼ぶべきだ。

「何の報酬？　靜香さんがあの娘に何か頼んだってての？」

「おわかりになりませんか」

頰をふくらませ、舌で頰の内側をまさぐるような顔をしてから、竹中夫人はぽんと丸く口を開けた。

「まさか」

「そのまさかですよ」

「だって――いくら何だってそりゃおかしいわよ」

夫人がグラスを手にしたまま勢いよく身を乗り出したので、ブランデーが揺れた。

「靜香さんがあの娘を通して元カノに情報を流したっての？　結婚式を邪魔させるために？」

私は嚙んで含めるように言い直した。「彼氏との結婚をやめるために、菅野さんに頼んで元カノに結婚式の情報を流した。ついでに、彼氏を体当たりで引き留めればまだ間に合うとか煽った可能性も大いにあります」

マッコちゃん、目が点になる。

「バカバカしい！　なんでそんな手の込んだ真似《まね》をしなくちゃならないのよ。別れたいなら本人がそう言えばいいだけ――ていうか、あの娘そもそも別れたかったのかしら」

「元カノの存在に、まわりの友達連中までひやひやしていた結婚なんですよ。靜香さんも彼氏のフタマタ状態に気づいていて、腹をくっていたとしても不思議はありません」

私自身は元妻に告白されるまで何も気づかなかったでくのぼうだが、こういうことには女性の方が敏感なはずだと弁解しておく。

マッコちゃん、点目のまま怒る。「だったら結婚式当日まで待ってないで、さっさと破談にすりゃ済むことよ！」

いったん口をつぐみ、

「あ、それだと靜香さんの側が慰謝料を払わなきゃならなくなるの？」

「いえいえ、破談の原因は彼氏と元カノの関係なんですから、ちゃんと靜香さんの方がふんだくれますよ」

「んじゃ何も不都合はないじゃないの」

私もその点が疑問で、この仮説は成り立たないと考えていたのだ。ついさっき、宮前靜香の話を聞くまでは。

「靜香さんは、彼氏との結婚をやめるのと同時に、それによってお母さんの呪いを解いてあげたかったんですよ」

娘の身に、母親の過去の所業の報いが返ってきた。宮前佐江子がそう思ってしまう状況をわざとつくって、

——これでチャラになった。

「佐江子さんの心をリセットしてあげたかったんです。さっき、本人がはっきりそう言ってたじゃありませんか」

竹中夫人は啞然とした。私はちょっぴり得意に思う。こういう瞬間も、今の仕事のやりがいの一つである。いや、この件は仕事ではないのだけれど。

「菅野さんが当日に逃げる花嫁にならなければならなかったように、靜香さんも当日に裏切られる花嫁になりたかった。どちらの花嫁にとっても、あのタイミングで破談にすることが絶対に必要だったんです」

その必要を満たすために、不幸な花嫁が二人、ひそかに助け合ったのだ。

「もしかしたら、フロアや時間帯まで同じになったのも、ただの偶然ではなく、彼女たちの微妙なコントロールがあったせいかもしれませんよ」

グラスを持ったまま、竹中夫人は革張りのソファにどすんと背中を倒した。私はテーブルの上のボトルを手に取った。

「お注ぎしましょうか」

「なみなみとお願い」

しばらくのあいだ、二人で黙ってブランデーを味わった。

この客間には、トニーの作品が飾られていない。おまえの描くものはわけわからん気色悪い絵だから駄目だと、竹中氏がお怒りなのだそうだ。壁を彩《いろど》るのは荒川沿いの景色を描いた水彩画だ。夫人はぼんやりとそれを眺めていた。

そのまま言い出した。「あのさ」

「はい」

「あの後、二日ぐらいしてね、小崎さんから電話をもらったの。佐貴子さんじゃなくてご主人の方ね」

――遅くなりましたが、加奈がお世話になりました。

「それで、又聞きの又聞きではあるけど、ちょっとだけ事情がわかった。靜香さんの彼氏、押しかけてきた元カノにほだされちゃってね、何をしたと思う？」

元カノと駆け落ちしようとしたわけではなかった。元カノもまた、その場で泣き叫んだり、花婿にすがりついて騒いだり、花嫁に襲いかかったりしたわけでもなかった。

「――花婿の支度部屋で、やっちゃってたのよ」

今度は私の目が点になった。「へ？」

「だから、どう盛り上がっちゃったのか知らないけど、事に及んでたわけ。ンで、その現場を、晴れの日の花婿の顔を見にきた宮前さんに見つかったんだってさ」

ブランデーの酔いが回ってきたのか、私はクラクラした。

――ホントに魔が差したんで。

あれはそれを弁解していたのか。

「バカですね」

「バカよね」

言って、竹中夫人は吹き出した。

「あたし、わかってきたわよ。元カノが泣いたり喚《わめ》いたり暴れたりしたんじゃなく、そういう種類の愚行をしたからさ、靜香さんが期待してたタイプの騒動にはならなくて、萱野さんの逃亡もうまくいかなかったんじゃないかしら。違う？」

なるほど、私にもわかってきた。

靜香さんの彼氏と元カノが「やっぱり別れられない」「二人で出ていきます」「わたしを捨てないで！」「オレはやっぱりおまえを愛してるよ」とかいう修羅場を引き起こし

たなら、驚いた親族関係者が集まってくる。すぐ隣にいる菅野さんの側も、何事かと注意を引かれるだろう。その混乱に乗じて菅野さんはウエディングドレスを脱ぎ捨て、当日事前に靜香さんから受け取っておいた（あるいは支度部屋にそっと置いておいてもらった）ボストンバッグの中身に着替え、突き当たりの非常階段から逃亡する――という計画だったのに、現実には、靜香さんの彼氏と元カノはむしろ多くの人が集まってきては困るような事をしでかしており、それを目撃して対処する側の動きも予想と違ってしまったから、菅野さんはウエディングドレスのまま逃げ出すしかなかったのである。

「まあ、あたしたちが助っ人になって、あの娘はラッキーだったわよね」

「奥様は太っ腹でした」

ヒヒじじい許すまじの加奈さんの支援も大きかった。

「どっちの花嫁も、今後は大丈夫かしら」

菅野さんについては、もう知りようがない。幸多《さち》かれと祈るのみだ。

「菅野さんが我々にまるっと嘘をついていたという線もなくはないですが」

「やめてよ、あたしの感慨に水を差さないで」

竹中夫人も酔っぱらっている。靜香さんにはやられたわねえとぼやいて、大きなしゃっくりをした。

「でも、ちょっと待ってよ。元カノに情報を漏らすときはメールを使ったんでしょうけど、それって残るでしょ？　後で調べられたりしないかしら」

　フリーメールで捨てアドを使えば問題ないだろう。

「それでも、万にひとつ先方に調べられた場合を考えて、靜香さんも自分で偽装メールを送ったりせずに、菅野さんという赤の他人に頼んだんでしょう」

　挙式と披露宴の費用、さらに高額な慰謝料がからむのだから、バカな花婿の親族が調査しないとは限らない。慎重にしておくに越したことはない。

「僕は、菅野さんがウエディングドレスとハイヒールをどこに置いていったのか気になります」

「それぱっかりは知りようがないわね。ホテルに訊いたって教えちゃくれないでしょ」

　隠蔽《いんぺい》よ隠蔽――と、また笑った。

「杉村さん、もっと飲みなさいよ。今夜は夕飯をおごるから。それまでここで寝ててもいいからさ」

「では、お言葉に甘えます」

　その夜、竹中家で広いテーブルを囲んでご馳走になったおでんは、胃に染み渡るほど旨《うま》かった。

　それから何日かして、事務所に電話がかかってきた。不幸な二人の花嫁とは何の関係もないが、結婚がらみだという点は共通しているあの依頼人――娘の彼氏が何となく気に入らないという男性からである。

謎が解けましたと、端的に言った。

「娘の彼氏に問題があったんじゃない。私の側の問題でした」

件《くだん》の彼氏は、全く他人のそら似ではあるが、ある人物によく似ているのだという。

「三十年以上前、私が新人のころ、さんざん苛《いじ》められた直属の上司にそっくりなんですよ」

今ならパワハラで会社のコンプライアンス室に訴えられるほどの、それはそれは悪質ないびりといじめだったのだそうだ。

「最初の異動があるまで三年ほどはとにかく耐え忍んで、それきり忘れていました。あまりにも辛かったから、記憶を切り離して封じ込めていたんですね。それが、家内と昔話をしながらアルバムをめくっていて、当時の社員旅行のスナップを見たら、いきなり思い出したんです」

面白いことに、夫人にそれを打ち明けると、訝られたという。

――あなたが言うほどは似てないわよ。

「ですから、私ももう気に病《や》むのはやめました。娘はいい人に巡《めぐ》り会ったのだと信じることにします」

ボートを漕ごう。漕いで明日へと進んで行こう。

「おめでとうございます」

「ありがとう。お手数をおかけしました」

お嬢さんの挙式会場はこれからお決めになるのでしょうが、東京ベイ・グローリアスタワーはあまり験《げん》がよくないようですよ——なんて余計なことは言わずに、私は電話を切った。

昨日がなければ明日もない

1

　私が間借りしている竹中家は、三世代同居の大所帯である。なぜそうしているのか、理由や事情を聞いたことはない。こちらから尋ねるのは不躾《ぶしつけ》だし、これまでそんな話をする機会もなかった。

　竹中夫妻には、長女・長男・次男・次女・三男の順番で子供が五人いる。夫妻はすでに古稀《こき》を迎えたが、その世代でも五人の子持ちは珍しいだろう。

　五兄弟姉妹《きょうだい》のうち、上の三人が結婚して子供がいる。彼らが順繰りに同居していって、そのたびに家屋を増改築したので、現在の竹中家は迷宮のようなお屋敷になっている。

　竹中夫人によると、三年ほど前、今の構造と外観が完成したとき、あるサブカルチャー系雑誌の取材を受けたことがあるそうだ。

「それがね、〈東京奇景百選〉っていう特集だったのよ。失礼しちゃうわよねえ」

　と言いつつ、夫人はまんざらでもなかったのだが、夫君の竹中氏が激怒されたので、掲載されなかったという。惜しいことをしたと、私は思う。

この当主夫妻の下に、長女夫妻は四十代半ばで子供が二人、長男夫妻が私と同じ四十路《よそじ》前後で子供が三人、次男夫妻が三十代で子供が一人。このメンバーに、美大生で何年か留年している三男が加わり、さらに通いの家政婦さんが二人いる。次女は三男とは友好的な関係なのだが、それ以外の家族とは様々な理由でぶつかっているらしく、今は家を出ているので、私も一度挨拶したことがあるだけだ。

三男の冬馬《とうま》君・通称トニーとは、広大で複雑に入り組んだ竹中邸のなかで近接した場所に寝起きしており、たまたま仕事を手伝ってもらったこともあって、親しく付き合っている。家族の一員である彼が、父親の竹中氏を「初号」、長兄を「一号」、次兄を「二号」、彼らの夫人を「嫁一号」「嫁二号」と呼んでおり、わかりやすいので私もついこの呼称を使ってしまう（もちろん、本人に向かっては言いません）。しかし行儀のいい呼称ではないから、近ごろは気をつけて改めている。ちなみに、竹中夫人はコミック『ワンピース』の登場人物になぞらえて「ビッグ・マム」。どんなキャラクターなのか、私は知らないし、この呼称に限っては胸のなかだけでも使用したことがない。

震災以降、家族の絆《きずな》が見直され、核家族ではなくおじいちゃんおばあちゃんと一緒に暮らす方が子供の情操教育にも良いと喧伝《けんでん》されるようになった。竹中家の三世代同居は、そんな流れとは関係なく始まって継続しており、たまに喧嘩もあるようだけれど、（次女を除けば）うまくいっている。資産家の一族で暮らしにゆとりがあるとはいえ、これだけの人数が一つ屋根の下で暮らしていたら、普通はもっとゴタゴタしそうなものだけれど、相性のいい人たちが集まったのだろう。第三者の私には希《まれ》な幸福に見えるし、羨《うらや》ましくもあり、その分だけ、そこから離れている次女の心中を察すると切ない気もするが、これはたぶん余計なお世話なのだろう。

震災から一年が過ぎ、卒業と新入学のシーズンがやってきた。原発事故が切迫しているころには、竹中家のある都内北部のこのあたりでも、一年後に何事もなかったかのように卒業式や入学式が出来るとは思えなかった。命がけで事態の収拾にあたってくれた人びとへの感謝の念を新たにしながら、私はトニーと二人で、竹中家の孫のためにカメラマンを務めた。一号夫妻の長女の小学校卒業式と、二号夫妻の一人っ子の小学校入学式で、トニーが写真、私が動画の撮影担当だ。

最初は、一号夫妻長女の卒業式当日、竹中一号が出張なので、一号夫人だけでは撮影まで手が回らないとヘルプコールがあったのだが、その打ち合わせをしているうちに、二号夫妻からも（トニー曰《いわ》く）臨場要請が来た。

「わたしたち、カメラもビデオも下手だから」

一号長女の卒業する小学校と、二号一人っ子の入学する小学校は同じ公立校である。一号長女は私立のお受験に失敗して公立に進んだのだが、通ってみたらいい学校だったので、二号一人っ子は最初からその公立で迷いはなかったという。ただ、二人の子供を幼稚園から私学に入れた竹中長女からけっこうな干渉があって、またその言いように毒があるので、一時トニーが憤慨《ふんがい》していた。

「うちの姉貴（長女）は悪魔ですからね。自分に従わない相手には、悪意しか向けない」

幸い、二号夫人はさっぱりと明るい気質の人で、小姑《こじゅうとめ》である長女に何を言われてもハイハイと受け流し、事なきを得た。二号一人っ子は満面の笑みで入学式を終え、無事に小学一年生になった。

私には娘が一人いる。別れた妻と暮らしているので、決められた面会日に会うほかは、折々にメールやスカイプでやりとりするのが楽しみだ。名前は桃子《ももこ》。この春、小学校五年生になった。

桃子が通っている私学は、竹中一号長女がお受験に失敗したところである。だから、一号長女のためにカメラマンを務めているときは、間違っても自分の娘のことが話題にならないよう、私はそこそこ気を使った。しかし、二号一人っ子のときはそんな必要がなく、ピカピカの一年生たちを前に、桃子の思い出が次から次へと溢《あふ》れてきて、ビデオを構えながら何度か涙ぐんでしまった。

二号一人っ子は男の子だ。翼《つばさ》君という。丸いショートカットの髪に天使の輪のある、目のぱっちりした可愛らしい子で、人なつっこい。叔父さんのトニーと仲が良く、今回のことがきっかけで、私にも親しんでくれるようになった。

竹中二号夫人がミステリー好きであるせいか、翼君は私の「私立探偵」という胡散臭《うさんくさ》い商売を知っており、しかも好意的にとらえてくれた。

「シリツタンテイ、かっこいい！」

いやいや、学校で新しくできた友達にそんな話をしたらいけないよ……などと心配しながら彼の一年生暮らしを見守っていたのだが、四月も末になって、竹中邸の玄関先で竹中夫人と立ち話をしていたら、翼君が友達と帰宅してきた。男の子が三人、女の子が二人のグループだ。今時のランドセルは、色合いも細部のデザインもバリエーションが豊富だ。だが、一年生には大きすぎることだけは、今も昔も変わらない。黄色い帽子をかぶり、ランドセルに背負われているような子供たちの姿を見ていたら、私はまた涙腺《るいせん》がゆるんできた。

翼君たちはゲームの話をしていたらしく、何とかが何とかすると何とかに進化するから何とかかんとかで熱中している。

竹中夫人が「翼、おかえり」と声をかけ、

「おばあちゃん、ただいま」

そして友達が翼君と別れるとき、

「じゃあね、ダンジョン」

「ダンジョン、また明日ね」

翼君も手を振って「またね〜」と手を振った。

竹中夫人は「みんな気をつけて帰るのよ」

お友達「は〜い。さようなら」

驚いているのは私だけのようだ。

「翼君、お友達にダンジョンって呼ばれてるのかい？」

翼君は天使の輪を輝かせてうなずいた。

「うん！」

「どうして？」

「うちがダンジョンみたいだから」

居候《いそうろう》の私立探偵よりも、そちらの方がトピックになったのだ。

「あの子たちがうちに遊びに来たとき、びっくりして盛り上がっちゃってねえ。みんなできゃあきゃあ騒ぎながら探検してたわよ」と、竹中夫人も笑う。「お化け屋敷って言われなくてよかった」

私も一緒に笑ったが、自室に戻ったら、もう涙が止まらなかった。私の桃子は今、仲良しの友達からどんなあだ名で呼ばれているのだろう。この耳で、娘がそのあだ名で呼ばれるのを聞いてみたい。


二〇一二年のゴールデンウィークは曜日の並びがよく、一般的な会社員なら、五月一日と二日に有休をとれば九連休になる。竹中長女の夫と竹中一号・二号は、将来的には（誰かしらが）父親の資産管理会社を継ぐのかもしれないが、現在は三人とも会社勤めをしているので、かなり前から、この連休をどう過ごそうかと家族で相談していた。竹中夫妻も二人で海外旅行を計画しているし、トニーは美大の友人たちと合宿に行く予定だ。

なぜ私がそんなことを知っているのかと言えば、竹中家が空っぽになる場合、間借り人の私は警備員になるからだ。一日一度、建物の外まわりと庭を掃除し、郵便物と新聞を回収して保管、宅配便が来れば受け取って預かり置き、回覧板が回ってくれば隣家に届ける。報酬は食料品だ。かつかつの生活をしている私には、この現物支給が実に有り難い。

竹中家の女性たちはみんな料理上手なので、冷凍のカレーやシチュー、作り置きの副菜《かず》のおかげで、私は一人グルメを気取ることができる。昨年九月の三連休に初めてこの警備員役を務め、「じゃあ、これどうぞ」と渡された冷蔵パックのなかに何種類かのお菜と霜降《しもふ》りステーキ肉を発見したときには、嬉しいのと申し訳ないのとで、そのとき竹中家の人たちが揃って出かけていた北海道のリゾート地に向かって最敬礼したものだった。

独立したスペースを借りるとはいえ、赤の他人の私が一つ屋根の下に住まわせてもらうのだから、入居のとき、竹中夫妻には、自分の身の上について説明した。大学卒業後は児童書の編集者をしていたこと。恋愛結婚した相手が今多《いまだ》コンツェルンという巨大企業の会長の一人娘（ただし愛人の子だが）で、だから私も舅《しゅうと》の会社に転職したこと。離婚は妻の有責によるもので、私には（夫婦間のコミュニケーションが足りなかったことは確かだが）大きな咎《とが》はなかったこと。娘の桃子は母親と暮らすべきだと思ったので、親権を手放したこと。

竹中氏は黙って聞いていたが、竹中夫人にはずばりと問われた。

「あなた、慰謝料《いしやりよう》もらわなかったの？」

相当な額を提示されたのだが、私はそれをそっくり桃子の養育費として渡してきた。

「この先、自分が月々の養育費を切らさずに支払えるかどうか、自信がありませんでしたから」

竹中夫人は「バッカねえ」と吹きだした。「今多コンツェルンが後ろについてるなら、天地がひっくり返ったって、桃子ちゃんがお金に困ることなんかありっこないでしょ。あなたが養育費を払う必要はなかったのに」

すると、竹中氏がこう言った。

「必要だから払うんじゃないよな。父親だから払いたいんだ」

この発言に竹中夫人が一切反論しなかったことで、夫妻の夫婦の形と、竹中氏の人柄の一端が窺《うかが》えた。このときのことは忘れられない。

四月二十八日からゴールデンウィークが始まると、竹中家を構成する人びとは次々とバカンスに発《た》っていったが、一号一家だけは、三人の子供たちが誰も学校を休みたがらなかったので、九連休を諦《あきら》めた。二十九日と三十日を東京ディズニーリゾートで一泊、後半の四日で箱根の温泉旅行という分割バカンスだ。だから、警備員の私が完全に一人で留守番するのは二十九日の夜と五月三日から六日の午後までに限られることになったのだが、五月二日の昼過ぎ、竹中一号夫人からインターフォンで連絡があった。

「杉村さん、すみませんが、今日の夕方、たぶん五時ごろになると思うんですが、少しお時間を割《さ》いてもらえませんか」

私にとって、竹中家の長女とお嫁さんたちは、取引先の奥様のような存在である。常に礼儀正しく接してきた。その甲斐あってか、彼女たちから疎《うと》まれている感じはしない。しかし、竹中夫人を飛び越えて、直《じか》にこんなことを言われるとは予想していなかった。

何事だろうと思ったが、だからこそ断るわけにもいかない。幸か不幸か、この連休中は自分の仕事も〈オフィス蛎殻《かきがら》〉からの下請《したう》け仕事もなかったから、すぐ承諾した。

一号夫人はハスキーな声で言った。

「ありがとうございます。それじゃ、有紗《ありさ》が帰ってきたらまたインターフォンを鳴らしますので」

有紗というのは、私が小学校卒業式でカメラマンを務めた一号長女である。中学校からは第一志望の私学に進んだ。

一号家の子供三人は、有紗さんの下に小学校五年生の弟と三年生の妹という構成だ。弟と妹は、有紗さんがお受験に失敗した私学に合格して通っている。ここから先は竹中夫人情報になるが、このせいで、有紗さんはかなりの挫折《ざせつ》感を覚えていたらしい。

彼女が通った公立小学校はいいところで、学校生活自体は楽しかった。卒業式は涙涙で、先生やクラスメイトと別れを惜しんでいた。だが、自宅に帰れば弟妹と自分を引き比べ、何かの拍子につい受験の失敗を思い出してしまう。また、それに拍車をかけるような嫌味やからかいの言葉が、しばしば（トニー曰く）「悪魔」の竹中長女――有紗さんから見れば伯母さんの口から投げかけられるので、ストレスフルな六年間だったらしいのである。

中学で希望の私学に入り、やっとそのストレスから解放された。第三者の私でさえ、よかったなあと思う。

その有紗さんが「帰ってきたら」と言うのだから、一号夫人の用件は、有紗さんか彼女の学校がらみのことなのだろう。連休の青空の一角に小さな黒雲が現れたようで、私はそわそわとインターフォンが鳴るのを待った。

連絡があったのは五時十分過ぎで、一号夫人と有紗さんがこちらに来るという。てっきり呼ばれると思っていたので、私は慌《あわ》てて狭い事務所兼自宅を片付けた。掃除機だけは毎日かけるようにしていてよかった。

一号夫人の竹中順子《じゅんこ》さんは、すらりとした美女である。とても中学生の娘がいるようには見えない。日焼けしているのは、テニススクールに通っているからだろう。これまた竹中夫人の情報というよりは愚痴《ぐち》で、

「順子も、肘《ひじ》を痛めるほどテニスするなんてどうかしている」

と聞いたことがある。

有紗さんは、今のところ母親のミニチュアのような少女だ。長めのボブカットのヘアスタイルも似せているのは、仲良し母娘《おやこ》のしるしだろう。小学校卒業式のとき、中学ではテニス部に入るのだと言っていたから、好きなスポーツも同じだ。

順子さんはシンプルなコットンのワンピース、有紗さんは学校の制服姿だった。プリーツスカートに、ブラウスの丸い襟《えり》が可愛らしい。事務所の来客用ソファに、二人並んで腰掛けた。

「急にごめんなさい」

一号夫人は、軽く私を拝むような仕草をした。

「本当なら、まずお姑《かあ》さんに相談してから杉村さんにお話しするべきなんでしょうけれど……」

「日程どおりだと、今日はロンドン市内を観光中ですからね」

竹中夫妻は、大英博物館見学とイングランド・スコットランド名所周遊のツアーに出かけている。

「おばあちゃん、ストーンサークルから何枚も写メを送ってくれたんだけど」

有紗さんが笑いながら言う。

「全部ピンボケなの。そうメールしたら、写真がボケるのは、ここに不可思議なパワーが満ちてるせいだって」

現実主義者だとばかり思っていたが、竹中夫人にはそんな一面もあるのだ。

私は二人の前にアイスティーのグラスを置いた。グラスも買い換えたばかりでよかった。

「さっそくですけど、杉村さん、最近、こちらにおかしな女性から依頼がありませんでしたか」

順子さんはそう切り出した。慎重な口ぶりというか、戸惑っている様子だ。

おかしな人もおかしくない人も、四月の初めからこちら、私の事務所には閑古鳥《かんこどり》しかやってこない。

「なかったと思いますが、どんなふうにおかしな女性なのかによりますね」

順子さんが有紗さんの顔を見ると、新中学一年生の娘は果断な目つきになった。

「まどろっこしいから、お母さんはちょっと黙っていて」

「え？　でも……」

有紗さんはテーブル越しに身を乗り出してきた。「すみません杉村さん、あたしが話します」

その表情や動作に、私は驚かされた。卒業式のときは、まだ小学生っぽい幼さのある児童だったのに、中学生になってほんの一ヵ月で、ちゃんとティーンに成長している。

「あたしが六年生のとき、同じクラスに問題児がいたんです。クチダサザナミっていう名前の女子ですけど」

私は慌てて事務用箋を開き、ボールペンを手にした。

「クチダは、口に田？」

「ううん、朽《く》ちるっていう字です。サザナミは小さい波じゃなくて、漢字一字で漣。だから、本人はレンって呼ばれたがってました。誰も呼ばなかったけど」

朽田漣。最初のホームルームで担任の先生を悩ませたであろう珍しい名前だ。

「問題児というのは？」

私の問いに、有紗さんは読み上げるように答えた。

「クラスの備品を盗む。クラスメイトの持ち物も盗む。嘘つき。いじめをでっちあげて泣く。そういうことで先生に注意されると、お母さんが学校に押しかけてきてぎゃんぎゃん喚《わめ》く。好きな男子につきまとう。嫌いな女子の悪口をツイッターに書き込む。それも万引きしてるとか、嘘ばっかりなんだけど」

顔をしかめたまま一息ついて、

「あと、給食費をずうっと払ってなかった。本人が自慢してたから間違いないです」

私は純粋に興味を惹《ひ》かれた。「払ってないのに、なぜ自慢するのかな」

「なんでかな。払う方がバカなんだって言い方をしてました」

なるほど問題児だろうし、家庭の教育にも問題がありそうだ。

「しょっちゅうずる休みしてて、その方がクラスが平和だからいいんだけど、卒業式には来たんです」

あの会場にそんな子がいたのか。私は、ぎっしりと満員だった小学校の体育館を思い出す。

「式が始まる前、教室で待機してるあいだじゅう、アリーだけ私立の中学に行くのはずるい、制服が可愛いから貸せとか言ってからんできて、ホントうっとうしかった」

有紗さんは、友達に「アリー」と呼ばれているのだろう。

「朽田さんはどこの中学に行くの？」

「地元の公立です」

「じゃあ、有紗さんの制服を借りたってしょうがないよね」

「記念写真を撮るんですって」

よく意味がわからない。

「そういうメンタルの女の子なんです」と、順子さんが口を挟んだ。「母親の方も似たり寄ったりというか、輪をかけてというか」

「面倒ですね」

ええ本当にと、順子さんはため息をついた。「ＰＴＡの集まりや保護者会でも、いろいろエピソードがあるんですよ」

「お母さん、それは後回し」

「はいはい」

しつこくからまれても、有紗さんは相手をせずに我慢していたのだが、やがて朽田漣がこんなことを言い出したのだという。

――アリーのうちって、探偵をやってるんだってね。

「あたしは、うちは探偵業なんかしていないって言い返したんですけど、タウン誌で広告を見た、アリーの家の住所だったたって言い張るんです」

私は恐縮した。「申し訳ない。確かに僕がタウン誌に広告を出したんだ」

その際、事務所の所在地は竹中邸と同じにした。実際そうだから仕方がないが、名称は「杉村探偵事務所」と明記したし、この広告を出すよりも前に、間借りしている一角の出入口に看板も掲げた。普通は竹中家の事業だと誤解しないだろう。

「気にしないでください。朽田さんは、誰かにかまってもらえるなら何でもいいんですから。だいいち――」

本当に不愉快そうに、有紗さんは自分の腕をさすった。

「あたし、あんな子にアリーなんて呼ばれる覚えはないです。そんな仲良くない」

真剣に怒り、全身で嫌悪している。

「ともかくあたしは、知らないわからないってつっぱねて、卒業式が終わりました。はい、お母さんの番」

バトンを渡されて、一号夫人は手にしていたアイスティーのグラスを置いた。

「卒業式後の先生方と保護者の謝恩会で、今度はわたしが朽田さんのお母さんに声をかけられたんです」

話の内容は同じだった。竹中さんの家って探偵業をしてるんですってね。広告を見たわよ。

「わたしはきちんと説明したんです。あなたがご覧になったタウン誌の広告の事務所は、夫の実家が賃貸している物件に入居しているだけなので、業務のことは関知しておりませんと」

だけど話を聞いてくれないんですよ、と言う。

「まあ、そういう人なんですけどね」

「娘もおんなじよ」

竹中母娘は同じ顔でげんなりする。

「何かあったら便利でいい、竹中さんの紹介なんだから、安くしてくれるんでしょとか言い出す始末なので」

強く否定しておいたという。

「朽田さんのお母さんは、これまでにも、学校関係でそういう……何と言えばいいのかな、押しの強い言動をして、トラブルを起こしたことがある人なんですね」

「はい。わたしや有紗の方にストレートに来たのは今回が初めてですが、噂はいくつか耳に入ってます」

順子さんは眉《まゆ》をひそめる。

「朽田さんは、五年生からの転校生なんですよ。だからたったの二年なのに」

噂がいくつか、か。

「先生に対して文句が多いことだけでなく、金銭問題や、男女間の揉《も》め事も起こしているようでした」

驚きだ。「他の保護者との間にですか?」

有紗さんが言った。「杉村さん、バス通りにある〈桃里《とうり》〉っていう中華料理のお店、知ってますか?」

何度かランチに行ったことがある。担々麵《たんたんめん》が名物だ。ランチタイムは手頃な値段だが、ディナーのコース料理となると、メニューを見るだけで、今の私には手が届かない。

「あのお店の子、あたしと同学年なんです。やっぱりお受験失敗組」

男の子で、五年生のとき有紗さんと朽田漣と同じクラスだったのだそうだ。

「サッカーやっててイケてるから、女子に人気があったんです。朽田さんにすごくしつこくつきまとわれて、呼んでもないのに家に上がり込んでくるって困ってたの」

何度断ってもやめないので、両親が学校に相談すると、朽田母親はそれを「いじめ」だと教育委員会に訴えた。で、何とか話し合いで解決しようとしている最中《さなか》に、

「朽田さんちが家族で桃里に押しかけてきて、お料理をどんどん注文して食べ散らかして、お金は払わないって言い出したんですって」

——当然でしょ。いじめの慰謝料よ。

事務用箋にメモをとりながら、私は口が半開きになってしまった。

「それ、解決したんですか」

順子さんがうなずく。「校長先生が間に入って、だいぶ大変だったようですけれど」

食い逃げよねと、有紗さんは吐き捨てる。

「一一〇番すればよかったのに」

私は彼女にアイスティーを勧めた。「レモンはないけどミルクはあるよ」

「このままでいいです」

いただきます、と言ってからグラスに口をつける。そんな娘の横顔を見ながら、

「男女の揉め事というのは」と、順子さんが声を落とした。「教育実習に来た若い男の先生が相手だということで」

「そんなの、朽田さんのお母さんが勝手にベタベタしてただけに決まってるじゃない」

母娘でやってること一緒。ちょっとおかしいんだよ。ストーカーだよ。有紗さんは音を立ててグラスを置いた。

「六年生のときには、みんな言ってた。朽田さんのお母さんは、再婚相手を捕まえたくてPTAに来てるんだって」

捕まえる、か。

「名前は知ってる？　朽田――」

「ミキ。美しい姫って書くの」

有紗さんは指でテーブルの上に字を書いてみせた。

「本当は三に紀州の紀の三紀なんだけど、勝手に変えちゃったんだって、朽田さんがクラスで自慢してた」

――うちのママは美人だから、こっちの字の方が合ってる。

「あたしたちは、〈美姫〉は源氏名じゃないかって言ってたんです」

順子さんと私は、同時に同じポイントに驚いた。

「源氏名？」

「あなた、よくそんな言葉知ってるわね」

有紗さんはけろっとしている。「おばあちゃんに教わったの。水商売の人がお店で名乗る名前のことでしょ」

ざっと十秒間ほど、順子さんが母親ではなく嫁の顔になり、〈うちのお姑さんも余計なことをしてくれる〉と静かに憤慨するのを、私は見ないふりをした。

「再婚相手を云々《うんぬん》ということは、朽田美姫さんはシングルマザーなんですね」

「そうです。ご本人も漣さんも、開けっぴろげに公言しています」

「そうすると、桃里に押しかけた〈家族〉というのは？」

「美姫さんと、漣さんを入れて子供が三人、あと男性が二人いたそうですが、どんな繋《つな》がりなのかはよくわからなかったようです」

「漣さんのほかにもお子さんが？」

この問いかけには、有紗さんが先にうなずいた。「今もいるのか、前にいたのか、どっちかはっきりしないんですけど、弟と妹。二人とも小学生みたいですけど、同じ小学校じゃありません。朽田さんはうるさいくらいおしゃべりなのに、その子たちのことはほとんど何も言わなかった」

「相手の子供だからよ」順子さんが言い、急いで続けた。「桃里の騒動は、一年以上前の出来事です。〈家族〉だと言っていた二人の男性のうち、どちらかが美姫さんの当時の交際相手で、その男性の子供だったんじゃないかと。あくまでも憶測《おくそく》ですけれど」

私は事務用箋にボールペンを走らせ、竹中一号母娘はそれを見守っている。

「朽田美姫さんというのは、かなり……ダイナミックに厄介《やっかい》な女性ですね」

「杉村さん、面白い」

この母娘は笑い方までよく似ている。

「二十九歳ですよ」

「は？」

「美姫さんの歳です」

「十六歳で朽田さんを産んだんだって」

これも本人たちが自慢げに公言していることで、朽田美姫に運転免許証を見せられた先生もいるそうだ。

「ごめんなさい、話が脱線してしまって」

ボブカットの髪を耳にかけながら、順子さんが私の顔を見た。

「とりあえず、謝恩会ではそれきりだったんですが、今日の午前中、スーパーでばったり美姫さんに会ってしまったら、また声をかけられたんですよ」

――竹中さんの探偵事務所、マジで頼みたいことが出てきちゃったのよ。予約とってくれない？

「もう一度、うちは無関係なので直接連絡してください、忙しい事務所だから引き受けてくれるかどうかわかりませんよと、予防線を張っておきました」

「お気遣いすみません」

「でも、やっぱり話を聞いてくれないんです。わたしの言うことは耳を素通りで」

さらに、気になる発言をしたのだという。

――うちの子の命がかかってる問題なんだから、ちゃんとした事務所なら絶対引き受けるわよ。

「子供さんの命がかかっている？」

「ええ。さすがにびっくりしましたけど、深入りしたくありませんから、そんな大事《おおごと》ならば、探偵事務所よりも区役所や警察に相談したらいかがですかと言いました」

すると、朽田美姫は順子さんをバカにした。

――警察なんか頼りにならないわよ。竹中さんってホント世間知らずね。専業主婦で楽ばっかりしてるから、頭からっぽになっちゃってるんじゃないの？

一字一句そのとおりに言い放ったという。

「不愉快な目に遭《あ》われましたね」

順子さんは軽く口を尖《とが》らせた。「卵をぶつけてやろうかと思いました」

「ぶつけませんでしたよね？」

「ええ、寸前で思いとどまったので」

よかった。

「あたしが一緒にいたら、頭からっぽなのはあんたの方でしょって言い返してたよ」

有紗さんもいなくてよかった。

「あらそうですか失礼しましたって、わたしはさっさとうちに帰ってきましたけれど、もしかしたら、朽田さんがもう杉村さんに電話したり、押しかけたりしてるんじゃないかと心配になってきて」

「今のところはまだありません。これからですかね」

「わたしたちが留守のあいだに来る可能性もあるので、お伝えしておいた方がいいと思ったんです」

非常に助かる。朽田美姫が来なければそれでいいが、一応、私も心の準備をしておいた方がよさそうだ。

「杉村さん、もしも依頼があっても、絶対に引き受けないでね。うまいこと断ってね」

有紗さんは大真面目だった。

「朽田さんって、あたしたちと全然感覚が違うんです。宇宙人みたい。クラスの子の私物を盗んだときだって、捨ててあったから拾っただけだとか、名前が書いてないものは誰が使ったっていいんだとか、このくらいのことで怒る方が悪いとか、信じられない言い訳をしたんだから」

「常識がないんだね。よく注意します。僕はこの仕事では新米だけど、サラリーマン時代に似たような人と渡り合った経験があるから、大丈夫だよ。甘く見たりしないから」

実は「渡り合って失敗した」のだが、そこまで言う必要はない。一号一家には安心して温泉旅行を楽しんでもらいたい。

一号母娘が帰っていったあと、夕食は〈侘助《わびすけ》〉でとるつもりでいたのを取りやめにして、私は電話のそばにいた。日付が変わるころに就寝するまで、リンとも鳴らなかった。

翌日、五月三日の午前十一時過ぎに、電話ではなく、出入口のインターフォンがけたたましく鳴った。

2

実年齢の若さと、若々しく見えるということは別だ。

目の前の朽田美姫は、二十九歳には見えなかった。四十歳ぐらいの女性が、二十歳の女の子のふりをしているように見えた。それも普通の女の子ではなく、ランジェリーパブでアルバイト中の女の子だ。

なぜランジェリーパブと限定するのか。彼女の装《よそお》いが、私の感覚では限りなく下着に近かったからだ。有紗さんがずばり「源氏名」という言葉を使ったのは、きわめてまっとうな感覚だった。

女性が歳を重ねて容姿《ようし》が変わることを、「劣化」と表現することがある。無神経で嫌な言い回しだから私は口にしないが、こと朽田美姫に限っては、この単語がふさわしいと思ってしまった。まだ二十九歳の女性が、どんな人生をおくればここまでくたびれるのだろう？　単に容姿の問題ではなく、健康状態を懸念したくなる衰えぶりだった。

化粧は入念で、技術的には高度なように見える。それでも隠しきれない目の下の隈《くま》と肌荒れ。顎《あご》のまわりには無数の吹き出物。金髪に近い茶髪は高く結い上げ、額や耳の脇に後れ毛を垂らしている。服装はビーズの縁取りのついたキャミソールに、スリットの入った膝上二十センチ以上のミニスカート。その上からシースルーの長袖ジャケットを羽織っている。足もとは大きな飾りのついたミュールで、七センチはありそうなヒールのすり減り方がアンバランスなのだろう、靴全体が外側にねじれている。そのせいで彼女の立ち姿もよじれている。

「杉村探偵事務所ってここでしょ？」

いわゆるアニメ声だった。やたらとマイナスに考えてはいけない。二十九歳の女性なら、こういう声でもおかしくはないのだ。ただ、この容姿と掛け合わせると、何ともそぐわない。

「竹中さんに紹介してもらったの。あたし、朽田美姫といいます」

プラダのショルダーバッグからメタリックなカードケースを取り出し、名刺を一枚引き抜いて、私にくれた。

名前と住所と携帯番号とメールアドレス。「ママ友名刺」だろう。優美な飾りフォントで印刷してある。

「仕事頼みたいんだけど、今いいかしら」

強い香水の匂いがした。つけすぎだし、昼日中には合わない濃厚な香りだ。

絶対に引き受けないでと、有紗さんから助言された。穏便《おんびん》に門前払いするスキルを、私も持ち合わせていないわけではない。それでも事務所に通してしまったのは、まず彼女が一人ではなかったからだ。

朽田漣は、全体に豊満な母親の身体の陰に隠れるように立っていた。髪はボサボサのセミロング、素顔だから、娘の方は血色の悪さがまるわかりだった。母親と色違いのキャミソールを着ており、デニムの上着を着ないで手に持っているので、二の腕がたるんで、猫背で体幹が薄っぺらいのがよくわかる。ショートパンツから伸びた両脚だけはなぜか肉がついていて、黒いスパッツがぴちぴちだ。私も女の子の父親だから、本人は（脚が太い）と気にしているのだろうなあと思った。

母娘二人だというだけなら、やっぱり思い直してお帰りいただくこともできた。私にとってダメ押しで、二人を来客用のソファに通した要因は、朽田漣がついさっきまで泣いていたような顔をしていたからである。瞼《まぶた》が腫《は》れ、目が赤くなっていた。

朽田美姫は、座るとすぐに高々と脚を組んだ。右足首のところに凝《こ》った花模様が見える。ストッキングの柄かと思ったら、タトゥーだ。似たような花模様と女性の横顔を組み合わせたものが左肩にもあった。

私はいつもの事務用箋とボールペンを手に腰掛けようとしたのだが、彼女がタバコとライターを取り出したので、キッチンまで灰皿用の小皿を取りにいった。それをテーブルの上に置くと、

「ありがと」

と言って、上目遣いに笑いかけてきた。

「近ごろは禁煙のところばっかりで、やんなっちゃうわよね」

長い爪に凝ったネイルアートをしていたが、施《ほどこ》してから日数が経っているのか、一部が剝《は》げ落ちている。彼女が自分のタバコの煙に目を細めると、瞼に塗《ぬ》ったシャドウのラメがてらりと光った。

「上着を着ないで寒くないかな？」

私は漣に問いかけた。血色の悪い中学一年生は、私に何か投げつけられたかのようにビクッとして身を引いた。デニムの上着は膝《ひざ》の上でくしゃくしゃに丸めてある。

「さっきね、そこのファミレスで」

娘ではなく、母親の方が言う。彼女が親指を立てて肩越しにさす方角には、確かにフ

ァミリーレストランがある。

「ブランチしたんだけど、お冷やをひっくりかえしちゃったの」

「上着、湿ってるのかい？」

また問いかけても、漣は目をそらして返事をしない。

「ハンガーにかけておこうか」

漣がこちらを見てくれないので、美姫に尋ねた。「お嬢さんに羽織るものをお貸ししましょうか」

「いいの？　すみませんね」

この夏、桃子とプールに（行けたら）行くときに使おうと思って、大判のバスタオルを買っておいた。バーゲン品だが元値はちょっとしたものだ。それを出してきて美姫に渡すと、彼女は娘に、「ほら」と突きつけた。

漣はのろのろとバスタオルを広げ、肩からかけた。私はホッとした。実を言えば母親の方にも何か羽織ってほしかった。朽田美姫はグラマラスで、特に胸が豊かだ。それでこのファッションだから、目のやり場に困る。

「ごめんなさいね。この子、トロいし人見知りで」

不機嫌を隠そうともせずに言う。

「大事な弟のことだから、どうしても一緒に行くって言うから連れてきたのに、挨拶もできなくて。レンといいます」

脚を組んだまま半身を乗り出してタバコをもみ消し、口の端を持ち上げて、また私に笑みを見せた。

「中一になったばっかりなの。難しいお年頃なのよね」

母親も娘をサザナミとは呼んでいないらしい。しかし、大事な弟とは。

「ご依頼は、お子さんに関する問題ですか」

彼女は顎の先だけでうなずいた。目は私の事務所兼自宅のなかを見回している。

「杉村さんって、竹中さんの親戚か何か？」

「いえ、この一室を賃貸してもらっているだけです」

「ふうん。凄いお屋敷だと思ってたのに、なかは意外と安っぽいね。部屋の形も変だし。風水的にどうなのかしら」

私は漣を見た。バスタオルの前をかき合わせ、うつむいたままだ。

「私の持ち込んだ家具や備品が安っぽいからでしょう」

「連休も揃って旅行なんだって。お金持ちはいいわねえ」

新しいタバコに火をつける。

「あたしたちも去年はグアムに行ったのよ。混んでて日本人ばっか。うんざりしちゃったから、次はハワイかプーケットがいい」

煙を吐き出しながら、

「杉村さん、子供いる？」

答えたくなかったから、私は言った。

「正直申しまして、学校関係のトラブルには、ほとんど経験がありません」

これは事実だ。半年ほど前、上級生グループに大金を集《たか》られている中二の男の子にICレコーダーを持たせ、証拠になりそうなやりとりを録音させようというとき、彼が上手にレコーダーを作動させられるよう練習相手になったことはあるが、これは〈オフィス蛎殻〉の受けた事件だった。総額で二百万円以上を集られていた悪質なケースだったので、警察が介入したと聞いている。

「うちのトラブルは、学校は関係ないわよ」

言って、朽田美姫はつけたばかりのタバコを消した。勢いあまってタバコが折れる。

「あたしの子供が殺されそうなの。ぐずぐずしてられないのよ」

いきなり語気が強まり、目つきが鋭く尖った。

「その子供さんが、先ほどおっしゃった、こちらのレンさんの弟さんなんですね」

「そうよ。決まってるじゃない」

「弟さんは小学生ですか。一緒に来なかったんだね」

二つ目の問いは漣に投げかけたのだが、依然として押し黙ったままだ。

「リュウセイはうちにいないの。それに、今は入院してるんだから！　あたしの手元にいたら、あんな目に遭わなかった」

朽田美姫は腕組みをして、ソファの背にもたれかかった。

「小学校に上がって一週間もしないうちに、集団登校してるところに、ボケたババアの車が突っ込んできたの。怪我《けが》した子が何人もいて、テレビのニュースになったわよ」

失礼しますと断って、私はノートパソコンを持ってきた。

「事故が起きたのはいつですか？」

「先月の十三日の金曜日」

分厚いつけまつげを持ち上げて、美姫は目を瞠《みは》った。「びっくりしちゃった。悪い事が起こるって本当なのね」

ニュースサイトを検索してみると、それらしい情報が現れた。〈登校中の小学生の列に自家用車突っ込む　二人重傷　運転者の七十二歳の女性を自動車運転過失傷害で逮捕〉

静岡市内の住宅地で起きた事故だ。運転者の女性は病院に行く途中で、アクセルとブレーキを踏み間違えたらしい。

死者がいなくてよかったと、まず思った。重傷者は小学一年生の男の子と三年生の女の子で、腰椎《ようつい》の骨折や全身打撲、大腿骨《だいたいこつ》骨折など。最初に閲覧《えつらん》したまとめには名前が出ていなかったが、別のまとめには、〈鵜野《うの》竜聖さん六歳〉〈川田《かわだ》あかりさん八歳〉とあった。

「この事故ですね？」

パソコンのモニターを見せると、朽田美姫はうなずいた。苛立《いらだ》たしそうに早口で、

「事故じゃないわよ、事件よ。絶対に殺人未遂だって、ケンショウも言ってる」

「ケンショウというのはどなたですか」

彼女は、何でわかんないの？　という目つきで私を見た。

「あたしの彼よ」

そのとき、ようやく顔を上げて、漣が口を開いた。「今、一緒にいる男の人です」

生気がない。昨日の夕方、同じように母親と並んで座っていた竹中有紗と、目の生気も声音も身にまとう雰囲気も違いすぎる。

この娘は確かに問題児なのだろうし、学校で友達とうまくいかないのも、本人の側に原因が（それも山ほど）ありそうだ。しかし、まだ中学一年になったばかりの子供なのだ。子供にこんな顔をさせる家庭環境を思うと、私は哀れをもよおしてしまった。

朽田美姫は、隣に座っている娘を睨《にら》みつけた。剝き出しの怒りに、目尻が吊り上がる。

「何ヘンな言い方してんのよ。ケンショウはあんたのパパでしょ」

私は彼女を宥《なだ》め、それから小一時間かけて、現在の朽田家の状況を聞き出した。

これが、一つ尋ねると十返ってくる。自分語りをしたくてたまらないようで、結果として、私はほとんど彼女の半生を聞き出すようなことになってしまった。

朽田美姫は現在の埼玉県さいたま市で生まれ育ち、両親と妹が一人いる。竹中母娘からの情報のとおり、十六歳で長女の漣を出産した。相手は友人グループのなかの一人で、当時十七歳の高校中退・無職無業の少年だった。ティーンのカップルに赤ん坊を養育する力はなく、漣は朽田美姫の両親がひとまず育児を引き受けることになった。

この妊娠・出産で通っていた私立高校を退学になった美姫は、美容学校に入るために、コンビニやブティックの店員などのアルバイトをしながら実家で生活した。

本人ははっきりそう言わないが、漣の養育は両親に任せきりだったらしい。

「若すぎておっぱいが出なかった」

という発言はあったが、具体的な育児の話はほとんど出てこない。

漣の父親とはすぐ別れてしまった。このカップルが赤ん坊にしてやったことといえば、「漣」という珍しい名前をつけたことだけだ。

「バイト先でお客さんとかみんなに、子供いるなんて信じらんないくらいきれいだって褒《ほ》められて、チャレンジしてみろって励ましてもらったから」

タレントやグラビアモデルのオーディションをいくつか受けたと言うが、より現実的な美容学校には、結局行かなかったらしい。らしいというのは、質問しても真っ直《す》ぐ答えが返ってこないので、推測するしかないのだ。

言いたくなくてはぐらかしているのではなさそうだ。そんな話術はない。朽田美姫の話は、話題が次から次へと脱線・拡散してしまう。集中力が乏しく、落ち着きがないせいだろう。やりとりのあいだに何本もタバコを吹かしてはもみ消し、ときどき脚を組んだまま、いわゆる貧乏揺すりもした。

感情の起伏も激しく、上機嫌に笑ったかと思えばすぐ尖る。怒ったかと思えば拗《す》ねて甘えるような目つきをする。朽田美姫はまだ成長しきっていない子供で、ごく基本的な、普通は小学生時代にきちんと身についているはずの躾やマナーの取りこぼしが多々あるようだった。

ただ、こういうタイプの女性が発散する独特の魅力というか、磁力のようなものはある。私には嬉しくない磁力だが、それに惹きつけられる男性がいるのもわかる。実際、美姫の語りのなかには、男友達や交際相手の名前がぽんぽん出てきた。

ついさっきまで赤の他人だった私に、互いによく知っている人物について話すように「ケンジが○○して」とか「ほら、ミツオとは○○だから」とか「イザキさんは○○と付き合いがあるでしょ、だからね」とか言う。いちいち話を止めてそれは誰なのか聞き返すと、またあの「何でわかんないの？」という顔をする。仕方がないので、短期間であれ彼女と一緒に暮らしたり、子供たちの父親になった男性だけに絞ってメモをとっていくようにした。

「いつもきれいだって褒めてくれた」男性Ａ（バイト先のブティックに入っていた業者のようだ）に口説かれて交際し、Ａ氏が都内の会社に転職したのをきっかけに、同棲するため漣を連れて上京。朽田美姫は十八歳、漣は二歳だった。

この生活は一年足らずで終わったが、

「やっぱり、住んでみたらめちゃくちゃ面白い」

東京から離れたくなかったので、Ａ氏と同棲していた足立区のアパートに、母娘二人で住み続けた。つまりA氏の方が出ていったわけだが、このとき何らかの事情で、彼はある程度まとまった金を美姫に渡した。この「何らかの事情」がまた（彼女の話が曖昧《あいまい》なので）微妙なのだが、どうやら流産か中絶のどちらかであるらしい。A氏との関係が切れたのも、この赤子を産む産まない、結婚するしないで揉めたからのようである。A氏が払った「まとまった金」は、手切れ金か慰謝料だろう。

その後、美姫はA氏と同棲中から働いていた飲食店（話の様子から推してガールズバーのような店と思われる）の経営者B氏と交際を始めたが、彼は二十歳も年上の既婚者だった。経済的には裕福な人物だったので、美姫と漣を中央区内のマンションに移し、B氏が通う形で関係を続けた。

美姫が二十一歳、漣が五歳のときに、漣が通っていた幼稚園の運動会で、美姫は鵜野一哉《かずや》という男性と知り合う。彼は漣の友達の叔父。ちょうど先日のトニーの立場だ。姪《めい》っ子の運動会を見に来ていて、

「背が高くて、ファッションのセンスもよくって目立ってた」

ので、美姫の方から声をかけたのだという。

「園児のお父さんだろうと思ったら、叔父さんだし独身だっていうから、ラッキーって思っちゃったのよね」

鵜野一哉は当時二十五歳。理系の院卒の会社員で、勤め先は化学薬品専門の商社だった。自宅は三鷹市内にあり、両親と同居中。姪は姉夫婦の子供だった。

二人は交際を始めた。鶉野一哉は優しい人柄で、美姫が漣をデートに連れていっても嫌な顔をしなかった。むしろ積極的に父親がわりになって可愛がった。美姫との交際にも最初から真面目で前向き、ほどなく結婚を口にするようになった。

しかし美姫の方はB氏とのフタマタで、しかもそちらは不倫である。危なっかしい綱渡りは、美姫の二十二歳の誕生日を三人で祝った直後に（だからこそ鮮明に覚えているのだと言った）破綻《はたん》した。きっかけは、息子から美姫を紹介された鶉野一哉の両親が、〈オフィス蛎殻〉や私のようなところに彼女の身辺調査を頼んだことだ。美姫の経歴と年齢詐称《さしょう》（二十四歳で、県立高卒、漣の父親とは死別だと言っていた）、B氏との不倫関係が判明し、鶉野両親は猛然と結婚に反対した。この騒動が飛び火してB氏夫人にも不倫の事実が露見し、騒ぎはさらに大きくなって、B氏夫人が弁護士を立てたところで、美姫が妊娠三ヵ月であることがわかった。

お腹の子がB氏の子なのか、鶉野一哉の子なのかわからない。B氏夫人はB氏と離婚するつもりはなく、ただ慰謝料をもぎとって美姫を追い払えればそれでよいと考えていたが、そう簡単にはいかなくなった。

美姫は過去に一度出産を諦めているので（A氏とのあいだの子で、中絶もしくは流産）、絶対に産むと言い張った。驚いたことに鶉野一哉も、両親が「勘当する」と言うほど怒って反対しているのに、美姫の出産と彼女との結婚を望んだ。

こうして生まれたのが竜聖君だ。この珍しい名前も美姫がつけた。血液型からB氏の

子供ではないことははっきりしたが、

——だからって、あなたの子供だとも限らないでしょう！

という母親の意見を退けて、鵜野一哉は美姫と結婚した。新居は彼の実家の近くのアパートで、既に中央区内の公立小学校に就学していた漣は転校した。

妻にバレると、B氏はあっさり美姫を放り出して逃げたので、後腐れはなかったようだ。B氏夫人から請求されていた慰謝料がどうなったのかはわからない。少なくとも美姫は払った覚えがないという。

鵜野両親の強い反対は変わらず、一哉と美姫は結婚式を挙げ（られ）なかった。美姫がねだり、一哉自身もその気になっていたが、彼と漣が養子縁組することも、両親の猛烈な反対で果たせなかった。

鵜野両親が、これほど嫌っている美姫とその連れ子を近くに住まわせたのは、暮らしぶりを監視して、少しでもおかしなことがあればすぐ別れさせようと思っていたからだ。

「顔を合わせればその話ばっかりだった」

と、美姫は笑いながら私に言った。

「息子の幸せをこわそうとするなんて、一哉のお母さんは可哀想な人だと思ったわよ」

意外にも（といっては失礼だろうが）、この結婚はうまくいった。家族四人でつつがなく暮らしていたという。美姫がこのあたりのエピソードをいくつか話しているとき、ずっと無表情だった漣が、何度か小さくうなずいた。だから私は訊いてみた。

「レンさんは鵜野さんと仲がよかったし、竜聖君を可愛がっていたのかな」

彼女はうなずき、「楽しかったです」と答えた。生気のない瞳に、そのときだけは小さな光が灯ったように見えた。

しかし、竜聖君が三歳のとき、この家庭に破綻の兆《きざ》しが生じた。今度は経済問題である。結婚して専業主婦になった美姫が、一哉の給料ではやりくりできず、彼に内緒でキャッシングやカードローンの返済を溜めてしまい、やがてサラ金にも手を出すようになったのだ。一哉が気づいたとき、借金は数百万円にまで膨《ふく》らんでいた。

この借金を肩代わりするかわりに、鵜野両親は一哉に離婚を命じた。

「ホントひどいと思わない？」

朽田美姫は唾《つば》を飛ばし、泣き顔をつくって私に訴えかけてきた。

「お金のために家族をバラバラにしようっていうのよ。なんでそんな残酷なことができるのかしら。あたしは今でも信じらんない」

この言い分の方こそ「ひどい」とは、まったく感じていないらしい。

一哉はかなり抵抗したようだが、彼の稼ぎで子供を二人育てながらこれだけの借金を返すのはとうてい不可能だ。勤め先は固い会社だから、借金があることがわかったら馘《く》首《び》もあり得る。

彼は両親の説得に折れ、離婚を承諾した。

朽田美姫は、最初から竜聖を引き取らないと宣言した。

「だって一哉が父親なんだもの。男の子には絶対にパパが必要よ。別れたって、あたしたち四人はずっと家族なんだし、鵜野のおじいちゃんおばあちゃんにも可愛がってもらわなくちゃ」

——僕も竜聖を手放したくない。

と、一哉も応じた。夫婦はそれぞれ一人ずつ子供を連れて互いの実家に帰った。

「あなたとレンさんも、今度は東京に残らず、ご両親のところに戻ったんですか」

私の問いに、美姫はむっちりした肩をすくめてみせた。

「うちの親がうるさくって。放っておいたら、あたしがまた借金をこさえるに決まって

るとか言っちゃってさ」

私には、まっとうな心配だと思えた。口には出さなかったが、これ以前にも、彼女は

浪費で借金問題を起こしたことがあるのかもしれないと思った。

漣は二度目の転校をした。美姫は実家暮らしのアルバイトに戻った。

「一哉とはしょっちゅう連絡とってた。ママは竜聖がママの顔を忘れないように写真をやりと

りして、あたしの声も聞かせてた。ママは竜聖を愛してるよって伝わるようにね」

だが実家暮らしのなかで、美姫にはまた次の出会いがあった。それが「ケンショウ」、

串本《くしもと》憲章・三十一歳だ。「中学の友達の先輩の友達」だという彼と交際を始め、彼の住

まいがあるここの学区の住所に移ってきたのが、漣が五年生にあがるときだった。これ

で三度目の転校で、竹中有紗のクラスメイトになったわけだ。

串本氏は物流会社のトラックの運転手だという。「稼ぎは一哉よりずっといい」のだが、彼もバツイチで先妻とのあいだに子供が二人おり、その養育費の支払いがあるから、懐にゆとりはない。だから今度は結婚していないし、当面するつもりもない。公的には、朽田美姫はシングルマザーだ。

「ケンショウはあたしを愛してるし、あたしも愛してる。一緒には住めないけど、幸せよ」

串本氏は社員寮住まいで、美姫と漣の暮らすマンションの家賃を払い、通ってきている。生活費は、美姫が稼いでいる。

「知り合いのネイルサロンを手伝ってるの。お金を貯めて、そのうち、あたしも学校に行ってネイリストになるつもり」

母子家庭への自治体からの支援や、もろもろの補助はきちんと手続きして受けているという。だから串本氏とは「一緒に住めない」というか、その方が経済的には得なのだろう。

ここまで一区切り、聞き出すのは大仕事だった。私の狭い事務所兼自宅には、美姫が吐き出すタバコの煙が立ちこめ、小皿には吸い殻《がら》が山になった。

「竜聖君の交通事故は、静岡市内で起きていますよね。鵜野一哉さんは、実家の三鷹からそちらに移っているんですか。転勤か転職か、あるいは彼も再婚したとか――」

朽田美姫とやりとりしていると、怒りや涙や笑いのスイッチが突然入ったり切れたりする。このときは怒りだった。私の言葉尻に食いつくように、前歯を剝き出して叫んだ。

「一哉があたし以外の女とくっつくわけないでしょ！」

さすがに面食らって、私は黙った。すると彼女は媚《こ》びるような笑顔になり、上半身をくねらせる。

「ごめんなさい。あたし、好きな人のことを悪く言われると、すぐカッとしちゃうの」

転勤も転職も再婚も「悪い」ことではないと思うが。

「一哉はすごいピュアな男だから、今でもあたし一筋よ。仕事も替わってない」

ただ、竜聖君を親戚の家に預けたのだという。

「離婚したときは、一哉一人じゃ竜聖の世話はできないから、お母さんとお姉さんが育てる約束になってたのよね。その頃は、お姉さん夫婦も実家のそばに住んでたし」

だが、まず夫の転勤で姉夫婦が地方へ移住、一哉の母親だけでは竜聖君の養育が難しくなった。そこで親戚に託すことになったのだ。

「親戚って言っても、いとことかじゃないのよ。いっぺん聞いただけじゃ覚えられなかった」

遠縁ということか。

「いつの話ですか」

「あたしがケンショウと付き合い始めたころ。離婚して――一年は経ってなかったかなあ」

　さっき話を聞き出したときには、串本氏との出会いがいつだったのか、はっきり答えなかった。鵜野一哉と「別れたってずっと家族だ」と言いつつ、自分はさっさと次の恋愛を始めたことがバツが悪かったのだろう。だが、もうそんな感情は忘れて自白してくれる。

「そのときにねえ、竜聖をその親戚の養子にしたいって言われたのよね。冗談じゃないって断ったけど」

「ずっと家族ですもんね」

　私はやんわりと嫌味を込めて言ったのだが、美姫は大きくうなずいた。

「将来的には遺産相続とかもあるでしょ。一哉のお父さんはいい会社に勤めてるし、実家も大きな家なのよ。竜聖が損したら可哀想じゃない？」

　家計のやりくりができずに借金をする一方で、こんな計算高いところもあるのだ。まさか「遺産相続」という言葉が出てくるとは思わなかったが、しかし、「金」や「財産」は大事なキーワードだった。

「一哉のお父さんとお母さんは、自分たちのところから竜聖を追い出したいの」

　自分たちのところというのは、「鵜野家の家系」という意味だろう。

「だから養子にやっちゃおうとしたのに、あたしが反対したから駄目になって――」

　その目が据《す》わって、光を宿した。

「面倒だから殺そうとしてるのよ。あの交通事故だってそう。どっかのボケババアの運転ミスなんかじゃないわよ」

このトンデモ主張をどう受け止めているのか知りたくて、私は漣の顔を見た。中学一年生の娘は無表情に戻っていた。自身の内側に引きこもっている。

「あなたが竜聖君を引き取ろうというお考えはなかったんですか。あるいは、鵜野家からそういう提案は？」

「一哉にはそんな感じで頼まれたこともあるんだけどね。ケンショウが嫌がったの。自分の子じゃなくっても、女の子は温和《おとな》しいからいいけど、男の子は面倒だって」

「その時点で、もうケンショウさんとは子供たちの話までする間柄だったんですね」

「あたしたち、どっちも親だもの。自分のことばっかり考えてらんないわ。責任がある。子供いない人にはわかんないでしょうけど」

私は言い返さなかった。この女性には、けっして娘のことを教えまい。桃子に関連して何か言われたら、我慢できなくなりそうだ。

「お話はだいたいわかりました」

調子を整えるために、私は一つ息を吐いた。

「先月の交通事故のほかにも、竜聖君が命に関わる危険にさらされたことはありますか」

朽田美姫はぽかんとした。

「何言ってるの？　あたしが知ってるわけないじゃない。だから調べてほしいのよ」

私もぽかんとしたかった。

「この事故の件は、もう少し詳しい事情を調べてみることはできます。ですが、それ以上となると――」

「竜聖の命がかかってるのに」

非難の目つきで私を見る。

「朽田さんは、鵜野さんのご両親が竜聖君を家系から排除しようとしているとお考えなんですよね？」

「ハイジョ？」

「遺産相続などの権利をなくさせようとしていると」

「ああ、そうそう」

「このことについて、鵜野一哉さんと話し合ったことはありますか」

「竜聖の事故のあと、電話でちょいちょい話してる。心配だから」

「会ってはいない？」

「ええ」

つまり竜聖君を見舞っていないのだ。

「離婚後も、一哉さんとはずっと連絡を取り合っていたんですね」

「このごろは、そんなに頻繁《ひんぱん》じゃなかったかな。事故が起きるまではね」

新しい恋人との生活に夢中で、それどころではなかったのだろう。「ずっと家族」なのに。

朽田美姫の言う「家族」や「愛」は、紙っぺらのように薄い上っ面《つら》の言葉だけだ。少なくとも私はそう感じる。

「あなたの心配について、一哉さんは何とおっしゃっていますか」

「全然頼りにならないのよ。うちの母がそんなことをするわけないとか言っちゃって」

まっとうな反応でほっとした。

「私も、ここまでお話を伺った限りでは、朽田さんの取り越し苦労のように思います」

私の言葉の意味がわからなかったのか、彼女は首をかしげた。

「どういう意味？」

「竜聖君の命が狙われているというのは、あなたの思い過ごしではないかと申し上げているんです」

濃い化粧の下で、朽田美姫の頬が紅潮した。

「思い過ごしなんかじゃないわよ。離婚のときにあたし、一哉のお母さんに、何度も言われたの。竜聖は要らないって。鵜野家の子供として育てたくないって」

「それは朽田さんが、まだお元気な鵜野さんのご両親の前で、遺産相続云々と言ったからじゃありませんか。売り言葉に買い言葉で」

「だって竜聖の権利よ。ケンショウもそう言ってる！」

甲高く叫び、拳を固めてテーブルを叩いた。漣が驚いてビクッとした。

「落ち着いてください。水を持ってきましょうか」

「要らない」

吐き捨てて、プラダのバッグをひっつかむと、朽田美姫は立ち上がった。

「お手洗いどこ？」

私が場所を教えると、ミュールの踵《かかと》を鳴らしながら狭い室内を闊歩《かっぽ》し、大きな音をたてて洗面所のドアを開け閉めした。

二人きりになったので、私は漣に話しかけた。「さっきここに来る前に、泣いてたね」

朽田漣は目を瞠った。すすけた顔に女の子らしい羞恥《しゅうち》の色が浮かぶ。

「お母さんがイライラしていると、悲しくなるよね。竜聖君のことも心配だよね」

漣は黙っている。私は自分の名刺を取り出した。

「何か話したいことがあったら、電話でもメールでもいいよ」

差し出した名刺を指先でつまむようにして受け取ると、急いでショートパンツのポケットにしまった。

洗面所のドアが開き、朽田美姫が出てきた。口紅を引き直してきたようだった。

「調査はお引き受けします」

先手を打って、私は言った。美姫は居丈高《いたけだか》に顎を突き出して、「へえ」と言った。

「但《ただ》し、現時点で私がお引き受けする調査内容は、次の三つだけです。①竜聖君の交通事故の詳しい状況。②竜聖君の現在の健康状態。③鵜野一哉さんを含めた、竜聖君が生活を共にしている方たちの様子。一哉さんに連絡をとり、できたらお目にかかりたいので、電話番号かメールアドレスを教えてください」

朽田美姫はにやりと笑った。「五千円でいいのよね?」

タウン誌の広告には「着手金五千円」と謳《うた》ってある。

「それは着手金と言いまして、手付金です。調査が終了した時点で、経費と手数料を請求させていただきます」

ニヤニヤ笑いが消し飛んだ。「そんなの話が違うわよ!」

「鵜野一哉さんとお話しするだけで①から③の事柄がわかれば、五千円で済みますよ」

他人の話を聞かない人物にはよくあることだが、自分に都合のいいことは耳によく引っかかる。朽田美姫は「やっぱり五千円でいいんだ」と思ったらしく、さばさばと財布を開いて支払いをした。

「子供のいない人にはわからないでしょうけど、母親ってのはね、子供のためならどんなことだってできるの」

私がその場でパソコンを打ち、三つの調査事項を箇条書《かじょうが》きにした調査依頼書を作っているあいだ、朽田美姫は一人で熱弁をふるっていた。

「竜聖には最高の治療を受けさせてあげたいし、トラウマとか残んないようにケアしてあげたい」

だから加害者側や「竜聖を守れなかった無責任な」鵜野氏や里親と戦い、竜聖君のために一円でも高い慰謝料をもらいたいのだと言う。

「あたしだって死ぬほど心配したのよ。きっちり賠償してもらわなくちゃ、気が済まないわよ」

調査依頼書の内容を読み上げてから朽田美姫にサインをもらい、五千円の預かり証と一緒に一部を渡した。

「ちゃんとしてるのね」と、彼女は上機嫌だった。

朽田母娘を出入口で見送って、別れ際に、私は言った。「大家の竹中家の皆さんは、私の事務所の業務には全く関与しておられません。どんな些細《ささい》なことでも、この調査依頼にまつわることで竹中さんに話を持ちかけないようお願いします」

朽田美姫は鼻で笑った。「だけど、レンと有紗ちゃんは親友だからね。子供の友達付き合いに、親は口を出せないわ」

漣は黙りこくったままだった。

朽田母娘が立ち去ると、私はぐったり疲れた。桃子にメールしたかったが、このささくれだった気分のままではいけない。

離婚後、私はしばらくのあいだ故郷の山梨に帰っていた。実家ではなく姉夫婦の家に居候して、飼い犬のケンタロウと仲良くなった。当時は、尻尾がきりりと巻いたこの柴犬の動画を撮って桃子に送るのが日課であり、私の唯一の楽しみだった。

一人暮らしになってからも、姉や義兄が折々にケンタロウの動画を送ってくれる。それをまとめて音楽と字幕をつけ、桃子に送るのが今の楽しみだ。

よし、その作業をしよう。

ケンタロウのお散歩や愉快な水浴び動画を編集しているうちに、桃子はこの連休を軽井沢のホテルで過ごしていること、毎年海外へ行くのが恒例なのに、――今年はおじいちゃまの体調があんまりよくないから。

軽井沢になったことも思い出した。

それで手が止まってしまった。桃子の祖父、かつて私の舅だった今多嘉親《よしちか》氏は、今年八十六歳になる。いつ何が起こってもおかしくはないのだった。

3

三日の午後と四日の朝のうちを費やして、ニュースを丁寧《ていねい》に検索して読み直し、近所の図書館で新聞記事もチェックしてみた。

鵜野竜聖君と川田あかりさんが重傷を負った交通事故は、「原因が高齢ドライバーの過失」「怪我をしたのが集団登校中の小学生たち」という二つのポイントで、詳細な報道がされていた。地元の地方紙では続報だけでなく特集記事も載せており、入念に取材している様子が窺えた。

竜聖君たちが通っているのは地元の市立小学校だが、ここ十年ほどで児童の数が減り続けており、隣接する他校との統合が予定されているという。竜聖君たちも、新一年生から六年生まで合わせて五人しかいなかった。付き添いの保護者は川田さんの母親で、その日がたまたま当番にあたっていたらしい。

児童の集団登校は、子供を不審者から守るという点では有効だ。しかし、ひとたび今回のようなタイプの交通事故が起こると、複数の子供たちがいっぺんに巻き込まれてしまうという難点がある。現にこの小学校でも通年の集団登校はとりやめになっており、新一年生が学校に馴染《なじ》むまで、四月末までの期間限定で行われていたのだった。

竜聖君の里親は記事に登場しないが、川田あかりさんの父親の談はいくつか見つかった。母親の方は、目の前で娘が暴走車にはねられるのを目撃してしまい、精神的に不安定な状態だという。全身打撲の川田あかりさんは、搬送時には意識不明だった。

竜聖君の怪我は腰椎亀裂《きれつ》骨折と右大腿骨骨折。意識ははっきりしていて、事故直後には川田さんを呼びながら泣いていたそうだ。この二人は家が近く、三年生の川田さんは親しく竜聖君の世話を焼いており、登校時にはよく手をつないでいた。車が突っ込んできたとき、川田さんが竜聖君をかばい、とっさに突き飛ばしたこともわかっている。この行動がなかったら、竜聖君は即死していたかもしれなかった。

近ごろの私は、ただでさえ子供の話題に涙もろくなっている。八歳の女の子のこの勇気に、目頭《めがしら》が熱くなった。事故発生地点が道の広いところでまだ幸いだった。子供たちが暴走車と建物の壁や塀《へい》のあいだに挟まれなくてよかった。

事故を起こした女性ドライバーは、下坂敏江《しもさかとしえ》、七十二歳。軽い糖尿病で投薬治療中で、竜聖君たちの学校の近くにある総合病院に定期的に通院していた（この日も診察日だった）。認知症の症状はなく、視力や聴力にも問題はなく、日常的に運転しており、事故歴は全くない。家族と本人とのあいだで、運転免許の返納が話題になったこともない。鶉野家とも川田家とも住所地は離れている。事故の原因は単純に「うっかり」アクセルとブレーキの踏み間違いで、本人も認めているし、警察による検証でも確認されている。

これらの事実は、事故発生の第一報を追いかけるように逐次《ちくじ》報道されていた。事故が過失ではなく故意であることを窺わせる材料は、一片もない。そう誤解・曲解するには、アクロバット的な思考が必要だ。

朽田美姫も、本当はわかっているのではないか。ただ、この事故をきっかけに鶉野家に言いがかりをつけ、金銭を得ようとしているだけではないのか。

だが、彼女はそう手の込んだ芝居を打てるタイプではないと、私は思う。言葉を選ばずに言うなら、そこまでの頭脳はない。鶉野家の両親（特に母親）が竜聖君を疎んじていたことは事実だとしても、「邪魔にされて殺される」とまで思考をかっ飛ばすのも、彼女一人では無理そうだ。

「ケンショウもそう言ってる！」

という発言が事実であるならば、現在の交際相手である串本氏に焚《た》きつけられている可能性が高そうだ。勝ち気な言動とは裏腹に、朽田美姫は男性に依存してしまうタイプなのだろう。その男性が優しければ図々しくわがままを言うし、彼女に指図したがるタイプなら言いなりになる。

あらぬ事を言い立てて、いくらかもぎとれるならめっけもの、やってみて損はない――だとすると、私に依頼を持ち込んでくる以前に、鵜野家や竜聖君の里親と、既に一《ひと》悶着《もんちゃく》起こしていてもおかしくはない。

鵜野一哉氏と話したかったが、彼もバカンス中かもしれない。連休のただなかに申し訳ないし、四日の正午までは待つつもりでいた。ところが、事務所の時計の針が十一時を過ぎたところで、電話が鳴った。ちょうど昨日、朽田母娘が訪ねてきた時刻だ。そしてナンバーディスプレイに表示されている数字は、朽田美姫から聞き出した鵜野一哉氏の携帯電話の番号だった。

「申し訳ないのですが、串本さんと美姫さんが住んでいるところに近寄りたくないので」

という申し出があり、私の方から指定された場所に出向くことになった。飯田橋の駅近くの喫茶店で、二階の一角の個室だ。神楽坂《かぐらざか》を除けば、このあたりはどちらかといえばビジネス街だから、大型連休中でもあまり混み合っていないのが有り難い。

鵜野一哉氏は、きちんとスーツを着てネクタイを締めていた。銀縁メガネをかけていても怜悧《れいり》な印象はなく、しばしば通行人に道を訊かれそうな雰囲気の人だ。

「お呼び立てしてすみません」

最初から低姿勢で、気の毒なほど小さくなっている。

「昨日の夜、美姫さんが電話してきて、私立探偵を雇った、あんたのお母さんが竜聖を殺そうとしたって証拠をつかんで警察に訴えてやるから覚悟しておきなさいと」

興奮してまくしたてるのを何とか宥めて、私の連絡先を聞き出したのだ、と言った。

「大変でしたね。私の方から早くご連絡するべきでした。お詫《わ》びいたします」

自己紹介のあと、昨日朽田美姫から聞かされた話を説明し、私が彼女から受けた依頼の①から③までを箇条書きにしたものを見せた。

「報道された内容を読むだけでも、朽田《くた》美姫《ら》さんの主張が根も葉もないことはわかります。竜聖君の事故に、彼女が言うような企みがあったとは思えません。依頼をお断りしてもよかったのですが、一緒に来ていた娘の漣さんの様子が心配でしたし、私のような第三者が入ることで、美姫さんの側を沈静化させるお手伝いができるのではないかと考えまして、調査をこの三点に絞るという条件でお引き受けした次第です」

うなずきながら聞いていた一哉氏は、すぐにこう言った。「実は昨日の午前中のうちに——たぶん、美姫さんが杉村さんのところにお伺いする直前だと思いますが、僕も漣と電話で話していまして」

一哉氏は、レンではなく「さざなみ」と呼んでいた。漣はその電話で、彼とやりとりしているうちに泣き出したという。

「ママが探偵を雇うと言ってる。串本のヤツもその気になってるから、パパやおじいちゃんおばあちゃんにまた迷惑をかけちゃうと」

母娘で私の事務所に来たとき、泣いたあとのような顔をしていたのは、このせいだったのだ。

「〈また迷惑をかけてしまう〉というのは、過去にもトラブルがあったからなんですね」

「何度もありました。いろいろ言ってきますが、煎《せん》じ詰めればいつも金の無心です」

漣の生活費や教育費用を援助しろと要求されるのだという。

「あなたは美姫さんと離婚しているし、漣さんは美姫さんの連れ子だ。あなたと養子縁組したわけでもない。そんな義務はありませんよね」

銀縁メガネの奥で、一哉氏の目が気弱そうにまたたいた。

「美姫さんにそういう理屈は通用しません。漣は今でもあなたをパパだと思ってる、だからパパらしくしてやってよの一点張りです」

娘をだしにしているのだ。昨日は私の前で、「ケンショウがあんたのパパだ」と言っていたのに。

「漣と竜聖は姉弟《きょうだい》なんだから、僕が竜聖のためにしてやるのと同じだけのことを、漣もしてもらう権利があるとも言っています」

呆《あき》れかえるしかない言い分である。

「美姫さんからそう言われるたびに、僕はいつも、竜聖と漣を同じように養育する義務は僕にも僕の両親にもないと、丁寧に説明してきました。でも、聞き入れてくれません」

——何年かは親子だったんだから。親子の縁は、夫婦が離婚したって切れないんだから。

「弁護士などを介したことはないんですか」

「離婚の際には弁護士を立てました。調停や裁判ではなく協議離婚でしたが、借金のこともあって不安でしたから、離婚の条件についてもしっかり文書でまとめてあります」

しかし、朽田美姫には通じない。

「でも、美姫さんから言われるだけならいいんですよ」

一哉氏はメガネを外すと、指で鼻筋を揉んだ。

「漣にせがまれるのは辛いです。昨日も、それで泣いていたんですから」

またパパと一緒に暮らしたい。もうママといるのは嫌だ。迎えに来て欲しい。

「離婚して朽田さんの実家に帰るときにもそんなことを言っていたんですが、だんだん間遠《まどお》になってはいたんです。それが、美姫さんが串本さんと付き合い始めてから、また言ってくるようになりました」

成長期の女の子が、自分の生活圏内に、母親の恋人というだけの赤の他人の男性が入り込んでくるのを嫌がる気持ちはわかる。だが、助けてくれと一哉氏に要求するのは筋違いだ。母親が一哉氏に自分の養育費を要求するのが「迷惑をかける」ことだと認識していながら、自分自身は一哉氏に「また一緒に暮らしたい」と泣いてせがむ、漣の家族像も歪《ゆが》んでいる。

「美姫さんと結婚していたときには、僕なりに漣を可愛がったつもりです。本当の家族になりたいと思いましたから、努力しました」

その想いが漣に通じていたからこそ、今の問題が起きている。何とも皮肉だ。

「連絡は携帯電話で？」

「はい」

「番号を変えたり、着信拒否をしてはいかがですか」

苦渋《くじゆう》の表情で、一哉氏は首を横に振った。

「美姫さんはともかく、漣が可哀想で……」

ああ、人が好い。

「それに、あちらには僕の実家も勤務先も知られています。電話連絡できないようにしたら、漣はともかく、美姫さんが何をしてくるかわかりません。向こうの動向がわかるよう、連絡のつくラインをひとつだけ残しておくように、離婚でお世話になった弁護士さんからも勧められました」

専門家の助言なら、それはそうなのだろうが。

「離婚のときには、当時の漣の学校の先生にサポートしていただきました。ですから昨日の電話でも言ったんです。担任の先生や養護の先生に相談してごらん、と」

しかし漣は、学校は嫌いだと泣くばかりだったそうだ。私の胸にも苦《にが》いものがこみ上げてきた。

「漣さんは、串本さんと美姫さんとの暮らしのどんなところが嫌だと訴えているんでしょうか」

「邪魔にされる、と言っています。すぐ怒鳴られるとか、叩かれるとか。具体的なことは話してくれないので、本当に暴力があるのかどうかはわかりません」

一哉氏はため息をついた。

「僕はもう、介入してどうこうしようという気にはなれないんです……」

当然ですよと、私は言った。漣が母親の交際相手から暴力や気まぐれな叱責《しっせき》を受けているのなら、相談すべきは学校と児童相談所だ。たった四年間ほど義理の親子の関係にあった男性ではない。

「漣さんは、あなたのご両親のことも、いまだに〈おじいちゃん・おばあちゃん〉と呼んでいるんですね」

「はい」

一哉氏の視線が遠くなった。

「僕の両親は、そもそも美姫さんとの結婚に大反対でした。僕は何とか折り合ってほしくて、両親が美姫さんと漣と会う機会を作りましたし、漣は寂《さび》しがり屋というか、かまってもらいたがる子供なので」

だろうと思う。

「まあ、両親が嫌がったので、うまくいかなかったんですがね。ただ、竜聖が生まれたときは、両親もちょっと軟化したんです。でも借金の問題が出てきたとき、僕は母に」

――いい加減に目を覚ましなさい。

「泣いて叱られてしまいました」

もっともな忠告である。私が彼の叔父や兄だとしても、同じことを言うだろう。

今現在、鵜野一哉氏はどの程度まで「目が覚めて」いるのか。彼の指の長いきれいな手には指輪がない。

「失礼ですが、現状を理解するために、少々立ち入ったことを伺います。鵜野さんは再婚なさっていないんですか」

彼も自分の左手にちょっと目を落とした。

「なかなかそんな気になれなかったんですが、九月に入籍する予定で、今、新生活の準備をしているところなんです」

再婚相手は会社の後輩で、一哉氏に離婚歴があることも、竜聖君の存在も承知しているという。

「竜聖君は静岡のご親戚のもとで養育されているんですよね？」

「はい。離婚して十ヵ月ほどはうちの母と、実家の近所に住んでいた姉が面倒を見てくれていたのですが」

一哉氏に海外赴任《ふにん》の内示があったことと、（昨日、朽田美姫も話していたが）姉夫婦が転勤で引っ越してしまったこと、鵜野家に竜聖君がいるのを口実に朽田美姫が頻々《ひんぴん》と金を無心してくること、竜聖君の養育にも口を出してくることで、限界がきた。

「母は、竜聖が憎いわけじゃないと言いました。息子の子供なんだから、本来なら可愛い孫だ。でも残念だけれど、とてもそういう気持ちになれない。竜聖がこの家にいる限り、あの女と縁が切れないのが恐ろしい、と」

朽田美姫は昨日、言葉は飾っていたが、明らかに鵜野家に食いついているために竜聖君を一哉氏に渡したと白状していた。食いつかれている方も、重々わかっていたのだろう。

「僕は、それなら実家を出て、自分一人で竜聖を育てようと思いまして、海外赴任を断りました。転職も考えたんです」

だが職場の上司に諭《さと》された。

——今回は断っていい。また仕事で挽回する機会は巡ってくる。でも、君はご両親の言葉をよくよく嚙みしめて考えるべきだ。一度結婚に失敗したことで、残りの人生まで棒に振るつもりなのか。

「僕の新人時代からの指導役の人で、結婚のときも離婚のときも相談に乗ってもらいましたから、事情はよくご存じだったんです」

——はっきり言うが、君が結婚した女性は駄目な人間だし、まわりの善意や努力にあぐらをかいて、要求ばかりする怠惰《たいだ》な人間でもある。君自身が立ち直るためにも、竜聖君を駄目な母親から切り離すためにも、ここが踏ん張りどころだぞ。

「親の説教と違って……何て言うんでしょうか、情というクッションなしで殴りつけられたような気がしました」

いや、充分に情のある説教だと思う。立派な上司ではないか。

「両親は、以前から竜聖を養子に出すことを考えていたらしいです。あちこちに相談していて、それで、ぜひ引き取りたいと申し出てくれたのが、静岡に住んでいる遠縁のご夫婦でした」

一哉氏の父親の従弟《いとこ》の妻の妹の嫁ぎ先というのだから、遠縁も遠縁、血縁関係はない。

「浜本《はまもと》さんというご夫婦で、お二人とも四十歳を過ぎているんです。結婚して二十年近く、子供を望んでも授《さず》からなかった。竜聖を養子にしたい、一人息子として大切に育てるからと言ってくださいました」

しかし、朽田美姫は、浜本夫妻が竜聖君と養子縁組することを頑《かたく》なに認めなかった。

「うちの何に執着しているのかわかりませんが、竜聖は鵜野家の子供だ、いずれ遺産だってもらう権利があるんだとまくしたてて」

一哉氏はふっと苦笑した。

「その顔を見ていて、僕も本当に目が覚めました。気持ちも冷めた」

うなずきながら、私も彼に微笑みかけた。

「吹っ切れたんですね」

「はい。でも、おかしな話ですよ。美姫さんは鵜野家の財産が、遺産がどうのこうのと喚きますが、うちの父は普通の会社員で、財産なんて今住んでいる自宅しかありません。あとは退職金と年金だけですよ」

一方の浜本夫妻は地主で、広大な茶畑とミカン畑を擁《よう》する農業法人の代表者なのだという。はるかに資産家だ。

「美姫さんは、田舎の農家なんかごめんだと言ってました」

物事の上っ面ばかり見がちな彼女らしい思い込みである。良い方に解釈するのならば、芯から極悪・貪欲《どんよく》なのではないと言えるか。

「だから竜聖君は今も浜本姓ではなく、鵜野姓のままなんですね」

「はい。ただそれは、いくぶんかは僕のわがままでもあったのですが」

自分が実の父親であることを忘れてほしくない。

「でも僕も再婚するんですし、竜聖が、一緒に暮らしている浜本さんと姓が違うのは可哀想です。やっとそう思えるようになってきました」

一哉氏側と浜本夫妻は、家庭裁判所に調停を申請することを検討しているという。ただ、あまり朽田美姫を刺激すると、「竜聖を引き取る」と言い出しかねない。

「僕としては、それがいちばん困ります。美姫さんもそれをわかっていて、何度か揺さぶりをかけてきました」

――ホントはあたしが親権を取るべきだったんだからね。実の母親が反対してるのに養子にやっちゃうなんて、許されると思う？　裁判所だってあたしに味方するわよ。

「嫌な言い方ですが、竜聖を盾《たて》にされているようなものです」

わかりますと、私は言った。

「それで、慌てずにじっくり時間をかけて、竜聖が浜本さんのところで幸せに暮らしているという実績をつくろうとしているところに、あの交通事故が起こってしまったんです」

加害者側との交渉は、浜本夫妻が頼んだ弁護士に一任している。

「もともと浜本さんの農業法人の顧問弁護士で、伊納《いのう》先生という方です。僕もご挨拶しましたが、ベテランのいい先生だと思います」

竜聖君は順調に回復しており、外科の入院病棟の人気者になっているという。

「車椅子に乗れるようになったので、よく川田さんの病室にお見舞いに行ってるんですよ」

事故の一報が入ったとき、一哉氏はすぐに竜聖君が運ばれた静岡市内の救急病院に向かった。このときは敢えて朽田美姫には報《しら》せず、

「僕と彼女の実家にだけ連絡しました。美姫さんの両親にとっても、竜聖は孫ですから」

言ってから、にわかに何かを思い出したような顔をして、続けた。

「すみません、僕の勝手な判断ですが、今日この場に美姫さんの実家の人にもいてもら

った方がいいと思って、呼んでしまいました」

約束の時間を一時間ずらしておいたので、そろそろ来るはずだという。

「私はかまいませんが、その必要がありますか？」

一哉氏は気まずそうに肩をすぼめた。

「美姫さんはあちらでも――わざわざ帰って行ってまで、なんだかんだと大騒ぎしているので、事情は全て通じていて、なりゆきを心配しているんです。美姫さんのご親族は常識的な人たちですから、またうちや浜本さんに迷惑をかけるんじゃないかと不安なんだろうと思います。杉村さんのことを伝えたら、ぜひお会いしたいと言っていました」

我々が頼んだコーヒーは、手をつけないまま冷め切ってしまったが、朽田家の人が来るのなら、揃ったところでまたオーダーする方がいい。

私は少し声を落とした。「これもまた失礼な質問になるかと思いますが、よろしかったら教えてください。鵜野さんは、朽田美姫さんのどんなところに惹かれて結婚したんですか」

粉飾《ふんしょく》しようのない問いかけで、気を悪くされても仕方ないのだが、本当に「覚めて」いるのだろう。彼は弱々しく微笑すると、また銀縁メガネをはずして、ハンカチでレンズを磨《みが》きだした。

「そうですねえ」

ゆっくりと、隅々までレンズの曇りを拭《ぬぐ》う。

「僕は高校まで男子校で、大学も理系の学部で、女性と接する機会がありませんでした」

モテなかったし――と呟《つぶや》き、銀縁メガネを鼻先に戻して、笑った。

「うぶだったんでしょう。美姫さんとは出会った場所も変わっていたし」

「姪御さんの運動会だったそうですね」

「はい。あのとき美姫さんは潑剌《はつらつ》としていました。僕が抱いていたシングルマザーのイメージとはかけ離れていて、美人で魅力的で、漣にとっても良き母親のようで、僕は一発でノックアウトされてしまったというか」

初めての女性だったから、前後を忘れて夢中になってしまったのだ、と言う。

「男女の仲になる以上、結婚を考えていましたから、漣の父親になることも覚悟の上でした」

真面目なのである。

「あのころの漣は、ちょっとクセがあるけれど、根はいい子でした。さっきも言いましたが、かまってもらいたがりの寂しがり屋なんです。美姫さんが漣の父親とは死別したなんて嘘だとわかっても、もろもろのメッキが剝《は》げてきても、何とかして乗り越えて、この子が明るい笑顔になれる家庭を作りたいと思っていたんだから、僕は本当に愚かな男です」

「いえ、優しいんですよ」

優しさは、しばしば人に目隠しをする。私も他人のことを言えた柄ではない。これは自戒だ。

個室のドアにノックの音がして、ウエイターが顔を覗かせた。

「お待ち合わせのお客様がいらっしゃいました」

案内されて入ってきたのは、若い女性だ。肩にかかる長さの黒髪、ラウンドネックの白いブラウスに、ベージュ色のスカート。通勤用らしい黒革の鞄を肩から提《さ》げ、ナチュラルメイクで香水の匂いもしない。

それでも一目でわかるほど、朽田美姫とよく似ていた。顔立ちもそうだが、背格好がそっくりなのだ。唯一の違いは、彼女の履《は》いている三センチヒールのパンプスがおとなしやかなデザインで、変なふうに捻《ねじ》れてもおらず、だから本人の姿勢もよじれていないということだ。

私も一哉氏も椅子から立ち上がった。若い女性は一哉氏の顔を見てほっとしたように微笑し、私にぺこりと頭を下げた。耳元のパールのピアスが光る。アクセサリーはそれしかつけていない。

「美姫さんの妹の朽田三恵《みえ》さんです」

一哉氏の紹介に、私も名刺を出して挨拶をした。飲み物をオーダーし、それが運ばれて来るまで、天候や連休の人出の話をした。少し声が小さめだが、朽田三恵の挙動も話し方も落ち着いている。その点は姉とは大違いだ。

「妹さんお一人でいらしたんですね」

　私が切り出すと、彼女は申し訳なさそうにまた頭を下げた。

「つい一昨日なんですが、母がヘルニアで入院してしまったんです。痛み止めを点滴してもらって安静にしているだけなんですが」

　父親は住宅建材会社の工場に勤務しており、この大型連休の前半は休みだったのだが、後半は出勤しているのだという。

　三恵さんも会社員で、勤め先は自宅の近くにある衣料品の卸《おろし》問屋だから、

「毎日、自転車通勤しているんです」

　確かに、朽田美姫と背格好は似ているが、彼女の体型はいわゆる固太りで健康そうだ。飲み物がテーブルに並び、ウエイターがドアを閉めて去ると、三恵さんの顔から柔和な微笑が消えた。

「鵜野さんには、いつまでも姉のせいでご迷惑をかけて、申し訳ないことばかりです」

　三恵さんは美姫とは年子の姉妹。これまでのゴタゴタは、全てリアルタイムで理解しているという。私は彼女にも、朽田美姫から受けた依頼内容と、彼女が私に語ったことを説明した。張り詰めた表情でそれを聞き、

「本当に――何を言ってるんだか」

　低く呟いた三恵さんを慰《なぐさ》めるように、一哉氏が苦笑する。

「ホント困ったものだけれど、竜聖は順調によくなっているから安心してください。友

達がお見舞いに来てくれて、この連休は楽しいみたいだよ」

その言葉に、三恵さんは片手を胸にあてた。「それだけは本当によかった……」

彼女も両親も、竜聖君の見舞いには行っていないという。

「親権は鵜野さんにあるんだし、もう全てお任せしているんですから、うちはタッチしない方がいいと思いまして」

三恵さんはかすかに眉をひそめた。

「下手にわたしや両親が関わることで、姉が出しゃばってくる口実を与えてしまってはいけません」

一哉氏は言いにくそうに口ごもる。「ごめんね。うちの親も頑なだから」

「これまで、美姫さんも竜聖君の病院に行ってないようですが」

「行くというのを、両親とわたしで止めたんです。だって、姉の目的はお見舞いじゃありませんから」

お金が欲しいだけです――と、三恵さんは言った。

「竜聖が事故に遭ったのは、そもそも鵜野さんのご両親が無責任で、勝手に浜本さんのところに預けたせいだとか、登校の付き添いをしていた川田さんのお母さんを訴えるとか」

いろいろなことを言い並べたが、

「ともかく慰謝料！　賠償金！　なんです。うちの父が、おまえがそんなふうに怒るのは筋違いだ、竜聖のことでは、おまえには義務や責任もない代わりに何の権利もないと、いちいちかみ砕《くだ》いて言い聞かせたら」

──筋なんてどうだっていい。あたしは竜聖の母親なんだから、もらうものもらわないと気が済まない！

──いっそ竜聖が死んでくれればよかった。それならすぐまとまったお金が出たんじゃない？

「父は姉の頬を叩きました」

わたしも殴ってやろうかと思いました、と言った。

「本当に申し訳なくて恥ずかしかったけれど、鵜野さんに電話して、姉がこんなふうに騒いでいると事情を知らせたんです」

一哉氏がうなずく。「それで僕が浜本さんご夫婦に連絡して、伊納先生にあいだに入ってもらったんですよ」

朽田美姫は竜聖君の実母だから、蚊帳《かや》の外に置くわけにはいかない。それこそ筋を通した上で、彼女のおかしな要求を封じなくてはならないと、伊納弁護士は早急に動いた。

「事故の報道があって、二、三日後のことだったよね？」

一哉氏の確認に、三恵さんがうなずく。

「テレビのニュースで取り上げられてしまうまで、わたしたちは、事故のことを姉に伏せていたんです。こういうことになるとわかりきっていましたからね」

実際、まるまる二日間近く、美姫は事故のニュースに気づかなかったのだそうだ。

「串本って男と旅行にいってたんです」

串本氏は大型連休中も仕事なので、前倒しで四月の半ばに休暇をとっていた。

「漣に一人で留守番させて、二人で遊び歩いていたんですよ。だから事故の報道に気づくのも遅かった」

「漣さんはどうでした？」

「テレビのニュースを見て、すぐ僕に電話してきました」

「わたしにも。それで、あの子が置いてきぼりにされているとわかったんです」

一哉氏も三恵さんも漣に、「事故のことはママに報せないで」と言い含めた。

「先にやらなくちゃならないことがあるから、ママの方から何か訊いてくるまで知らん顔しておいてと頼みました。漣はわかってくれましたが、竜聖が可哀想だ、死んでしまったらどうしようと泣いていました」

ともあれ、こうして、美姫が浜本家や病院、加害者サイドに直接接触することだけは防げたというわけだ。

「伊納先生が、実母のあなたが常識的なふるまいをしないと、まとまる話もまとまらなくなると言い聞かせてくださいました」

静岡は遠くはないが、一応は新幹線の距離だ。それも幸いしたらしい。

「姉はお金にはがめついですが、面倒なことは嫌いなんです。だから、これで何とか収まったと思っていたのに」

　今度は、あれは殺人だ云々と騒ぎ始めたという順番なのである。

「弁護士さんの交渉には、まだ時間がかかります。だから焦《じ》れてしまって、手っ取り早く手近な鵜野さんのご両親の方に矛先を変えたんでしょう」

　三恵さんは奥歯を嚙みしめながら言う。

「あれが事故ではなくて、鵜野さんのお母さんが竜聖を殺そうとしたんだなんて、バカみたいな妄想です。姉だって、新聞記事の一つでもちゃんと読めば、それぐらいわかるはずなのに」

　――証拠を集めて警察に訴えてやる。竜聖とあたしを傷つけたんだから、今度こそ一哉のお母さんに頭を下げさせて、大金をもぎとってやるんだ。

　なるほど。「今度こそ」「頭を下げさせて」「もぎとる」ことが、朽田美姫には重要なのだ。

「デタラメな言いがかりだということは、本人もわかっているんじゃないでしょうか」

と、私は言った。「ほとんど思いつきのような感じがしますし」

　昨日、私が「先月の交通事故のほかにも、竜聖君が命に関わる危険にさらされたことはありますか」と尋ねたときの、朽田美姫のぽかんとした表情が忘れられない。

　――あたしが知ってるわけないじゃない。だから調べてほしいのよ。

　あんなことをケロッとして言い放てるのは、深く考えていないからだ。

「そうね……そうですね」

肩を落とす三恵さんに、一哉氏が、私が昨日から考えていたことを口に出してくれた。

「邪推《じやすい》かもしれないけど、串本さんの影響もあるんじゃないかな。美姫さんは、付き合う相手に左右されやすいところがあるから」

すると三恵さんは、痛々しいような笑い顔になった。

「鵜野さんのことは振り回してましたけど」

「それはまあ、僕がふがいないので」

「家族の恥をさらすようですが、姉はね、典型的なバカ女なんですよ」

三恵さんの眼差《まなざ》しが硬くなる。

「小学校の五、六年のころから、お洒落《しやれ》や外見のことばっかり気にするようになって、口を開けば男の子の話。授業中も手鏡を見ていて、先生の話なんか上の空です」

当然、成績は超低空飛行だった。

「中学では、母が何度も生活指導の先生に呼び出されていました。年子ですから、わたしは一学年下の同じ学校にいます。名字が珍しいし顔も似てますから、姉が何かやらかせばすぐわたしにも跳ね返ってきて、恥ずかしくてたまらなかった」

吐き出すように一気に言って、三恵さんは我に返った。「ごめんなさい」

静かな喫茶店の個室のなかに、彼女の謝罪が弱々しく響いた。

「ともあれ、今はこの問題にどう対処するかです」と、私は言った。

「浜本さんの弁護士さんのおっしゃるとおり、美姫さんは竜聖君の実母ですから、この案件から完全に閉め出してしまうことはできません。そんなことをすれば、それこそ万に一つ美姫さんが親権変更の申し立てをしてきた場合、鵜野さんの側が不利になる可能性もなくはないと思います」

一哉氏はうなずいたが、三恵さんは苦い顔をした。「どんな人間でも、母親は母親なんですものね」

理不尽《りふじん》だけど……と声を落とした。

「ですから、この際、こちらとしてはこの依頼を利用したらいいと思うのですよ」
①から③まで綿密に調査し、報告書を作って、以後、朽田美姫が二度と関係者に言いがかりをつけられないようにするのだ。
「先ほどのお話ですと、美姫さんは集団登校に付き添っていた川田さんのお母さんまで訴えると騒いでいたわけですから、どれほどナンセンスに見えようが、事故の状況を明らかにしておくに越したことはありません」

「あの言い草、正気とは思えませんけど、姉は本気でしたからね」三恵さんは言う。

「川田あかりさんは竜聖をかばってくれたのに、感謝するどころか――」

そこで声を詰まらせてしまった。

「わかりました」と、一哉氏は言った。「そういうことでしたら、むしろ僕からこの調査をお願いします。母が潔白であることも証明できますし」

「ごめんなさい。姉の譫言《ざんげん》なのに」

「だからこそ、ちゃんと否定できるようにしておかないとね」

励ますように彼女に笑いかけてから、一哉氏は私に顔を向けた。

「調査のプロの杉村さんにこんなことを申し上げるのは失礼かもしれませんが、僕も手伝わせていただけませんか？」

伊納弁護士や病院側、浜本夫妻・竜聖君との面会などを仲介したいと言う。

「それは助かるお話ですが、お時間をとらせてしまいますよ」

「竜聖のためですから、かまいません」

連休はあと二日あるし、有休も溜まっていますし――と言って、ちょっと鼻の頭を掻《か》いた。

「結局、離婚のゴタゴタで、僕は出世コースからは外れてしまって……。今は子会社に出向しているんです。けっして暇ではありませんが、休んだところですぐ影響が出るような業務を任されてはいない立場です」

また挽回する機会が巡ってくるという、上司の言に希望を持ちたいところだ。

「竜聖と浜本ご夫妻との暮らしぶりについては、直接会っていただくだけでなく、そこまでこぎ着けるプロセスの記録もとってあるんですよ」

竜聖君が鵜野家にいたころに通っていた幼稚園、静岡に移ってからの幼稚園、就学した小学校、双方の地元の児童相談所、市役所の担当各課との相談内容、提案された事柄、それらが全て文書化されているという。

「幸い、どっちの自治体でもいい担当者に恵まれて、いずれ家裁に調停を起こすときにも備えて、僕たちが竜聖のために話し合いを重ねてきたことを、しっかり記録に残しておきましょうと言ってくれたものですから」

その記録を全て提供してくれるという。いっそう有り難い話だ。

「では、お言葉に甘えさせていただきます」

話がまとまり、その場で、一哉氏の携帯電話から鶉野両親、浜本夫妻と伊納弁護士には連絡がついたので、大まかなスケジュールを立てた。

「もしもわたしにもできることがありましたら、いつでもおっしゃってください」と、三恵さんが言った。「本当はリュウ君のお見舞いに行きたいけれど、遠慮しておきます。たぶんリュウ君はわたしを覚えていないと思いますが、姉と似ているので、下手に近づかない方がいいでしょう」

一哉氏は黙っている。三恵さんは瞳を明るくして、

「そのかわり、プレゼントしたいものがあるんです。リュウ君の方は知ってるけど、鶉野さん、川田あかりさんの誕生日がわかりますか？」

一哉氏はちょっと怪訝《けげん》そうな目をしたが、すぐに何か察したらしく、

「ああ、じゃあ聞いてみてお知らせします。なるべく早い方がいいよね？」

「お願いします」

何ですかと、私は問うた。二人は顔を見合わせてにっこりした。

「三恵さんは、趣味でスノウドームを作るんですよ」

ガラスや樹脂《じゅし》製のボールのなかに人形や造花やジオラマを入れて水を満たし、逆さまにすると雪が降ったり細かな銀紙が舞ったりするようにした飾り物である。観光地のお土産によくあるし、クリスマスシーズンにはサンタやツリーを入れたものがギフトショップの店頭に並ぶ。

「コレクターがいるというのは知ってましたが、ご自分で作るんですか」

「はい。キットを扱う専門店もありますし、そんなに難しいものじゃありません」

ボトルシップよりも簡単だ、と言う。

「僕たちの結婚祝いにも作ってくれましたよね。僕と美姫さんの星座のシンボルを入れて、銀河の星々が舞うようなデザインの」

その「星座と銀河」が三恵さんのオリジナルなのだそうだ。

「朽田さんの家のリビングの飾り棚は、三恵さんの作品で埋まっているんですよ。全て手作りの一点物だよね？」

それほどのものではないと、三恵さんははにかんだ。

「リュウ君はやぎ座でしょ。川田さんの星座もわかれば、すぐ作ります」

「素敵ですね。きっと喜ばれますよ」

結婚祝いのスノウドームはその後どうなったのかなどという興《きょう》ざめな質問はせずに、

私はコーヒーを飲んだ。

4

五月五日のこどもの日、まず三鷹市内の鵜野家を訪問することから始めた。

鵜野両親、とりわけ母親の表情は冴《さ》えなかった。私は、朽田美姫の主張する「殺人の企み」など戯言《ざれごと》だと重々承知していると、何度も言った。

「美姫さんは、ある意味ノイローゼのような状態なんだと思います。どうぞ真《ま》に受けないでください」

鵜野家では、一哉氏が竜聖君を連れて帰ってきてから、浜本夫妻と養子の話を固めるまでの経緯について、詳しく話してもらった。

「浜本さんには、ご夫婦で何度もうちに来てもらって、少しずつ竜聖と仲良くなってもらいましてね」

一緒に遊園地や水族館へ遊びに行ったり、夫妻が鵜野家に泊まって幼稚園の送り迎えをしたり、浜本夫人に料理してもらって皆で食事したり、細やかに段階を踏んでいったという。幼稚園の園長が里親制度や養子縁組に詳しく、いろいろと助言をもらったそうだ。

鵜野夫人は竜聖君の養育日記をつけており、そこには竜聖君の健康状態や日々の献立まで記されていた。その日記からも、朽田美姫の干渉がかなりの頻度であったことがわかった。しつこい電話、いきなりの訪問、勝手に幼稚園へお迎えに行って断られて怒る――

鵜野夫人は上品でお洒落な「おばあちゃん」だが、朽田美姫のことを語るときは、嫌悪を隠しきれない様子だった。

「気まぐれに竜聖の前に現れては、やれ痩《や》せたの太ったの、言葉が遅いのはわたしの教育のせいだの、園服にシミがあるの」

文句を言う一方で、竜聖と離れているのは寂しい、一哉さんと復縁したい、生活が苦しいと泣き言も並べる。

「痩せても枯れても母親ですからね。竜聖も、最初のうちはお母さんお母さんと言っていましたよ。でも、あの人がむら気で自分勝手で、機嫌が悪いとすぐ怒鳴りつけたり、竜聖が何か言っても無視したりするもんだから、わたしたちとの暮らしに馴染んでくると、あの子も怖がるようになりました」

次第に「お母さん」を話題にしなくなり、会いたがらなくなり、現在ではすっかり忘れているようだという。

「美姫さんがむら気なのは、一緒に住んでいるときからそうだったけど」と、一哉氏が言った。「僕がバカだったばっかりに、竜聖にも母さんにも辛い思いをさせてしまってごめんなさい」

「この日記を美姫さんに見せたことはありますか」

「いえ、ありません」

「では、いい機会ですから見てもらいましょう」

預かり証を書き、日記を貸してもらった。

午後イチで東京駅に戻り、一哉氏と一緒に新幹線で静岡に向かった。浜本夫妻が車で駅まで迎えに来てくれており、そのまま自宅まで乗せてもらった。

仲のいい夫婦は顔も似るという。浜本夫妻はまさにそのタイプだった。地味で堅実で優しげなカップルだ。

夫妻からは、事故の前後の状況や、日頃の竜聖君の暮らしぶりを教えてもらうことからスタートし、竜聖君の部屋や、夫妻が撮った写真や動画を見せてもらった。入学式の竜聖君は少し緊張しているのが可愛らしく、小学校の校門前で浜本夫妻と撮った記念写真では、真新しいランドセルを背中に、満面の笑みを浮かべている。

竜聖君は一哉氏を「お父さん」、浜本夫妻のことは「パパちゃん」「ママちゃん」と呼んでいるという。去年の秋、幼稚園の運動会の「親子タマ転がし」には、浜本夫人が竜聖君と参加した。その動画を撮りながら、浜本氏が「リュウがんばれ〜、ママちゃんがんばれ〜」と応援している。

夫妻の手元には、幼稚園や児童相談所での教育相談の記録や、竜聖君の予防接種や健診の記録がきれいにファイルされていた。竜聖君は、何度かの「試験的なお泊まり期間」を経て、四歳十ヵ月から本格的に浜本家に住むようになったのだが、数ヵ月の間は落ち着かず、毎夜のようにおねしょをし、赤ちゃん返りの様子も見せたという。このとき浜本夫妻が相談した児童クリニックとのやりとりの記録があり、それに目を通しているうちに、私はまたぞろ涙腺が緩《ゆる》みそうになって困った。

私と妻も協議離婚であり、親権で揉めることはなかった。桃子は当時七歳で、七歳なりの理解で私たちの離別を受け入れてくれたけれど、やはり葛藤《かっとう》もストレスもあったのだろう。それまではなかったアトピー性皮膚《ひふ》炎のような症状が出て、二年ばかり専門の病院に通院していた。面会日の前日に「連絡事項」としてそれを聞いたときも、実際に桃子の首筋やほっぺたにかぶれがあるのを見たときも、ただただ申し訳なくて苦しかった。

不思議なことに、朽田美姫はこれまで、浜本夫妻に直接アクションしてきたことはないという。正確な住所も知らない。一哉氏や鵜野両親に食い下がり、聞き出そうとしたこともない。

「竜聖の事故がテレビのニュースになったときには、これで学校や自宅がバレてしまうんじゃないか、美姫さんが押しかけてくるんじゃないかと身構えたんですが、そんな気配もありませんでした」

朽田家の人びとや伊納弁護士が防御壁になったということもあるだろうが、浜本夫人は興味深いことを言った。

「美姫さんがこだわっているのは、一哉さんのお母さんだけなんじゃないかしら。だから、わたしたちは標的にならないんですよ」

こだわって絡《から》むのは、コンプレックスを捨てきれないからだ、と言う。

「お母さんには、最初から一哉さんに釣り合わない女性だと思われていた。それが悔しかったんでしょうし、でも事実そうだと認めざるを得ない点があることは、本人もわかっている。内緒で浪費して借金をつくって、肩代わりしてもらうしかなかったんですものね」

年代は違えど女性同士、母親同士の借りと恥。自分の失敗と後悔と引け目と、屈折した怒りと甘え。

——何年かは親子だったんだから。親子の縁は切れないんだから。

その発言は一哉氏と漣だけではなく、鵜野夫人と自分とのことでもあると、朽田美姫は認識しているのかもしれない。

「養子なんか駄目だ、鵜野の姓のままでないと嫌だとごねるのも、そういう気持ちが根底にあるからで、鵜野家の財産だの遺産だのは、ついでに言ってるだけのような気がします」

鵜野夫人に感謝してその子育てを尊重していれば、竜聖君はそのまま三鷹の家にいたかもしれない。だが、美姫はうるさく絡まずにいられなかった。彼女もまた、娘の漣と同様の「かまってもらいたがり」であり、少なくとも鵜野夫人との関係では、満たされない承認欲求に苦しんでいるのではないか。

すぐご近所だからと、浜本夫妻が川田家に案内してくれた。川田さんは農業機械の販売管理会社を経営しており、広い敷地内に社屋と自宅と駐車場がある。あかりさん、あかりさんの両親、祖父母の三世代同居で、猫を三匹飼っている。

あかりさんの母親は川田家の嫁だが、もともと地元の人で、ご夫婦共にあかりさんと竜聖君の通う小学校の卒業生だという。浜本家の場合とは違い、こちらではあまり立ち入った事情まで話せないので、私は一哉氏の父方の従兄《いとこ》ということにしてもらった。

川田夫人は事故のショックから立ち直っていた。当日のことを尋ねるとさすがに表情が強《こわ》ばったが、大難が小難で済んでよかった、子供たちが命を落とさずに済んでよかったと語ってくれた。

「あかりさんのおかげで、竜聖は助かったんです。今後一生、川田さんに足を向けて寝られません」

「これからも仲良くしてくだされば、それで充分です」

川田夫妻の言葉に深く頭を下げてから、一哉氏は言った。「ところで——知人に頼んで、ちょっとしたお見舞いの品を作ってもらっているんですが、あかりさんは何座ですか」

川田氏は「は?」と目を丸くしたが、夫人がニコッとして教えてくれた。

「かに座です」

一哉氏がその場で三恵さんにメールを打つのを、私は見守った。話しているうちに陽が傾いてきた。入院中の子供たちの夕食時間になるので、浜本夫妻と川田夫妻は一緒に病院へ行くという。私はスマートフォンではなくビデオで竜聖君の動画を撮るつもりでいたから、今日のところは遠慮することにした。

「杉村さんを駅まで送ってから、僕も追いかけます」

一哉氏が呼んでくれたタクシーに、二人で乗り込んだ。

「病室での撮影は、ホームビデオなら、厳しいことは言われないとは思うんですけどね。連休中なので、主治医の先生も師長さんもいないんですよ」

「許可が必要なら、日を改めればいいんですから大丈夫ですよ」

「明日は伊納先生にアポがとれています。先生の事務所じゃなく、また浜本さんのお宅でいいそうです」

一哉氏は、今夜はこちらに泊まるという。鰻《うなぎ》を食おうかなと、ほどけた表情になった。鰻か、いいなあ、私も駅弁を買おうかなと思っていると、

「杉村さん」

声を落として、一哉氏は私を見た。

「僕はこんな情けない父親ですが、まわりの人たちに恵まれて、竜聖は幸せだと思っています」

私は黙って微笑した。

「それに比べると、やっぱり漣が可哀想で」

「あの子のことは、あなたが気に病んではいけません」

「はい。ですが」

彼の目が翳《かげ》っている。

「漣は認知されていないんです。美姫さんから聞きましたか」

認知云々の話は出てこなかった。

「父親も未成年で、当時は無職無業だったということは聞きました」

「ええ。でも朽田家のご両親はきちんとした方ですから、本来なら――」

実は、わからないんですよ、と言った。

「何がですか」

「漣の父親が誰なのか、本当のところはわからないんです。付き合っていた彼氏は、確かにその少年なんですけどね」

我々の間にも、翳りのある沈黙が落ちた。タクシーの外が夕暮れだからではない。

「朽田のお母さんの話によると、美姫さんは中学にあがってから不良グループと付き合うようになって、生活が乱れてしまった。深夜徘徊《はいかい》や万引きで、何度も補導されたそうなんです」

やがてそれに不純異性交遊も加わった。

「不良グループは兄貴分の、半グレというんですか？　チンピラみたいな若い男が仕切っていて、年下のメンバーは逆らえない。それでまあ、なんというか、その」

言いにくそうに、一哉氏は口ごもる。

「結果として漣を妊娠してしまった……その行為もね、本当に彼氏とだったのか、美姫さんの合意があったかどうかさえ怪しい、と。本人ははっきり言わないけれど」

それ以上聞きたくない話だ。

「不幸なことでしたね」

「まったくです」

言って、一哉氏は車窓の外に目をやった。

「僕は美姫さんと漣をその不幸のなかから救い出したかった。軽率で傲慢《ごうまん》でした。そんなの、僕みたいな未熟な男の手に負《お》えることじゃなかったのに」

新幹線の駅に近づくにつれて、道がひどく混み合ってきた。延々と列をなす無数のテールランプを眺《なが》めながら、私たちは黙って並んで座っていた。

翌朝早く、出かける前に竹中家の玄関前を掃《は》き掃除していると、

「ただいま〜」

陽気なトニーが、大きなデイパックを背負い、ファストフードの袋をぶらぶらさせながら帰ってきた。

「朝飯食いました？　ブレックファスト・バーガー買ってきたんだけど」

後輩の車を夜通し運転していたという割には、朝帰りのトニーは元気だった。

「上りの渋滞がえらいことになりそうだから、予定を繰り上げたんスよ」

警備員役を彼に任せ、予備の電池とビデオカメラをバッグに入れて、私は東京駅に向かった。

浜本家で顔を合わせた伊納弁護士は、私が漠然《ばくぜん》と思っていたよりも年配者だった。貫禄《かんろく》たっぷりの人物だ。よく響くバリトンで滑舌《かつぜつ》もいい。この人だから、朽田美姫に振り回されず、必要以上に彼女をやり込めず、しかし不当な言い分は通さずに抑えることができたのだと思った。

あらためて私の口から今回の経緯を説明すると、伊納弁護士は、ロマンスグレーの髪を軽くかきあげながら苦笑した。

「朽田さんも、まったく困った人だね」

その表情は柔らかいが、目は鋭い。

「きちんと調査して報告書をぶつけてやるというのは、あの人に対しては有効だと思いますよ。バカらしいことを言っていると取り合わないでおくと、とんでもない方に暴走しかねませんからね」

朽田美姫は一時、伊納弁護士にも、「川田さんの母親を訴えたい」と言っていたという。本気だったのだ。

「登校の付き添いをしていたんだから、竜聖君を守れなかった責任があるだろう、と」

伊納弁護士は、わざとデタラメを言い返してみたそうだ。

「あなたが川田さんのお母さんを訴えれば、先方から訴え返されるよ。娘のあかりさんが意識不明の重体になるほどの大怪我をしたのは、竜聖君のせいなんだから」

すると彼女が、「じゃあ集団登校させた学校の責任はどうなのか」とごね始めたので、

「責任あるかもしれないねえ。でも私はそんな訴訟はよう引き受けんから、訴えたいなら別の弁護士を探しなさいと言ったら、おとなしくなってくれました」

この応酬《おうしゅう》は一哉氏も初耳だったらしく、穴があったら入りたいような顔をしていた。

「不思議なことに、加害者の下坂さんには、会わせろとか、謝らせろとか騒がないんだよねえ」

――先生、めいっぱいお金をとってよね。

「それだけなんですよ。やけにあっさりしているんだ」

「加害者側からは、何もしなくても慰謝料をとれると決まっているからではないでしょうか」と、私は言ってみた。「謝罪を求めないのは、竜聖君の怪我には、実はそんなに心を痛めてないから――いや、すみません」

つい言ってしまったので、慌てて一哉氏に謝った。彼は目を伏せて、

「気にしないでください。僕もそう思っています」

下坂敏江はその場で逮捕されたが、数日で釈放を認められた。もともと高齢者だし、事故のショックで体調を崩し、一時は入院していたそうだ。

「そんなんで取り調べに手間がかかったらしいですが、刑事裁判にはならないんじゃないかな。下坂さんの過失は明らかだけれど、単純な運転ミスで、飲酒や脇見、スピード違反はないし、本人は真摯《しんし》に謝罪しているしね」

三人で事故現場に行くことになったが、現地で落ち合う人がいるという。

「一哉君から話を聞いたときに、相談しておいたらね、協力してくれるというから」

伊納弁護士の知り合いの、地元紙の記者だそうだ。

「東京だと区の三つ分くらいの広さの地域しかカバーしてない、小さな地方紙ですよ。しかし、この件を最初から取材している」

現場は二車線の市道で、ガードレールはない。路肩に白線が引いてあり、歩行者はその内側を歩くようになっている。沿道には農地と住宅が入り交じって並んでいるが、事故の起きた地点は、たまたまビニールハウスのある畑だった。これは本当に幸いだった。

そのビニールハウスの前で、シャツにズボンに野球帽をかぶり、リュックを担いだ五十がらみの男性が待っていた。

「駿河《するが》タイムズの鬼頭《きとう》と申します」

鬼頭記者は、事故発生当時たまたま別件で近所におり、直後にここに来たのだという。

「ぱっと見たときには、あかりさんの方はもう駄目じゃないかと思いました。元気になってくれてよかったですよ」

いろいろ話し合い、鬼頭記者に事故発生時の様子とその後の取材で判明した事実を解説してもらって、それを私がビデオ撮影するという段取りになった。

「朽田さんは、私が説明したんじゃ信用しないでしょう」伊納弁護士が言う。「もしくは、信用できないふりをするだろうね。記者なら公平な第三者だから、彼女も四の五の言えないんじゃないかね」

鬼頭記者は、テレビのレポーター顔負けの解説ぶりだった。子供たちの位置関係、竜聖君とあかりさんが倒れていた場所、事故車のタイヤ痕があったところ（今もうっすら残っていた）。車が走ってきた方角と軌跡と、停車した位置。子供たちの列に突っ込み、畑に乗り上げてビニールハウスのぎりぎり手前で停まった車の運転席で下坂敏江が呆然《ぼうぜん》としており、駆けつけた近所の人たちが車から引っ張り出したこと。

現場の動画を撮り終えたところで伊納弁護士とは別れ、鬼頭記者が、事故の目撃者や、事故直後に現場へ駆けつけた人たちに引き合わせてくれた。合わせて三人、いずれも既に鬼頭記者の取材を受けた人たちだ。

「何度も申し訳ないんですが、こちらは鵜野竜聖君のご親戚の方でして」

と、鬼頭記者は我々を紹介した。

「直に事故現場を見て、当時お世話になった皆さんに御礼を申し上げたいとおっしゃるので、お連れしたんです」

このときは動画を撮らず、メモもなし。紹介されたとおりの立場の者として話を聞き、丁重に礼を述べた。

鬼頭記者が案内してくれたのは、現場から百メートルほど先にあるカフェレストランだった。白壁に赤い屋根の可愛らしい建物だ。

「事故のとき、私はここに取材に来てたんです。店長がこの町のB級グルメを開発中なんでね。開店前に何品か作ってもらって、試食して写真を撮ってた。呑気《のんき》なもんでした」

我々もそこで遅めの昼食をとり、経営者の男性の話を聞いた。このあたりには他に飲食店がないので、事故から数日のあいだは、テレビや新聞の記者たち、レポーターたちがみんな食事やトイレに来たという。

「また高齢者ドライバーの事故だって、何と言いますかねえ、興奮？　そんなふうでしたね。いい気持ちがしなかったよ、あたしは」

この経営者の話が重要なのは、下坂敏江が何度か客として来ており、彼とも面識があったからだ。

「七十歳過ぎてるなんて思わなかった。若々しくて、六十代半ばぐらいに見えましたからね」

下坂敏江は通院の帰りにコーヒーを飲んだり軽食をとったりしていたので、糖尿病で薬をもらっていることも聞いていた。

「食事には気をつけていたけど、制限というほど厳しいものじゃない。サンドイッチの

「あと、もうお一方」

マヨネーズを抜いてくださいとか、コーヒーには砂糖は入れないとか、その程度です。穏《おだ》やかで優しそうなご婦人で、事故ったのは本当にうっかりミスでしょう。もちろん子供たちは災難だったけれど、下坂さんも気の毒でした。確か、あの人にも小学生のお孫さんがいるはずだからねえ」

下坂敏江は善良な老婦人であり、朽田美姫の空想的な主張——鵜野夫人による孫の竜聖君殺害の企てなんぞに加担するような人物ではないし、加担する理由もないという、これは立派な状況証拠だ。

昼食を終えると、鬼頭記者が言った。

「警察関係者の直話もほしいですか」

私は訊いた。「そもそもどなたかに会えるでしょうか」

「まあ、地元ですからね。知り合いに頼んでみる手はありますが、正直、竜聖君の実のお母さんがこんなむちゃくちゃなことを主張してるなんて聞かせたら」

笑われるだろうし、呆れられるだろう。

「鬼頭さんあんた何やってんのと、疑われるかもしれません。私もそれは困るんで、当時の警察発表の内容と、私の取材メモの一部を提供するのでいかがでしょう」

充分だ。「有り難いです」

「じゃあ、あとで文書を送ります。ファクスでいいですかね」

鬼頭記者とはここで別れ、私と一哉氏は竜聖君と川田あかりさんのいる病院へ向かった。

竜聖君の病室では、浜本夫妻が待っていてくれた。

「遠方にいる親戚に竜聖の元気な顔を見せたいからとお願いしたら、ビデオ撮影の許可をもらえました」

二人部屋で、もう一つのベッドは空いている。これも幸運だった。

仕事を抜きに、動画を撮るのは楽しかった。私は女の子の子育てしか知らない。男の子は元気のレベルが一段上だし、言うこともやることも面白くて、何度も吹きだしてしまった。

竜聖君はお父さんに会えて嬉しそうだった。

質問は浜本夫妻に任せ、「事故については無理に尋《たず》ねなくて結構です」と打ち合わせしておいたのだが、やりとりのなかで、いくつかの情報が自然と出てきた。

「痛くて怖くてボク泣いちゃったけど、車に乗ってたおばあちゃんも、あかりちゃんのお母さんも泣いてた。おばあちゃんは、ごめんなさいごめんなさいって」

竜聖君の脚のギプスは、見舞いに来た友達や先生の寄せ書きで埋め尽くされていた。クラスメイトからは「リュウ」と呼ばれているらしい。担任の先生は、「強いドラゴン君　早くよくなってドッジボールをしようね」と書いていた。

幼いうちに生育環境が何度も変わり、不安な思いもしたろうに、今の竜聖君はのびのびと明るい男の子だった。彼の口からは、パパちゃんママちゃん、おじいちゃんおばあちゃん、お父さん、あかりちゃん、そして担任の先生やクラスメイトの名前が何度も出てきたが、「お母さん」は一度も出てこなかった。

竜聖君に会ってみると、鵜野夫人が自分ではこの子を育てられないと思った理由も、その意向に朽田美姫が反発し、浜本夫妻との養子縁組に反対している理由も——少なくとも理由の一つはわかってきた。

男の子は女親に、女の子は男親に似るものだとよく言うが、竜聖君は朽田美姫にそっくりなのだ。目鼻立ちも輪郭《りんかく》も、ほとんど生き写しである。たとえうるさい干渉や無心がなかったとしても、鵜野夫人が「限界だ」と思う気持ちはわかった。

一方の美姫にとっては、鵜野夫人に自分のミニチュアのような竜聖君を拒否されることは、彼女自身を拒否されることに等しい。

私は、浜本夫人の発言を思い出した。

——美姫さんがこだわっているのは、一哉さんのお母さんだけなんじゃないかしら。

あの洞察《どうさつ》は的を射ていると思う。

昨日、帰りのタクシーで一哉氏から聞いた話と、妹の三恵さんの発言を合わせてみるだけで、朽田家での美姫が、人生の早い時期から「問題ばかり起こす長女」だったことは明らかだ。実母とのあいだが滑らかだったとは思えない。

女の子にとってはロールモデルの母親とうまくいかず、縁あって姑《しゅうとめ》となった女性からも嫌われる。朽田美姫はそれが不満で、「自分は不満だ、もっと認めてほしい、思いやってほしい」という気持ちを、悶着を起こすことで示しているのだ。不器用で愚かで、子供っぽい。彼女の中身はまだ多感な少女なのだ。若年出産した女性がみんなそうなるわけではないが、朽田美姫は母親になり損ね、十代で時が停まったままなのだろう。彼女がこの先の人生を建て直すには、そうとうな努力と、外部からのサポートが必要だ。そのサポートは漣のためにもなる。何とかならないものだろうかと思った。

　竜聖君を車椅子に乗せ、一緒に川田あかりさんの病室を訪問して、動画撮影の締《し》めは姉弟のような子供たちの笑顔になった。

「これで充分です。いい調査ができました」

　私はビデオカメラをバッグにしまい、子供たちに手を振って、一哉氏と病院を出た。

「次に来るときには、二人にプレゼントを持ってくるからね」

　一哉氏の発言がテレパシーで通じていたかのように、静岡駅の混み合う新幹線のホームで、朽田三恵さんから電話がかかってきた。

「え？　もう出来たんですか」

　竜聖君と川田あかりさんのスノウドームが完成したのだという。

「僕ら、これから新幹線に乗るんです。はい、ええ――いいんですか？　じゃあ、日本橋口の新幹線改札口でいかがですか」

　電話を切ると、一哉氏が私に言った。

「三恵さんと待ち合わせしました。スノウドームを受け取って、都合がつき次第、僕が届けに行きます」

　朽田三恵さんは、今日は髪をまとめていた。そのヘアスタイルだと、背格好だけでなく、耳から顎にかけての線も姉と似ているのが目立った。しかし今後、竜聖君が、自分とそっくりなお母さんにも、よく似た叔母さんにも会う機会はほとんどないだろう。血縁の力の不思議さを語り合うこともないだろう。

　三人で喫茶店に落ち着いた。竜聖君と川田あかりさんのスノウドームは、可愛らしいギフトボックスに収められていた。

「確かにいただきます。本当にありがとう」

「調査は終わったんですか？」と、三恵さんが私に尋ねる。

「はい。鵜野さんと伊納先生のおかげで、二日間で充分でした」

「ばっちりだから安心してください」

　一哉氏がざっとこれまでのことを説明し、私はビデオカメラのモニターで、竜聖君と川田あかりさんの動画を見せた。三恵さんは、小さなモニターを覗き込みながら目を潤《うる》ませていた。

「僕はもう静岡へ行く用がなくなってしまったので、竜聖君とあかりさんがプレゼントを開けてみるとき、その場にいられないのは残念ですが」

　私が言うと、彼女はニコニコしながらスマートフォンを取り出し、制作過程を撮影した写真を見せてくれた。

「あと、これがうちの飾り棚なんです」

小ぎれいなリビングの壁の半分以上を占めている、ガラスの入った立派な陳列《ちんれつ》棚にびっしりと、大小様々、色とりどりのスノウドームが飾られている。

「一哉さんが褒めてくださったので……。すみません、調子に乗っちゃって」

いやいや、本当に目の宝だ。小さいものはピンポン玉くらい、大きなものは小玉スイカぐらいのサイズまで、今現在百六十七個あるそうだ。壮観である。

「ちょうど、新しいものを一つ作るために材料を揃えたばかりだったから、リュウ君と川田さんの分はすぐに取りかかれました」

勤め先の上司の娘さんの結婚祝いに、スノウドームの作成を頼まれているのだという。

「ウエルカムボードの代わりに、披露宴会場の入口に飾りたいんだそうです」

「じゃあ、けっこう大きなサイズになるんでしょう?」

三恵さんは両手で丸を示してみせた。「直径二十五センチぐらいですね。新郎新婦はスキー場で知り合ったので、思い出のゲレンデとロッジのジオラマを入れてほしいとリクエストをいただいたもので」

けっこうな重さになるので、ドームをひっくり返さなくても、軽く揺さぶるだけで雪が舞うように工夫するという。

「ご結婚の記念品ですから、樹脂じゃなく、ガラスのドームの方が贅沢《ぜいたく》感があっていいかなって」

「いいアイデアだなあ……」

一哉氏が目を細める。

「僕のときも、また記念にお願いしようかなあ」

その言葉に、三恵さんの笑顔が静止した。

「え？」

私は二人を見守った。一哉氏は急にバツが悪そうになり、銀縁メガネの縁を押さえて、

「竜聖がまだ入院中なのに、浮かれたことを言ってすみません。実は、その」

笑顔のまま、三恵さんはちょっと目を瞠った。「鵜野さん、再婚するんですか？」

「そうなんです。先月婚約しました」

一瞬の間をおいて、止まっていた空気がどっと流れ出した。おめでとうございます、ああよかった、うちの両親もずっと鵜野さんには申し訳ないことをしたって気にしていて、ホントによかった、お相手はどんな方なんですか？　あらごめんなさい失礼ですよね——三恵さんは早口に言い募《つの》り、笑みを大きく広げてゆく。

「会社の後輩でして」

「せっかくの連休だったのに、鵜野さんにこんなことで時間をとらせてしまってよかったんでしょうか」

一哉氏は顔の前でひらひらと両手を振った。「まったく、全然大丈夫です」

連休の前半は二人で新居探しと新生活に必要な家具などの買物をし、後半は、

「彼女はご両親と家族旅行しています」

今回の調査のあいだ、一哉氏がしばしばメールを受けたり打ったりしている様子があった。たぶん婚約者だろうから、私の方からは尋ねなかったのだが、この二日間デートもできず、しかも一哉氏の用件が用件だから、先方が気を悪くしていないかなと少々気がかりではあったので、それを聞いて私もほっとした。

「東京駅に着く少し前に、彼女からも羽田に着いたと連絡がありました」

「明日からお仕事ですものね」三恵さんが言う。「さっきのお話、よろしければ本当に、わたしにスノウドームを作らせてください。いかようにもリクエストを承ります」

おどけた感じで恭《うやうや》しく頭を下げる三恵さんに、一哉氏は真顔で向き直った。

「彼女は僕の離婚歴のことも、竜聖がいることも全て承知しています。その上で結婚しますので、今後竜聖のことで朽田さんにご迷惑をかけることはありません」

はい――と、三恵さんは笑顔で応じた。

「そんなの、一秒だって心配したことはありません。どうぞお幸せに」


事務所兼自宅に帰ると、デスクの上に置きっぱなしのノートパソコンに、桃子からメールが来ていた。返信すると、〈今、スカイプできる?〉と来た。もちろんOKだ。

桃子は元妻と一緒に、世田谷区にある元妻の父親の家に住んでいる。ただの「家」で

はなく「邸宅」だ。結婚しているころ、事情があって私も一時的に同居していたことがあるから、敷地内の様子も間取りも覚えている。

桃子は自室ではなく、屋敷の南西側に広がる庭の東屋にいるらしかった。トニーと同じく、渋滞を避けるため昼前には軽井沢から帰ってきており、「うっかり忘れていた」作文の宿題を大急ぎでやって、東屋でのんびりしているところだという。

「お父さん、お仕事だったの？　昨日も今日も留守番電話になってたね」

桃子が私の現在の職業をどう思っているのか、本心はわからない。今年十一歳の賢い女の子だから、親を思いやって本音を隠すことだってあるだろう。

但し、桃子は私の仕事の特殊性は理解してくれている。だから携帯電話に直接かけてくることはない。休日であっても、私は仕事中かもしれないからだ。話したいときは、必ず事務所の固定電話にかけてくる。

「うん、静岡へ行ってたんだ。もうその仕事は終わったけどね」

留守電にメッセージは残されていなかったから、桃子は私と直に話したいのだろう。

モニターのなかの小さな顔は、こうして見つめると、私にも似ているし、元妻の面影もある。耳の形は母方の祖父、私の元舅の今多嘉親氏と同じだ。福耳である。

「連休は楽しかったかい？」

「うん」

私の娘は口をつぐみ、右手の人差し指で顎の先を掻いた。この子のクセだ。

「……お母さんは、まだお父さんには報せちゃダメって言うんだけど」

私はひやりとした。

「おじいちゃまが入院するの」

今朝、軽井沢のホテルで朝食中に気分が悪くなり、少し休んだら回復したのでとりあえず帰宅したのだが、主治医に連絡をとってみると、入院を勧められたのだという。

「あのね、二月のはじめにも同じようなことがあったのよ」

そのときも早朝で、庭を散歩中に息苦しさと胸の痛みを訴え、救急車で運ばれたのだそうだ。私はまったく知らなかった。もう、そういうことが起きてもすぐ報せてもらえる立場ではないのだ。

「そのときはすぐ帰ってこられたんだけど、今度は入院して手術するみたい。おじいちゃまの心臓にね、弱いところができてるから、何か入れるんだって」

心臓カテーテルか。あるいはペースメーカーだろうか。今多嘉親氏が私の舅だったころ、健康にはほとんど問題がなかった。毎年一回入念な健診を受けており、その結果を聞くと、私の方が恥ずかしくなるほどだった。

だが、老いて弱ることなく、病気にもかからない超人はいない。

「そうか……。心配だね」

「うん。お父さんも心配よね？」

パソコンのモニターの向こうで、髪をお下げにした桃子がくちびるを嚙んでいる。

「とても心配だよ。でも、おじいちゃまは強い人だから、手術すれば必ず元気になるさ」

「そうよね。お父さん、一緒にお見舞いに行こうよ」

「行きたいね。病院やスケジュールが決まったら、お母さんに聞いてみて、また報せてくれるかい？」

「わかった」うなずいて、やっと笑みを浮かべた。「ケンタロウは水浴びが好きなんだね。みんなで動画を見て、大笑いしちゃった」

おしゃべりしているうちに、桃子の表情がほぐれてきてホッとした。

私はふと、あることを思いついた。

「桃子は何座だっけ」

「かに座だよ。なんで？」

「ちょっと訊いてみただけ。いつまでも庭にいたら風邪を引くよ。うちのなかに入りなさい」

スカイプを切って冷蔵庫の中身を検分していたら、出入口のインターフォンが鳴った。温泉旅行を楽しんできた竹中一号夫人と有紗さんが、わざわざお土産《みやげ》を持って来てくれたのだった。

「朽田さんのお母さん、来ました？」

「来ましたよ。きちんと仕事の依頼を受けたので、もうお気になさらないでください」

お土産は箱根の〈関所サブレ〉だった。有紗さんが試食して美味《おい》しかったから選んだという。丁重に御礼を述べていただいた。実は温泉饅頭《まんじゅう》がほしかったなどとは、おくびにも出さずに。

5

材料が揃ったので、私は調査報告書の作成に取りかかった。

朽田美姫からは、まず七日の朝に電話がかかってきた。パソコンのスイッチを入れた途端《とたん》だったから、私は思わず失笑してしまった。やっぱり気が短い人だ。

「ねえ、どうなってる？」

進行中ですと手短に答えると、

「お金、いくらぐらいとれそう？」

「慰謝料や賠償金の交渉は、私がお引き受けした依頼には含まれていませんよ」

「カタいこと言わないでよ」

彼女がしゃべり続けようとするのをかわして、電話を切った。

撮影した動画を編集し、ＤＶＤに焼いて、報告書と一緒に渡せるように整えたのが、八日の午後。夕方に、彼女から二度目の電話が入った。今度はあからさまに催促《さいそく》してきた。

「早くしてくれない？　もらうものもらって落ち着きたいの」

「昨日も申し上げましたが、金銭関係のことは私の仕事ではありません。弁護士の伊納先生にお尋ねになってはどうですか」

　彼女は一瞬絶句した。

「——あの先生に会ったの？」

「はい」

「なんで？　なんで弁護士のこと知ってるのよ」

「調査したからです」

　彼女はキッとなった。「どうせ、あいつらが雇った弁護士よ。何を訊いたって、あたしの悪口しか言わないに決まってるのに」

「そんなことはありませんでした」

「勝手に探り回るなんて、プライバシーの侵害よ！」

　ダメだ。自分が何を言っているのか、本当にわかってないんじゃないか。

「それなら、私のことも訴えますか」

「何よ、それ。もういい！」

　電話は一方的に切れた。

　事務所に押しかけてくるかなと思ったが、その日も、翌日の九日も静かなものだった。

　朽田母娘の住んでいる賃貸マンションの住所は、ここから徒歩で十分ほどのところだ。

買物のついでに寄ることもできる距離だが、彼女は姿を見せなかった。電話もない。本気で「もういい！」なのか、それとも単なるむら気なのか。

十日の朝、〈オフィス蛎殻〉からの仕事が入った。数日は拘束される案件なので、事務所を出る前に朽田美姫の携帯電話に連絡してみた。留守番電話サービスに繋がったので、調査が終わって報告書ができていること、何日か事務所を不在にするので、帰り次第またご連絡しますとメッセージを残した。

翌十一日の夜、帰宅すると事務所の固定電話に朽田美姫の留守録が入っていた。午後五時二十八分の着信だ。

「もしもし？　朽田ですけど。報告書、あたしの実家に送って。しばらくあっちにいるから。料金は五千円でいいのよね？　もう払ったからね」

一方的な言い捨てに、私は声に出して「はいはい」と言った。依頼を引き受けたとき、「念のため」と彼女の実家の住所も聞いておいてよかった。

宅配便の送付状を書きながら、そういえば、結局、漣から電話やメールがくることはなかったなあと思った。あの子に関しては、お節介な私立探偵の出番はないのだ。

報告書とＤＶＤの包みには、経費の明細と請求書も同封した。朽田美姫が払わないと怒ったら、私も弁護士を立てて支払い命令をとると通告しよう――などと夢想して、一人笑いをしてしまった。

明くる日の朝、町内会の清掃に参加して戻ってくると、電話が鳴っていた。鵜野一哉氏からだった。

「おはようございます。朝からすみません」

「いえ、こちらこそ、あれっきりで失礼しました」

私はここ数日の美姫とのやりとりと、彼女の要望で、報告書をさいたま市の実家に送ることを伝えた。

「これから発送しますので、明日には向こうに着くと思います。朽田さんに報告書を読んでもらって、その反応によってはまたご連絡することがあるかもしれないと思っていたのですが」

一哉氏は、朽田美姫が実家に帰ったことを知っていた。

「串本さんと大喧嘩して、別れると言っていました」

「それをわざわざ鵜野さんに報せてきたんですか」

「はい。駅から電話してきたんですが、つまり、また無心でした」

生活費がどうのこうのと言っていたそうだが、一哉氏が断ると、「漣が心配じゃないのか」とヒステリックに叫ぶので、

「漣は僕の子供ではない、漣を心配するべきなのは母親の美姫さんだと言い返しますと、電話を替わられてしまって」

電話の向こうで、漣は蚊の鳴くような声で言ったという。

——ママの実家に住むなんて嫌だ。パパの家に行っちゃダメ？

「僕も辛かったですが、駄目です、迷惑です、僕はもう君の父親ではありませんと、はっきり言いました。そこまで言ったのは、昨日が初めてです」

漣は毎度のように泣き出したが、

「今後の学校のことや暮らしのことは、ママとママのご両親とよく相談しなさい、元気でねと。僕の方から電話を切りました」

どこかで引導を渡さねばならなかったのだから、それでいい。遅すぎたほどだ。

「それきり連絡はありませんが、やっぱり気が咎めてしまって……」

「お気持ちはお察ししますが、実家に帰ればご両親も三恵さんもいらっしゃるんですから、もうあなたが悩むことではありません」

そうですよねと、彼は小声で言った。

「あ、それと調査費ですが」

「報告書に請求書をつけました」

「美姫さんが払わなかったら、僕に回してください。お約束ですから」

「そんな約束はしていませんよ。依頼者は朽田美姫さんですから、美姫さんに支払っていただきます」

私は口調を改めた。

「鴉野さんには、ご協力いただいてたいへん助かりました。竜聖君が一日も早く退院して、またお友達と元気に登校できるようお祈りしております」

彼との話はそれで終わった。私は朽田美姫あてに宅配便を送り、彼女の携帯電話に連絡した。留守番メッセージが聞こえてきたので、調査報告書を発送した旨を吹き込み、「よろしくご確認ください」と言って切った。

それが区切りになったかのように、静かな週末を過ごすことができた。

週が明けると、仕事運が巡ってきた。一つはタウン誌を見て来た二十代の会社員の男性で、中学時代に親しかった同級生の消息を調べてほしいという。

「ご自分でSNSをたどれませんか」

「僕、ネットは苦手なんです。あいつもSNSとか興味なかったと思うし。昔から一匹狼みたいな感じの変わり者でしたけど、地元のクラス会にあいつだけ出てこないし、誰も年賀状のやりとりさえしてなくって、心配なんですよ」

もう一つは例によって私の命綱、〈オフィス蛎殻〉からの仕事だ。対象人物が複数いる行動監視と尾行に人手が要るという。交代制なのでべったり拘束されるわけではないが、この案件そのものは一ヵ月かかるとか。

「やります、やります」

電話の向こうで、オフィスの事務員の小鹿《こじか》さんが笑った。「ホクホクって音がしてる」

「違いますよ。騎兵隊が来たぞ！　という歓声が聞こえてるはずです」

そのホクホク仕事の合間を縫《ぬ》い、例によって「ネットの魔法使い」の木田《きだ》ちゃんに助《すけ》太刀《だち》してもらって、同級生探しの方はたった二日で結果を出せた。クラス会に出てこない一匹狼は、何と得度して修行僧になっていた。今は北陸地方の名刹《めいさつ》にいる。

「あいつの人生に何があったんだろう?」

着手金五千円にプラス二万八千円を支払って、依頼者の男性は首をひねりながら帰っていった。

この解決に前後して、私の方には、首をひねるのではなく、うなだれてしまう出来事があった。元妻からメールが来たのだ。

内容は彼女の父、桃子の祖父、かつて私の舅だった今多嘉親氏の病状と入院についてだった。やはり心臓カテーテル手術を予定している、今のところ、すぐ命に別状があるわけではない、ただ腎《じん》機能が低下していることがわかり、透析を受けるようになる可能性がある――

〈桃子からお見舞いのことを聞きました。お気持ちは有り難いのですが、父の病室には親戚や会社の関係者が出入りします。あなたに不愉快な思いをさせてしまうかもしれません。お見舞いはご遠慮させてください〉

私はいわゆる逆玉婚で、妻の親戚筋からの視線は冷たかった。関係が良好だった妻の兄たちとも、離婚のときにはぎくしゃくしてしまった。赤の他人となった今は、おまえが何しに来たのだという目で見られるのはわかりきっている。

〈了解しました。ご快癒《かいゆ》をお祈りしています〉

それだけ返信して、小一時間ヘコんでいた。鵜野一哉氏に言った言葉が、ブーメランのように返ってきた気分だった。もうあなたが悩むことではありません。

進行中の仕事に気をとられていたので、朽田三恵さんから丁重な礼状が届いたときには驚いた。

〈先ほど、調査料をご指定の口座に振り込んで参りました。杉村さんの調査報告書のおかげで、父と二人で姉を説得することができました。竜聖の動画は病室の母にも見せてあげました。とても喜んでおりました。本当にありがとうございました〉

線の柔らかい、きれいな手跡だ。

〈姉は串本さんと別れ、漣を連れて実家に帰ってきております。このままずっとこちらで一緒に暮らすかどうかはわかりませんが、できるだけ早く、漣の生活を落ち着かせてあげたいと思います〉

締めの一文は、〈杉村さんの今後のご健勝をお祈りしております〉。

朽田三恵という署名を見て、この姉妹は本来は〈三紀と三恵〉なのだと気がついた。朽田美姫が〈三紀〉に戻ってくれるまで、まだ家族の気苦労は続くのだろう。それでも今回はどうにか事態が収まったのなら、子供たちのためにも幸いだった。

口座を確認してみると、〈クチダミキ〉様からの送金が、十六日の水曜日に着金していた。送金手数料は差し引いてくださいと添え書きしておいたのだが、満額入っていた。

私は〈朽田美姫〉様宛の領収書を書き、封筒の宛名は三恵さんにして郵送した。

これで依頼は終了だ。ただ、六月の桃子の誕生日プレゼント用に、かに座のスノウドームを作ってもらおうというもくろみは果たせなくなってしまった。まったくの別件とはいえ、三恵さんはもう、探偵なんぞから連絡してほしくないだろう。諦めよう。

と、思っていたのだが――

6

二十一日の月曜日、夜九時過ぎにオフィスの助っ人仕事から帰ったら、竹中夫人が食事に招いてくれた。

「このごろ、夜中に出ていって朝帰ってきたりしてるんだってね。ちゃんと食べてる?」

私の間借りスペースの真上に自室があるトニーが、心配して言ってくれたようだった。確かに最近の私の生活はトニーと同じぐらい不規則になっている。

「請負《うけおい》仕事なんです。危ないことはしていません」

だが、食事はコンビニ弁当か牛丼屋ばかりだった。家庭料理は嬉しい。

竹中家の夕食は済んでいるのに、わざわざ私のために一汁《いちじゅう》三菜を供してくれた。有り難くいただいたところで、一号夫人の順子さんと長女の有紗さんが食堂に入ってきた。

「こんばんは」

一号母娘は、何となくソワソワしている。一号夫人は竹中夫人と目を合わせ、軽くうなずき合った。これは何か用があるのだ。

「今、杉村さんお忙しそうだから、いちいちこんなことを言いつけるのはご迷惑かもしれないんですけど」

「そんなことは気にしないでください。どうかしましたか」

「あたしも、気になるなら聞いてもらえって勧めたの」と、竹中夫人が言う。「杉村さんは、それが仕事なんだからね」

順子さんはためらいがちに切り出した。

「先週の土曜日に、ちょっとびっくりすることがあったんです」

近所のスーパーで、また朽田美姫に出くわしたのだという。漣が一緒にいて、二人で買物をしていた。

「わたしの方が先に気づいて。だけどね、見違えちゃったんですよ。服装もお化粧も、何から何まで普通だったから」

「杉村さんに、朽田さんのお母さんの依頼を受けたって聞いてたから」と、有紗さんが言う。「だから、杉村さんの働きで何かが解決して、朽田さんのお母さんがまともに戻ったのかなって思ったんですって」

いや、違う。

「それはたぶん、朽田美姫さんの妹さんですよ。漣さんの叔母さんです。美姫さんとは年子で、顔も背格好もよく似ている。ファッションの好みと人となりは大違いですが」

朽田美姫は、串本憲章氏と大喧嘩し、「別れる！」と実家へ帰った。しかし漣には学校がある。昨日の今日で転校手続きは難しいだろうし、母娘が住んでいた賃貸マンションを引き払うにしても、引っ越しの手間がかかるだろう。だから三恵さんが手伝いに来ているのではなかろうか。

私がざっと説明すると、一号母娘は顔を見合わせた。竹中夫人は黙ってタバコを吸っている。

「それなら……きっとそうなのね。でも」

順子さんは眉をひそめて続けた。

「こちらからは声をかけずに、でも興味があったから、そうっと様子を窺《うかが》ってたんです。そしたら漣さんの言動がひどくて、またびっくりしたの」

「どんなふうにひどいんですか」

ざっくり言うなら、横柄《おうへい》で高圧的だったのだそうだ。

「あれを買えこれを買え、こんなの不味《まず》いから要らないとか、ケチくさいとか。反抗期の子供がお母さんに逆らってるような感じではあるんですけど」

漣の表情が凄かった。

「憎々しいというか、冷たいというか。わたし、中学生の女の子があんな顔をするなんて、今でも信じられません」

もっとも耳を疑ったやりとりは、

「美姫さん？　叔母さん？　どっちにしてもその人が何か言い返したら……それもジュースの銘柄とか、つまらないことですよ。そしたら漣さんが」

――うっせえな！　あんた、あたしに逆らえると思ってンの？

「美姫さんだか叔母さんの方も、全然怒らないし叱らないの。黙って目をそらしているだけなんですよ」

ご馳走になったばかりの夕食で膨れている私の胃袋が、ゆっくりと捻《ねじ》れるような気がした。

「見ちゃいけないものを見たようで、わたし、逃げるようにスーパーを出てきたんです。それで有紗に話したら」

「あたしの方にも変なことがあったの」

そちらは十六日の水曜日、有紗さんが学校から帰宅する途中のことだった。

「駅前で朽田さん、もうこんがらがるからレンでいいや、レンに声をかけられたのね」

――アリ～！

「中学の制服じゃなくて、私服でした。ジーンズのミニスカートにTシャツで、それはいいんだけど」

高価そうなブレスレット・ウオッチをはめ、ダイヤのネックレス（本物っぽかった）

をつけていた。背中にはプラダの黒いナイロンのリュック。

「色つきのリップを塗って、髪をカールしてました。これから友達とカラオケなんだけど、一緒に行かない？　って誘われて」

もちろん、有紗さんは断った。朽田漣は、

「べたべたして腕を組んできて、ニヤニヤ笑いながら」

――もうすぐあたしもアリーと同じ学校に行くんだ。よろしくね。

「こっちは、え？　え？　え？　って感じになっちゃって」

またクラスメイトになれるとか、漣は一方的にぺちゃくちゃしゃべった。

――アリー、もうすぐ誕生日だよね。プレゼントあげる。ふたご座だったよね？

私は言った。「そのプレゼントって、もしかしたら星座のスノウドームじゃないかな」

一号母娘は揃って目を丸くした。

「知ってるんですか？」

「漣さんの叔母さんが趣味で作っているものだと思うよ」

有紗さんは激しくうなずいた。「そうそう！　前にも聞いたことがあるんです。誕生日に叔母さんからもらった、手作りなんだとかって」

有紗さんは、漣のおしゃべりを振り切ってうちに帰った。

「お母さんに話そうかと思ったんだけど、すごく嫌な気分だったから口に出したくなくって……。あの子がうちの学校に編入してくるなんてあり得ないし、どうせまたウソついてるんだろうとも思ったし」

しかし、一号夫人から土曜日のスーパーでの出来事を聞き、驚いて打ち明けたのだそうだ。

「朽田さんのところ、どうしちゃったんでしょうか」

竹中夫人と一号夫人の眼差《まなざ》しには、さほど大きな不安はない。むしろ興味の色がある。だが有紗さんは真剣に嫌がっている。

これだけの材料では、まだ何とも言えない。しかし不穏だ。

「この件は、僕がお預かりします。また何かあったら、どんな些細なことでもかまいませんから教えてください」

朽田母娘の住んでいる賃貸マンションは、〈ハイツ鈴木〉。竹中家からはそう遠くない。だが、そちらを訪ねる必要はなかったし、私の普段の生活でもべつだん用がある道筋でもないから、行くのは初めてだ。

夜道を歩きながら、朽田美姫の携帯電話にかけてみた。留守番電話サービスには繫がらず、〈電源が切れているか、電波の届かない場所にあります〉が聞こえてきたので、すぐ切った。

〈ハイツ鈴木〉は、住宅と店舗と小さな作業所などがまじる町中の、三階建ての小さなマンションだった。夜目にもそうとう古そうな建物だとわかった。部屋番号は二〇一。集合郵便受けには名札が出ていない。

常夜灯がチカチカまたたく廊下の奥に、狭くて急な階段がある。二〇一号室は二階のいちばん手前だった。

私はインターフォンを押した。室内でけっこう大きな音が鳴っているが、反応なし。ドアの脇の天井近くに設置してある電気のメーターは動いている。

もう一度インターフォンを押し、三度目を押そうとしたとき、ドアの内側でチェーンを外す音がした。

ドアが開き、見上げるような大男がのっそりと顔を覗かせた。短く刈り上げた髪、太い眉毛、日焼けした顔。Tシャツの肩のあたりには筋肉が盛り上がっている。

「——何？」

無愛想に問われた瞬間、ピンときた。

「串本憲章さんですか」

私の問いかけに、彼はまばたきした。

「そうだけど。あんた誰？」

「夜分に申し訳ありません。探偵の杉村と申します。ここにお住まいの朽田美姫さんから調査をお引き受けしていたのですが、急いでご連絡したいことがありまして、お訪ねしました」

彼は靴脱ぎまで降りてきて、さらに広くドアを押し開けた。筋骨《きんこつ》たくましい。一哉氏とはまったくタイプが違う。カーゴパンツのベルトに太いキーチェーンをつけている。

「ああ、あんたが探偵か」

しゃがれた低音だ。呼気にタバコの匂いがまじっている。私を上から下まで眺め回して、

「美姫ならいないよ」

出て行った、と言った。

「あいつの妹がこの部屋を引き払うっていうから、俺も荷物を取りにきたんだ」

「妹さんの三恵さんですね」

「そう。あんた知ってるの？」

「娘の漣さんは、美姫さんと一緒にいるんでしょうか。先々週の金曜日、二人で美姫さんの実家に帰ったんですよね」

串本氏は不愉快そうに目を細めた。「何の用なの」

室内には明かりがついている。キッチン付きのワンルーム。大きさも柄も雑多な段ボールがいくつか積み上げてあるのが見えた。

「不躾で申し訳ありません。中でお話できませんか。少々込み入って――」

私の言葉を遮《さえぎ》るように、串本憲章氏は言った。「美姫は実家にもいないよ」

何だって？

「ガキをほっぽって、出ていったんだ。本気で別れるっていうなら、俺もあいつに貸した金を返してもらわないとならないからさ。先週仕事あがりにここに寄ったら、妹がい

たんだ。荷物を整理して引き払うって」

十六日の水曜日、午後一時ごろのことだと言う。同じ日、学校帰りの有紗さんが駅前で漣に遭遇している。着飾って、中学生には不釣り合いなアクセサリーをつけ、これから友達とカラオケに行くという漣と。

「冷蔵庫とテレビは俺が買ってやったもんだし、勝手に持っていかれちゃ困るからさ。美姫はどうしてるのか訊いたら、妹にもわからないって言うんだよ」

――姉は家出してしまったので。

「いつ家出したと言っていましたか」

串本氏は面倒くさそうにうなじを掻いた。

「実家に帰ってすぐだったらしいよ。朝起きたらいなくなってたんだって」

私はまた室内を見回した。日焼けした壁に、カレンダーを剝がした跡が四角く白く抜けている。家具らしい家具も、家電もない。空っぽの衣装ケースがいくつか積んであるだけだ。

「しょうがないから、その場ですぐリサイクル屋を呼んで、売れそうなものは全部売っぱらったんだ」

妹も立ち会ってたよ、と言う。

「勝手にやったわけじゃない。その代金だけじゃ、美姫に貸した金にはぜんぜん足りないくらいだし」

「なるほど。それで、今はどの荷物を取りにいらしたんですか」

「あの衣装ケース」串本氏は指さした。「中身を空にしたら、俺がもらう約束をしてたから」

「鍵はお持ちなんですか？」

「新聞受けのなかに、合鍵をぶら下げてあるんだよ。ガキに鍵を持たせて失くすと面倒だから、美姫はそうしてたんだ」

ぽんぽん答えてくれてから、やっと気づいたように彼は気を悪くした。「俺が何か悪さしたって言いたいの、あんた」

「いいえ、そんなつもりは全くありません」

むしろ、それどころではない。

「串本さん、立ち入ったことを伺いますが、なぜ美姫さんと大喧嘩して別れることになったんですか」

うるせえと怒鳴られるのを覚悟で訊いたのだが、彼は答えてくれた。しかもその答えは明快だった。

「美姫がまたサラ金に手を出してたから」

督促状《とくそく》を隠していたのだという。

「隠したってバレるのに、バカなんだよ。前から、何度やめろって言っても、俺の仕事仲間や友達《ツレ》から金を引っ張ろうとして、それにもいい加減うんざりだったしな」

私はまた胃袋がよじれるのを感じた。事務所を訪ねてきたとき、戸口に佇《たたず》む朽田美姫のミュールが歪んでおり、そのせいで彼女の姿勢もねじれていたことを思い出す。

「美姫さんは、返すあてもないのに借金をしていたんでしょうか」

この質問に、串本氏の目が怒った。

「ガキの慰謝料をあてにしてたんだよ」

漣じゃないよ、竜聖の方だ、車にはねられた子供のための金だ――

「あいつ、とことんわかってなかった。事故ったババアからきっちり金を取るために探偵を雇うって。ああ、それがあんたか」

「はい、私です」

「手数料五千円でいいなんて、ホントなのか？」

「それは誤解ですが、美姫さんはあなたに、きっちり慰謝料をとるために私を雇ったと説明していたんですね？」

串本氏はうなずき、今度は耳の後ろを掻いた。

「俺は長距離専門だから、いっぺん仕事に出ると三、四日は帰ンないわけよ。だからガキの事故のことも、美姫から詳しく聞いてなんかない。ただ、取るもんはきちんと取らないと、怖い思いをした子供の権利だからなって言ってやった」

まともな発言である。朽田美姫の「ケンショウもそう言ってる！」は、彼女に都合のいい粉飾だったのだ。

「なのにあのバカ、ガキの慰謝料をがめるつもりだったんだ。母親のくせに何ほざいてんだって怒鳴りつけたら、別れるって」

煤《すす》けた天井の蛍光灯《けいこうとう》に、小さな蛾《が》が一匹まとわりついている。その羽音が妙にうるさく耳についた。

「あなたが最後に美姫さんと話をしたのはいつですか」

「だから、実家に帰っちまった日」

十一日、金曜日の午後。

「俺は勤務明けでここに来て、美姫はどっかへ出かけててさ。あんまり散らかってるから掃除してやって、督促状を見つけたんだ」

それで大喧嘩になった、と。

「それ以来、彼女に会ったり電話で話したことはありますか」

一度もないと、彼は答えた。

「ケータイにかけても、電源が切れてます、だよ。シカトされてんだ」

そうではないと、私は思う。

「漣さんと会ったことは？」

「ないよ。用がねえもん。俺はあのガキ、もともと好きじゃなかった」

陰気だったから、と言った。

「俺になつかないのはしょうがないけど、すぐ嘘をつくし、学校をサボるから叱ると泣くし」

私は頭一つ分高いところにある彼の顔を仰いだ。あなたを勝手に誤解していた。申し訳ない。

「串本さん。私が受けた依頼はまだ終わっていないので、美姫さんに会う必要があるんです。彼女の知り合いや友人関係で、あなたの心当たりがあるところに、片っ端《ぱし》から連絡してみていただけませんか。誰かが美姫さんと一緒にいるかもしれませんし、つい最近彼女にお金を貸しているかもしれません。あなたと別れ、実家を飛び出し、彼女が頼れるのは友達ぐらいでしょう？」

口に出すつもりはなかったし、自分の心の内でも、はっきり言語化して考えていたわけではない。だが、私の懸念《けねん》が目に浮かんでいたのだろう。一瞬面倒くさそうに目元を歪めた串本氏は、すぐ真顔になった。

「うん。前から、喧嘩すると、よく友達のところに転がり込んでた」

「ではお願いします」

お互いのスマホで連絡先を交換した。

「美姫さんの所在がわかったら、何時でもかまいませんのでご連絡ください。ただ、私と会ったことは、妹さんや漣さんには内緒にしておいてください。心配かけない方がいいので」

「わかったよ」

空っぽの衣装ケースを三つ運び出すのを手伝おうかと思ったが、そんな必要はなかった。串本氏は軽々と抱えて階段を降りてゆく。

私は明かりを消し、ドアを閉めて合鍵で施錠《せじょう》した。ビニール紐《ひも》に繋がれた合鍵を新聞受けに戻すと、小さな音がした。平穏そうな現実に生じた、最初の亀裂の音だった。

オフィスの仕事で断続的に拘束されていることが、そのときの私には幸いだった。串本氏からの連絡を待つあいだ、余計なことを考えずにいられた。

私の懸念は、何かしら小さなことがあれば、あっけなく消えるものだった。串本氏が美姫の所在をつかむ。彼女とまた電話で喧嘩する。あるいは竹中一号夫人か有紗さんが、どこかで美姫を見かける。美姫が私に「お金どうなった？」と催促してくる。私がかけた電話に彼女が出る――

〈ハイツ鈴木〉にも、何度か足を運んでみた。二十三日は朝六時過ぎに、二十四日は昼ごろに。二度ともインターフォンが鳴るだけだった。二十五日の夕方、オフィスの仕事あがりに立ち寄ってみたら、電気のメーターの動きが止まっていて、ドアノブに電力会社とガス会社の〈電気をご使用になる前に〉〈ガス開栓《かいせん》のお手続きについて〉のパンフレットがぶらさげてあった。新聞受けのなかの合鍵も消えていた。完全に引き払ったのだ。

そしてこの夜、串本氏から連絡が入った。背後に車の走行音がする。どこかサービスエリアのようなところにいるのだろう。

「もしもし？　出先なんで、電波が悪くて悪いな」

「大丈夫です、よく聞こえます。美姫さんと連絡がつきましたか？」

「全然ダメだった」と、彼は答えた。「ここんとこ、美姫の友達も、俺のツレも、誰もあいつに会ってないし、電話もかかってきてないって」

ただ、十二日土曜日の朝、朽田美姫がネイルサロンを経営している友人（正確には中学時代の先輩だという）に、

――しばらく実家にいることになったから、バイトやめるわ。

と電話していたことがわかった。

「あいかわらず無責任だって怒ってたよ」

それでも、美姫は今月トータルで二十時間ほど仕事していたので、バイト代が発生している。それをどうするかと友人が尋ねると、

「あいつ、ついでの時にもらいに行くって言って、それっきり取りにこないんだってさ」

串本氏のしゃがれた低い声が、ちょっと騒音にまぎれた。

「――くない」

美姫らしくない、と言ったのだろう。

「もらえる金をほったらかしにしてるなんてさ。普段だってあり得ない。ましてや、あ

いつ今カネコマなのに」

　金に困っているのに。サラ金から督促状が来ているのに。あてこんでいた竜聖君の慰謝料も入ってきていないのに。

「ありがとうございました」

「あと、何かやることあるかい」

「朽田さんのご実家へ伺ってみます」

「ああ……そんなら、うん、よろしく」

　電話を切って、私はしばらく机の前に座り込んでいた。


　翌朝、起き抜けに朽田美姫の携帯電話にかけてみた。もう何度耳にしたかわからない〈電源が切れているか――〉を聞き、顔を洗って身支度を調えた。

　朝食を〈侘助〉でとろう。このごろご無沙汰《ぶさた》しているし、気の重い一日の始まりに、せめてマスターのホットサンドで元気をつけよう。そう思って店のドアを開けたら、予想もしなかった人物の顔を見つけた。

　カウンターのいちばん奥の席。私のお気に入りの場所だ。そこに腰をおろしてホットサンドをぱくついているのは、警視庁刑事部捜査一課継続捜査班の立科吾郎《たてしなごろう》警部補だった。

「いらっしゃい」と、マスターが声をかけてきた。「杉村さん、久しぶりだね」

私が固まっていると、立科警部補が、空いている方の手をあげてニカッと笑った。

「おはようございます。奇遇ですな」

ノーネクタイだが、仕立てのいいスーツを着ている。

私は無言でマスターの顔を見た。マスターは軽く肩をすくめると、

「お知り合いでしょ？」

知り合いではない。今年の二月初め、立科警部補の方が勝手に私の事務所を訪ねてきただけだ。あちらはコートと帽子とマフラーで身を固め、上着もなしに戸口で立ち話をした私は寒くてたまらなかった。

あの日、ちょっと帽子を持ち上げ、気取った会釈《えしやく》をした立科警部補は髪が薄かった。今こうして見ると、額がすごく上がっている。あのときは「ほっほう」というような笑い方で、今の「ニカッ」と同じくらい嫌味だった。

「立科さん、うちの常連さんになってるんだけど」

「食べログを見たそうですよ」と、私は言った。

「へ？　杉村さんの紹介じゃなかったの？」

マスターは我々を見比べる。立科警部補は、悪びれる様子もない。

「いつも、当直明けにモーニングを食べに寄せてもらっています」と言って、コーヒーにミルクを入れる。

継続捜査班に当直があるのだろうか。この人の言うことも、朽田美姫と同じくらい信

用できない——

だが、この人は刑事だ。

私は手で額を押さえた。このタイミングでこの人に会ったのは、天の配剤なのかもしれない。

「杉村さん、突っ立ってないで座りなさいよ」

マスターに促され、私は立科警部補の隣に座った。店内は半分ほどの入りだ。ボックス席には早朝ラジオ体操帰りの年配者のグループ。

「立科さん」

私は声をひそめた。

「うちにいらしたとき、私がどんな探偵なのか興味があるとおっしゃいましたよね」

「はい」

おしぼりとおひやが出てきた。

「それなら、今日これから、私の仕事ぶりを実際にご覧になりませんか」

警部補はひたと私を見た。つるりとした面長の顔に、大きな目。ちょっと上がっている口角。こういう口元の人はデフォルトで愛想がよさそうに見えるし、実際に警部補もそんな感じなのだが、どこか不穏だ。なぜなのか、アップで見たらわかった。右目が三白眼《さんぱくがん》なのだ。

「事件なんですか」

「はい」

「どのような？」

「たぶん、人が死んでいます」

目を伏せて、警部補はスプーンでコーヒーをかきまわす。

「場所は」

「さいたま市内です」

「じゃあ、管轄《かんかつ》が違うなあ」

「あなたは継続捜査班なんだから、出来たてホヤホヤの事件はそもそも管轄違いでしょう。だからいいじゃないですか、見学で」

スプーンの動きが止まった。

「今日のモーニングはアスパラとコンビーフのホットサンドか、卵サンドですよ。どちらにしますか」

言って、立科警部補はまたニカッと笑った。

「腹ごしらえは大切ですからね」

そうならない方がいいが、そうなったら足が必要になるので、レンタカーを借りた。

立科警部補は当然のように後部座席に座った。

「私はドライブが好きなんですよ。うちの家内は運転が好きなんです。いい組み合わせでしょう？」

「奥さんが運転するときも、立科さんは後部座席に座るんですか」

心底驚いたように、警部補は目を瞠った。

「まさか！　隣に座るに決まってるじゃないですか」

小憎らしいほどによく晴れて、皮肉なドライブ日和《びより》だった。おおまかな事情は〈侘助〉で話しておいたので、私は道中では黙っていた。立科警部補はスマホをポチポチといじり、地図を見ているらしかった。

「埼玉のそのあたりは、昭和四十年代に宅地開発が盛んだったところですよ」

その前はネギ畑だった、と言う。

「いや、百パーセント、ネギばっかり作っていたという意味じゃありません。ネギなどの近郊農業が盛んだったという意味です」

レンタカーのナビに従って走ってゆくと、警部補の言葉どおり、古びた一戸建てが建ち並ぶ町筋へ入っていった。低層階の新しめのマンションやテラスハウス、小ぎれいなアパートもまじっている。

朽田家は路地の行き止まりに、一軒だけ独立して立っていた。軽量瓦《がわら》、モルタル塗装の二階家だ。外装はだいぶ煤けているが、瓦屋根は葺《ふ》き替えてまもないのか、ターコイズブルーが鮮やかだ。

路地といっても、充分に車が出入りできる幅がある。家の向かって右側は緑地で、左側はシートのかかった三階建てぐらいのビルだ。新築中なのか、補修中なのか。いずれにしろ、こちら側から出入りすることはできない。

朽田家の庭は広く、フェンスも柵もない。家の正面に設置されている大きな室外機の横に、銀色の乗用車用のカバーが丸めて置いてあった。

「車で出かけているようですね」と、立科警部補が言った。

私はレンタカーをターンさせず、そのまま前庭に乗り入れて駐めた。運転席から降りるとき、室外機の上の腰高窓にかかるレースのカーテンが揺れたような気がした。

玄関のドアは木目で、四角い小窓が二つ並んでいる。インターフォンはシンプルで小さく、カメラはついていないようだ。

表札は模造《もぞう》大理石の立派なもので、明朝体で「朽田」と記されていた。

インターフォンを押しても、押しても、押しても反応がなかった。軽く拳を握り、玄関のドアを叩こうとしたとき、

「……はい」

インターフォンから、女性のか細い声が聞こえてきた。

「先日、鵜野一哉さんと一緒にお目にかかった杉村です。突然お伺いして申し訳ありません」

インターフォンは沈黙している。

「調査報告書をお送りしたあと、美姫さんとご連絡がとれなくなりました。賃貸マンシ

ョンの方も引き払ってしまわれたようで」

私の後ろで、立科警部補は両手を上着のポケットに突っ込み、呑気そうにまわりを見回している。

五月の風に乗って、どこかから「イチ、ニ、イチ、ニ」というかけ声が聞こえてきた。近くに学校があるのだろう。

「美姫さんにお目にかかりたいのですが、ご在宅でしょうか」

玄関のドアが開いた。すぐ内側に三恵さんが立っていた。

初対面から二十数日。彼女は一目でわかるほど面《おも》やつれしていた。化粧はしておらず、髪は首の後ろで束ねているだけ。丸首のカットソーにジーンズをはいている。

私は彼女の目を覗き込んだ。そこに暗黒があるのを見つけた。

「美姫さんはどこにいらっしゃいますか」と、私は尋ねた。

朽田三恵の目の奥の暗黒が揺れた。

「なぜ連絡がとれないのでしょう。なぜ漣さんがあなたに、高圧的で横柄な態度をとるのでしょう。姪の漣さんがあなたに、自分に逆らえると思っているのかなどと言い放つのはなぜなのでしょう。漣さんが身につけている、中学生には高価なアクセサリーやバッグは美姫さんのものですか。それとも三恵さん、あなたのものですか」

詰問《きつもん》にならないよう、努めてゆっくりと言った。三恵さんは肩を落とし、玄関のドアノブにつかまって立っていた。その目が立科警部補の方に泳いだので、私は言った。

「困った事態が発生しているのではないかと思いましたので、一緒に来てもらいました。こちらは警察の方です」

立科警部補は、「ほっほう」でも「ニカッ」でもない笑みを浮かべ、上着のポケットから警察バッジを取り出して、掲げてみせた。それが警視庁のもので埼玉県警のものではないことなど、彼女の目には入らなかっただろう。

「もう一度伺います」

私の胸の奥が痛んだ。神の手を持つ心臓外科医にも取り去ることのできない痛みだ。

「美姫さんは、今どこでどうしておられますか」

朽田三恵が、その場にすとんとしゃがみこんだ。吊っていた糸を切られた操り人形のようだった。

「すみません」

声が震えていた。頭を抱える、その両手もわなないていた。

「わかっていました。隠せるわけがないってわかっていました」

わかっていましたわかっていましたわかっていました——

「お気の毒ですが、あなたはもう家のなかに入ってはいけません」

立科警部補の言葉で、私は三恵さんをレンタカーの後部座席に乗せ、路地から街路へと車を動かした。

立科警部補が彼女の隣に座った。私は彼女の側のドアを開け、ドアの縁に手をかけて立つようにした。

「父と漣は母の病院にいます。今日が退院日なので、迎えに行きました」

顔色を失い、震える手を握りしめながら、朽田三恵は囁《ささや》いた。

「入院中だったお母様は、何もご存じないんですね」

「はい」

「でも、お父様と漣さんは知っている」

彼女は目をつぶってうなずいた。一度、二度、三度。何かを振り切るように。

「それなら、お父様と漣さんもあなたと一緒に地元署へ行った方がいい。お帰りになるのを待ちましょう」

立科警部補は、なぜか彼女の方を見ていなかった。窓から外を眺めている。

「こういう場合を、自首というんですよ」

あさっての方を見ながら、世間話でもするかのような口調で言った。

「警察サイドが、まだ事件が起きていることさえ把握《はあく》していませんからね。それなのに自分から事実を申し述べるわけですから、非常に心証がよくなります」

三恵さんの目に涙が浮かんできた。

私は切り出した。

「今ここで詳しいことを話す必要はありません。でも……よかったら教えてください。

話せそうですか」

「はい」

涙が溢れて頬を伝う。

「いつ、何が起こったんですか」

三恵さんは口を開き、声が出てこなくて、苦しげに呼吸した。

「杉村さんの報告書についてきたＤＶＤを見たいと、姉がわたしの部屋に来たんです」

十三日の日曜日、午後三時ごろのことだったという。

「うちにはＤＶＤ再生機がありませんし、パソコンもわたしが持っているだけですから」

朽田美姫は報告書を読み、怒っていたという。

——こんなことばっかり詳しく調べたって、何にもなりゃしない。

それでも、竜聖君の動画を見ようとはしたのだ。

「姉は、串本さんの悪口も言っていました。ケチな男だって。また借金をつくって、そのせいで喧嘩別れしてきたんだから、自分が悪いのに」

竜聖君の動画の再生が始まると、美姫の悪口雑言《あっこうぞうごん》はさらに激しくなった。鵜野夫妻、浜本夫妻、現場の様子を解説する鬼頭記者。

——嫌味ったらしいわね、大げさに。バカじゃないの。

そのとき三恵さんは、自室のテーブルに材料を広げて、スノウドームを作っていた。

勤め先の上司に頼まれた結婚祝いだ。

「姉は、こうなったら自分が竜聖を引き取ると言いました。その方がお金になると」

そして、まるで名案を思いついたかのように手を打って笑うと、こう言った。

――いっそ一哉と復縁しようかな。それがいちばん便利だわ。

「わたし、焦《あせ》ってしまいました」

また鵜野一哉に迷惑がかかる。彼を悩ませることになる。

「だから、思わず言ってしまったんです」

――お姉ちゃん、勝手なことを言わないで。一哉さんは再婚するのよ。

すると美姫は激高した。

「姉がヒステリックになるときは、いつもそうなんです。一瞬でスイッチが入って、正気を失ったみたいに叫んだり喚いたり」

再婚？　冗談じゃないわよ！　あいつにそんな権利があるわけないでしょ？

「わたし、姉を落ち着かせたくて、諦めてもらいたくて、もう結婚話が固まってるんだ、婚約者がいるんだと話しました。でも、ぜんぜん聞いてくれないんです」

挙げ句に、美姫は叫んだ。

――そんな話、ぶっつぶしてやる。あたしと漣をほっといて、あいつだけ幸せになるなんて絶対に許さないんだから。

「スマホを取り出して、電話をかけようとしたんです。たぶん、一哉さんに」

語りながら、朽田三恵はどんどん身を縮めていく。

「大変なことをしてしまったと思いました。わたしが口を滑らせたばっかりに」

止めなくちゃ。やめさせなくちゃ。

「目の前が真っ白になってしまって」

どうして、どうして、どうしてこの人は、こんなにわたしを苦しめるのか。

「気がついたら、机の上のガラスのドームをつかんで、姉を殴っていました」

直径二十五センチのガラス製のドームだ。充分に殺人の凶器になる。

「姉は棒みたいに倒れました。頭が割れて、血が飛び散って、ちょっとのあいだ手足がひくひくしてましたけど、すぐにぐったり伸びてしまいました」

朽田三恵もその場にへたりこんだ。何をどうすることもできず、呆然としているところに、父親と漣が帰宅した。

「それで、父が後始末をしてくれたんです」

——おまえは悪くない。すまなかった。仕方がなかったことだ。

「もとをたどれば、みんな親の責任だと言って」

その夜のうちに遺体を自家用車に積み込み、どこかに運んで行って、夜明け前に帰ってきたという。

「だから、姉がどこにいるのか、わたしは知りません。ごめんなさい」

言葉もないまま、私はぼんやりと考えていた。それでどうなる、どうしたいということはなくても、三恵は鵜野一哉に好意を抱いていたのだろう。その好意が爆発力になって、一瞬の凶行を引き起こしてしまったのだ。

「わたし、漣から母親を奪ってしまったんですけど」

漣は美姫の遺体にすがりつき、大泣きしたという。だが涙が収まると、

――もうママはいないんだから、あたしの好きなようにしていいよね？

今の公立中学は嫌だ、制服の可愛い私学へ行きたい。もっとお小遣いがほしい。お洒落な服を買いたい。おばさん、アクセサリーを貸してよ。ママの服とかバッグとかは、あたしがもらっていいんだよね。

いいでしょ？　ダメって言うなら、しゃべっちゃうよ。

「最初、東京のマンションに戻って一人で暮らすと言ったんです」

――お金だけくれればいいよ。

「そんなことはさせられませんから、大急ぎで引き払いました。学校の方は、担任の先生に電話をかけて、友達関係で悩んでいるようなので、当分休ませてくださいとだけ言ってあります」

言葉が震え、ときどきろれつがおかしくなるこの「供述」を、立科警部補は聞き流しているように見えた。だが朽田三恵の話が一区切りつくと、言った。

「あなたは気丈《きじょう》ですね。取調室でも、この調子でしっかり頑張るんですよ」

警部補の声はやや甲高い。しゃべり方にも独特の抑揚《よくよう》がある。まるでからかっている

ように聞こえた。しかしその目は厳しく、瞳が鋭く縮んでいた。

一年で最も爽やかな季節だというのに、私は気分が悪かった。冷たい汗をかき、インフルエンザにかかったように悪寒《おかん》がした。

自分の仕事が、私の調査報告書が、この事態を招いたのだと思った。

風に乗って、またかけ声が流れてきた。運動部の練習だろうか。

「近くに学校があるようですね」

警部補が尋ねた。三恵は顔を上げ、フロントガラスから遠くへ目を投げた。

「——姉もわたしも通った中学校です」

彼女の顔から表情が抜けていた。

「わたし、姉と似ているので」

ずいぶん辛い思いをしました。

「姉の不良仲間に、嫌らしいことをされそうになったこともあります。おまえも、脱いだら姉ちゃんと同じくらいいい身体をしてるんだろうって、取り囲まれて、怖かった」

口元が小刻みに震え始めた。奥歯がカチカチ鳴っている。

「姉がやらかしてきたことが全部、わたしに覆《おお》い被《かぶ》さってくるんです。学校でもずっとひそひそされていたし、先生たちには色眼鏡で見られました」

あの朽田美姫の妹だ。そっくりだね。

「母がずっと腰痛で病院通いで、父一人の稼ぎでやりくりして、まだ住宅ローンもあるし、うちはけっして裕福じゃありません」

そこに、漣という孫を養う必要も生じた。

「だからわたし、進学を諦めなくちゃならなかった。高校を出て、就職先の第一志望も、きっと身上調査をかけられたんでしょうね。社長面接までいっていたのに、不採用になりました」

ぐっと息を呑み込み、手で喉元を押さえる。

「付き合っていた男性には、結婚を前提に両家で顔合わせをした途端にふられてしまいました。彼のお母様が、姉の言動にぶるっちゃったんです」

無惨(むざん)にも、ここで朽田三恵は笑った。

「まともな家庭の人なら、ぶるって当たり前ですよ」

自分がしてもいないことなのに、悪評につきまとわれてきた。あの姉さんの妹なんだから、性根は同じなんだろう。おとなしそうな顔をしているけれど、信用できない。

一本調子に、囁くような声音で、朽田三恵は吐き出し続ける。

「辛くて辛くて、腹が立ってどうしようもなくて、よく当たるっていう占い師に見てもらったことがあるんですよ」

わたしの未来はどうなるんでしょう？　このまま、姉に振り回されて一生を終わるのでしょうか。

「そしたら、お説教されました」

——どれほど辛い過去だろうと、それはあなたの歴史です。昨日のあなたがあってこそ今のあなたがあり、あなたの明日があるのです。受け入れて前向きに進まなければ、幸福な未来への道は開けません。

「そんなこと、わたしにはできない」

彼女は両手で顔を覆った。

「もう無理です。もうできない」

もうたくさんだ。うんざりだ。力尽きてしまった。

「わたしを追い詰めている〈昨日〉は、すべて姉がやらかしたことなのに。わたしは、一度だって自分の昨日を選べなかったのに」

言葉の最後は、押し殺した悲鳴になった。

立科警部補がつと顎をあげた。

「車が来ますよ」

ドアを開け、車から外に出た。私も警部補の視線の先を見やった。静かな住宅地のなかを抜けて、白っぽいコンパクトカーがこちらへ向かってくる。

後部座席で、朽田三恵がむせび泣き始めた。

レンタカーの屋根越しに、立科警部補が私を見た。

「あなたもしっかり頑張りなさい、探偵」

五月の青空の下、私立探偵の形をした石になって、私はただ立ちすくんでいた。

解説

杉江松恋

杉村三郎は、防げない。
この世で起こる災いを。人が人を傷つけてしまうという、哀しい行為を。
神ならぬ身であり、ただの人間にすぎない杉村にできることは限られている。事のなりゆきを見届けることだけだ。それがわかっていながら、他人の人生に関われば、時には辛い出来事も見なければならないと知っているのに、彼は私立探偵という職業を選んだ。

誰かが、見届ける役目を果たさなければならなかったからだ。

『昨日がなければ明日もない』は、宮部みゆきの杉村三郎シリーズ第五弾にあたる中篇集である。そう聞くと、第一作から読まなければならないのでは、と身構える方もいらっしゃると思う。心配ご無用。ページを開けば、すっと問題なく小説世界に入っていけるのだが、念のためにシリーズの基本設定だけ書いておこう。

杉村三郎は三十八歳で私立探偵になった。その点を除けば、どこにでもいるような、ごく普通の中年男性である。もともとは犯罪の世界とは無縁で、今多《いまだ》コンツェルンという大企業体の社内報を作る編集部にいた。コンツェルン会長の娘と結婚していたことから正規の職務ではない仕事をする機会が何度かあったのだが、それが縁で思いがけない転職を果たすことになったのである。いろいろあって妻子とは別れ、今は一人暮らしをしている。これもいろいろあって、竹中さんという大家族の邸を間借りする形で自宅兼事務所を構えた。

最初の「いろいろあった」ほう、つまり杉村の今多コンツェルンを辞めて一人になるまでが、『誰か Somebody』(二〇〇三年。以下すべてシリーズは現・文春文庫)『名もなき毒』(二〇〇六年)『ペテロの葬列』(二〇一三年)という三長篇で書かれている。『名もなき毒』は第四十一回吉川英治文学賞受賞作でもある。時代小説からSFまで幅広く手掛ける宮部ではあるが、二〇〇〇年代以降に発表した現代小説の代表作は、と問われればこの三作を挙げなければならないだろう。だから重要な作品なのだが、杉村三郎の物語においては「私立探偵になるまで」の前史なので、「なってから」を読んだ後で手に取っても遅くはない。

二番目の「いろいろ」が、二〇一六年に刊行された『希望荘』である。これは杉村の身辺整理譚にもなっており、妻子と別れた杉村はいっぺん郷里の山梨に帰り、三十代にして思いがけないニート生活を送ることになる。そこから調査会社を営む蛎殻昴《かきがらすばる》と出会うなどの偶然が重なり、ついに杉村探偵事務所を構えるに至る。これも、そういうことがあったのだ、という知識だけがあれば本書を読むのにまったく支障はない。

さて、『昨日がなければ明日もない』である。

本書は、三作を収録した中篇集だ。最初の「絶対零度」（「オール讀物」二〇一七年十一月号）には、筥崎静子《はこざきしずこ》という依頼人が登場する。自殺未遂をした娘の優美《ゆうび》に彼女は会いたいのに、その夫・佐々知貴《さ さ とも き》に見舞いを拒絶されているのだという。自殺未遂の原因は妻と義母との確執だ、と娘婿は主張しているそうなのだが、静子には身に覚えのない誹りである。優美との関係は良好だったからだ。知貴の言動の裏にあるものを調べるため、杉村は動き始める。

話の構造から、ある先行作を連想した読者も多いのではないだろうか。マイクル・Z・リューインが一九七八年に発表した『沈黙のセールスマン』（ハヤカワ・ミステリ文庫）である。この長篇はアルバート・サムスンの探偵事務所に、入院した夫に会わせてもらえないという依頼人がやって来ることから始まる。導入部がそっくりなのだ。違いは、依頼人を拒んでいるのが夫の勤務先の人間であることで、傘下に病院まで抱えるような大企業と個人事業者にすぎない私立探偵のサムスンが闘わなければならなくなる展開が緊張感を呼ぶ。

アルバート・サムスン・シリーズは主人公による一人称叙述形式と謎解きの関心を融合させた理想的な私立探偵小説であり、『沈黙のセールスマン』は中でも屈指の名作として支持者も多い長篇である。私立探偵といってもサムスンは強面のタフガイなどではなく、人はいいが無力極まりない普通の中年男性だ。このサムスンと、ジョエル・コーエン監督の映画「ファーゴ」で謎解き役を務めた、フランシス・マクドーマンド演じる警察署長マージ・ガンダーソンのイメージが合流したところで生まれたのが杉村三郎だと宮部は語っている。

『沈黙のセールスマン』は個人が対峙する敵という形で企業の非人間性を描き出す物語なのだが、杉村の調査は別のものを浮かび上がらせる。「不愉快で毒虫のいるジャングルの地図」のような人間関係だ。本シリーズの特徴はここにあり、杉村の目は、見かけはごく平穏に見える日常の中から醜悪な要素を見つけ出すのである。無知や強欲は、時として危険な凶器と化す。自分と同じ心が他者にもあることに鈍感であるために、モノのように人間を扱って傷つけてしまうのである。杉村はそうした愚かな人間の引き起こした事件を見聞してしまう探偵だ。そして、「目」でしかない彼にできることは、悲劇を傍観することだけなのである。

続く「華燭」(「オール讀物」二〇一八年三月号)には一転してコミカルな味わいがある。複雑な事情から面識のない女性の結婚式に出席することになった杉村は、二組の披露宴が同時に開催不能になるという異常な事態に遭遇する。主要な場面のほとんどがホテルの内部だけで展開する、一幕物の舞台劇のような中篇である。この作品で注目してもらいたいのは、伏線の置き方だ。物語の中盤、動き続ける事態に読者が気を取られている隙に、作者は大事な情報をさっと舞台の隅に置いてしまう。その大胆さ、さりげなさ。宮部みゆきがミステリー短篇の名手たる所以はここにある。

本篇でも杉村が「目」であることが重要な意味を持つ。

――私の目に見えないだけで、この部屋の天井には何かいるのだろうか。何か厭らしいもの。汚らわしいもの。忌まわしいもの。加奈《かな》さんはそれを凝視しているのか。

これは話が折り返し点を過ぎたところに出てくる文章だ。高校生である「加奈さん」の目には、大人である自分とは違った風景が見えているのだろうか、と杉村が考える場面だ。

話の流れからは少し外れるのだが、ここで杉村が「私の目に見えないだけで」と考えていることが私には興味深かった。杉村こそはまさしく「目には入っているのに見えていない」観察者の役割を担った主人公だからだ。すべての情報はそこにあるのに、正しくその意味を読み取れないために真相には到達できない。だから悲劇が起きてしまうこともある。彼はそうした主人公なのだが、こうした無力さというのは、すべての情報を読者に対してあらかじめ開示することが求められる、ミステリーのフェアプレイ原則を作者が忠実に守っていることの証でもあるのだ。読者は杉村と「目」を共有することで物語世界に自分も立ち会う。

表題作の「昨日がなければ明日もない」（「オール讀物」二〇一八年十一月号）は、身勝手な女性によって周囲の者が振り回されていくという性格喜劇の要素を備えた一篇だ。喜劇の部分は、人により悲劇でもあるだろう。吉川英治文学賞を贈られた『名もなき毒』もそうした物語であったが、人間関係の網は、特異点が生じることによって歪んでいく。宮部はそうした現象を「毒」とかつて表現した。病理のように負性の心理が伝播していく現象が本篇でもまた描かれているのである。

本書の親版である単行本の帯には「杉村三郎 vs.〝ちょっと困った〟女たち」という惹句が記されていた。「ちょっと困った」の意味は三篇で異なる。「絶対零度」ではそういう女性が依頼人となるのだし、「華燭」では杉村が困った女性と遭遇する。「昨日がなければ明日もない」では周囲を困惑させる女性が物語の中心になるわけである。話の中で振られる役割は違うのだが、それぞれの登場人物たちが、社会の中で女性が置かれている立場を代表するように描かれている点には注目したい。たとえば、本篇では困った人間として描かれる朽田美姫《くちだみき》も、観点を変えれば貧困化社会の犠牲者だともいえる。学歴など特段な武器もなく、ただ流されるだけの無力な存在だからこそ、周囲の人間に絡みつくような生き方しかできないのだ。朽田美姫の口に出さずにいる気持ちに杉村が思いを馳せる場面がある。そうした箇所に、宮部が自身の描く登場人物に向ける視線の公平さが表れているのだ。

本書で初めてシリーズに登場したのが、警視庁刑事部捜査一課継続捜査班の立科吾郎《たてしなごろう》警部補だ。本篇では、真相を知って呆然とする杉村に、彼がこう声をかける。

「あなたもしっかり頑張りなさい、探偵」

無力ではあるが、いなければならない。そうした杉村の役割を改めて認識させる一言により、幕は下ろされる。次に読者と出会うとき、彼はどのくらい強くなっているのだろうか。

先ほど親版単行本の話題を出したが、その奥付には、二〇一八年十一月三十日第一刷発行とある。同月には『希望荘』の文庫も出ており、同時刊行を記念して挟み込みのリーフレットが製作されている。シリーズの人物相関図と著者インタビューが掲載されたものだ。そのインタビューには二つの創作秘話が明かされていたので、ご紹介しておきたい。

一つは、二〇一一年を杉村が私立探偵としての第一歩を踏み出した出発点にしたことについて、である。作者が「どうしても震災の当日のことを書いておき」たかったため、『希望荘』収録の「二重身《ドッペルゲンガー》」には二〇一一年三月十一日の杉村が描かれている。震災の影響でそれまでのアパートに住めなくなり、杉村は大家であった竹中邸の居候となったのである。

本書収録の三篇は、それぞれ二〇一一年十一月、翌二〇一二年の一月、同年五月と、事件の起点がいつなのかが明確に記されている。独立開業してまだ一年経つか経たないかの、新米探偵の事件簿なのだ。インタビューによれば、シリーズの第四、五作を中篇集にしたのは、「杉村に探偵としてある程度の場数を踏ませたいと考えたから」であったという。

創作秘話の二つめは、杉村の年齢設定に関することである。『希望荘』執筆時に宮部は彼を若返らせている。「ギリギリ三十代で探偵にならせ」るためだ。シリーズ第一作の『誰か』は二〇〇三年の出来事なのだが、冒頭で三十五歳と杉村の年齢は記される。それに従えば二〇一一年には四十三歳のはずだが、『希望荘』第一話の、二〇一〇年十一月に始まる「聖域」では三十八歳と彼は語っている。たしかに五歳ほど若返っているのである。

「ギリギリ三十代」は絶妙な設定であった。もう中年というべき年代に差し掛かっているが、不惑と呼ばれるにはまだ少し経験が足りない。探偵業という未知の世界に乗り出すには、分別盛りの四十代では少し遅すぎると宮部は考えたのだろう。活動期間の長い探偵キャラクターの年齢設定が変更されるのは珍しいが前例のないことではない。たとえばローレンス・ブロックの創造したマット・スカダーは、中途から作家とほぼ同年齢になっている。杉村とは逆に歳を取った例で、作者が主人公を自分に近づける必要を感じたための改変である。

同インタビューでは「杉村が探偵になるまでには最低、長篇二作は必要だと思っていました」との発言もある。傍証のない憶測だが、作者の肚づもりでは『誰か』『名もなき毒』を準備期間として、杉村は三作目で私立探偵として立つ予定だったのではないだろうか。

無力であり、事件のたびに傷つかずにはいられない。だが、彼の力を借りたい人はどこかに必ずいる。杉村三郎はそうした主人公だ。読者もまた、彼の「目」を欲している。それなしには見えないもの、視界に入らない闇がこの世界には存在するのだから。

図らずも本文庫は、新型コロナウイルス流行下での刊行となってしまった。前年に始まり一向に収束を迎えることがない状況は、この社会には非常に脆弱な部分があり、普段はそれが不可視領域に押し込められているだけであることを皮肉にも明らかにした。存在しながらないことにされてしまっている虚無は不安の温床となるだろう。

杉村三郎よ、今こそあなたの「目」が必要なのだ。

（作家・書評家）

扉絵・杉田比呂美

本作品はフィクションであり、登場する人物、団体、事件はすべて架空のものです。

初出
絶対零度　「オール讀物」　2017年11月号
華燭　「オール讀物」　2018年3月号
昨日がなければ明日もない　「オール讀物」　2018年11月号

単行本　二〇一八年十一月　文藝春秋刊

文春文庫

昨日《きのう》がなければ明日《あした》もない

定価はカバーに表示してあります

2021年5月10日　第1刷

著　者　宮部《みやべ》みゆき
発行者　花田朋子
発行所　株式会社 文藝春秋

東京都千代田区紀尾井町 3-23　〒102-8008
TEL 03・3265・1211(代)
文藝春秋ホームページ　http://www.bunshun.co.jp

落丁、乱丁本は、お手数ですが小社製作部宛お送り下さい。送料小社負担でお取替致します。

印刷・凸版印刷　製本・加藤製本

Printed in Japan
ISBN978-4-16-791685-5

（　）内は解説者。品切の節はご容赦下さい。

我らが隣人の犯罪
宮部みゆき

僕たち一家の悩みは隣家の犬の鳴き声。そこでワナをしかけたのだが、予想もつかぬ展開に……。他に豪華絢爛「この子誰の子」「祝・殺人」などユーモア推理の名篇四作の競演。（北村　薫）

み-17-1

楽園（上下）
宮部みゆき

フリーライター・滋子のもとに舞い込んだ、奇妙な調査依頼。それは十六年前に起きた少女殺人事件へと繋がっていく。進化し続ける作家、宮部みゆきの最高到達点がここに。（東　雅夫）

み-17-7

蒲生邸事件（上下）
宮部みゆき

予備校受験で上京した孝史はホテルで火災に遭遇。時間旅行の能力を持つという男に間一髪で救われるも気づくと昭和十一年二月二十六日、雪降りしきる帝都・東京にいた。（末國善己）

み-17-12

誰か Somebody
宮部みゆき

事故死した平凡な運転手の過去をたどり始めた男が行き当たった、意外な人生の情景とは——。稀代のストーリーテラーが丁寧に紡ぎだした、心を揺るがす傑作ミステリー。（杉江松恋）

み-17-6

名もなき毒
宮部みゆき

トラブルメーカーとして解雇されたアルバイト女性の連絡窓口になった杉村。折しも街では連続毒殺事件が注目を集めていた。人の心の陥穽を描く吉川英治文学賞受賞作。（杉江松恋）

み-17-9

ペテロの葬列（上下）
宮部みゆき

「皆さん、お静かに」。拳銃を持った老人が企てたバスジャック。呆気なく解決したと思われたその事件は、巨大な闇への入り口にすぎなかった——。杉村シリーズ第三作。（杉江松恋）

み-17-10

希望荘
宮部みゆき

離婚した杉村三郎は探偵事務所を設立。ある日、亡き父が生前に残した「昔、人を殺した」という告白の真偽について調査依頼が——。3・11の震災前後を描くシリーズ第四弾。（杉江松恋）

み-17-14

（　）内は解説者。品切の節はご容赦下さい。

恩田　陸
まひるの月を追いかけて
異母兄の恋人から兄の失踪を告げられた私は、彼女と共に兄を捜す旅に出る。次々と明らかになる事実は、真実なのか――。恩田ワールド全開のミステリー・ロードノベル。（佐野史郎）
お-42-1

恩田　陸
夏の名残りの薔薇
沢渡三姉妹が山奥のホテルで毎秋、開催する豪華なパーティ。不穏な雰囲気の中、関係者の変死事件が起きる。犯人は誰なのか、そもそもこの事件は真実なのか幻なのか――。（杉江松恋）
お-42-2

恩田　陸
木洩れ日に泳ぐ魚
アパートの一室で語り合う男女。過去を懐かしむ二人の言葉に、意外な真実が混じり始める。初夏の風、大きな柱時計、あの男の背中。心理戦が冴える舞台型ミステリー。（鴻上尚史）
お-42-3

恩田　陸
夜の底は柔らかな幻（上下）
国家権力の及ばぬ〈途鎖国〉。特殊能力を持つ在色者たちがこの地の山深く集う時、創造と破壊、歓喜と惨劇の幕が切って落とされる！　恩田ワールド全開のスペクタクル巨編。（大森　望）
お-42-4

恩田　陸
終りなき夜に生れつく
ダークファンタジー大作『夜の底は柔らかな幻』のアナザーストーリーズ。特殊能力を持つ「在色者」たちの凄絶な過去が語られる。至高のアクションホラー。（白井弓子）
お-42-6

太田忠司
死の天使はドミノを倒す
突如失踪した人権派弁護士の弟・薫を探すために上京した売れないラノベ作家の兄・陽一は、自殺志願者に死をもたらす「死の天使」事件に巻き込まれていく。（巽　昌章）
お-45-3

大山誠一郎
密室蒐集家
消え失せた射殺犯、密室から落ちてきた死体、警察監視下で起きた二重殺人。密室の謎を解く名探偵・密室蒐集家。これぞ究極の密室ミステリ。本格ミステリ大賞受賞作。（千街晶之）
お-68-1

（　）内は解説者。品切の節はご容赦下さい。

赤い博物館
大山誠一郎
警視庁付属犯罪資料館の美人館長・緋色冴子が部下の寺田聡と共に、過去の事件の遺留品や資料を元に難事件に挑む。超ハイレベルで予測不能なトリック駆使のミステリー！（飯城勇三）
お-68-2

あしたはれたら死のう
太田紫織
自殺未遂の結果、数年分の記憶と感情の一部を失った遠子。その時に亡くなった同級生の少年・志信と自分はなぜ死を選んだのか——遠子はＳＮＳの日記を唯一の手がかりに謎に迫るが。
お-69-1

銀河の森、オーロラの合唱
太田紫織
地球へとやってきた、慈愛あふれる宇宙人モーンガータ（見た目はほぼ地球人）。オーロラが名物の北海道陸別町で宇宙人と暮らす日本の子どもたちが出会うちょっとだけ不思議な日常の謎。
お-69-2

夏のロケット
川端裕人
元火星マニアの新聞記者がミサイル爆発事件を追ううち遭遇する高校天文部の仲間。秘密の町工場で彼らは何をしているのか。ライトミステリーで描かれた大人の冒険小説。（小谷真理）
か-28-1

午前三時のルースター
垣根涼介
旅行代理店勤務の長瀬は、得意先の社長に孫のベトナム行きの付き添いを依頼される。少年の本当の目的は失踪した父親を探すことだった。サントリーミステリー大賞受賞作。（川端裕人）
か-30-1

ヒート アイランド
垣根涼介
渋谷のストリートギャング雅《みやび》の頭《ヘッド》、アキとカオルは仲間が持ち帰った大金に驚愕する。少年たちと裏金強奪のプロフェッショナルたちの息詰まる攻防を描いた傑作ミステリー。
か-30-2

ギャングスター・レッスン
ヒート アイランドII
垣根涼介
渋谷のチーム「雅」の頭、アキは、チーム解散後、海外放浪を経て、裏金強奪のプロ、柿沢と桃井に誘われその一員に加わる。『ヒート アイランド』の続篇となる痛快クライムノベル。
か-30-4

（　）内は解説者。品切の節はご容赦下さい。

垣根涼介
サウダージ
ヒート アイランドⅢ
故郷を捨て過去を消し、ひたすら悪事を働いてきた一匹狼の犯罪者と、コロンビアからやって来た出稼ぎ売春婦。ふたりは大金を摑み、故郷に帰ることを夢みた。狂愛の行きつく果ては——。
か-30-3

垣根涼介
ボーダー
ヒート アイランドⅣ
〈雅〉を解散して三年。東大生となったカオルは自分たちの名を騙ってファイトパーティを主催する偽者の存在を知る。過去の発覚を恐れたカオルは、裏の世界で生きるアキに接触するが。
か-30-5

加納朋子
螺旋階段のアリス
憧れの私立探偵に転身を果たしたものの依頼は皆無、事務所で暇をもてあます仁木順平の前に、白い猫を抱いた美少女・安梨沙が迷いこんでくる。心温まる7つの優しい物語。（藤田香織）
か-33-6

加納朋子
虹の家のアリス
心優しき新米探偵・仁木順平と聡明な美少女・安梨沙。『不思議の国のアリス』を愛する二人が営む小さな事務所に持ちこまれる6つの奇妙な事件。そして安梨沙の決意とは。（大矢博子）
か-33-7

香納諒一
贄《にえ》の夜会（上下）
《犯罪被害者家族の集い》に参加した女性二人が惨殺された。容疑者は少年時代に同級生を殺害した弁護士！　サイコサスペンス＋警察小説＋犯人探しの傑作ミステリー。（吉野　仁）
か-41-1

香納諒一
無縁旅人
養護施設から逃げ出した十六歳の少女・舞子は、なぜ死なねばならなかったのか？　若者たちが抱える孤独を嚙みしめ奔走する警視庁捜査一課大河内班の刑事たち。（中辻理夫）
か-41-3

桂　望実
エデンの果ての家
母が殺された——葬儀の席で逮捕されたのは僕の弟だった。「理想の家庭」で疎外感を味わう主人公の僕は、真相を求めて父と衝突を繰り返すが……。渾身の「魂のミステリ」。（瀧井朝世）
か-43-3

（　）内は解説者。品切の節はご容赦下さい。

門井慶喜
天才たちの値段
美術探偵・神永美有

美術講師の主人公と、真贋を見分ける天才の美術コンサルタント・神永美有のコンビが難題に取り組む五つの短篇。ボッティチェッリ、フェルメールなどの幻の作品も登場。（大津波悦子）

か-48-1

門井慶喜
天才までの距離
美術探偵・神永美有

黎明期の日本美術界に君臨した岡倉天心が、自ら描いたという仏像画は果たして本物なのか？　神永美有と佐々木昭友のコンビが東西の逸品と対峙する、人気シリーズ第二弾。（福井健太）

か-48-2

門井慶喜
注文の多い美術館
美術探偵・神永美有

榎本武揚が隕石から作ったという流星刀や支倉常長が持ち帰ったローマ法王の肖像画、京都から出土した〝邪馬台国の銀印〟は本物か？　大好評のイケメン美術探偵シリーズ！（大崎　梢）

か-48-5

門井慶喜
ホテル・コンシェルジュ

盗まれた仏像を取り返せ、アメリカ大使の暗殺計画を阻止せよ…。宿泊客が持ち込む難問を、ベテラン・コンシェルジュと新米フロント係が解決。ユーモアミステリの快作！（大矢博子）

か-48-4

門井慶喜
キッドナッパーズ

その犯罪者は、なぜか声が甲高く背は低く……オール讀物推理小説新人賞受賞の誘拐ミステリー「キッドナッパーズ」ほか、楽しく機知に富んだ単行本未収録ミステリー集。（宇田川拓也）

か-48-6

北方謙三
擬態

四年前、平凡な会社員立原の躰に生じたある感覚……。今や彼にとって人間性など無意味なものでしかなく、鍛え上げた肉体は凶器と化していく。異色のハードボイルド長篇。（池上冬樹）

き-7-7

北村　薫
街の灯

昭和七年、士族出身の上流家庭・花村家にやってきた若い女性運転手〈ベッキーさん〉。令嬢・英子は、武道をたしなみ博識な彼女に魅かれてゆく。そして不思議な事件が……。（貫井徳郎）

き-17-4

北村　薫
玻璃《はり》の天
ステンドグラスの天窓から墜落した思想家の死は、事故か殺人か――表題作「玻璃の天」ほか、ベッキーさんの知られざる過去が明かされる、『街の灯』に続くシリーズ第二弾。（岸本葉子）
き-17-5

北村　薫
鷺《さぎ》と雪《ゆき》
日本にいないはずの婚約者がなぜか写真に映っていた。英子が解き明かしたそのからくりとは――。そして昭和十一年二月、物語は結末を迎える。第百四十一回直木賞受賞作。（佳多山大地）
き-17-7

北村　薫
中野のお父さん
若き体育会系文芸編集者の娘と、定年間近の高校国語教師の父。娘が相談してくる出版界で起きた「日常の謎」を、父は抜群の知的推理で解き明かす！　新名探偵コンビ誕生。（佐藤夕子）
き-17-10

北村　薫
水に眠る
同僚への秘めた思い、途切れた父娘の愛、義兄妹の許されぬ感情……。人の数だけ、愛はある。短編ミステリーの名手が挑む十篇の愛の物語。有栖川有栖ら十一人による豪華解説を収録。
き-17-11

貴志祐介
悪の教典（上下）
人気教師の蓮実聖司は裏で巧妙な細工と犯罪を重ねていたが、綻びから狂気の殺戮へ。クラスを襲う戦慄の一夜。ミステリー界の話題を攫った超弩級エンターテインメント。（三池崇史）
き-35-1

喜多喜久
プリンセス刑事《デカ》
女王の統治下にある日本で、王女・白桜院日奈子がなんと刑事になった！　血が苦手な若手刑事とのコンビで挑むのは、凶悪な連続〝吸血〟殺人！　二人は無事に犯人を逮捕できるのか？
き-46-1

喜多喜久
プリンセス刑事《デカ》　生前退位と姫の恋
女王統治下にある日本で、刑事となったプリンセス日奈子。女王が生前退位を宣言し、王室は大混乱に陥る。一方ではテロが相次ぎ――。日奈子と相棒の芦原刑事はどう立ち向かうのか。
き-46-2

（　）内は解説者。品切の節はご容赦下さい。

文福茶釜
黒川博行
剝いだ墨画を売りつける「山居静観」、贋物はなんと入札目録「宗林寂秋」、マンガ世界の贋作師を描く表題作「文福茶釜」など全五篇。古美術界震撼のミステリー誕生！（落合健二）
く-9-6

煙霞《えんか》
黒川博行
学校理事長を誘拐した美術講師と音楽教諭。馘首の噂に踊らされ、正教員の資格を得るための賭けに出たが、なぜか百キロの金塊が現れて事件は一転。ノンストップミステリー。（辻　喜代治）
く-9-9

離れ折紙
黒川博行
失われた名画、コレクターの愛蔵品、新発見の浮世絵、折紙つきの名刀…。幻の逸品をめぐる騙しあいを描き、人間の尽きることない欲望をあぶり出す傑作美術ミステリ。（柴田よしき）
く-9-12

後妻業
黒川博行
結婚した老齢の相手との死別を繰り返す女・小夜子と、結婚相談所の柏木につきまとう黒い疑惑。高齢の資産家男性を狙う〝後妻業〟を描き、世間を震撼させた超問題作！（白幡光明）
く-9-13

片桐大三郎とXYZの悲劇
倉知　淳
元銀幕の大スター・片桐大三郎の趣味は、犯罪捜査に首を突っ込む事。その卓越した推理力で、付き人の乃枝と共に事件に迫る。絶妙なコンビが活躍するコミカルで抱腹絶倒のミステリー。
く-40-1

曙光の街
今野　敏《びん》
元KGBの日露混血の殺し屋が日本に潜入した。彼を迎え撃つのはヤクザと警視庁外事課員。やがて物語は単なる暗殺事件から警視庁上層部のスキャンダルへと繋がっていく！（細谷正充）
こ-32-1

白夜街道
今野　敏
外務官僚が、ロシア貿易商と密談後に変死した。警視庁公安部の倉島警部補は、元KGBの殺し屋で貿易商のボディーガードとなったヴィクトルを追ってロシアへ飛ぶ。緊迫の追跡劇。
こ-32-2

（　）内は解説者。品切の節はご容赦下さい。

今野　敏
凍土の密約
公安部でロシア事案を担当する倉島警部補は、なぜか殺人事件の捜査本部に呼ばれる。だがそこで、日本人ではありえないプロの殺し屋の存在を感じる。やがて第2、第3の事件が……。
こ-32-3

今野　敏
アクティブメジャーズ
「ゼロ」の研修を受けた倉島に先輩公安マンの動向を探るオペレーションが課される。同じころ、新聞社の大物が転落死した。二つの事案は思いがけず繋がりを見せ始める。シリーズ第四弾。
こ-32-4

今野　敏
防諜捜査
ロシア人ホステスの轢死事件が発生。事件はロシア人の殺し屋による暗殺だという日本人の証言者が現れた。ゼロの研修から戻った倉島は、独自の〝作業〟として暗殺者の行方を追う！
こ-32-5

近藤史恵
天使はモップを持って
小さな棘のような悪意が平和なオフィスに八つの事件をひきおこす。新人社員の大介には、さっぱり犯人の見当がつかないのだが——名探偵キリコはモップがトレードマーク。（新井素子）
こ-34-1

近藤史恵
賢者はベンチで思索する
常連客の老人には指定席があった。公園のベンチでみかける彼の印象は全く違う。久里子は不思議に思うのだが。日常の魔の謎を老人と少女が鮮やかに解決するミステリー。（柴田よしき）
こ-34-3

小森健太朗
大相撲殺人事件
相撲部屋に入門したマークを待っていたのは角界に吹き荒れる殺戮の嵐だった。立ち合いの瞬間、爆死する力士、頭のない前頭。本格ミステリと相撲、伝統と格式が融合した傑作。（奥泉　光）
こ-35-2

笹本稜平
時の渚
探偵の茜沢は死期迫る老人から、昔生き別れになった息子を捜し出すよう依頼される。やがて明らかになる「血」の因縁と意外な結末。第18回サントリーミステリー大賞受賞作品。（日下三蔵）
さ-41-1

（　）内は解説者。品切の節はご容赦下さい。

笹本稜平
フォックス・ストーン
あるジャズピアニストの死の真相に、親友が命を賭して迫る。そこには恐るべき国際的謀略が。「フォックス・ストーン」の謎とは？　デビュー作『時の渚』を超えるミステリー。（井家上隆幸）
さ-41-2

佐々木　譲
廃墟に乞う
道警の敏腕刑事だった仙道は、ある事件をきっかけに休職中。だが、心身ともに回復途上の仙道には、次々とやっかいな相談事が舞い込んでくる。第百四十二回直木賞受賞作。（佳多山大地）
さ-43-5

佐々木　譲
地層捜査
時効撤廃を受けて設立された「特命捜査対策室」。たった一人の専従捜査員・水戸部は退職刑事を相棒に未解決事件の深層へ切り込む。警察小説の巨匠の新シリーズ開幕。（川本三郎）
さ-43-6

佐々木　譲
代官山コールドケース
神奈川県警より先に17年前の代官山で起きた女性殺しを解決せよ。密命を受け、特命捜査対策室の刑事・水戸部は女性刑事とコンビを組んで町の奥底へ。シリーズ第二弾。（杉江松恋）
さ-43-7

島田荘司
夏、19歳の肖像
バイク事故で入院中の青年が、病室の窓から目撃した恐るべき光景。ひそかに想いをよせる憧れの女性は、父親を刺殺し工事現場に埋めたのか？　青春ミステリー永遠の傑作、改訂完全版。
し-17-2

島田荘司
アルカトラズ幻想（上下）
ワシントンDCで発生した猟奇殺人は、恐竜絶滅の謎を追うひとりの男をあぶり出す。そして舞台は難攻不落の牢獄アルカトラズへ。現代ミステリーを導く鬼才の到達点！（伊坂幸太郎）
し-17-10

島田荘司
幻肢
交通事故で記憶を失い不安と焦燥でうつ病を発症した遥。TMS（経頭蓋磁気刺激法）の治療直後から出現した恋人・雅人の幻との逢瀬にのめり込む遥にやがて悲劇が!?（中野信子）
し-17-12

（　）内は解説者。品切の節はご容赦下さい。

柴田よしき
紫のアリス
こんな最悪の日がある？　不倫を清算し会社を辞めた日、公園で死体を発見！　脇に立つのはウサギ？　そして不倫相手が自殺したという知らせが。脅える紗季を待ち受けるのは？（西澤保彦）
し-34-16

大崎　梢・近藤史恵・篠田真由美・柴田よしき・永嶋恵美
新津きよみ・福田和代・松村比呂美・光原百合
アンソロジー　捨てる
連作ではなく単発でしか描けない世界がある――9人の女性作家が持ち味を存分に発揮し、「捨てる」をテーマに競作！　様々な女性たちの想いが交錯する珠玉の短編小説アンソロジー。
し-34-50

大崎　梢・加納朋子・近藤史恵・篠田真由美・柴田よしき
永嶋恵美・新津きよみ・福田和代・松尾由美・松村比呂美・光原百合
アンソロジー　隠す
誰しも、自分だけの隠しごとを心の奥底に秘めているもの――。実力と人気を兼ね備えた11人の女性作家らがSNS上で語り合い「隠す」をテーマに挑んだエンターテインメントの傑作！
し-34-51

雫井脩介
検察側の罪人　（上下）
老夫婦刺殺事件の容疑者の中に、時効事件の重要参考人が。今度こそ罪を償わせると執念を燃やすベテラン検事・最上だが、後輩の沖野はその強引な捜査方針に疑問を抱く。（青木千恵）
し-60-1

塩田武士
雪の香り
十二年前に失踪した恋人が私の前に現れた。だが彼女には何か大きな秘密があるらしい。彼女が隠す「罪」とは。『罪の声』著者が京都の四季を背景に描く純愛ミステリー。（尾関高文）
し-63-1

瀬川コウ
君と放課後リスタート
君を好きだった気持ちさえなくしてしまったのだろうか？　ある日、クラスメート全員が記憶喪失に!?　全ての人間関係の記憶も失われた状態で生まれた謎を「僕」は解き明かせるか。
せ-13-1

髙村　薫
地を這う虫
――人生の大きさは悔しさの大きさで計るんだ。夜警、サラ金とりたて業、代議士のお抱え運転手……。栄光とは無縁に生きる男たちの敗れざるブルース。「愁訴の花」「父が来た道」等四篇。
た-39-1